一纸书来只为墙,让他三尺又何妨。
长城万里今犹在,不见当年秦始皇。

——张英

陈所巨 白梦 著

父子宰相·上

张英、张廷玉的政治人生

复旦大学出版社

大印墩（摄影：任国辉）

雍正手书"赞猷硕辅"(摄影:吴菲)

文和园外景(摄影:吴菲)

六尺巷(摄影:吴菲)

龙眠山风光(摄影:吴菲)

再版前言

时间过得真快，一晃已到2017年。《父子宰相》初版于2004年元月，至2014年元月，版权到期。十年过去，此书市场上早已稀缺，而随着六尺巷故事的走红，对于故事主人公张英及其家族，人们的兴趣越来越浓。所以，不断有人提醒我：将《父子宰相》再版。也不断有出版社商谈此事。机缘凑巧，随着互联网的发展，有"六尺巷文化"网络平台横空出世。该平台以传播桐城文化为己任，一直关注着《父子宰相》的再版事宜，并积极出谋划策。最终在该平台的牵线搭桥下，我们选定了复旦大学出版社作为《父子宰相》的出版单位。

如此一蹉跎，又过去了三年。这十三年间，发生了许多变化，这对于《父子宰相》这本书，变得越来越好。当初写这本书时，反腐倡廉、为官清正、家风家训、道德建设都没有提到现在的高度。张英、张廷玉这两个高官的形象以及张氏家族的家风传承，恰恰符合了当下的政风民情。所以，不断有党和国家领导人来六尺巷参观，中纪委网站以张氏家风作为党员干部教育的题材，提倡党员干部要像张氏父子那样"勤政为民，廉俭礼让"。父子宰相的故里"六尺巷"已经成为"廉政教育基地"，以父子宰相为题材的黄梅戏进了国家大剧院，以六尺巷为题材的歌曲登上了春晚舞台，由此带来了六尺巷的旅游热。进而推动了六尺巷及其周边环境风貌的整治，推动了桐城打造君子之城的道德和文化建设。

每当看到这些变化，我常常忍不住想：我们创作的这本《父子宰相》，为传播桐城文化和六尺巷精神，是起了作用的。桐城文化历史悠久，桐城先贤及张氏父子的著作都是古典文辞，今人难读难懂。《父子宰相》这本书，以现代白话文的小说语言，来解读古人，将张氏父子以及同时代的一群桐城先贤，重塑形象，使他们变得可亲可近，使他们的精神和思想能够与我们对接、相通。

这便是我们创作这部历史小说的意义和价值。与第一版不同的是，第二版更多地保留了一些桐城当地的民俗风情。这部分文字，在第一版编辑过程中，出版社要求弱化，理由是本书读者面向全国，不是只对一地发行。本版将这些文字尽量保留，是因为"民族的即是世界的"理念正成为共识，"留住乡愁""纸上还乡""非物质文化遗产"越来越引起重视。桐城这个地域有着特殊的文化现象，桐城的民俗风情也有着自身特有的魅力。桐城山清水秀，人民纯朴，文化风雅，物产富饶，这些原汁原味的地方特色元素，作为热爱桐城文化且生长于桐城的两位作者，当年创作时是特意花了工夫来展现的。惜乎第一版删去了不少，第二版将它们重新呈现出来，使这部小说更加接近于最初的创作动机和状态。另外，对于第一版中有些描写与后来发现的历史事实不符部分，已经作了修订。比如张廷玉之子张若淳，在第一版中误为张若淳，张廷玉岳父、刑部尚书姚文然隐居之地不是小龙山而是龙眠山，葬地不在小龙山而在三里冈等，这些虽属细枝末节，但本着"历史为经，文学为纬"的创作宗旨，我们尽量使它更加完善。随着新史料的不断涌现，这样的修订我想在今后还会有。

感谢复旦大学出版社，感谢六尺巷文化公司，感谢为本书出版尽心出力的王联合、张忠武、卢赟秋乡贤，感谢责任编辑王联合先生、高婧女士。

最后，要特别指出的是，本书的另一位作者陈所巨先生已于 2005 年 9 月往生。本书保留了陈先生写的第一版后记，并收入了陈先生在第一版面世后写的创作谈《和父子宰相相处的日子》。我想，此书的再版，对陈先生是最好的缅怀和纪念。

白　梦
2017 年 4 月 30 日

目录

第 一 回　麒麟送子异香满室　抓周试晬琢璞成玉 / 1
第 二 回　平三藩康熙定国策　观古今学士论忠奸 / 20
第 三 回　五华山三桂反清廷　懋勤殿康熙讨逆贼 / 35
第 四 回　除夕夜张英试幼子　元旦日康熙宴群臣 / 54
第 五 回　齐天坛两儒论选才　三清殿寒士献奇画 / 79
第 六 回　会群臣康熙究异香　悦圣心宜妃植茉莉 / 99
第 七 回　救张英饬斥贵池县　思林泉喜置五亩园 / 120
第 八 回　游龙眠张英会后学　设公仓名世草揭引 / 139
第 九 回　严父严严制严家训　聪训聪聪教聪子孙 / 161
第 十 回　献孝经君臣再相会　选拔贡名世初进京 / 180
第十一回　祈吕祠戴名世惊梦　筑砚斋张廷玉大婚 / 198
第十二回　入南闱廷玉喜中举　征绝漠父子双扈从 / 219
第十三回　悲亦悲珊儿苦离恨　乐复乐敦复蒙隆恩 / 237
第十四回　金榜题名衡臣通籍　洞房花烛廷玉再婚 / 254
第十五回　起诉讼相争三寸土　奉礼让却成六尺巷 / 272
第十六回　畅春园皇帝赐御宴　阳和里宰相归故乡 / 292
第十七回　沙溪镇衡臣会灵皋　江宁道圃翁救鹏年 / 313
第十八回　双溪接驾白鸟忘机　龙眠归永青山不老 / 333

第一回
麒麟送子异香满室　拍周试晬琢璞成玉

话说清朝北京紫禁城西直门外，有一座青瓦灰墙的精巧宅院，乃是翰林院编修张英张大人的府第。这张大人几代书香，世学儒业，讲究的是言不高声，行不逾矩。平时这张府总是静悄悄的，并不与周围邻居来往。张英夫人姚氏，亦是大户出身，知书达理，治家有方。所以三姑六婆不敢上门，和尚道士无缘进入。寻常大门紧闭，每天开门关门，必是张大人去翰林院公干，或是家人上街采买货物。

这一天，乃是康熙十一年九月初九，正是重阳佳节。张府一改往日的寂静寥落，大门洞开，人来车往，煞是忙乱。

交午时辰，张英悠悠地坐着凉轿，从翰林院回家。他今天心情格外好，轿夫寻常每见张大人进出坐轿，总是和蔼地微笑，轻声地吩咐轿往何处。今天可不同，一出午门，脸上的笑容就像刚刚绽放的花朵一样，鲜明灿烂，"回府！"一声吩咐也格外声清气朗。

看官，你道何事，让一个经世大儒如此喜形于色。却原来，今天康熙皇帝在懋勤殿召见张英等一干翰林院学士，询问《世祖实录》编撰进展情况。恰在此时，内务府首领太监吴忠敛眉蹑脚地进来，呈上一份礼单，是广州总督进献的礼品。康熙正与翰林院诸学士讲谈得非常高兴，接过礼单，粗略一看，随口吩咐那吴忠道："广东来的东西也都平常，只是那里沿海，珊瑚倒是不错。你只需将那一箱珊瑚雕刻抬进来，其他东西呈给太皇太后，让她留着赏人。"

吴忠招呼着几个小苏拉太监，七手八脚地抬进一只红木大箱。箱子四角包着锃亮的金叶子，锁牌上挂着用红丝带系着的两把金钥匙。康熙皇帝此时也才是十八九岁的少年，虽贵为天子，总归还是难改天真，玩性其实不小。此刻，他见那吴忠取下钥匙，准备开锁，便大叫一声："慢！待朕亲自打开。"说着便从御座上下来。

众翰林连忙阻止："皇上不可！"

其时，清朝开国不久，满汉之争仍然激烈，南明旧部以及一些民间反清复明势力仍在活动。翰林们的意思是怕这箱子有什么机关，误伤着皇上。康熙哈哈一笑："真是些书呆子，这些贡品进宫时早已验过，难道还有什么挂碍吗？"

说得众翰林面带讪色，张英进前一步，伏地跪下，道："小心不为过，皇上龙体重要。还是让太监们打开吧。"

康熙虚抬一下手："张卿家起来吧。唉！朕想做第一个看见这些礼物的人，现在岂不是要落在这些不男不女的太监们之后了。"康熙口中虽如此说，心里还是蛮高兴的。这些饱读诗书的翰林学士大多是汉人，汉人对清廷的抵触很深，至此还有很多名家大儒不肯为朝廷出力。眼前这些翰林学士脱口而出地阻止他开箱，显见得对他这个少年天子赤胆忠心。

见康熙退到后面，吴忠便将金钥匙插入锁孔，"咔嗒"一声脆响，那箱盖已应声弹起。"这必是西洋人的技术"，康熙赞道。明末清初，随着传教士的进入，西方文明开始传入我国。以往官员自奉五千年文明，不屑于学习西洋文明。但清朝自顺治帝开始，就对西方文明十分赞赏，朝中就有钦天监大臣汤若望、南怀仁等，都是西洋人。康熙更是醉心于西方的天文历算和精巧的技术。他还请西方传教士教自己学习英文，专门聘请瑞士人为宫中制作钟表。

闲话休提。且说那吴忠将箱子打开后，并不敢走开，而是将箱盖高高抬起，自己退到箱后，双手稳稳地扶住箱盖，康熙这才招呼众人一起来看。众人自是唯唯诺诺、亦步亦趋地跟在小皇帝的后面。只见箱中又有或大或小许多格子，每个格子里面都用黄绫衬里，打开黄绫，里面裹着的是金红色织锦盒，盒里仍是黄绫衬里，托着一只只精美绝伦、镶金嵌玉的珊瑚雕刻。有仕女、仙人、菩萨、牧童等人物造型，也有狮、虎、龙、豹等动物造型，都雕刻精细，栩栩如生。

康熙放下这件又拿起那件，忙着招呼众人都来欣赏。众翰林都拿捏着文人身份，不肯莽撞，只附和着康熙说好。康熙也知道这些腐儒无趣得很，只好就汤下面："今天请众位来议事，这礼物倒来得巧，诸位喜欢什么，每人挑一件。本来今日重阳节，朕知道你们文人雅士有登高赋诗的习惯，是朕为公务扰了你们的雅兴，赐一件礼物，也表表朕的心意。"

众翰林真是万想不到，皇上召见已是殊荣，还有赏赐。但谁敢自己动手挑呢？都拿捏着不肯上前。康熙只好亲自动手，替每人挑了一件。张英得到的是一只麒麟。众人自是一一叩头谢赏。

这就是张英张大人今天抑制不住，喜形于色的原因。

此刻，张英在轿中，犹自双手捧着锦盒，感恩不已。为人臣者，食君之禄，忠君之事。作为进士出身的儒生，他更多的是"君要臣死，臣不得不死"的忠君思想。所谓伴君如伴虎，所谓如履薄冰，战战兢兢。像这样的君臣际会，哪是轻易敢想的。

待心情稍稍平复之后，张英轻轻将锦盒放在膝上，打开盒盖，双手捧出麒麟，细细端详。只见这麒麟通身呈褐黄色，猪鼻、豹尾、龙鳞、凤爪，两只眼睛镶的是两粒漆黑的墨玉，身上龙鳞细密，每一片鳞甲的边沿都镶着一圈金丝，端的是熠熠生辉，做工十二分精细。那转头后望的姿势，更是活灵活现，嘴微微开启，仿佛刚刚吼过一声，余音犹在耳边。四蹄如爪，全部包金，踩在一块白色珊瑚玉石底座上。那底座镌着云纹，麒麟便显得四蹄生风。麒麟乃是神兽，自古只有记载，而鲜有人见。尝闻：麒麟现，圣人出。当今天子虽是少年，八岁登基，十四岁亲政，庙谟独用，设计铲除鳌拜，整顿八旗，重用汉臣，文治武功，已然显露出圣主迹象。良臣遇圣君，治世出能臣。自己作为一个科举出身的臣子，当然希望辅佐明君，做一代良臣。

一路感怀着，轿夫喊一声："大人，到了。"

轿子随即稳稳落到地上。张英来京城未久，翰林院又是个清水衙门，一年不足百两银子的俸禄，经济并不宽裕。这座宅子还是赁来的，门洞窄小，轿子无法进入，所以张大人坐轿从来都是在门口上下的。就是这几个轿夫，也不是张家常养的，而是在轿行包月的。所以轿子一停下，张大人就掀帘走了出来。

奇怪，今天怎么大门洞开？张英心中诧异，脚下便有点慌张，但饶是他心中着急，也不肯失了学士风度，只是把四方步改成了大步，三两步便跨进门来。刚走到照壁前，只听"哇——"的一声婴儿啼哭，声音嘹亮，响云裂帛，倒让张英惊得稍一停步。夫人怀胎十月，上月就已待产，这他是知道的，但这一声啼哭，声音太大了，简直不像是初生婴儿的声音。愣怔间，那婴儿的哭声已经平缓，屋内传出乱嘈嘈的声音："好了好了，生下来了，生下来了！"

这一下，张英醒过神来，果然是夫人生了。

张英抢进堂屋，只见好友吴友季也在，这吴友季与张英乃是同乡，家传医学，已在京城行医多年，颇有些名气。张英来京之后，多承他关照。就赁这屋子，也是吴友季做的中人。

"吴兄，怎把你也惊动了？"

"老弟，夫人生产，这么大的事，你也不担心，居然还三阳开泰，照常公干！"

说话间，右厢房的门开了，府中管事刘福贵的老婆刘嫂抱着一个裹得粽子似的婴儿包袱走出来，向张英蹲了蹲身："恭喜老爷，又是个大胖小子。"

张英就刘嫂手中看着这小人儿，虽然脸上红紫胀胀的看不出美丑，但那黑漆漆的小眼睛却已睁得大大的，正看着他哩！

刘嫂又向吴友季蹲了蹲身："多谢吴先生了。"转头又对张英道："老爷走后不久，夫人就动静了，老刘到翰林院没寻着老爷，就转身去把吴先生请来了。幸亏吴先生来了，夫人这次竟比头胎还慢，疼得厉害，按吴先生的方子抓了副药，吃下去不到一个时辰，就生下来了。"

张英赶紧正正衣襟，对着吴友季双手抱拳，深深地作了一个揖："多谢吴兄。今天皇上召见，脱不开身，要不是吴兄，险些误事。"

"哪里哪里，你我同乡，情同兄弟，区区小事，何足挂齿。"吴友季伸手扶住张英，转手又撩起长衫，从内衣口袋里摸出一小锭银子，塞到婴儿的襁褓里:"来得匆忙,未及备礼,权且先做个见面钱,下次再备礼了。"

"这是从何说起,竟又要你破费。"张英虚辞着。

刘嫂知是家乡规矩,新生儿出世,长辈第一次见面都要给个红包,名曰"见面钱",若仓促之间,身边没带银两,还得说一声:"先赊看了,以后补上。"便也不推辞,只说:"忙乱了半天,饭还没做哩。我赶紧做饭去,吴先生就留下来吃顿便饭吧,还有接生婆也在里面。"口里说着,仍推开右厢房的门,把孩子抱进去。

"吴兄且请坐,我进去看看内人。"张英待吴友季坐定后,便转身走向右厢房。吴友季知他伉俪情深,调侃道:"早做什么去了?"

张英推开右厢房的门,但觉一股异香扑鼻而来,他也不及细想,快步走到床前,只见夫人面色苍白,精神倒还好,对着他倦倦地一笑,眼圈随即湿润了。张英知道夫人生产受了苦,心里又感激又抱歉,忍不住眼角含泪,握住夫人的手,动情地说:"让你受苦了。"

夫人笑着,轻轻摇头,眼泪却顺着眼角流下来。

此时,接生婆还在屋里收拾着,见这对年轻夫妻情深意切,便将那些染血的棉花布片等等杂物,一总归在一只木盆里,端了出去。

张英伸手替夫人抹去眼泪,夫人说:"把小家伙抱来我看看。"

张英顺着夫人的目光,这才看见屋子当中放着一张摇床,那摇床还是夫人生头胎时,娘家送的。

九月天气,虽然蚊子、苍蝇少了,但也还时有出现,所以那小摇床上挂着一顶麻布蚊帐。张英撩开蚊帐,便看见小家伙那黑漆漆的小眼睛——他居然还是醒着的,但又乖乖地一声不吭。这就是自己的儿子,虽然不是头胎了,但张英仍很激动,他双手轻轻抱起儿子,忍不住凑上去亲了亲儿子的小脸蛋。

他又闻到了那股香气,原来是从儿子的襁褓里发出的:"这孩子的衣被是用什么香薰的,这么好闻。"

"哪里薰过,"夫人说,"是这孩子出生时,忽然来了一股香气,当时在屋里的人都觉得奇怪,我疼得七颠八倒的,闻到这香气就觉得心里好舒服,接着孩子就下来了。大家一忙乱,也就没在意了。"

第一回 麒麟送子异香满室 抓周试晬琢璞成玉

张英把孩子轻轻放在夫人身边，俯身亲亲这个，又亲亲那个。那香气就缭绕着，他深深吸吸鼻子，还是没分辨出到底是什么香：似兰、似麝，似檀香又似茉莉……

张家喜添贵子，少不得传报家乡。

张英的老家在桐城，其高祖明洪武年间从鄱阳迁来。一只帆船，载着一家老小，从炮火硝烟中逃出，把那美丽的鄱阳湖留给朱元璋和陈友谅，去做厮杀的战场。战争给帝王带来江山，给将军带来荣耀，可给老百姓带来的却是流离失所，背井离乡。这只小船并不知道该向何处，只是顺风起帆，顺水漂流。几世家业已毁于一旦，同族亲人也不知死活，他们不敢妄想找到一个世外桃源，只要能远离战火，平安度日，将张氏一脉香火传承下去，也就于心足矣。

来到这个半岛应属天意。从鄱阳湖逃出的张氏夫妇，带着两个尚在幼年的孩子，夫妻两个轮流摇橹，没日没夜地行了三天。到了第四天夜里，实在打熬不住，夫妻两人竟然都睡着了。一觉醒来，船湾在一个湖汊里。那湖汊又被一个大湖环抱着，那大湖一望无际，竟让他们恍惚以为又回到了鄱阳湖。但这里没有战船，只有渔船；没有硝烟，只有炊烟；没有喊杀声，只有水里的波涛声和岸上的松涛声。船不知几时已靠在岸边，那岸上是松软的红土岗，岗上葱葱郁郁，全是碗口粗的松树。

夫妻二人一人抱着一个孩子就从这里上岸，砍下松树，搭起窝棚，安下了家。

此山便叫松山，此湖便叫松湖，而那环抱着松湖的大湖便叫白兔湖。

光阴荏苒，转眼两百年过去，那朱元璋打败陈友谅，做了大明皇帝，那花花江山又传了十一代。鄱阳来的张氏来桐后也传了七八代，已然成了一个枝繁叶茂的大家族。张氏本是读书人，因战乱远迁，打鱼做田，耕读传家。到了隆庆二年，张氏后代中有个叫张淳的后生，竟然一举成名，高中进士，选了浙江永康县令。后因政绩卓著，擢升礼部主事，累官至陕西布政司参政。

自此，张家开始发迹。

张淳生有四子,长子士维,自幼敏而好学,十四岁即考取秀才。士维又生四子,长子秉文,明万历三十八年进士,官至山东布政使。崇祯十一年清兵攻破济南,张秉文誓死不降,带领兵民巷战数日,终因寡不敌众,以身殉国,夫人方氏及媵妾多人一齐投入大明湖,做了对尽忠尽节的夫妇。三子秉彝,即是张英之父。这张秉彝幼承家学,也是秀才出身,但时逢明末清初,时局动荡,生计艰辛,遂无意功名,只在家侍奉双亲,管理家产,守护祖茔,教育儿孙。其孝悌之名,远播乡里,又好急人所急,解人之难,俨然是族中领袖。在那朝代更迭、盗匪四起的年月,正是秉彝维护和带领着张氏家族渡过了重重危难。待到乾坤清朗之时,张家祖产已是十去八九,勉强能够维持住一个大家族的体面而已。

秉彝子嗣繁盛,共育有七子。到得长成,秉彝便将家产分割,各立门户。这样一个大家庭,全靠着父亲治家有道、教子有方,竟个个读书治学。其中数五子张英最为出色,自幼读书过目成诵,乡里惊为神童。其时大清朝已坐稳了江山,那些抱定了不事两朝的前明遗老,也都只好接受现实,让子孙们去应科举,考功名,奔前程。

康熙二年,张英秉承父命,前往省城南京乡试,高中第十二名,遂一举成名。康熙六年,再往北京会试。虽然清朝为广罗人才,自顺治六年恢复科举,即规定凡举人进京应考,一律由各省布政使派出公车,供给路费,公车上插一面"礼部会试"的黄布旗,端的是八面威风,令人称羡。但进京后,食宿应酬,还是要花不少银两的。张英与夫人商量,卖了百十亩好田,筹足费用,便辞别父母娇妻,公车进京了。

会试一路顺风,得中第六十一名。接下来在太和殿丹墀前参加殿试,那小皇帝康熙其时才一十四岁,高高地坐在宝座上,接受监考的王公大臣和应试者的朝拜。张英跪在丹陛下,只敢抬头瞻仰了皇帝一眼,就赶紧低下头来。然而,只那一眼,就觉出康熙的威仪。一个弱冠少年,面对众多饱读诗书、经纶满腹的才子,端庄有礼,威严适度;而那许多白了少年头的孺子书生,却对他顶礼膜拜,俯首帖耳,不敢正视。这就是天子龙颜,圣威赫赫。

殿试下来,张英自觉制艺、策论都做得满意,只诗有些不尽如人意。正焦躁间,午门放榜,竟高中二甲第二名,皇帝钦选为内弘文院庶吉士。仕途正挂起顺风旗,谁知十一月,接到丧报,秉彝老大人归西,享年七十五岁,这在当时已是高寿了。张英是儒家门生，最讲孝悌，立即报吏部丁忧，乞假归里。

是时，康熙铲除鳌拜，亲政未久，正是用人之际。满人也不像汉人那样看重守丧之制，所以常常对报丁忧的官员夺情，许其心丧，而不许守制。那些看重仕途前程者，当然就汤下面，带丧为官，仕途是通达了，人品上便有了欠缺。像当时福建安溪的才子李光地，即是如此，此人醉心仕途，瞒报母丧，被人揭穿，康熙夺情，正中他下怀。此事后来一直成为对手攻讦他的把柄。而张英，也被康熙夺情，但他再报吏部，吏部再报皇上，皇上也正要笼络汉人，学习汉家礼制，便准他带职回家。

三年守制期满，立即被吏部召回京师，并加升一级，授翰林院编修，为五品顶戴，主编《世祖实录》。

回过头来，还说那张家喜添贵子，驿马传邮，飞报家乡。家中父母虽然亡故，但还有叔伯弟兄，还有那显显赫赫的张氏宗族。其时张氏宗族一应事务由张英长兄主持，那张家大哥让兄弟们去考科举功名，自己立志不仕，在家守着祖茔祠堂，还替弟兄们管理田产家务，好让他们专心治学、为官。

张大老爷接到传报，立即差人前往姚夫人娘家相商，约定来年婴儿周岁时，各自派人带着贺礼，进京贺喜。

再说那张家新生小儿，倏忽已是周岁。一年来，摸爬扑跌，此时已能蹒跚学步，嘴里也开始咿呀学语。却是爱笑不爱哭，十分讨人喜欢。母亲自是时时不离怀，父亲每天公干回来，也忍不住要逗弄一番。即是那长他十几岁的哥哥和两个姐姐，也整天围在他身边转来转去。

这一日，乃是康熙十二年九月初九，张家小儿周岁生日。张英为人简朴，凡事不好张扬，家境也确不宽裕，但孩子周岁亦是大事，抓周试晬乃为人生大礼，虽不想铺张，还是要办的。

所谓抓周试晬，乃是张英家乡桐城的一种风俗，孩子满周岁时，家中长者都要来贺，当着众人的面，在孩子身边摆上文房四宝、算盘账册、金银珠玉、胭脂花粉，以及微缩的刀枪剑戟等各类物品，看孩子爱什么，抓什么玩，以此来预测孩子的秉性前程。一般是最先抓拿到什么，就预示孩子将来从事什么样的职业。如拈印为官，拈笔从文，拈算盘账册为商贾，拈刀枪剑戟可能是武夫。此时，长辈们除了说些祝福的话语之外，还会正式为孩子取名。

对于孩子来说，这是一生中的大事。张英自也是十分重视，特为告假在家，除了请在京城的家乡亲友之外，也请了几位相处不错的同僚挚友。吴友季自是要请的，还有一位是新任刑部左侍郎姚文然姚大人，他不仅是桐城老乡，官场同僚，还是姚夫人本家的远房哥哥，孩子的远房舅舅哩。另外几位即是他的同僚兼好友，翰林院掌院学士熊赐履、编修李光地、新科状元韩慕庐。

最先来到的自是吴友季，他是张家常客，熟不拘礼，一来就抱起小孩逗弄。不移时，那小孩舅舅姚文然也施施然而来，他今天没穿那套三品朝服，只穿一件灰色宁绸长衫，脚蹬一双黑直贡呢千层底小圆口布鞋，装束竟和吴友季一般无二。再看张英，也是灰色长衫、千层底布鞋，只是他那长衫不是宁绸，而是细布的。

姚文然是个极聪明的人，出身世家，经史子集无一不通。明崇祯十六年，他年仅二十岁，便高中进士，授翰林院庶吉士。那时明朝已腐烂不堪，文然自知国运不长，常常自叹生不逢时。李自成攻陷北京，他便潜回家乡桐城，隐居在龙眠山里，后又逃到小龙山里读书自娱，奉养双亲。顺治三年，安庆巡抚李犹龙探知其下落，便举荐朝廷。其时清朝定鼎未久，求贤若渴，而许多士子，抱定宗旨，不仕二朝。所以顺治下诏，严命各地方官搜索乡里，举贤荐能。姚文然隐居山乡，原也是抱着不仕之心，不想被李犹龙识破身份，三顾茅庐，威逼利诱皆不见效，那李犹龙少不得亲带兵丁，将文然押请上船，由菜子湖而长江，由长江而运河，沿着漕运线路，一路陪同，恭敬有礼地"押解"来京。

你道为何不走旱路，而走水路？原来那李犹龙时刻怕姚文然逃走，若走旱路，一不小心就可能让他遁入山林。而走水路就安全多了，吃住都在船上，四周一片水域，看他往哪儿跑。

来京后，文然见当年被李闯王闹得鸡飞狗跳的北京，已是一片煦和景象，满人鞑子并未太多作践汉人，心下已服了三分。他虽隐居乡野，对朝局政事一直倍加关注，知道反清复明已是绝无可能的事。他是熟读三坟五典的人,纵观古今多少事,改朝换代如走马灯一般,哪一朝江山是万世永固的。他一个文臣,既不能战死沙场,为国尽忠,但也没有失节降清,做鞑子掠夺江山、屠杀汉人的走狗。此时朝代更迭,大局已定,再来为官,不过是对得起自己的满肚子学问,对得起圣人之言"学而优则仕"而已。

思前想后,只得顺变。文然又重操旧业,回到当时改为国史馆的翰林院,做了编修。而后礼部、工部、兵部一路升迁,很得顺治帝器重,到顺治十年,已官至兵部给事中。但他一个汉臣,在当时朝廷满人当权的情况下,心情并不快乐,他想与其"低眉折腰事权贵",不如还回我的小龙山,躬耕陇亩,捕鱼钓虾。于是以身体有病为由请辞。

顺治帝并不想放他还山,无奈朝中大臣忌惮姚文然的才学,尤其惧怕他的直谏,因为他对施政利弊、吏治得失、民生休戚,事无不察,察无不言,与同样敢于直谏的魏象枢一时并称"姚魏",真个令贪官墨吏闻名惊魂,听声丧胆。顺治八年,江浙一带水灾严重,而西北粮食丰产,姚文然当即上书,要求征收漕粮应考虑到当年的丰歉,合情加征和减免,并且在征收过程中,还要加强督查,以防官员从中克扣作假。顺治帝采纳了这条建议。这一下,灾民百姓是得了实惠,但南北两边的地方官员都没了虚头,自是对他恨之入骨。文然知道自己犯了众怒,"道不同,乘槎浮于海",更加坚定了归隐山林的念头。顺治拗不过众人心意,只得放他还山。

然而,人怕出名猪怕壮,想做隐士也由不得你。康熙即位,少小年纪,便有大志,他知道汉人人多势众,满人若想坐稳江山,非启用汉人不可;要想江山永固,国泰民安,更要整顿吏治;要整顿吏治,就要从谏如流,重用诤臣,历史上的明君,哪个不是从谏如流呢。于是康熙五年,吏部再次下诏,召姚文然回京供职,这次是户部。上任前康熙亲自召见,这个时年十三岁的小皇帝,居然开宗明义,要他做魏征,辅佐自己做个唐太宗那样文治武功的圣君。姚文然果然不负所望,一如既往地事无不察,察无不言。康熙则当真从谏如流,还常常对左右说:"昔唐太宗有魏徵,今朕有魏姚。"姚文然便又是一路升迁,户部给事中、副都御史、刑部侍郎……

张姚二姓,俱是桐城望族,两家联姻,可谓是门当户对。姚文然和张英同朝为官,平时也时常在一起讨论朝政,意见大多不谋而合。所以平常关系就处得好，加上张夫人又是本家妹子，两家是通家之好。今天小外甥过周岁，他理当来贺。一进张府，见吴友季已在逗弄孩子，便拱一拱手："惭愧，吴兄竟先到了。"说罢，又与张英和姚夫人见礼。

姚夫人见姚文然是一人独来，问道："嫂子没来，是不是快生产了。"

"是啊！下个月就该生了，挺着大肚子出门不方便。临来时还和我说笑，说张姚两家世代交好，这次如果生个女儿，就和你们结个亲家哩！"

"那感情好，就这么说定了，到时可别反悔哟。"

"不怕反悔，我来给你们做中人。"吴友季赶紧把孩子还给姚夫人，边说边拱手还礼道："恭喜姚大人，又高发了。"

姚文然知他是指自己新近刚升迁刑部侍郎之事，逊道："哪里哪里，人在官场，身不由己。哪像吴兄，悬壶济世，凭本事吃饭。听说你的名头是越来越响了，还每天坐堂吗？"

"不坐堂不行啊，哪天没有几个病人。这行医的，歇不歇的由不得自己。"

说话间，韩慕庐、李光地、熊赐履三人也联袂而来。自是一番见礼不提。刘嫂献上茶来。

姚夫人见客已到齐，便指挥刘福贵夫妇在堂屋的八仙桌上摆上笔墨纸砚、算盘账簿、银锭铜钱、古玩玉器、胭脂花粉等一应杂物。

众人便都捧着茶杯，围桌站定。姚夫人将儿子递给张英，张英又将孩子递给姚文然，说："你是小孩舅舅，今天的仪式就由你来主持罢。"

"不仅是舅舅，还是老丈人哩。"吴友季调侃着，又将刚才缘由告诉熊李韩三人。三人俱拍手称妙。

姚文然先将一块玉珮挂到孩子脖子上，说："还指不定夫人肚子里是男是女哩。丈人不丈人的先别论，这舅舅可是如假包换的。舅舅也没有什么好东西给你，这是一块古玉，送你带着玩罢。"然后才将孩子接过来。

众人见姚文然已将礼物出手，便也各各拿出自己准备的礼物：熊赐履是一方端砚，韩慕庐是一函古书，李光地是一盒湖州毛笔，吴友季是一只长命富贵金锁片。张英代儿子接过这些东西，一一作谢。姚文然也抓着孩子的小手，教他一个一个拱手作礼，嘴里教他说"多谢"，那孩子口齿不清地学说着，只觉大家都围着他转，便十分兴奋，咯咯笑个不停。

张英恭恭敬敬地将众人送的礼物摆放到靠北墙的一张条桌上,那桌子中间供着的便是那一日康熙赐的珊瑚石玉麒麟。

一时乱过。姚文然将孩子抱到桌子中间坐下,大家全都屏住呼吸,看那孩子如何动作。

这小家伙面对四周杂乱放着的物品,毫不犹豫地拿起毛笔,又抓过一张纸来,竟在上面涂抹起来。你道为何,原来姚夫人自幼和家中兄弟一起读书进学,本是位才女,婚后还常常与丈夫诗词唱和。她常常抱着孩子读书写字,张英在家里更是手不释卷,常常寻章摘句,哪一日不用纸笔?这孩子对笔墨纸张早就不陌生了,可是平时大人却不让他动纸笔,怕他打翻墨砚,弄一身墨黑。此刻,这些东西竟放在手边,他当然十分好奇,拈过来就学大人的样子,在纸上涂抹。

众人松了一口气,纷纷赞道:此子将来一定大有出息。

张英更是心里高兴,儒学世家,当然希望子弟都是读书人。但他还不放心,还要再考察一下他的品性。见那孩子只管拿着没蘸墨的新毛笔在白纸上涂抹得起劲,再没对别的东西感兴趣,只得将孩子手中的纸笔强行拿走。那孩子空了两手,便四下顾盼,忽然他咯咯笑着爬了几步,原来他看见了一本书,那书却不在他近处,于是他爬过去,拿起书来,煞有介事地翻看起来。他当然看不懂那书,连正反也不知道,但他耳濡目染,父母天天都是这样子拿着书看的。

众人道,不用试了,肯定是个读书种子,恭喜张公,此子将来一准也是个翰林,只怕还要胜过张公哩。

张英心中高兴,嘴里谦逊着:"哪里就能断定将来了。只是谢各位大人吉言。众位都是学富五车的大家,一并有劳,替犬子取个名字罢。"

众人都道,姚大人是孩子舅舅,就请姚大人赐名罢。

姚文然沉吟片刻,道:"他们这辈是廷字辈,前面老太爷为孙子们取的名都是斜玉旁的。斜玉旁有些什么好字呢?倒要斟酌斟酌……"

熊赐履在众人里面除姚文然外,年岁最长,又是翰林院掌院,凡事自要说话在前,遂道:"我看竟不必去劳神费心地想什么斜玉旁了,就是一个玉字好了。玉不琢不成器,此玉好好雕琢,当成大器。"

众人都说好。李光地道:"此子面如冠玉,眉清目朗,必非凡器。就是这玉字恰当得很。"

韩慕庐是新科状元，自视才高八斗，虽刚刚入选翰林院，在众人面前亦不畏缩，也沉吟道："确实是玉字好，斜玉旁的哪个字不是玉的附庸呢。只有玉字，端端正正，乃正人君子也。何况这是块廷上之玉哩，必是国器啊！"

众人都道解得好。张英郑重地在一张泥金红贴上写道：康熙十二年九月初九日，次子周岁，敬邀前辈尊长姚君文然、熊君赐履、李君光地、韩君慕庐、吴君友季为小犬命名，诚蒙不弃，得赐玉字，乃为廷字辈，是名廷玉也。谨以为记。

至此，抓周试晬仪式结束，这小儿顺利地完成了人生的第一道考试。

八仙桌上的杂物收拾干净，摆上了酒菜。众人推让着，正要入席。大门被叩响。刘福贵小跑着去开门，门刚一打开，就听刘福贵大声惊诧："咦，怎么是你们？老爷太太，老家来人啦！"

张英和姚夫人赶紧迎出门来，可不是老家来人了嘛。一辆大车停在门外，张大老爷的管家和姚夫人娘家的管家正帮着刘富贵忙着把大箩小筐从车上往下卸。

原来，两家算好时日，结伴同行，赶着一辆马车，披星戴月，行了半个多月，正好赶在周岁这一天到达。

千里迢迢，家乡来人，这真是意外之喜。

两位管家均是第一次来京，一边进屋，一边打量着这局促的小院，觉得比家乡的大屋可差多了。进得屋来，见站了一屋子的长袍大人，虽不认识，却是一一鞠躬见礼，待到姚文然面前，文然一把扶住那姚府管家，道："连我也不认识了？"管家一抬头，更深深作下揖去："原来是二老爷！太老爷、太夫人还让奴才给您老带了些家乡土产哩，说是在京城待久了，别忘了家乡的味道。"说完就要去檐下翻捡那些箩筐，姚文然一把拉住："不忙不忙，先吃饭。"说着就要拉两人入席。

两人如何肯跟这些大人同席，扭着身子回避："大人们快请入席，我俩去后厢和福贵一齐吃。"

张英道："你们是代表家乡长辈来的，就同坐一席罢。"

两人摆手，口中说着"使不得，使不得"，边往后退。姚夫人见状，道：

"既如此，我就陪你们到后面去吃罢。"

这里众人见他们坚辞，便互相礼让着入席，正要落座，又听那张府来的家人大声惊诧："啊耶！这怪兽怎么在这块儿！"

众人扭头，原来他看见了那只供在条桌中央的珊瑚玉麒麟，正要伸手去拿，张夫人一把拽住："这是皇上赐的，可不敢乱动。"

那张家来人说的是桐城土话，众人也没太听明白，只觉他神色怪异。姚文然是桐城人，当然听懂了他的话，便问道："这有什么诧怪的，一个玉雕而已。"

"不！"那管家竟变得脸色苍白，神情紧张，"那天庄子上大家都见过这东西，腾云驾雾，金光缠绕的。都说没见过这等怪兽，刚要捉住它，眼睁睁就不见了。大家差点没吓傻了。"

张英道："可别瞎说。这是麒麟，是传说中的神兽，哪里真的会有。别是你们看花了眼，把什么獐麂鹿兔的野物看错了。"

"哪能哩，又不是我一个人看见的，况且獐麂鹿兔身上也没有鳞啊。你们没看见，那鳞片上的金光，跟这东西一模一样。"

众人见他说得真切，也都听愣了，那吴友季是个杂家，倒不像这些学士们那么拘泥迂腐，问道："真的见过？什么时候见过？在哪里见过？到底怎么回事，你倒说说看。"

"去年，"那管家回忆着，慢慢说道，"对，是九月初九，重阳节，城里来了许多秀才老爷，都是大老爷县学里的朋友，大家相约登高比赛，登的就是我们家松山岗上的老虎岭。我挑着酒食跟在后面。午时前后，众人都登上了老虎岭，正张罗着作诗哩，就见对面的笔架峰上，站着一只怪兽，全身金光缠绕，尾巴高高竖起，有小牛犊那么大，身上的颜色也像小牛犊一样黄褐褐的，两只眼睛乌亮乌亮，众人吆喝着要去捉了来，四面围着往笔架峰上爬，那怪兽眼见众人拥来，也不惊惧，待到人快到峰顶了，它忽然四蹄腾云飞起，眨眼就不见了。青天白日的，众人都看呆了，都说没见过这等怪兽，那些老爷们也说是麒麟，只是都不敢信。今个倒在五爷这里又见到了。五爷也说是麒麟，那必是没得错了。"

"九月初九，不就是今天吗？"吴友季说道，"去年的今天……"

他不说了，众人也都噤了声，心里都想到了去年今日，正是张家二公子出世的时候，麒麟现，圣人出，难道是应在这孩子身上？有心要夸两句，又觉题目太大，不敢枉发议论，而且孩子还小，话也不能说得太满，恐折了福寿。张英夫妇更是心惊，他们不约而同地想到，也正是这一天，皇上赐了这只玉麒麟……

姚夫人何等精明之人，她轻轻一笑："原来麒麟送子就是这么回事啊，难怪自古就有这么一说，不定那天松山附近有谁家生了孩子哩。吃饭罢，吃饭罢，菜都凉了。"说罢，领着两位管家自往后厢去了。

这里，众人再次入席坐定。张英给各位斟上酒，举杯道："今日犬子周岁，劳动诸公，小弟敬各位大人一杯。"说未落音，只听大门又被拍得山响。众人一愣，齐声笑道："今天这酒席吃得有趣，硬是不让我们动箸哇。"

张英见刘福贵在后厢吃饭，便亲自去开门，门开处，进来的却是康熙身边的侍卫总管、兵部尚书、兼管着翰林院事务的天子近臣明珠。明珠深得康熙宠幸，平时待人和蔼可亲，在朝中人缘不错，张英时常也因公干与他有过交道，私交上却是不敢上攀。今天他亲自上门，朝服冠带，身后还跟一个小苏拉太监，手上捧着一个黄绫包袱，这可令他有点丈二和尚摸不着头脑。

那明珠一步跨进门来，身后跟着的小太监高声唱道："圣旨到！"唬得张英赶紧匍匐在地，明珠提醒道："张大人请起，穿好朝服再接旨。"

张英这才回过神来，看明珠颜色霁和，料着没什么坏事，连忙起身，将二人往堂屋里让，屋里众人也都惊得呆立不动。明珠见了众人，倒也意料不到，遂笑道："怎么，今日重阳节，诸位不去登高，倒躲在家里吃酒作诗？"

熊赐履与明珠日昔接触最多，遂代众人回答："你再也猜不到。张大人家二公子今日周岁，请我们来抓周试晬，吃个汤饼会。明大人前来传旨，是不是张大人又有什么好事？"

明珠笑道："素九（熊赐履号素九）公稍安勿躁，待会便知。尔后还有众位的好消息哩！"

说话间，张英已将五品顶戴穿戴整齐。众人也将八仙桌抬到一边，在正堂中央摆上了香案。

明珠正正顶戴衣襟，从太监手中接过一卷黄绫，打开，高声道："张英接旨！"

张英早已匍匐在地，颤声道："臣听旨！"

"奉上谕：着翰林院编修张英即日起充日讲起居注官，迁侍读学士。赏正四品顶戴。钦此。"

"臣领旨谢恩！吾皇万岁万岁万万岁！"张英咚咚咚叩了三个响头，才颤着身子起来，由明珠手上接过圣旨。明珠又从那太监手上接过包袱，打开黄绫，原来是一套簇新的四品朝服顶戴，张英再次叩头接过。

众人一齐上来道贺。

明珠道："素九公，龙怀（姚文然号龙怀）公，你们也有好事哩。皇上已经钦点你们为明春的会试主考官，不日就有旨意。"

众人自又是一番高兴，熊姚二位又谢明珠。明珠摆手："这是圣上的恩典，与我何干？小公子呢？抱出来我见见。"

姚夫人早已在后厢听见了前面的动静，只是她一个妇道人家，不便出头。此时听见明大人问起，便抱着孩子走了出来，深深对明珠道了个万福。

明珠逗弄着孩子，孩子便对着他咯咯笑起来，笑得明珠忍不住把他抱过来，在他的小脸蛋上狠狠亲了一口，道："这孩子太讨人喜欢了。众位都是饱学大儒，定是取了好名字了？"

姚文然道："也没什么好名字，竟是个俗字儿。"

熊赐履道："虽是俗字儿，和你却差不多，你叫明珠，他叫廷玉。"

"廷玉，这名字不错，谁说玉是俗字儿，黄金有价玉无价。玉堂、玉带、玉玺、玉帛……玉乃王器，这廷上之玉，正合此意。只是我仓促之间无法备礼。"

"这圣旨不就是最好的礼物吗？"姚文然道。

"圣旨可不是我的礼物，那是圣上的礼物，我不过是个送礼的人罢了。"

众人喧闹一番，又抬过席面，拉着明珠入席。明珠道："我早已吃过了，还要赶回去复命哩。张大人，别忘了明天早点入朝谢恩。"说罢，领着那太监与众人辞别。众人一齐将明珠送出大门，直到轿子远去，方回身入席。

这顿酒席，前后足足乱了有一个时辰，方才得以入口。

席毕，已是申初时分，五位客人这才一齐辞去。

谁知接下来，居然不断有人前来送礼。原来张大人升迁的消息顷刻间已经传开，街坊四邻便借口孩子周岁，送来了许多贺礼。

张英夫妇忙着张罗了一个下午。到了晚间，真有点精疲力竭了。等众人睡下后,张英又帮着夫人将日间的礼物分门别类记录下来,为的是日后好还人家的人情。待打开一个红色礼封时,里面竟是一张一千两的银票。再看送礼人,原来竟是自己的房东。张英目视夫人,夫人道:"街坊邻里,送个五两十两的,原是人情来往。一下子送来千两,不是有求于人,也是为今后打下后路。还不是看你迁了侍读学士,成了天子近臣,预先送个人情。这份礼不能收,我明天就退还回去。"

"夫人深知我心。有夫人如此,夫复何求?"

夫人笑道:"喊,这是大丈夫说的话吗?男子汉大丈夫,求的是功名,更何况你已是天子近臣,求的是尽忠报国。岂可缱绻于儿女私情呢?"

"夫人教训的是。"张英也笑着与夫人调侃。

姚夫人捶捶酸痛的后腰,说:"睡罢。明天还要早起哩。"

忽然,姚夫人又想起了什么,犹豫着对张英道:"你说这孩子……"

张英立即意会:"九月初九,重阳节,本就不凡,又有麒麟的事,此子生时确有蹊跷。可不敢乱想,恐折了福寿。今后不要将真八字随便示人,得将时辰改一改,重阳日艳阳高照,午时最盛,改为辰时罢,辰时日初出,尚隐云间,不至于光艳酌人。"

"老爷虑的是。"

松山远眺。松山在今嬉子湖镇。(陈汐摄)

松山湖。松山脚下的湖叫松湖,是嬉子湖的一部分。(白梦摄)

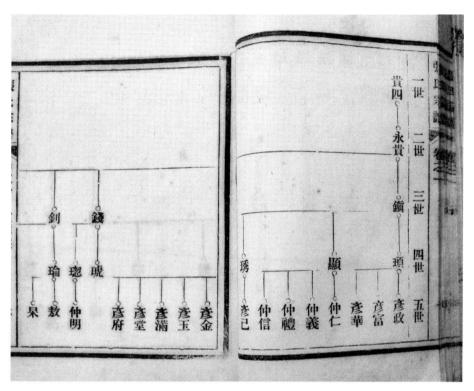

张氏宗谱，现存安庆市图书馆。（白梦摄）

第一回　麒麟送子异香满室　抓周试晬琢璞成玉　19

第二回
平三藩康熙定国策　观古今学士论忠奸

翌日天尚未明，张英就起床梳洗，夫人亲自为他打了一根油光水滑的长辫。穿上簇新的四品顶戴，白色水晶顶子换了青金石顶子，白鹇补子换了云雁补子，脚上的青缎凉里方头皂靴也是簇新崭崭的，透着精神。张英身材中等，面目清朗，相貌端庄，本就斯文儒雅，这么一打扮，更显得气宇轩昂。夫人心中欣慰，催促着出门，直到轿子拐弯看不见了，方才关门回家。

来到乾清门，天刚微明，朝房里的自鸣钟才刚交卯初时刻，参加听政的王公大臣们还未到达。

清朝入关后，自顺治皇帝起，即实行御门听政。御门听政也就是寻常说的早朝，是皇帝体察下情、处理政事的主要方式，所谓"朝以听政，昼以访问，暮以条令"。明朝自洪武初年即规定了早朝制度，以后代代相传。可御门听政的对象是皇帝老子，听不听政，何时听政，都得由他老人家高兴，惟有勤政的皇帝才经常早朝，而那些耽于享乐、昏庸无能之辈，则懒于上朝，所以戏文里常唱"从此君王不早朝"。到了明朝末年，阉宦当道，朝纲废弛，御门听政已有名无实。顺治皇帝励精图治，恢复了早朝，但直到康熙亲政后，才将御门听政作为一项制度确定下来。

康熙正值青春年少，精力充沛，御门听政几乎每天必行，并且有严格的时间规定，春夏两季为卯正时刻（即早晨六点），秋冬两季为辰初时刻（早晨七点)。所以参加听政的王公大臣们,都要清早即起,赶在皇帝之前到达,到了之后即在朝房等候。

张英刚选为日讲起居注官,今天是第一次参加早朝,格外重视,早早就来到朝房等候。王公大臣们也陆续到来,有的与张英认识,有的还很面生,相互少不得一番介绍。日讲起居注官,虽然官位不大,但日夕陪侍在皇帝左右,记录皇帝的言行,好比现在的贴身秘书,即便是一二品的大员,也不敢小觑。面对这个翰林院的青年才俊,众人都争相亲近。

正客气着,忽听有人问:"哪位是张英张大人?"张英连忙答应。来人却是养心殿太监总管张小四,也无多话,领着张英就走,众人知道必是康熙召见。

张英强压住心跳,跟着张小四出月华门,进遵义门,过养心门,转过照壁,来到养心殿正殿,不敢抬头即匍匐在地。谁知皇上却不在明间的须弥座上,张小四竟自往里间走,进了西暖阁。一时,康熙在里间高声道:"张卿家来了,进里间罢。"

张英只觉心狂跳不止,脚步轻飘飘的都不知怎么来的里间。一进西暖阁,就见康熙坐在北面坐榻上,已是龙袍玉带,装扮整齐,正在喝着一碗奶子。其时康熙年龄尚幼,日常进补并不用人参,而用人奶,所以宫廷里经常从民间选用一些身体健康、脸色红润、奶水充足的妇人,每天定时挤出奶水,供皇亲贵戚饮用。那张英只敢略一抬头,才觑见皇上影子,便立即低头,匍匐在地,颤声道:"微臣张英叩见吾皇,吾皇万岁万岁万万岁!"

康熙道:"张爱卿平身罢。"

张小四即刻搬过一张方凳,放在张英身边。张英哪里敢坐,跪在那里,兀自全身微微颤抖。

康熙知他初次被单独召见,难免畏惧慌张,也不勉强。蔼声道:"张卿家,朕国事繁忙,意欲选几个德能勤绩俱全的学士,随侍左右,有事也好及时相商,朕观尔端正清洁,学问又好,尔编的《世祖实录》朕很满意,特选尔充日讲起居注官,迁侍读学士,尔意下如何?"

"臣何德何能,蒙圣上恩宠,惟有尽心竭力,效命圣上。"张英颤声回答着,狂跳的心已渐渐平定下来。

康熙喝完奶子,从坐榻上下来,走到张英身边,亲自扶他起来。张英早已感激得涕泪欲下,这一下再也忍不住,重重地叩下头去:"臣誓死效忠皇上!"

康熙屡次接见升迁官员,对于他们的感激涕零已经习以为常,这个年方二十的青年皇帝,已经历练得稳如泰山了。他扶起张英:"走,随朕上朝去。"

出得养心殿,已有一乘八抬大轿等在门外,康熙上轿,轿子稳稳抬起。那些抬轿的太监都是日昔抬惯了的,走得又轻又快,张小四一手拿着一柄麈尾,一手轻扶轿杆,亦是走得又轻又快。张英跟在后面,往常是不急不躁迈惯了学士步的,这时只得小跑着跟随。出养心门,转遵义门,过西一长街,进乾清门,只见大殿正中高高陈放着须弥宝座,座前摆放着一张龙云翻转的雕花黄案,黄案左前方地上,放着一块厚软的毡垫,那是备着让大臣们奏事用的。乾清门侍卫站立在宝座两侧,一个个执刀仗剑,威风凛凛,目射精光,令人不寒而栗。领侍卫内大臣、内大臣、散秩大臣及仪仗队伍豹尾班、佩刀侍卫在丹陛下左右相向而立。接下来站在两边的是六部九卿。起居注官则站在西阶之西,东向而立。

康熙的乘舆刚刚停下,御前侍卫高声喝唱:"皇上上朝啦!"

众人呼啦一下齐刷刷跪倒,山呼:"吾皇万岁万岁万万岁!"

康熙沿着众人跪拜的夹道,大步走向宝座,登上须弥座,他转身面向众人一抬手,道一声:"众卿平身。"

"谢皇上!"众人再次山呼,然后各自站回原处。

张英早已悄悄站到起居注官的位置,自有小太监送上记录用的簿册笔墨。

待康熙坐定,明珠手捧装着奏折的黄匣子出列,恭恭敬敬地走到黄案前,跪在软毡上,将黄匣子放在黄案之上,然后起身退回原处。大学士索额图走上前来,躬身拱背站在御座下,打开黄匣,取出奏折,一一奏明皇上,无非是各州县报来的水旱年成、祥征瑞兆等等,总是喜的多忧的少,康熙一一降旨,各部院领旨不提。忽然,有一份奏折让康熙精神一振,乃是平南王尚可喜以老病为由请求将王位传给其子尚之信。康熙道:"尚可喜既以老病乞休,可准其撤藩回辽东荣养,其子袭爵,一同归辽东。今南方已定,各地乱党已除,百姓安居乐业。朕正思撤藩,平南王此举甚合朕意。"

大学士图海出班跪奏道:"圣上不可,三藩之势日渐强大,今平南王乞休,乃是受其子所迫,意在袭爵,而非荣养。圣上欲要其撤藩,不仅让其父子难遂心意,还会引起其他二藩的猜疑。奴才以为,此非上策。"

"用不着猜疑,朕的意思原本就是要撤三藩,难道还怕他们抗命不成。朕记得平西王和镇南王也曾上过乞休的奏本,因部议不成,搁置下来,此番索性一并议撤了事。"

"圣上不可。奴才以为图大人所言有理。"索额图本来拱背躬身站在黄案前,这时退后一步与图海并排跪着,奏道:"三藩势力强大,坐镇一方多年,自成羽翼。如今贸然撤藩,一个不慎,恐激起反心。"

"奴才以为不然。二位大人所虑是实,但三藩之毒愈深,愈应尽早剪除,以免养疽为患。"明珠也出班跪奏。

至此,众大人纷纷出班,分成两派,一派赞成索额图、图海意见,一派赞成明珠意见,各呈其辞,朝堂之上乱成一片。康熙见此,板着面孔,摆手道:"今日到此,撤藩之事暂且免议。众位臣工还有什么要奏?"

翰林院学士傅达礼奏道:"奴才有本要奏。前朝旧制,经筵讲学,为春秋二时,夏冬罢讲。圣上好学,一直未有罢讲,还将隔日讲改为每日讲。今圣上之学,已达古今中外,无人能匹,是否恢复旧制,春二月至夏至,秋八月至冬至为讲期。"

康熙道:"学问之事,何能穷尽,更不宜间断。朕刚刚选了张英为侍读,正要听他讲经哩。讲完经书,还要讲通鉴,三坟五典、九丘八索,尔都通读了吗?都领会了吗?罢什么罢,偷懒罢了。朕看尔等满大臣,就是不如汉大臣好学,尔等问问张英、熊赐履,哪一日不思学问,可有夏冬罢学之事?"

康熙正为撤藩之事着恼,傅达礼奏的其实是件小事,却被他戗白了一顿。众人见皇上心情不好,谁还敢再奏。于是散朝。

康熙回到寝宫,犹自气恼。他看着自己手书的条幅:三藩、河务、漕运。这是他的三块心病,也是保证国家长治久安的三件至关重要的大事,他日日系念在心。可是大臣们却如此畏惧,显见得三藩之势越来越强,而撤藩也更加势在必行,而且要越快越好。想自己十四岁时决计铲除鳌拜,密谋于众臣,也是反对的多,赞成的少,还不是因为众人看自己年纪小,势单力弱，怕斗不过鳌拜。如今又畏惧三藩势力，怕三藩起反，难道朕当年不怕鳌拜，如今反倒怕了三藩不成。撤是一定要撤的，只是要谋划周详。心念至此，立即吩咐张小四，传康亲王杰书、大学士索额图、兵部尚书明珠、翰林院掌院熊赐履、侍读学士张英午后觐见。

众人散朝后，张英等几位起居注官可没得休息，回到翰林院，尚须将适才的御门听政整理成起居录。张英初任起居注官，少不得向几位同僚请教，待到忙完，已是巳正时分，想着午后还要去养心殿觐见，回家吃饭笃定是来不及了，便泡了一杯酽茶，提提精神。

刚交午初，即有一位养心殿的小苏拉太监来传张英过去。张英来到养心殿，康熙刚刚用完膳，正坐在明间的须弥座上，拿着一本《资治通鉴》发呆。见张英进来叩头，便指着下面的一张书案让坐下。张英不敢，起身站在一旁。康熙道："那可是你起居注官该坐的位置。"

张英一看，果然书案上摆着笔墨纸砚，知是让他记录用的。便小心翼翼地挪过去坐下。

康熙指着手上的书，对张英道："今天被傅达礼搅了，朕一生气，竟没去懋勤殿听你讲经，不如现时你给朕讲讲《通鉴》罢。你说这汉文帝削藩是该也不该？"

张英心知皇上还在为早朝时的事伤脑筋，忙起立答道："文帝时，济北王刘兴和淮南王刘长相继谋反，虽未酿成大祸，但诸侯夺位之心已经显露。时有吴、楚、燕、赵、齐等大诸侯王国，势力日强，成为朝廷的心腹大患。对于这些藩王，当时有两派主张，一派以贾谊为首，主张'众建诸侯''以少其力'，就是广泛分封诸侯，把大诸侯的土地再分出一部分，分封给其子孙，让其子孙皆成诸侯，这样宗室子孙都有望封王，也就无心支持诸侯王国背叛朝廷了，而大诸侯王国的力量也就被逐渐削弱。另一派以晁错为首，主张'削藩'，也就是直接削夺诸侯王的封土，以加强中央集权。"

这段史实康熙读过《汉书》，早已知道，他要听的可不是重新讲解历史，而是对当朝藩王问题的建议，但张英不敢妄测圣意，只好就事论事。康熙知道这些汉大臣都是讲究深藏不露，察言观色，遂道："依卿之见，贾晁二人，谁的主张更好呢？"

"臣不敢妄评历史，只是从史实来看，文帝采纳了贾谊之策，将淮南王的土地一分为三，封给了刘长的三个儿子。又将齐国一分为六。但他的'众建诸侯'之策也未彻底施行，继齐国一分为六后，吴王的势力便强大起来。后来景帝即位，重用晁错，决定'削藩'。当时吴王开山铸钱，煮海制盐，又广招人才，叛乱之心已是昭然若揭，所以朝廷的削藩令一到，他就联络各诸侯王，一齐反了，这就是历史上有名的'七国之乱'。"

张英这段话，仍然说的是历史事实，并未与当朝联系，康熙只好再说："以卿之见，如不削藩，吴王会不会反？"

"臣以为，吴王刘濞自幼跟着高祖打天下，战功赫赫，居功自傲之心肯定有的。正是因为刘濞性情强悍，高祖才封他为吴王，因为吴郡一带民风悍烈，怕弱王难以驾驭。然而据史书记载，刘濞面带煞气，有谋反之相，当时高祖就告诫过他：有术士言，五十年后东南反，不会是尔罢，尔同为刘姓，为汉室江山计，当不会反。"

"那刘濞为什么还会反呢？"

"恐是天性，既面带反相，反即必然。虽同为汉室，但江山终是景帝坐了，而不是他吴王。吴郡富庶之地，若无反叛之心，其尽可颐养天年，何必招降纳叛，开山铸钱，煮海制盐。"

"如此说来，吴王是削亦反，不削亦反喽。"

"历史无法假设，然看后来，吴王打着'清君侧'的名义起反，可景帝杀了晁错，吴王并未收兵。"

"朕听说平西王也在开山铸钱，煮海制盐，招降纳叛啦！"

至此，张英哪能不听出康熙的意思，遂说道："臣以为，平西王势力越来越大，不仅开山铸钱，煮海制盐，收编叛军，重用降将，他的西选官员亦愈来愈多，若不加以节制，日后……"

"你说平西王有没有反相。"

"臣不敢妄言。"

"此间没有外人，只你我君臣。尔当忠心对朕，知无不言，言无不尽。无论说出什么大逆不道之言，朕都恕你无罪。"

张英闻听此言，赶紧跪下叩头："圣上此言，臣如何敢当，惟肝脑涂地，竭尽所言。"张英横下一条心，徐徐奏道："臣没见过平西王，然据臣猜测，平西王有反相是不言自明的，否则当年他怎么会反了明朝哩。他归顺我大清其实也不是开初的意思，若不是为了陈圆圆，说不定他早已降闯贼了。他父亲不也是明朝旧臣，被闯贼擒住，便劝子投降，有其父必有其子。"

"既已反了明朝，该不会再反我大清了。"

"这很难说，所谓忠孝节义，都是一以贯之的，一个对前朝不忠的人，未必就会忠于当朝；一个对父母不孝的人，很难对其他长辈孝敬。这节字更是如此，一个女人本是干净清洁的，然一旦失节一次，心下便没有了贞洁二字，所以妓院里买来的良家妇女，开始怎样誓死不从，只需被人强迫一次，以后就会从容接客，盖因其廉耻之心已失。臣子失节，当同此理。"

"如此看来，在你们汉人中，对平西王归顺我朝是颇有微词喽。"

饶是张英做好了充分的思想准备，闻听此言，还是不由自主地浑身一抖，真正感到了天威不测，伴君如伴虎："臣该死，臣不是这个意思，臣是就事论事，就理说理。"

"朕也不是这个意思，朕也是就事论事，就理说理。对于失节之臣，不仅你们汉人看他不起，我们满人也看他不起，朕自也看他不起。若世间臣子都像他吴三桂，一旦国家遇险，还不都降了别人。朕是在想，平西王年初就已上书请求撤藩，到底是真心还是假意。三藩乃是朕的心病，迟早要撤，可是一旦撤藩，平西王会不会又像当年一样，再生反意呢？一旦反了，汉人会不会一呼百应呢？"

康熙终于道出了心中的症结，他何尝惧怕平西王他们，怕的是汉人一呼百应。见皇上如此地与自己推心置腹，张英打心底感动了，便不再有顾虑，诚心地说道："皇上圣明！今国事平安，边陲平靖，三藩耗资糜费，岁需二千万两，所谓天下财赋半耗于三藩，国力为之乏匮。且重兵在握，终是隐患！纵观历史，再观三藩为人，恐怕终究难能与朝廷同心，是撤亦反，不撤亦反。既如此，则迟撤不如早撤。说到一呼百应，以臣愚见，恐怕未必，我朝定鼎以来，国家安泰，民阜物丰，崇文重教，尊孔尚礼，人心向化，上下臣服。江山无姓，惟有德者居之。况我汉人，一贯乐于安邦治国，不愿砍伐征战。百姓刚刚安居乐业，人心思定。何况那等乱臣贼子，人人得而诛之，三藩一旦起反，必不得人心。即使汉朝吴王起反，一时造成七国之乱，然终是乌合之众，不得民心，不出半年，便被平息，不久便出现了历史上的文景盛世。反而是前明的建文帝，在削藩问题上患得患失、优柔寡断，以致错过时机，让燕王长成羽翼，谋反成功了。"

康熙听得仔细，不时地微微点头。

说话间，听得门外通报："康亲王、索大人、明大人、熊大人到。"原来此四人饭后进宫，都在朝房喝茶候时辰，皇上传午后觐见，他们便要等到午时过后，即未时初刻才敢进养心殿。张英因是起居注官，一般日间都得候在翰林院或懋勤殿，以便皇上随叫随到。

"皇叔和三位大人都进来吧。"听了康熙的吩咐，四人才鱼贯而入。

"皇叔免礼，赐坐。"康亲王杰书是顺治皇帝的堂兄，康熙的伯父，为人正直端方，深得康熙敬爱，此时正要叩头参见，听康熙吩咐，便对着御座深深打了一个躬，坐到一边的软椅上去。

索额图、明珠和熊赐履叩头后，也被康熙赐了座。

一时君臣坐定，康熙道："皇叔和三位爱卿，朕想就早朝未定之事，听听诸位见解。"此时议事的都是一品大员，张英这个新进的四品侍读，当然没有发言的权利，他的任务是记录，所以康熙要在众人来到之前，单独听听他的意见。

康亲王杰书道："我大清是马背上得来的江山，当年世祖皇帝入关时，敌众我寡，兵将不够，才重用降将。今吾皇已经坐稳江山，以我八旗数十万能征惯战之兵将，已足可守土卫疆，撤去三藩无有不可。"

索额图道："奴才以为不可轻言撤藩，三藩拥有重兵，一旦激反起变，必要引动战火，至时心怀异端之人纷纷附逆，以致草木皆兵，恐举我八旗之兵亦难以抵敌啊。"

明珠道："索大人何必长他人志气，灭自己威风。三藩之势日炽，尤其是平西王吴三桂，开山铸钱，煮海制盐，还广罗人才，招纳各地乱党反贼，岂不是狼子野心昭然若揭。云贵两省，他的西选官员比朝廷委派的还多，俨然是在与朝廷分庭抗礼嘛！若不撤藩，任其发展，必成尾大不掉之势。"

熊赐履慢声道："明大人所言皆是事实，举朝皆知。然我朝定国未久，长期征战，民不聊生，刚刚休养生息，百姓怀恩戴德。平西王为人奸诈，虽曾上表乞养，乃是投石问路。若真撤藩，难免不反，若反，难免没有人附逆。这样战火一开，恐不是一日两日之事。百姓又将沦入水火，生灵重遭涂炭，实非明智之举。"

"不撤藩吴三桂就不会反吗？"康熙冷不丁地问道。

索额图道："我朝对他吴三桂恩重于山，想在前明时，他不过一个小小的总兵，闯贼闹得不行时，才封他一个有名无实的平西伯。如今封疆开府，贵为一藩之王，他还有什么不满足的。"

熊赐履也道："臣也认为若不撤藩，既得利益不变，吴三桂不会轻易反叛。况且他的儿子吴应熊贵为额驸，居住在京，一般情况下他也不会轻举妄动。而一旦撤藩，以吴为人，八成又会重蹈覆辙。此等奸佞小人，反复无常，乃是本性。"

明珠道："既是奸佞，朝廷为何要姑息养奸，何不尽早除之，以绝后患。吴额驸在京，正好可以做个人质，牵制于他。"

熊赐履道："对小人不能以常法置之。如今他有一方土地，可以称王，心满意足，何不假以时日，待其老死之后，再作处置呢？说到以其子为人质，那更是与前番情况相同，当年闯贼不也是拿他的父亲做人质吗？前番不忠不孝，今番就会改了吗？"

"哼！"康熙鼻子里重重地哼了一声，道，"朕可没有那么好的耐心，等到他们老死。此三个藩王，既非皇亲，又非贵戚，我爱新觉罗氏的江山，何以就必得有他们的份？当初设藩，虽为表彰其征战之功，目的乃是平靖疆土，如今天下太平，朕保留其王位，让其回辽东颐养天年，又不少了俸禄，子孙仍袭王位，有什么不妥？我八旗有多少亲王，谁又开疆封土了？不都在辽东荣养吗？如此若还要反的话，我看他是生定了反骨，不撤藩也仍然要反。今日盘踞云南，焉知他日不觊觎中原？况撤藩是他三人分别上表奏请的，朕不过是恩准其奏罢了。若真心撤藩，朕准其奏不是理所当然吗？若不是真心撤藩，拿表奏来揣测圣意，那他就大错特错了。朕不是三岁小儿，岂容他们玩弄于股掌之上。朕撤藩之心已定，尔等不必再议。索额图、明珠明日召集户、兵二部会议，尽早定下天使，前往三地，传朕旨意，立即撤藩，三人着以亲王俸回辽东荣养。"

见康熙决心已定，索、熊二人知圣意难违，再说也是无用。

明珠面有得意之色，其言暗喜合了圣意。他可不知道在他来之前，康熙已与那个一丝不苟做着记录的起居注官张英说了多半个时辰的话。

康亲王杰书自康熙继位到康熙亲政、铲除鳌拜，诸般大事上，一贯都是支持康熙的，见康熙撤藩之意已定，他便开始谋划，一旦三藩激变，将引起哪些战火，该如何用兵。

待众人走后，康熙对着收拾笔墨记录的张英道："张爱卿别忙收拾，朕还有事吩咐。"张英忙垂手侍立。康熙走下御座，在房中踱着方步，缓缓道："依卿之见，三王会不会顺利撤藩。"

"臣不敢妄言国事。"张英惴惴。

"唉！你是朕亲选到身边的，朕今后会随时与你议政，要总是这样小心翼翼，朕怎么能知道众大臣心意呢？想到什么，当说无妨。"

"臣不敢。臣谨尊圣意。"张英到康熙身边才只一日，本是战战兢兢的，但康熙一再如此垂颜下问，他也就渐渐消除了紧张，心想确如皇上所言，今后日日面君，虽不能乱言多口，但必须有问必答，想至此，便大胆回答："以臣愚见，三藩之中，最难的是平西王，臣听说三藩私下里互通声气，其他二藩惟平西王之意是听，而平西王一贯心怀叵测，手下又有许多谋士骁将，这些人靠着吴三桂的大树乘凉，他们自以为平西王功高盖世，朝廷也该礼让三分。只怕撤藩之事难以一蹴而就。"

"如果撤藩令到，吴三桂拒不执行，又将如何？"

"朝廷圣令一到，容不得他讨价还价，无论如何要逼其就范。否则朝廷的尊严何在，天子的威仪何在？"

"是啊，他不撤藩，就证明他狼子野心，那朕还跟他讲什么情面。只不知接下来会出现什么局面。"

"圣上的意思，就是要除三藩之患。如顺利撤藩，是朝廷之福，亦是百姓之福，朝廷再无须支出巨额军费，云贵军政也可收归部属。如平西王等不愿撤藩，必要起反，逼其反不是比其自反更好嘛？"

"卿言极是。是疖子总有破的一天，待其反不如逼其反！张爱卿，明日早朝之后，即去懋勤殿等朕，这等大事朕要未雨绸缪，好好计议一下。"

"是！"

"今天实在是累了，跪安罢！"

"谢皇上！"张英收拾好书案，抱着笔录，叩头退出。出了养心殿，回到翰林院，他才感到身子一软，肚里饿得火烧火燎。连忙将笔录放好，这才出宫回家。

回到家，天已擦黑。姚夫人赶紧帮他换去朝服，张英对夫人道："快快备饭，今天可饿坏了。"

"怎么，中午没吃饱？"

"哪里还谈吃饱，压根就没吃。散朝后，皇上传午后觐见。我想家住得远，来回一跑怕误了时辰，干脆就不走了，果然刚交午时，就被皇上传去了。"

"那还了得！快快洗脸吃饭。我还以为你中午在哪里吃饭局哩。"

"当今圣上可真是勤政得紧。我往后得日昔跟在他身边，只怕中午回家吃饭误事，干脆明天上朝时把中饭带上罢。想不到我也和咱家太祖一样，成了'张一包'了。"

"那怎么成，天气渐渐凉了，带去的饭菜冷冰冰的，怎么吃？不如叫福贵每天送去罢。"

"那敢情好！只是给家中添麻烦了。"

"说哪里话，老爷在外面千辛万苦，又是为皇上办事，我们做什么都是应该的。"

夫妻说着话，刘嫂早已将饭菜整治上桌，一家人围桌而坐，其乐融融。张英虽然腹中饥鸣如鼓，然并不狼吞虎咽，照样细嚼慢咽，还不时为儿女夹菜。那小廷玉也被姚夫人抱在膝上，他尚未断奶，但也学着吃一点稀饭青菜了。张英便不时挑上点稀饭豆腐的，喂进他的嘴里，逗得他坐在母亲腿上，高兴得一纵一纵的，嘴里"阿爸阿妈"地乱叫。

饭后，姚夫人亲自为张英泡了一杯绿茶，玉儿已被刘嫂抱去。夫人手上做着针线，与他闲话。张英则召长子廷瓒前来，查问窗课。那廷瓒现时已是十二岁的少年，在学里读书，每有闲暇，张英必查问其窗课，廷瓒亦少年老成，颇能与父亲应对。此时，见父亲对着自己的窗课本子边看边点头，遂壮胆问道："阿爸，您适才说的太祖张一包是怎么回事？"

张英道："那是我的太祖爷，你们的老太祖的事了。你们老太祖讳淳，字希古，号琴怀。是明隆庆二年进士，选了浙江永康县令。那永康地方，吏民刁钻，最喜刀笔，设陷诬告，朝廷连派七任县令，都被控免职，历年累积下了多少案件。老太祖去了之后，日夜披读案卷，一一审理判决，因是秉公而断，谁也不敢不服。每次审案，必先张榜布告审讯日期，至时百姓围观，若断得不公，或有隐情，必然会引起喧哗，便可明察秋毫。而审案前，老太祖事先从家中裹饭一包，案子审理未结，中午便不退堂，就在堂上吃几口冷饭，接着再审。于是民间百姓都叫他作'张一包'。"

"后来呢？"

"后来，老太祖就在那里把官做下去了，不仅没有被百姓撵走，还赢得了百姓拥戴。老太祖心思缜密，破案神奇，最有名的是抓获巨盗卢十八。那卢十八是当地大盗，十余年前盗窃库金之后，销声匿迹，一直被朝廷悬赏捉拿不得。老太祖到任后，佯装无事，说事情都过了许多年，谁知那卢十八跑哪里去了，不知还活不活在人间呢？其实老太祖早已熟读案卷，私下里又听说某县吏之妇素与卢十八有染，遂在公堂上有意那样说，好让那县吏传话给卢十八，以松懈其心。后来，老太祖访知那县吏欠人债务，便叫那人据状告他，借此将县吏下狱。下狱之后，老太祖秘审县吏，告诉他通盗之事已尽察知，此乃死罪，若能帮助擒获卢十八，则可将功折罪。那县吏至此只得听老太祖吩咐。于是假意将县吏放出，以设法还债，而将其妇收入大牢，代夫做监。那卢十八听说妇人入狱，忙来狱中看望，并打点狱卒，不得难为该妇。狱卒早已领命，趁机与卢十八斗酒，将其灌得大醉，老太祖带人趁醉将其擒获。"

廷瓒听得得意："老太祖真神了！"

张英本来有些累了，但有意要教诲儿子，便饶有兴趣地说了下去："老太祖不仅破案神奇，尤其爱民如子。有一年，浙江大旱，各地抢夺公仓之事纷纷发生，朝廷下令，抢夺公仓者，处以死罪。一日抓获一名抢米者，老太祖见他鹑衣百结，面有菜色，何以真的忍心杀他，便从牢中提取一名待决死囚，当众杖毙，而张榜公告，说是劫米者。自此，再无人敢抢夺公仓。老太祖又合理调用公粮，设粥厂赈济，帮助百姓渡过难关。大灾之年，惟有永康境内安定，百姓饿死者亦少。"

"后来呢？"廷瓒听得入神。

"再后来，朝廷考绩，老太祖以'治行第一'被征召回京述职晋升。永康百姓扳辕附车，痛哭送行。临离开永康县境时，老太祖命停下车来，对送行的仆吏说，某乡某盗潜逃多年，现正在家中，速去捕来。众人不信，可赶到某盗家中，某盗果真正在家中饮酒哩。于是即刻将其捕缉归案。仆吏赶来问太祖爷，如何得知此盗正在家中。老太祖说：'此盗逃遁多年，因我在，捕缉甚严，故而不敢还家，然必思乡心切。今闻我离任，还不速速归来？'众人无不钦服。"

听至此，廷瓒忍不住道："如此说来，老太祖也不是什么神仙，只不过善用其心、殚精竭虑而已。有一日，我若为官一方，也要像老太祖那样造福百姓，留名千古。"

"瓒儿有此志气，很好。我也曾立志学太祖公，做一方事业，破几宗奇案。可现在身处朝中，做了个文臣，恐怕此生难放外任了。但无论身处庙堂之高，还是江湖之远，为官者，总要记住'事君如父，爱民如子'这八个字。"

"阿爸教训得是，廷瓒记住了。"

翌日，早朝后，康熙来到懋勤殿，正要与张英说些什么。索额图、明珠联袂而来，报知吏、兵二部部议结果：先撤耿、尚二藩，对于吴藩，宜暂缓，待耿、尚二藩撤后伺机再定。康熙闻言，勃然大怒。把索额图、明珠骂了个狗血喷头："撤三藩是朕昨天既定的国策，只不过让二部会议如何办理罢了。尔等是如何传的旨，难道朕的旨意也容得尔等随意更改吗？"

索额图被骂得唯唯诺诺，明珠是有苦难言，二部会议时，索额图并未把康熙撤藩的决心解说清楚，只是让众议撤藩之事，致使众人七言八语，有赞成尽撤三藩的，有不赞成撤藩的，更多的人是怕撤藩会激怒吴三桂，导致兵变。两部会议的最后结果，虽然撤藩派占大多数，但还是保守行事，先撤二藩，去吴三桂羽翼，然后徐徐图之。明珠有心把圣上的意思明确告诉众人，可是索额图是大学士，自己只是个尚书，品级不如他，何况二部之中，索额图的亲信不少，自己公然与他拆台，恐于自己不利，也于事无补。此时康熙责骂，他只好忍气吞声，狠狠瞪索额图一眼，心里骂一声：老匹夫！

康熙看在眼里，知道他二人素有不和，也猜出几分意思：索额图自己害怕撤藩会使吴三桂激变，昨日力谏不成，所以借助部议来阻止此事。但他岂是懦弱天子，岂能受王公大臣挟制，厉声道："朕意已决，尔等不必再议，张英听旨。"

"臣在。"张英赶紧跪下。

"着张英立即起草撤藩诏书。"

"遵旨。"

"索额图听旨。"

"奴才在。"索额图本就跪着奏事，此时再次叩首。

"着索额图立即会同吏部，选派天使，速速动身，前往滇、粤、闽三地宣诏，并传旨三地督抚，会同天使办理各藩撤兵起行诸事。"

"遵旨。"

"都起来吧。明珠随朕回养心殿。"

至此，索额图再无可推托，明珠面有悦色，跟着康熙亦步亦趋而去。

落凤窝，又名老凤窠，在松山，为张氏祖坟，相传为吉壤。张氏因此发迹。（陈汐摄）

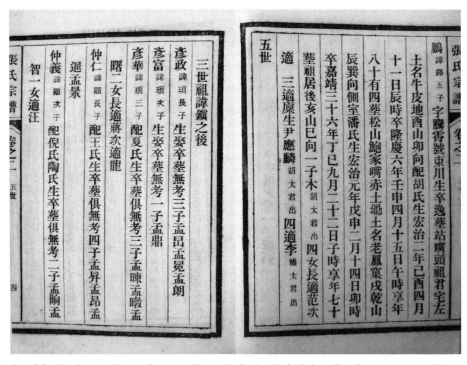

《张氏宗谱》卷二记载：张氏四世祖母胡太君葬松山鲍家嘴赤土塥土名老凤窠。（白梦摄）

第三回

五华山三桂反清廷　懋勤殿康熙讨逆贼

不说这边紧锣密鼓，计议撤藩之事。再说那云南平西王府，此时正金碧辉煌，歌管笙篁，一派欢乐景象。

云南，是个四季如春的地方。阳光明媚，蓝天澄澈，白云悠悠，那红土地上长年覆盖着郁郁葱葱的森林植被，瓜果四时不竭，菜蔬日日常新，人言此地插根笤帚都能开花。山中多藏珍宝，有金银铜铁锡盐诸矿，盛产三七、当归、灵芝、虫草、鹿茸、麝香等名贵药材。别说那资源丰富、民族众多，也别说那珍禽异兽、奇卉佳木，即是此地女子也个个娇小玲珑，说不尽的纤巧清秀，比中原女子又自不同。穿着饰金镶银的华丽服装，裹着露出半截肚皮的狭窄筒裙，走起路来那窈窕婀娜的小蛮腰一扭一扭地，直把人的眼睛扭直喽，把人的心扭乱喽。

就是这样一块好地方，如今却供养着一个令朝廷日夜担忧的莽夫悍将，一个出尔反尔的小人，一个常怀异心的国贼，那就是平西王吴三桂。

吴三桂本是苏北高邮人，明朝武举出身，一生戎马倥偬，南征北战，虽是先降闯王，再降清兵，一再失节，但他战功赫赫，尤其是引清兵入关后，作为先驱，领着清兵一路砍伐，不仅摧毁了前朝军队，还剿灭了各地乱党，为清朝定鼎中原立下了汗马功劳。所以当他深入缅甸，捉回了南明最后一个皇帝朱由榔后,便留在了云南,被封为平西王。

同时受封的还有平南王尚可喜,留镇广东;靖南王耿继茂,留镇福建。

三王之中,自是平西王功劳最大,封地也最好。三王不仅享受地方财赋,朝廷还要供给军饷,日子煞是好过。平西王吴三桂,在云贵两省享有无上的权力,连云贵督抚也受其节制。他还有权任命地方官吏,凡他所任用的官员,称作"西选"。这些地方官只对他感恩戴德,惟其马首是瞻。对朝廷反不如对平西王亲近。这样一来,朝廷对云贵的节制被大大削弱,人称在云贵,百姓只知有平西王,不知有朝廷。

康熙是怎样一个大智大勇的聪明皇帝,还当少年时,就铲除了横霸朝廷的首席顾命大臣鳌拜,如今亲政多年,岂能容此毒瘤恣意生长。所以他派有名的酷吏朱国治任云南巡抚,就是因为朱国治一方面心狠手辣,一方面对朝廷无限忠诚。朱国治的到来,无疑为后来的撤藩埋下了伏笔。

可惜吴三桂太过骄纵,自以为功高盖世:不是我打开了山海关,并从山海关直达西南边陲蛮夷之地,打下了大半壁江山,你爱新觉罗氏还在关外做鞑子呢。如今给老子个"偏西王",大好中原却成了你囊中之物,让老子心中好生不服。你康熙小鞑子若顾个情面,老子且等等再说。若真个要撤藩,老子再反了去。索性打一片天下,正儿八经做了皇帝,也不枉了英雄一世。因有了这番心事,那吴三桂便有恃无恐。他的儿子吴应熊住在京城,朝廷把他当人质,实则正中吴三桂下怀,做了平西王的坐探。当吴应熊传出康熙把"三藩"写成条幅挂在寝宫中的消息,他便知道小皇帝已把自己当成心腹之患。但他并不怕康熙,于是约了其他二藩,轮番上表,请求撤藩,目的是借此刺探小皇帝的心思,看他敢不敢真的撤藩。他是量他不敢的,心中期许,小皇帝见了表奏,一定快马加鞭,立即派人前来安抚,这样自己又可抬高身价,提出更多的条件。另一方面,他也在私下准备,一旦那小皇帝不知天高地厚,下旨撤藩,他就挥师北上。

这人一旦长了反骨,就有反心。按理说这吴三桂,当年应闯王诏书,准备归降,已是反了一次;而后冲冠一怒为红颜,反身打开关门,投降清兵,又反了一次。如今还是反心不死,岂不硬是脑后长了反骨,不反就心里难受吗?

因了他有这些有恃无恐、胆大妄为的想法,所以上表之后,也不以为意，照旧在王府里寻欢作乐。

这吴三桂一生好权好钱好色，可谓极至。明朝时，他父子皆为总兵，靠吃空饷挣得了偌大家当。有钱有权有兵有将，当明末乱世之时，他便成了朝廷倚重的力量。为了讨好他，明朝封他为平西伯，驻守山海关。周皇后的老父看他拥有重兵，堪可依靠，便招他入府，许以重金，欲收为党羽。谁知他却看上了被周国丈买回家中的苏州名妓陈圆圆。周国丈为江山社稷家族计，只好忍痛割爱，把那小女子拱手让给了吴总兵。然而一旦闯王进京坐了龙庭，他那前朝的总兵父亲，立即失节归降，还修书于他，让他快快来降，只怕降得早，还可谋得更好的职位。信中写明，明朝已封你为平西伯，大顺朝咱还不得挣个平西侯、平西公什么的。真是知子莫若父，三桂立即把前朝恩德抛诸脑后，当即领兵回京，恨不得立刻跪倒在新皇帝的龙袍下。

可是途中遇到报信的家人，说那闯贼进京，并没有个做龙庭的样子，竟还是个打家劫舍、烧杀淫掠的山大王。听说家中财物已被抢掠一空，三桂自是心痛，然想着归降后再揽大权，钱财还可加倍捞回，又将心放得宽宽的。待听到家中父母妻妾尽做了人质，也还想着只要自己归降，人质自会无恙。可是听说那千娇百媚的爱妾陈圆圆已被闯贼收入宫中自用，一腔怒火，熊熊燃烧起来。心想那美人入宫，必被封妃封后，任自己如何孝忠，新皇帝也不会将美人还他了。如何才能把美人重新夺回自己怀抱呢，惟有投靠更大的主子，将你那新皇帝打下龙庭。于是掉转马头，回去搬请清兵，也不顾那作为人质的一家老小性命了。这一次，连他的父亲也没有猜到，儿子不忠得自自己遗传，居然还不孝，连他的老命都葬送了。

但吴三桂自己可不这么看，他不说自己不忠不孝，无廉无耻，反倒认为是"识时务者为俊杰"。在短视者看来，也确实如此，你看他投靠了新主子好生风光，即刻把那前朝有名无实的平西伯换了当朝有权有势的平西王，而那落入虎口的美人陈圆圆，也收拾残妆，再作冯妇。当时当下，谁敢说他卖国求荣，谁不羡他英雄美人。可是，他忘了史笔春秋，盖棺定论，纵使他不再反清，也难逃失节罪名，何况他是一反再反，将忠孝节义、道德人伦全抛到脑后了。但他不管这些，得享受时且享受，先享受了明王的王宫再说。

南明桂王朱由榔当年带着旧部流落昆明，靠着云南旧臣沐天波和义军李定国的拥戴，立下脚跟。沐天波献上五华山上的一处豪宅，朱由榔遂将其扩建为王宫。原想偏安一隅，做几天永历皇帝，过几天太平日子，至于复国种种，哪是容易的事，嘴上说说，心里想想，哄哄部将而已。

然而吴三桂大军长驱直入，李定国率部抵抗，护着永历帝外逃，最后溃不成军，战死途中。三桂大军一路撵到缅甸，将仓皇逃窜的朱由榔活捉回来。你说他这一招是多么讨当朝欢心？清朝当初入关，打的是帮助汉族讨伐逆贼之名，因大明皇帝已死，不得已坐了龙庭，如果现在大明皇帝的后裔返回紫禁城，这江山到底该谁来坐？吴三桂不顾手下部将反对，执意将朱由榔就地处死，正好合了当朝的心意。果然，康熙皇帝颁诏，晋他为亲王。

那还是康熙元年的事，此后吴三桂便坐镇云贵，享起了齐天之福。他把永历的故宫收为平西王府，又大兴土木，广为扩建。亭台楼阁，雕梁画栋，小园别馆，曲径通幽，将原有的莲花池清淤开挖，扩建成碧水连天的大湖，名曰"翠湖"。又将沐天波的七百顷庄田尽数归为自己的藩庄，奴仆役吏、家丁兵将，到哪里都是前呼后拥的。王爷气派，果然又与那叱咤疆场的将军不同。

在这样碧草如茵的王府里，再广置珍禽异卉，金银财宝，媵妾丽人。吴三桂整日的美酒佳肴，偎红依翠，还有什么不满足的。然而他一日也没有忘记与谋士密议国事，分析朝局，也一日不忘秣马厉兵，操演刀枪。

只是十余年来，国无战事，边疆安宁，让他颇有英雄无用武之地之叹。心思自己一介武夫，光有战功，终是不美，怎生做一个文治武功的王臣，写在史书上，也光鲜耀眼得多。于是近些年来，也常常附庸风雅，舞文弄墨，研习起书法来。时常写得一幅两幅，随即赏人，那得赏的将士媵妾，哪有不说好的，都装裱得煞有介事，高高张挂堂上。吴三桂遂越写越欢，每年春秋两季，竟要在园里列翠轩中大张旗鼓，举行笔墨盛会。说是盛会，与会的部将吏臣、文人雅士却都不敢真的卖弄书法，只是随便涂抹，写个一幅两幅，那出风头的事自是要留给王爷的。

列翠轩建在翠湖水中，只有一条回廊与岸上相连。回廊曲曲折折，通向一座高敞的大轩，大轩分为五大开间，中间是正厅，四周是临水的四面，轩中无有隔墙，只用雕梁画栋的圆柱支撑，所以无论身处轩中何处，都可看到翠湖中的碧水柔波，接天莲叶。

那一年，乃是三桂六十大寿，下属将士和西选官员搜罗了无尽的珍奇异宝，为王爷庆寿。其中有一宝物最合王爷心意，你道何物，乃一活宝也。

那活宝小巧玲珑，婀娜多姿，不仅身子小，腰儿细，更要紧的是年龄小。其时，那小姑娘才刚刚十三岁，亦是好人家女儿，知书识礼。无奈家道中落，父母早丧，被兄嫂卖了抵债，又被买主送进了王府。那买主果然好眼力，王爷一见之下，竟如当年初见圆圆时，被惊呆了。自此活宝深得王爷宠幸，不亚当年圆圆。

按说这吴三桂当年冲冠一怒为红颜，为了圆圆不惜卖国，应该是爱之弥深，情有独钟罢。可是非也，吴三桂一生就没有过独宠圆圆时，所以当他的原配夫人与父母一起被闯王斩杀后，他并未将圆圆扶为正室，而是又另外续娶了继室张氏。这一点他是连唐玄宗也不如的，人家贵为天子，还对杨贵妃情有独钟，六宫粉黛无颜色哩。可见就这点看来，他也是不配做皇帝的。

那年引得清兵入关，直奔紫禁城，逼得闯王连夜弃宫而逃，大清国的摄政王多尔衮趁机入主武英殿，不久就将年方六岁的顺治帝迎请进京，清朝江山遂定鼎中原。

夺回陈圆圆后，尽管戎马倥偬，吴三桂在一路扫荡之下，还顺便又搜罗了好些个美人。到了昆明定居后，更是广罗美女。谁不知王爷有此癖好，云南美女又多，各地官员便争相孝敬巴结。好在王爷也不自专，加上不太讲究贞洁，那些美人，王爷用过之后，也像金银财宝一样，随时赏人。倒也没有再遇着一个像当年陈圆圆那样让他不能忘怀的。不过事情都不能说得太绝对，天下尤物，自也不止陈圆圆一个。直到那小莲儿出现，让吴三桂的老色心又安慰了一回。

莲儿即是前年吴三桂六十大寿时，下属孝敬的小美人。因当时王爷正在列翠轩中临池挥墨，那小美人被带到跟前，王爷一抬眼，看那跪在一旁的小女孩身着粉红衣衫，低眉敛目，脸若红霞，衬着身后的接天莲叶，竟比湖中的莲花还美，一时心中大乐，赐名莲儿。

当莲儿出现之后，一般的吟诗作赋，一般的抚琴唱曲，一般的貌若天仙，不一般的是一个年轻如嫩荷，一个色衰如苍藕。所以自莲儿出现以后，吴三桂来圆圆房中的日子越来越少。圆圆历尽风尘，阅尽人生，芳心寂寞之下，竟迷起佛经来。她是识文断字的人，并不像吴三桂的继室张夫人那样只是一心念佛，不求甚解。她在认真研读经书之后，竟觉经书所说，句句皆是真理，人生万象，都被解透了，自己在红尘中历劫一番，到了该返璞归真的时候了。遂一心向佛，也不与莲儿争风吃醋。

依着圆圆的意思，是要剃发出家，青灯古佛，做个正正经经的佛门弟子。吴三桂却恋着旧情，又顾着身份，不肯让她出家，便在王府里建了一座家庙，圆圆自住进庙里之后，竟不再与外人相见，连王爷也不见了。

吴三桂虽还时常想起圆圆，但几次被拒绝之后，也就将心放进肚里，好在美人时时不缺，更兼有莲儿常伴左右。

这一日，乃是九月天气，艳阳高照，秋风宜人，三桂又在列翠轩中拉开架势，谋臣爱将围坐左右，侍妾美姬环侍身旁，那莲儿展纸磨墨，更是红袖添香。三桂写一幅，立即被高高粘挂在轩中廊柱上，众人评点，都是溢美之词，蜜糖水灌得王爷心花怒放。写了些"江山永固""天上人间""花好月圆""福寿双全"之类的俗词儿，想想无甚新意。往常圆圆在身边时，常有佳句吟出，如今的爱妾莲儿也是个小才女，便有意在属下面前显摆，命莲儿道："清写无趣，吟首诗来。"

莲儿凝眉，只片刻工夫，便展颜吟道："翠湖碧水红莲花，心意如秋漫五华。侍妾低眉吟肠断，王爷墨泼紫烟霞。"

亏得这小女子捷才，不仅吟出主题：赏景、写字，更重要的是后两句，把自己讨好王爷之心，对王爷书法高超之赞都说了出来，而且迎合了吴三桂一直蠢蠢欲动的野心。世间真有尤物如此，宁不叫人心悦诚服。

吴三桂哈哈大笑，真就笔走龙蛇，一挥而就。众人自是又有一番评赏。正乱间，门上兵丁来报："巡抚朱国治求见。"吴三桂大手一挥："请！"

这朱国治也非等闲人物。此人是汉军正黄旗人，生性刻薄，在任江宁巡抚时，曾因强行催征钱粮，闹得当地鸡飞狗跳。此人动辄将人锁拿入狱，当堂毒打，更有那下属官员，学其作风，以酷为荣，以严为尚。又有贪官假公济私，趁机盗卖库粮，再强征民粮补库，如有不服，即将人捉来，当堂打死，弄得人人股栗。为征粮事，逼得百姓家破人亡、鬻儿卖女、潜逃躲债、上吊自杀者比比皆是，终于酿成了清初有名的冤狱"江南哭庙案"。

案由缘起于江苏吴县县令任维初监守自盗，然后强令全县民众加征库粮三千石，并当堂杖杀一名欠粮百姓，以儆效尤。这样的倒行逆施，终于激起百姓的愤怒。以金圣叹为首的吴县秀才一百多人，到文庙孔子牌位前痛哭抗议，又撰写哭庙文告，将任维初的罪行广告百姓。哭庙后，民情激奋，于是众人又拥向苏州府告状，途中百姓不断加入，队伍浩浩荡荡，到苏州府时，已达数千人。巡抚朱国治不分青红皂白，指挥衙役驱散人群，将为首者逮捕下狱。在上报朝廷时，他又篡改事实，把案由改为知县催征军饷，民众抗交钱粮，劣生带头闹事，他还添油加醋地说，"吴县钱粮历年通欠，沿成旧例，稍加严比，便肆毒螫。若不显示大法，窃恐诸邑效尤……"

朝廷接报，是抗交军饷、聚众闹事的大案，便不怠慢。当时顺治新丧，康熙八龄幼童，刚刚即位，朝政由鳌拜等把持。鳌拜亦是个杀人不眨眼的魔头，兴师动众，派出四名满洲大员莅临苏州，专审此案。审理结果，当然是以朱国治的奏疏为准，将以金圣叹为首的十八名秀才处斩。奏折报上去，圣旨朱批，"秋后用刑"。那时尚才六月，朱国治惟恐夜长梦多，案情真相大白，急急于七月十三日就将此案人犯与另外九案人犯同时处斩，十案共一百二十一名人犯同时行刑。此时正是七月酷暑，太阳照得血腥狼藉，苍蝇麇集，恶臭冲天，其惨烈程度足以让人肝寒胆裂。

朱国治自此更是放开手脚，以更加严厉的手段催交钱粮。仅他上报朝廷的欠交钱粮者就有士绅一万三千五百多人，衙役二百四十多人。这些人或被锁拿入狱，或被抄没家产，或被免职降级……然而，多行不义必自毙，他的暴行引起了三吴士民的极大愤慨，朝廷亦知他难以服众，遂以其母逝世为由，准其丁忧。其实旗人对父母丧服，要求并不严格，让其丁忧，乃是借此名义让其停职，类似于现在的停职反省吧。果然，人家父母官离任，百姓扳辕扶车，痛哭送行；朱国治则惶惶如丧家之犬，急急如漏网之鱼，不待继任者前来交接，即坐着轿子，连夜逃走。

那是康熙元年的事，此后十年，朱国治一直未被启用。到了康熙十年，忽然被启用为云南巡抚，这不能不说是康熙刺激吴三桂的一个小小手段。朱国治对汉人刻毒，可对朝廷忠诚，又被停职十年，重新启用，当然对朝廷更加感恩戴德。有他在这盯着，云南的税赋财情，吴三桂的屯兵情况，都逃不过他的眼睛，他一一都会报知朝廷。而吴三桂军帐下有不少三吴子弟，这些人自是对朱国治恨之入骨，一旦酿成事端，朝廷正好可以借机发作平西王。对朱国治的重新启用，朝中意见并不统一，其时康熙经过十年励精图治，国家已成安康景象，满汉矛盾也日渐消除，此时任用酷吏，显然违背了正在倡导的仁治之风，然而康熙力排众议，坚持启用朱国治。这正是康熙庙谟圣心、乾纲独断的一个例证。

果然朱国治走马上任，就将平西王的一举一动随时密报朝廷，什么六十大寿，贺者如云；什么春秋两季，列翠轩书法盛会；以至小妾莲儿新宠，陈圆圆吃斋念佛等都写在折子里，用黄匣子封了，密奏康熙。

今天他来平西王府，乃是接到朝廷密旨，不日就要撤藩，要他配合天使辅助处置撤藩事宜。天使未到，诏书未下，他此番前来，是想探探虚实。他也知道平西王世子居住京城，常常有信报知京城情况，今番来王府，就是看看他吴三桂是否已知朝廷撤藩之事。

可惜他来早了一步，吴三桂正在列翠轩中卖弄风雅，没有一点异象。

两人见礼，胡乱谈了一些云南民政诸事，朱国治便要告辞。吴三桂知他与自己的几位谋士素来不合，故从不在自己府中吃饭，便也不虚留他，只是顺水推舟，请他也留下一幅墨宝。朱国治原不是什么书法高手，思忖半晌，写了幅孔绍安的绝句：早秋惊落叶，飘零似客心。翻飞未肯下，犹言惜故林。

落款为"录孔绍安句以记初秋拜平西王，癸丑戊辰巡抚国治书于五华山列翠轩"。

吴三桂大声赞好，这首诗生僻，他其实也不知孔绍安何许人，但场面上的风气，赞好只是一种礼节，谁也不会当真。

吴三桂指着自己的条幅，让朱国治选一幅，朱国治便客气道："随王爷赐什么都是好的。"吴三桂遂选了一幅"治国安邦"，一边题款钤印，一边说道："这一幅原该你得，四字当中你的名字便占了两个字。"朱国治称谢，收起条幅，躬身退下，打轿回府。

朱国治前脚刚走，后脚就有一名亲随悄悄上来，对平西王耳语几句。吴三桂眉头一跳："哦！好！回书房。"

吴三桂匆匆回到书房，列翠轩里众人也就一哄而散。独谋士倪正中对着朱国治的字反复端详。这倪正中乃苏州人氏，满肚子学问，原也是个读书种子，因参与了"江南哭庙案"，逃遁在外。听说前辈老师和同窗诸友被残酷斩杀，心中对朱国治和朝廷的憎恨无以复加，遂生反清复明之志。

平西王坐镇云南之后，广罗人才，一时有孟尝君之号。遂有不少科场失利的士子或以师爷著称的江浙人士，纷纷跑到云南来独辟蹊径。倪正中思谋再三，也来到了五华山。果然，他一来就得到了吴三桂的特别礼遇，除了他确实博古通今之外，还因为他带给平西王的一份见面礼。那见面礼是一个青年男子，姓周名山。据倪正中说，此人乃前明朱三太子，有身上藏着的玉牒为证。是李闯进京时，周国丈偷偷将小太子带出，密养在家中，被倪正中访得。吴三桂很难说是出于什么目的，反正他收留了倪正中，也密养了朱三太子，在王府中为他独辟一院，日常供给与吴三桂众多子侄相同。人们只道这来历不明的青年是王爷在哪里留下的风流种子，除吴三桂和倪正中之外，再没有第三个人知道他的真实身份。

适才，那朱国治一出现，倪正中的眼里就不由得冒火，真想扑上去剁下他的脑袋，为江南故旧报仇。但经过长期隐姓埋名，他已历练得处变不惊。心中纵有千仇万恨，脸上犹自喜笑颜开。他一边与朱国治应酬着，一边在心里发誓：你老贼来到云南，就是进了鬼门关，总要叫我找出破绽，让你死在我手中。

此刻，对着朱国治的字，他左右端详，怎么看怎么不对劲。那一首孔绍安的《落叶》，写的是秋天景象，原与当下节令没有不符，然他居住云南多年，此地四季如春，季节概念已经模糊，即如诗中落叶飘零的景色，在云南的早秋天气，是压根没有的事。这五华山上花木葱郁，翠湖之中碧叶连天，荷红藕白，哪里有一片落叶秋风？那么朱国治并不是因时感事。既不是因时感事，就该来一幅热闹凑兴的字，何以要写这么一首秋意萧瑟的诗呢？想不透彻，索性将那幅字卷巴卷巴，准备带回房中研究。忽然听得咚咚鼓响，那鼓声响自半山腰上的王府议事厅，乃是召集将军谋臣议事用的。寻常除了逢年过节，朝廷颁赐，府中也没有什么紧急大事，现在鼓声擂得山响，倒让倪正中一怔。由不得加快脚步，往议事厅赶去。

来到议事厅，只见吴三桂面如生铁，居中坐在高高的蒙着华南虎皮的紫檀交椅上，两边已按文武顺序坐了不少将佐谋士，倪正中来到自己惯常坐的位置上坐定。一时人已来齐，众人见王爷脸色不善，俱不敢开口，偌大殿宇，竟寂静得各自能听见自己的呼吸和心跳。

半响，还是倪正中打破了沉默："王爷，究竟发生了何事？"

吴三桂"砰"的一声猛击书案，"腾"地一下站起身子，吼道："朝廷真的要撤藩！"

众人"哇"地一下全乱开了，你一言我一语追问缘由。原来，吴应熊送来了加急快报，将康熙决定撤藩，钦差不日前往云南宣诏之事讲得清楚明白。康熙要动真格的了。这其实早已是意料中的事，但一旦被证实，还是让吴三桂恼羞成怒。手下众将更是怒火冲天。这些人仗着平西王的势，在云贵两省作威作福惯了，一旦撤藩，自己定被朝廷重新整编，谁知会被收编到谁的门下，在谁手下也不如现在自在实惠。

正乱着，倪正中从座中站起，走到大厅中央，冷声道："现在不是乱嚷乱叫的时候。王爷，您真的打算撤藩？"

吴三桂心乱如麻："不撤又待如何？"

倪正中见众人气势，知道对撤藩都心有不甘，遂趁机道："诸位都是王爷手下爱将，跟着王爷出生入死的，所谓一荣俱荣，一损俱损，不若听听诸位的意见，王爷再作决定。"

"也好，老夫已经老了，早已上表朝廷，想回去荣养，但撤藩是关乎云南数十万官兵的大事，很该听听大家的意见。"

立刻就有大将马宝出班跪下，对着吴三桂奏道："王爷为大清立下汗马功劳，如今却落个鸟尽弓藏的结局，我等跟着王爷出生入死，恐怕也逃不脱兔死狗烹的下场。王爷，小的们惟您马首是瞻，什么朝廷，什么康熙，我马宝眼中只有王爷。王爷，您要当机立断啊！"

马宝此言一出，座下众人纷纷高叫："王爷，您可要想清楚啊！"

这时，又有一员猛将走出座来，乃是平西王的女婿，大将军胡国柱。他站在大厅中一挥手："你们这样乱叫乱嚷有什么用，难道要逼着王爷说话嘛！这话我说了，王爷，咱反了罢！"

"对！反了！反了！反了罢！"

见众人群情激昂，吴三桂忽然叹息一声："唉！既知今日，何必当初。本王深悔当年打开山海关，竟是引狼入室啊！"

倪正中见火候已到，便上前奏道："王爷不必太过自责，当年王爷的意思本是要借清兵之力剿灭闯贼，保我大明江山的。谁知鞑子狼子野心，趁机坐了龙庭,薙发圈地,役我汉人。多少年来,谁不心怀大明,时时待机以图复国啊!王爷本是大明旧臣,何不借此良机昭示天下,起兵北上,讨贼复国呢?"

"众位爱将,本王对大明一直心怀愧疚,若能帮着大明复国,死也瞑目了。但不知众位爱将的意思。"

众人都道:"誓死追随王爷。"

于是计议起事细节。倪正中此时方拿出朱国治的书法,摊在吴三桂面前的案上,说:"王爷请看,朱国治今番前来,竟是来敲山震虎的。他一定是接到朝廷密旨,知道要撤藩,先来刺探虚实的。你看他把王爷您比作落叶,劝您不要念惜故枝,而要顺势而下,叶落归根。"

吴三桂仔细一看,确如所说,气得将朱国治的字幅撕得粉碎,咬牙道:"朱国治这老匹夫,竟敢在本王面前玩花活。本王起事,第一个就杀他祭旗。"

倪正中道:"王爷此计甚善,朱国治乃汉族士子眼中钉,肉中刺,王爷杀他,是顺民心的事,一定能够一呼百应,况王爷手中不是还有朱三太子吗?咱们暂时不要打草惊蛇,先加紧操练兵马,联络各方,待朝廷使者一到,咱们便号令天下,禁天使,杀巡抚,一同起事。"

这里计议已定,立即派出人马,前往福建、广州,联络耿、尚二藩一同起事。倪正中又让平西王密制前朝官服,打出朱字大旗。吴三桂却说朱三太子真伪难辨,不如打出周王旗号为妥。倪正中知他心中存有歹念,但要借他力量,不便得罪,遂依其意。

这里吴三桂正紧锣密鼓,安排起事,忽然一天夜间,家庙里陪着圆圆一起修行的一个小尼来禀,说是陈圆圆请王爷到庙里,有事相商。那吴三桂因新宠莲儿,逼得圆圆出家,心里愧疚,听得此言,立即备马,也不带侍卫,单骑来见。

圆圆洗净脂粉,光头衲衣,然气质清雅。吴三桂想起当初的种种,不禁又生爱怜。然而圆圆却不是要他来叙旧的,待他坐定,屏退众人,亲自为他泡了一杯普洱茶,问道:"听说王爷在加紧操练兵马,是不是朝廷又有战事?"

三桂即将朝廷撤藩、自己准备起事的来由告诉了圆圆。圆圆长叹一声："前番降清，今番反清，世人不是要说王爷出尔反尔？况当年清兵入关靠着二十万人打败了明朝数百万大军，如今时局稳定，王爷的十几万将士如何能够抗衡？"

　　"前番若不是我吴三桂，别说他二十万军队，即便二百万，也休想染指中原，所以他康熙不念我功劳，反削我藩位，此一口气如何咽得下。"

　　"妾近来吃斋念佛，倒是将世事看透。王爷若听我一句，我劝王爷还是按朝廷旨意，回辽东荣养为是，如此贱妾及家人尚可跟着王爷安享清福，颐养天年。若一反再反，不但毫无胜算，即是身后骂名，恐怕也……"

　　吴三桂打断圆圆的话："大丈夫处世，就要留名千古，即便遗臭万年，也比默默无闻、烟消云散好。"

　　圆圆知道劝不过三桂，也便默然，独自落泪。三桂又安慰圆圆许多，说了一些准备情况，分析了时局，说到时打着反清复明旗帜，一定一呼百应。不出三五年，定能把清兵赶出关外，赶回满洲。而那时大汉江山由谁来做，是不是还姓朱，就说不定喽。自古将相无种，他明太祖的江山不也是打出来的？

　　圆圆至此已听出吴三桂的心思，竟不是反清复明，而是要自己打天下，做皇上。这也太匪夷所思，太异想天开，太贪心不足了。圆圆禁不住打了个寒战。

　　送走三桂，圆圆即返回自己原来住处，将历年王爷赐给的金银首饰、珍宝古玩全部打包。第二日，圆圆已带着一个三岁男孩不知去向。那男孩是吴三桂最小的儿子，他的母亲生他时难产死了，圆圆因一生未曾生育，便求王爷将那小孩赐给她抚养，视如己出。三桂听说圆圆失踪，也没有精力去找，心想还不是害怕战事，躲到哪座庙里去了。

　　一切当然没有因为圆圆的事情而停止。朝廷的天使已经到了云南，乃是大将军折而肯、翰林学士傅达礼。吴三桂敞开大门，朝服冠带，率众接旨。礼炮响过，天使折而肯宣读圣旨：

　　　　奉天承运，皇帝诏曰：平西亲王吴三桂乃我朝开国勋臣，功高盖世。镇守边陲，勤劳王事，追讨逆贼，抚定蛮夷。为彰其功，世宗皇帝封为平西王，自朕即位，晋封亲王。念其一生戎马，且今边关平靖，特准其奏，着平西王以亲王衔回辽东荣养，其眷属一并迁往辽东。属下将士，俱有辛绩，各升职一级听用。钦此。

"臣等领旨谢恩！愿吾皇万岁万岁万万岁！"吴三桂率部将恭恭敬敬地磕头接旨。然后对折而肯、傅达礼道："二位天使请稍坐，圣上如此体恤本王，本王有件礼物要献给圣上。"

转眼间众部将都随吴三桂步入后堂，大厅里只剩下折、傅二人。

折而肯和傅达礼临来之前与朱国治商议，怕吴三桂不肯接旨，心里惴惴。此刻见平西王如此按礼行事，没有半句题外话，顺利接下圣旨，任务已完成了一半。接下来是商议如何起行、何时起行之事了。遂把心放回肚里，安心坐着品茗。

平西王的议事大厅，高敞宽大，八根落地大柱，漆得猩红，正中间的亲王宝座安置在高高的丹陛上，宝座前面摆着一张雕花大案，宝座上铺设着一张金黄斑黑的老虎皮，宝座后面垂挂着饰金流苏的猩红幔帐，宝座两边排列着纛、旗、幡、幢、刀、枪、节、钺等。丹陛下面分列着左右两排座椅，座椅上铺设着锦绣坐垫，座椅前安置着矮几。折而肯和傅达礼被安置在最靠近丹陛的前座。四下打量着大厅，看见大厅中央从门外到丹陛铺设着一条猩红的地毯，显是为自己这朝廷钦使而铺陈的。想着平西王如此气派，却对朝廷行事恭敬，这次又礼遇有加，痛痛快快地答应撤藩，可见朝中众臣有些以小人之心度君子之腹了。

观赏一回，思谋一回，却还不见吴三桂出来，空空荡荡的大厅上，就他俩孤零零坐着，坐得久了，便觉心里很不是滋味。心想这平西王准备什么礼物，这么费事，难道是现从山上捉来，现从地里挖出？

正焦躁间，忽然又听到礼炮声响起，两人诧异：又来了什么贵人？

却见后堂里走出一位前明的大帅，大殿外走进一队前明的文武官吏。两人顿时糊涂，以为身在梦中。可是不容他们多加思索，便被人掀翻在地。

那大帅巍然坐到王座上，一声断喝："马宝，将礼物献上！"

第三回　五华山三桂反清廷　懋勤殿康熙讨逆贼　47

"遵命！"就见一位明朝将军端着一个盖着红绸的托盘，走上丹陛，把托盘安放在他面前的大案上，那大帅"哈……哈……哈……哈……"一阵大笑，直把两位钦差笑得毛骨悚然。这时两人已回过神来，看清那座上大帅即是平西王吴三桂，只搞不清怎么眨眼间时光倒流，退回去了三十年，这满堂之上的文臣武将一下子都变成了明朝服色。

吴三桂在笑声中猛地拉开盖在托盘上的红绸："二位天使请看，这就是本帅献给康熙的礼物。"

折而肯和傅达礼一看那盘中之物，立时被惊得瞠目结舌，原来那盘中之物，乃是一颗人头，一颗薙发留辫的大清国人头！那人头怒目圆睁，想是死时气愤难平，死不瞑目。再一细看，那人头原来竟是云南巡抚，适才还来驿站和自己说话的朱国治。

事情的变化太过突然，没等折傅二人想清其中缘由，就听吴三桂又大声喝命："宣读檄文！"

就见那倪正中登上丹陛，对着堂下众人，高声唱喝：

反 清 檄 文

本镇深叨明朝世爵，统镇山海关。一时李逆倡乱，聚众百万，横行天下，旋寇京师。痛哉毅皇烈后之崩摧，痛矣东宫定藩之颠跌。文武瓦解，六宫纷乱，宗庙邱墟，生灵涂炭，臣民侧目，莫敢谁何，普天之下，竟无仗义兴师者。本镇独居关外，矢尽兵穷，泪血有干，心痛无声。不得已许虏藩封，斩借夷兵十万，身为前驱，斩将入关。李贼遁逃，誓必亲擒贼帅，斩首以谢先帝之灵，复不共戴天之仇。幸而渠魁授首，方欲择立嗣君，更承宗社，不意狡虏再逆天背盟，乘我内虚，雄踞燕京，窃我朝神器，变我中国冠裳，方知拒虎进狼之非，追悔无及。将欲反戈北逐，适值先皇太子幼孩，故隐忍未敢轻举，避居穷壤，艰晦待时，盖三十年矣。彼夷君无道，奸邪高位，道义之士，悉处下僚，斗筲之辈，咸居显爵。君昏臣暗，彗星流陨，天怨于上，山岳崩裂，地怒于下。本镇仰观俯察，正当伐暴救民，顺天听人之日也。爰率文武共谋义举，卜甲寅正月元旦，推奉三太子，水陆兵并发，各宜懔遵诰诫！驱除鞑虏，复我大明！

"驱除鞑虏，复我大明！"

"驱除鞑虏，复我大明！"

"驱除鞑虏，复我大明！"

倪正中宣读完《反清复明檄文》，大厅之上，群情激奋，人人振臂高呼"驱除鞑虏，反清复明！"这下子，折傅二人算是彻底清醒过来了，感情这平西王是个变脸小丑，本来是前明的卖国奸贼，一下子又变成复国英雄了。

二位使者从突变中理清头绪，抗声道："平西王不得无理，我朝对尔恩重如山，世祖封为藩王，当今圣上晋尔为亲王，世子贵为额驸，尔今反叛，想过后果没有？"

二位使者口中提到额驸，这却是吴三桂的一块心病，但他自奉无毒不丈夫，当年引清兵之关时，他就眼睁睁看着一家老小被闯王杀害，人头一颗颗从城楼扔下来。今反清朝，世子吴应熊肯定难逃活命，这些都是意料中的事。但清使提起，却教他无法回答，不由恼羞成怒："本帅现在不是什么平西王，乃是大明周王帐前，天下都招讨兵马大元帅。自古两国交战，不斩来使，本帅已斩了朱国治祭旗。来人啦，将此二人严加看管，看尔等如何去给那康熙小鞑子报信。"

康熙十二年，注定是个多事的冬天。云南的五华山上旌旗猎猎，车马交驰，吴三桂与倪正中、夏国相、马宝等人不断接到各地情报，果然是檄文一传，四方呼应。靖南王耿继茂此时早已死去，其子耿精忠袭爵，见三桂起事后，汉人欢呼雀跃，纷纷倒戈，便也在福建响应。平南王尚可喜被其子尚之信所迫，亦准备在广东起事。

吴三桂接到二藩密信，得意非凡，将议事大厅排布成作战指挥所，厅外高高竖起两面大旗，一面绣着斗大的"周"字，一面绣着"天下都招讨兵马大元帅吴"，厅内正中是一幅作战沙盘地图。

到底是挥师北上，直捣紫禁城，还是先向周边扩大势力，以图缓进。他一时拿不定主意。一日与马宝、夏国相围着地图，请出一只跟随他南征北战三十多年的灵龟，烧香祝祷后，将灵龟放在沙盘中的云南位置，看它如何爬行。这只灵龟乃是一位异人所赠，以往作战前，三桂将灵龟放在地图上，根据它爬行的线路制定作战方案，常常取胜。所以三桂战功赫赫，不能不说有灵龟的一份功劳。这次他看那灵龟，却不似先前灵活，在原地待了半天也不动弹，想是多年未在地图上行走，已经不熟悉了。马宝等得急躁，用手指在灵龟背上敲了敲，嘴里催促："快走！"那灵龟才不情不愿地向贵州、湖南爬去，爬到长江边上，又掉转头来，往回爬，爬回云南，伏在那里不动。马宝气不过，再去驱赶，灵龟又往四川、陕西爬去，爬来爬去，总在这一带转悠。马宝说这乌龟怕水，索性将灵龟拎过长江，驱它爬行，灵龟却回过头来，爬过长江，又往云南来了。几次三番，灵龟总也不往江北去，三桂长叹一声："看来不宜冒进，马宝你负责往东攻打黔湘，夏国相负责北攻川陕，咱们先把这南中国搅浑了水再说。"

懋勤殿里康熙正听张英讲经，众大人陪侍一旁，忽然兵部来报，吴三桂已反，并呈上《反清复明檄文》。张英奉命将《檄文》通读一遍，众人听得明白，事发突然，个个瞠目结舌。还是索额图醒得快，抖着声音说："启奏圣上，一切皆由撤藩造成，奴才以为只要将主张撤藩之人诛杀，再派人前去抚慰，令吴三桂世守云南，必能平息事端。"

康熙拍桌大怒："你是要朕学汉景帝吗？可是诛了晁错又有什么用，刘濞还不是反了！他吴三桂以为朕会怕他，朕何曾怕他！撤藩是朕的主意，你是要朕诛了自己以谢老贼吗？"

明珠等人听了索额图的话，已是惊出一身冷汗，生怕自己项上人头不保，谁知康熙竟说出此番话来，吓得纷纷跪倒在地，索额图更是叩头如捣蒜："奴才怎敢，奴才不是这意思。"

"都起来罢。朕知道你是什么意思。但朕撤藩之初就想到这一层，吴三桂早存反叛之心，撤藩不过是个导火的引子，不然，他为何密养朱三太子在府中？大事当前，不要互相攻讦，要共图对策。张英听旨。"

"臣在。"

"即刻草拟一份讨贼诏书。"

"臣领旨。"

康熙又对众人道："战局一开，尔等都要晨入暮出，朕随时可能召见。明珠，速去内务府，在西安门内腾出一处宅院，赐张英居住。朕要张英随时在朕左右，侍候笔墨。"

明珠道："奴才这就去办。"

张英赶紧跪下谢恩。

一时，张英已将诏书写好，念道：

讨逆贼吴三桂诏

逆贼吴三桂，昔闯贼进京，日暮途穷，归降我朝。先帝念其投诚，授予兵权，赐封王爵，享皇恩于滇南。朕即大位，特晋亲王，视为心腹。癸丑正月，贼以年迈为由，自请移归故土，朕念其久居边疆，年衰体迈，遂准其奏。拨付钱粮，移居辽东，祖孙团聚，以享天伦。朕于逆贼，礼重情深，仁至义尽。岂料吴逆生性穷奇，心怀狡诈，宠极生骄，辄尔作反。其行违天理复悖人情，祸乱一方，涂炭生灵，是以人神共愤，罪不容诛。乃诏天下，废彼王爵，罄其罪恶，天下共诛之。然念彼方官民，身陷水火，受贼挟胁，心存忠义而未能彰显，王师一到，必玉石俱焚。朕怜苍生，特颁诏告：王师所到，军民宜安分自保，勿为逆贼威诱，至失足成千古之恨。误入歧途者，速速知返，将功补过，朕既往不咎。诛杀贼寇者，据城以降者，概从优功赏。诏至之日，如朕亲临，率尔军民，万众一心，同心戮力，共讨逆贼，江山平靖，永享太平。

康熙道："很好，交誊本处誊录，速速发往各省。朕要那逆贼罪恶昭彰，人人得而诛之。"

张英跪下："臣还有一事要奏。"

"讲！"

"吴贼之子，皇上不宜顾念亲情，宜速速诛杀，以寒老贼之心。"

"啊！朕气糊涂了，差点误了大事。"

西单牌楼北口石虎胡同，额驸府内，吴应熊也是刚刚接到父亲吴三桂快马送来的密信，信中备言起反之事，要吴应熊速速离京南归。吴应熊此时也顾不得公主，悄悄在书房里销毁与父亲的来往信件，下人已备好马匹，待他青衣小帽，打扮得寻常贵介公子模样走出大门，领侍卫内大臣明珠已到，吴应熊只好束手就擒。明珠并不敢为难公主，只带走了公主与吴应熊所生的儿子，也就是吴三桂的嫡孙吴世霖，此后在得知吴三桂正式发兵之日，这父子二人皆被斩杀，做了吴三桂反叛的又一牺牲品。前番降清是以父母为牺牲，今番反清是以子孙为牺牲，吴三桂在历史上落个不忠不仁不义之名，实不为过。

紫禁城今貌①

① 图片来源：https://pixabay.com/zh/photos/。

第四回
除夕夜张英试幼子　元旦日康熙宴群臣

康熙十七年腊月三十午后，北京街头家家关门闭户，就连平日不到夜半不关门的商家客栈，也都将铺门早早关了，除了在胡同里疯进疯出放炮仗的小孩，大人们都在家里忙着做年夜饭哩。

经过五年征战，吴三桂的兵力始终也没有越过长江，他曾经异想天开地要求与康熙划江而治。至此人们才看清了他实是打着反清复明的幌子，行自己做皇帝之实。当初响应他的汉族军民，纷纷陆续倒戈，归顺了朝廷。那个曾极力撺掇他反清复明的倪正中也带着那真假莫辨的朱三太子不知去向。耿、尚二藩见吴贼已无出路，便归降朝廷，终于是降清复反清，做了个两朝的乱臣贼子。吴三桂最终被康熙逼回了云贵一带，眼见自己做一世皇帝的美梦就要破灭，便匆匆忙忙在衡阳登基，定国号为周，年号昭武，自己便是那大周的开国之君。谁知对这祸乱两朝的乱臣贼子实在是人神共弃，天怒人怨，即位那天，还未等他坐上龙椅，先就不知从哪儿跑来一条野狗，大模大样地蹲在他的"御座"上。待到他祭告天地之时，忽然一阵狂风大雨，把祭坛冲了个乱七八糟。那"金銮殿"上的琉璃瓦也是假的，原来他"登基"仓促，来不及将屋上青瓦换成那象征王权的黄色琉璃瓦，只好用黄漆将那青瓦刷成明黄色，大雨一冲，尚未风干的黄漆便淋淋漓漓淌得到处都是。吴三桂心知不祥，犹自挣扎着在昏天黑地、狂风暴雨中登上"御座"，一屁股坐上去，心里一激动，竟嗝了一声，从此嗝声不断，直至无法咽食。不几天，便死在那狼藉不堪的"金銮殿"上。

吴三桂兵败之后，莲儿为清将蔡毓荣所得，因誓死不从，咬舌自尽。留有《绝命词》一首，中有"君王不得见，妾命薄如烟"之句。吴三桂死后，其孙吴世璠继位，后在云南服诛，首级解往京城，示众十日。伪周大臣夏国相、马宝被逮，亦解往京城，凌迟处死。康熙还颁下圣旨，毁陵掘墓，析三桂骸骨。其余族人也皆斩杀尽净。惟陈圆圆在三桂起反之时，携一子出走，不知所之，为吴氏留下了一脉香火。数百年后，人们在湖南某深山中发现吴姓一族，他们自称是清朝平西王之后。

闲话休提，且说朝廷这几年因了吴贼倡乱，弄得战火四起，着实在人力财力物力上大受损失。朝廷官员们也弄得没日没夜。这年大局已定，康熙颁旨，恢复以往的休假制度。凡大小衙门，自腊月二十八起封印十日。也就是说，自腊月二十八起，凡食朝廷俸禄者，均放假十天。张英因康熙在战乱时为能及时处理事务，设立了南书房，被选为贴身秘书，时称入值南书房。所以事无巨细，特别忙乱，直到这天，临近除夕了，才得以忙完事务，回家歇息。

吃过午饭，张英想起姚文然已生病多时，不知现下身体如何，遂抽空去姚府探望。是时，姚文然已任刑部尚书之职，但由于他性情耿介，清廉自守，加上家中人口众多，自己又长年生病吃药，经济非常拮据。吴贼患除，康熙高兴，特命给六部九卿大小官员发放年赏，虽然像姚文然这样的二品大员，也不过五十两银子，但张英知道这五十两银子对于姚家来说，非常重要。他知道姚文然因病在家，多日未来刑部，便早早将姚的年赏代领了，今日一并送来。他自己也是清贫官员，无甚接济，但今天上午在南书房帮康熙写字赏人，临走时，康熙赏了自己一筐金华火腿、两篓福建福橘，便拎了一条火腿、一篓福橘作为年礼，前往姚家。

一路行来，因难得有此空闲，便没坐轿，有意走动走动，活泛活泛筋骨，顺便也看看街景。路上家家户户都已贴上了窗花春联，窗花无非是些"喜鹊登梅""和合万年""鱼鳞锦""云气饰""豹脚纹"等，春联也无非是些"生意兴隆通四海，财源茂盛达三江""吉星高照平安宅，福泽常临积善

第四回 除夕夜张英试幼子 元旦日康熙宴群臣 55

家""春风化雨艳桃李，瑞霭盈屋旺子孙"之类的俗联儿，字也多是古朴厚重的魏碑，这些春联定是庙会上买来的。偶有一两户门上的联儿与众不同，显是主人自拟的，也透出主人的脾性，像这一幅"白云黄鹤意，梦笔紫薇心"，用的是狂草，笔走龙蛇，学的是怀素，却是有形无骨，此屋主人一定是个落第书生，既有入世之志，又有出世之心，却两头都不着落，终日里枉自嗟呀。再看这一幅"龙门跃也沧海方归一滴水，民心察兮人间复出两青天"，字用的是颜体行书，笔力遒劲，显得主人胸藏丘壑，恐是两代为官的人家。张英寻常也对书法颇有心得，在家当秀才时就经常给左邻右舍写春联，行、草、楷、隶都练过，自打当了起居注官之后，日日用的都是行草，为的是快，再没工夫练书法了。看着这满街喜气洋洋的春联，想想自家的春联竟还没有写哩。好在姚大人也是书法好手，待会就请他写一幅吧。

来到姚家，却见大门紧闭，门上竟也光光的没贴春联。张英举手轻叩门环，候了半天，里面竟无人应声，心里一紧。侧耳凝神，细细一听，里面似乎隐隐传来哭声，难道姚大人他……张英一急，顾不得斯文，"砰砰砰"将大门拍得山响，里面这才有人匆匆跑来，边跑边喊"来了来了"。门打开，却见开门者竟是吴友季，张英道："怎么你也在……"不待他说完，那吴友季道："闲话休提，张大人来得正好，姚大人怕是不行了，刚刚咯了好多血。"

张英大惊，几步抢入内房，就见姚文然躺在床上，双眼紧闭，脸色白蜡一般，夫人儿女团团围在床边，呜呜咽咽哭着，只是不敢放声。见张大人来到，夫人退到一边。张英便到床前，哽声呼唤："二舅，二舅，听见么，敦复看您来了。"

姚文然听到张英声音，那紧闭着的眼睛竟然睁开，挣扎着喘息道："敦复，你终于来了。"

吴友季赶紧过来："姚大人，您歇一歇，喝口参汤，提提气。"说罢，用小勺喂了几口参汤。

姚文然勉强咽下几口，摇摇头，表示不喝了，又目视吴友季，轻声道："吴兄，有劳你了。"

吴友季无声地叹息一声，作为医者，他无力回天，只有叹息。

姚文然缓了口气，对张英道："敦复，你来得正好，我挨不过几个时辰了。自掌刑部以来,蒙圣上恩宠,着修改刑律,所奏请者,无不允准,知遇之恩,难报万一。我是事过两朝之人,又是大行皇帝的臣子,我观当今圣上,乃千年不遇的圣君,可惜我天不假年,无法再为圣上效命了。这几年,所审理的案件,凡奇异诡谲者,我都写有心得,只是来不及整理,敦复,此事拜托你了。"

张英道:"二舅您安心养病,您这是操心太过之症。现下是冬天,北方天冷,我们南来之人身体不适应,等过了冬天就会好的。"

姚文然说了一阵子话,更感体力不支,笑道:"不用安慰我了,君子知命。我还有一事相求,这些年积下来的手稿、奏疏、诗文等,原想老了回家,整理出来,留给儿孙,现也只好托付你了。《大清律》中还有两款,我思要修改,你记下来,呈给圣上吧。一条是我朝中有些王公大臣,尚在施行夫死妻殉,此虽是满人旧制,然好生恶死,人之常情,捐躯轻生,亦非盛世所宜有,更恐汉人效法,竟成常例,应明令禁止;再一条是洋教入侵,此非幸事,我朝以儒教治国,民间有佛教动化,自明朝末年,各地乱党以邪教惑众,至今余殃未绝,若洋教再入,恐有那包藏祸心之人,借此愚民生事,应未雨绸缪,立律规矩。此二事,存我心中久矣,一直放心不下,今将去也,请你务必代奏圣上。"

张英道:"舅舅安心,敦复记住了。"

"我心安矣。"姚文然说完此话,又忍不住吐起血来。吴友季拿了一条大毛巾,一边为他接在口边,一边在他背上轻轻抚拍,家人复又哭成一团,那最小的女儿哭着哭着,竟也咳喘成一团。姚文然听到女儿的咳声,想起了什么:"珊儿,你来。"那小女儿哭着上前,才只五岁,瘦瘦嶙嶙的,姚文然握着小女孩的手,对张英道:"珊儿与玉儿曾有婚约,可是我看她这身体,恐是受我连累了,这婚约不如解除了罢。"

张英道:"舅舅说哪里话,我们诗书世家,哪能做出这样违礼之事。吴兄还是媒证哩!舅舅放心,珊儿的事,全在我身上。家中诸事,也都有我哩。您就放心养病罢。"吴友季也道:"姚大人放心,珊儿的病是有个根儿,包在我身上,定给她治好了。"

"拜托了,敦复,我原想回老家的,谁知要做个异乡之鬼了。这一家老小,还望你照顾,我的灵柩还是要回家葬的。"说完此话,又狂呕出几口鲜血，竟自一头栽倒在吴友季怀里。吴友季伸指一按，脉息全无。遂将姚大人身子放倒在床上，退后一步，对着姚大人深深鞠了一躬，说："姚大人这是用心太过，呕心沥血而亡啊！"

家人见此，遂大哭着扑上来。

张英和吴友季帮着张罗家人烧纸钱，放鞭炮，安置灵堂。一切停当，已是酉时了。

张英和吴友季又安慰了姚夫人一番，这才告辞回家。吴友季独身在京，身边只有一个仆从，乃是京兆顺义县人，春节已经告假回家了。张英遂邀他一同到自己家中过年，吴友季也不推辞。

两人到家时，天已黑尽。考虑到今日是大年三十，怕家里人知道凶讯，心情难过，两人便对姚大人的死讯绝口不提。夫人正在张罗年夜饭哩，也没心思细究他们的表情，只顺口问了问姚大人身体，两人含糊应了声"还那样"，便搪塞过去。

年夜饭很快便摆上了八仙桌。

寻常张家饮食已按北方习惯，不太讲究精细，主食是馒头、窝头、大米粥、小米粥。菜蔬也简单，无非是大白菜、萝卜、咸菜、泡菜等，鱼肉除了逢年过节之外，只每月初一才上桌一次。张英靠俸禄吃饭，但这些年在皇帝身边，常有赏赐，经济已比初来京时大为宽裕。但张英却与姚夫人商议，恪守勤俭持家的古训，寻常不暴饮暴食，不穿绫着缎，布衣素食，养性怡情。

今日的年夜饭却大不相同，全是家乡菜谱：鸡、鱼、圆、肉四个大盘。那鸡用的是红烧，加了糖色，酱红酱红的，色香味俱全；那鱼乃是一条尺把长的白鲢鱼，此鱼放在桌上是不准动筷的，一直要等到正月十五完年之后再吃，称作年年有余（鱼）；那圆子是精肉加入了葛粉、豆腐、姜末，团成鸭梨般大的四只，放在一只大盘子里隔水蒸熟，称作四喜圆子，四色材料做成四只，取四四（事事）如意之意；那肉却是山粉烧肉，所谓山粉实是山芋粉的简称，张英家乡桐城，民间喜种山芋，这东西适宜在山坡地上栽种，耐旱、高产，可以当粮食吃。每年秋天收获后，当地农民都要将其窖藏起来，以备来年度春荒，除了窖藏之外，也还家家户户洗山芋粉，就是将新鲜山芋打成浆，过滤后再晒成干粉，要食用时调成羹便像莲藕粉一样，称作山粉糊。还有一种吃法，是将山粉糊再烙成饼，将那饼切成小方块，和切成同样大小的猪肉混在一起红烧，烧出来的山粉块和猪肉颜色差不多，肉汤的汁味进入山粉块中，那口味既像肥肉一样滑爽，却又不似肥肉那样油腻，煞是好吃，这其实是家乡人一种勤俭的吃法，久而久之，就成了一道固定的菜肴了。

四个大盘之后，是四个热炒，有红白萝卜丝炒干丝、蕨菜山笋炒肉丝、木耳炒鸡蛋、芹菜炒粉丝。四个热炒之后，还有一盆莲子桂圆羹、一盆凤凰鱼鸡蛋羹，外加一盘辣椒糊焖干沙鳅、一大碗油炸糯米圆子。

一共十二个菜，摆了一大桌，上首张英和吴友季坐了，廷瓒、廷玉兄弟坐一方，姚夫人带着两个女儿坐一方，刘福贵夫妇坐在下首。张家习惯，逢年过节无分主仆，同桌吃饭。其时张英三子廷璐尚在襁褓中，躺在摇床里也被抬到了堂屋桌旁，算是和众人一起吃年夜饭。

众人坐定，斟上酒来，张英平日不善饮酒，便与夫人和孩子们一起喝糯米酒，刘福贵陪着吴友季喝二锅头。

张英端起酒杯，对众人道："今日除夕，这第一杯，大家同干了吧！""好，干！"众人纷纷站起，却只吴友季、刘福贵和张英干了杯中酒，其他人只是做做样子陪饮。

接着张英又斟上一杯酒，对吴友季道："一年来，家中老小病病灾灾都仰仗吴兄妙手了。这一杯，我敬吴兄。"吴友季的空杯由刘福贵替他斟上了，赶忙站起来，与张英一碰杯："大人客气了。一年之中，上门来只是叨扰吃喝，何曾看过什么病。这杯酒我先干了，先干为敬。干了这杯酒，我祝您一家子明年旺旺健健。我来了还只是喝酒吃肉。"

再接下来的一杯酒，张英却是敬刘福贵的："福贵，一年通头难为你天天为我送饭，今天不必送饭了，让我敬你一杯吧！"慌得刘福贵手足无措，两手捧起酒杯，道："能给五爷送饭是我刘福贵的福气，天天进出西华门，这要在家乡，说出去谁会相信？"原来张英自担任起居注官起，就天天由刘福贵送中饭去吃，以免回家路途太远，误了公事。后来三藩作乱，入值南书房，更是公务繁忙，每日晨入暮出，虽然康熙赐居西安门内，毕竟离皇宫还有八九里路，他在南书房，康熙召见，就可随叫随到了。每日中餐仍是由刘福贵送了去，他每天经西华门进入皇宫，直到乾清门，才将饭盒交给侍卫。

乾清门内是天子重地，他是不得入内的，饶是这样，在家乡人眼里，一定也是羡慕死了。说罢，他双手捧杯，一饮而尽。

至此，主人三杯酒喝过，按家乡风俗，众人可以随饮了。姚夫人赶紧劝众人吃菜。吴友季看着一桌子菜赞道："都是家乡菜！能在这千里之外的京城吃到这么地道的家乡菜，真叫人'每逢佳节倍思亲'啦！"他一一评点着菜肴，说："嗯，山粉圆子烧得好。这蕨菜山笋幼时在家每年春上都要上山采的。这家乡的凤凰鱼一点也不比太湖银鱼差。这干泥鳅必得是青草的沙鳅才有如此好口味。这粉丝一准是家乡的绿豆丝，只可惜没有家乡的水芹菜，按说这芹菜是可以入药的，只是哪里也找不到水芹，旱芹倒是到处都有，可是又老又柴，哪里像家乡的水芹那样鲜嫩爽脆。只可惜那水芹是家乡特产，其他地方种植不了。"

姚夫人一边为他搛菜，一边说："这山粉、蕨菜、木耳、笋干，还有这凤凰鱼、沙鳅，都是大爷托人带来的，就连这糯米、粉丝、红白萝卜丝也是大爷带来的。"

吴友季道："那也是该当的。五爷的田还由大爷经管着吧？"他口中的五爷即是张英，张英排行老五，在家乡便叫五爷。

张英道："这些年在京里已经很宽裕了。我跟大哥说了，田租不用带来，由他掌管着，多接济接济大伯房头下的。"

张英的大伯张秉文，乃是前明的官员。崇祯十一年冬，在任山东布政使时，由于朝廷用兵不当，调济南兵将移守德州，致使济南城内空虚，遭清兵围困。张秉文手下兵士不足二千人，只得招募民众，共同守城。一面紧急向朝廷求援，谁知附近将官均拥兵自守，无人来救。济南城苦守十余日，终于被清兵攻破。破城之后，张秉文犹自带领民众，与清兵展开巷战，最后身受重伤，死于巷中。其妻妾多人均投大明湖而死。因了这层缘故，张秉文的三个儿子便立志不食清朝俸禄，均在家务农，又因不善农事，日子过得甚是清贫。张英的父亲张秉彝，在大哥死后，就担当起了抚孤重任，临死又嘱子孙后代都要关照长房一脉。张英为官后，经济稍微宽裕，便叫大哥将自己名下田租经常接济长房。因此有以上话说。

吴友季道："秉彝老大人平生淡泊，性情和蔼，孝悌之名传颂乡里，这在桐城是人人皆知的。"

张英道:"是啊,先父一生未仕,在家侍奉双亲,修祖祠,祭茔墓,辑族谱。先祖父母殁后,父亲均结庐墓侧,守茔三年,这份至纯至孝现今谁能做到。嗣后,大伯父被难,遗下三子二女,都是先父一手栽培,男婚女嫁,分田析产,都是先父一手操持。我每做官在外,想起先父,就觉着大哥在家中持家不易,有先父之风。唉,以往在家时,大年三十都要到祠堂祭祖的,现在是子欲养而亲不待啊。总记得当年我刚刚取中进士,父亲从邸报上得知,立刻传书于我,说:'敬者德之基,俭者廉之本,祖宗积德累世,以及于汝,循理安命,毋妄求也!'此话真让我终生受用不尽。"

"大哥,什么叫'毋妄求'?"廷玉小小年纪,今年刚入私塾,学了一些《三字经》《百家姓》《千字文》之类,但这些他早已在家中跟着母亲和哥哥学过,这时便不再满足于学中所教,回家来已将《幼学琼林》《龙文鞭影》《论语》学得差不多了。时常碰到不懂的便问大哥。大哥廷瓒已中了乡试,明年就要参加会试了。他比廷玉年长十多岁,从小就教廷玉读书写字,俨然是廷玉的启蒙老师。这时,见廷玉问话,便说:"大人说话,小孩子不能随便插嘴。"

张英道:"不碍。瓒儿,你就给玉儿解说解说。"

"是。"廷瓒道:"'毋妄求'就是不要作非分之想,不要行非分之事,不要取非分之物。父亲,这么理解可对?"

"对。人生在世,最忌的是'贪',贪欲一起,什么非礼非法非情之事都可做得出来,毋妄求就是治贪的根本。"张英说到这,忽然想起:"整日的穷忙,家里事都顾不上了。瓒儿,亏得你关心弟弟了。玉儿进学一年了,功课如何?"

"回父亲,二弟敏而好学,功课极好,师傅常常夸奖。除功课之外,我和母亲也教他吟诗作对,很能举一反三,聪敏得很。"

张英听了廷瓒的话,由不得认真看了看二儿子廷玉。这孩子今年虚龄才只七岁,生得眉清目朗,脸白肤净,已不像小时候那样胖嘟嘟的见人就笑,而是清清秀秀,斯斯文文的。当见他此刻稳稳重重地坐在那里,因为人小,手儿短,远处的菜够不着,也不起身攐菜,碗里的菜都是大哥廷瓒替他攐的。张英满意地点点头,替他攐了一块鸡脯肉,廷玉煞有介事地道声:"谢父亲。"

吴友季叹道:"真是孝悌之家。个个知书达礼啊!"

姚夫人笑道:"不怕吴先生笑话,他这做父亲的平常起早摸晚,中午又不回家,难得和孩子们同桌吃一顿饭,还有不拘谨的?"

一顿饭,没有吆五喝六的劝酒声,倒是这样斯斯文文地谈讲着,吃了约莫半个多时辰便结束了。吴友季是熟客,知道张大人不胜酒力,便也不拘礼,自和刘福贵将一斤二锅头喝得罄尽。

饭后,刘嫂沏上一壶家乡茶,又特为张英和吴友季两人单独用盖碗沏了两碗,大家坐着喝茶。桌上饭菜撤下去,换上了四色茶点,乃是花生、瓜子、糖姜和云片糕。

吴友季品着盖碗茶,道:"是家乡的小花茶吧?"

张英道:"是。我这人对酒是一点不行,对茶却情有独钟。还偏偏只爱喝绿茶,每年大爷必要托人带来十斤桐城小花。"

吴友季道:"饮茶好,茶能养性,还能提神、消食、解毒,茶在医家来说,是一味很好的养生汤啊。我看家乡的小花茶,比那西湖龙井、太湖碧螺春、君山银针等不差什么。"

"我也是习惯了喝家乡茶,喝着心里甜啦!"

两人闲聊着,姚夫人已经张罗着给孩子们换上了新衣。张大人治家严谨,寻常时日,不着绫罗,只有每年新年,做一套新衣,可用绸缎面料,除了新年之外,这套新衣只能在出门做客时穿穿。孩子们对新衣总是充满期望的,等不得明天,吃过年夜饭,守岁的时候就穿上了。

张英看着儿女们个个鲜衣亮服,人品出众,心里颇感欣慰。廷瓒穿着一件浅灰色宁绸长衫,外套一件香灰色软缎坎肩,头上扣着六合一统瓜皮帽,一条辫子已是又粗又长,俨然一副翩翩公子模样。张英由不得想起自己年轻的时候,叮嘱儿子:"瓒儿,功课还要抓紧,开了春,三月就要会试,为父也没有什么可帮你的,只是你入了场,一定不要心慌,把功名放在一边,只像平常一样去做文章,圣人曰:'君子居易以俟命',科举之事,切不可太过急切,以平常心待之,反能出奇制胜。"

"是。父亲此是经验之谈,儿子记住了。"廷瓒恭恭敬敬地答道。

女儿维仪、令仪穿着一色的对襟粉红袄子,下面是湖色百褶裙,脚上蹬着绣花双梁棉鞋，像两朵出水芙蓉，妖娆动人。两人静静地坐在一边听大人说话。张英见了，心里欢喜，道："维儿和仪儿功课怎样？"两人抿嘴笑着低头不语。这时，小廷玉穿着大红团花的黑缎小马褂跑出来，大约是穿了新衣，显得神气十足，便不似适才在桌上那样一本正经。此刻见父亲问话，两个姐姐羞而不答，便对父亲道："母亲说，二姐花绣得好，三姐诗做得好。"

"是吗？"张英笑着招手叫过廷玉，把他抱坐在膝上，问道："你呢，什么做得好？"

"我会背《千字文》《论语》，还有《幼学》。"

"那好，我考考你。我背上一句，你接下一句，好吗？背得好，赏你放炮仗，背得不好，罚你抄课文。"

"好！"

张英起头："天地玄黄。"廷玉接道："宇宙洪荒。""金生丽水。""玉出昆岗。""推位让国。""有虞陶唐。""女慕贞洁。""男效才良。""祸因恶积。""福缘善庆。""尺璧非宝。""寸阴是竞。""资父事君。""曰严与敬。"……

一路下来，竟没有一处出错。张英非常满意："《千字文》都背熟了，我再考考你《论语》。把孝悌一篇背来我听听。"

小廷玉坐在父亲膝上，摇头晃脑地背诵："有子曰：'其为人也孝悌，而好犯上者，鲜矣；不好犯上，而好作乱者，未之有也。君子务本，本立而道生。孝悌者也，其为仁之本与！'"

"嗯。背得不错，可知道什么意思吗？"

"圣人教导我们，做人要有孝心，从小孝顺父母，尊敬兄长，长大以后就会孝忠朝廷，就不会犯上作乱。君子做人，要从根本做起，这就是道德的起源，孝顺父母，尊敬兄长，是仁道的根本。"

"解得还不错。那么你知道孔门'四圣''十二哲''七十二贤'吗？说来我听听。"

"四圣是：复圣颜夫子，述圣是子思，曾子为宗圣，亚圣孟子舆。十二哲是：闵子骞与冉仲弓，端木子贡冉伯牛，子路子夏共冉有，宰我子张言子游，升祀有子与朱子，十二先贤祀典留。七十二贤是：四科十人首在中，曾点曾参司马耕，南宫适兮公西赤，公冶长与公孙龙，宓不齐及任不齐，颜哙颜辛复孔忠……"

小廷玉口齿清晰，背诵如一汪流水，毫无阻滞。张英忍不住在他的小脑袋上拍了拍："不错不错，背得好，赏你们去放炮仗。"

"哦——放炮仗啰！"小廷玉一下子从父亲腿上溜下来，带头就往院子里跑。众人相跟着出来，这时北京城里已是烟花爆竹响成一片，皇城内更是灯火辉煌。刘福贵拿着火香炮仗，廷瓒带着廷玉放炮仗，点烟花，忙个不亦乐乎。那小廷玉一边放着炮仗，一边吓得惊叫着，咯咯笑着，一改刚才摇头晃脑背书的小学究模样，纯是一派天真的烂漫儿童。

张英与吴友季站在檐下，看着满城灯火，想着三藩已去，国泰民安的日子已然来到，由不得心里感慨。想着几年来日日陪侍康熙左右，康熙的好学、敏思、勤政、爱民以及庙谟圣心、乾纲独断，都是古往今来少有的帝王气象，大清朝蒸蒸日上，此是百姓之福，也是他这个臣子之福。看茫茫夜空，虽漆黑一片，但人间欢乐，却是灯火灿然。遥望乾清宫内，更是灯火一片，照得天空尽赤。心念一动，张英随口吟出："除夕夜无光，点数盏明灯，替乾坤增色。"下联却再也想不出来了。便道："瓒儿，你来对下联。"

廷瓒也才是十八九岁的少年，与弟妹们玩得高兴，没听见父亲刚才的联句，听父亲叫自己，遂回到父亲身边，问："父亲，对什么联？"

吴友季便将张英适才吟出的上联重述了一遍，廷瓒蹙眉思索，一时应对不上。谁也没在意那小廷玉像个小尾巴一样跟着哥哥跑过来。此时神武门那边传出咚咚几声更鼓，接着皇宫内外，鞭炮声像开了锅一样，四处轰鸣起来。原来已交子时，四处放起辞旧迎新的开门鞭来。刘福贵也赶紧拿起一支长篙，挑起一挂鞭炮，放响起来。

一时乱过，北京城里渐渐安静下来，除了满街灯火，只剩下零零星星的烟花和炮仗声，众人正待回屋，却不料那小廷玉说："大哥，我替你对出下联了。"

众人原已忘了刚才之事，只有廷瓒仍在思考，听了廷玉的话，便问："怎么对的？"

廷玉上前一步，一本正经地回答："新春雷未发，击几声堂鼓，代天地扬威！"

"好！"吴友季首先叫好，张英也没想到这小小孩童竟对出这么有气势的下联，心里不由一怔：此子大非凡器。廷瓒也赞道："二弟将来必大有出息，让我这做哥哥的惭愧了。"

这一夜，就在这对联中结束了。吴友季给每个孩子一串用红丝绳串着的康熙通宝作为压岁钱，然后才告辞回家。张英和夫人留他就在此歇息，他却说今天北京城是不夜城，何时回家都很安全。待吴友季走后，张英和夫人也同样给每个孩子一串压岁钱，然后孩子们心满意足地去睡了。

翌日，乃是己未年大年初一。

张英已经习惯了清早即起，来到院中活动活动腿脚，一时孩子们起来，给父亲请安。平日张英晨出暮归，孩子们早请安都免了，这天因是大年初一，廷瓒扶着父亲，维仪扶着母亲，双双坐在太师椅上，几个孩子轮流，认认真真地给他们磕头请安。张英和姚夫人感受着浓浓的亲情，心中甚感欣慰。

早饭后，张英正想抽空和廷瓒谈讲一番会试的注意事项。宫里太监传旨：皇上要在乾清宫大宴群臣，让张英早点进宫准备。张英哪敢迟疑，即刻脱下便服，将朝服官靴换上。这时的张英已是从三品服色，他天天上朝，几乎天天是朝服官帽，新年假期，正想穿穿便服，却不料还要换回来。

张英匆匆来到午门口，谁知守门侍卫却一把拦住："张大人，圣上有旨，今天新年假期，群臣是进宫做客，一律不准着朝服顶戴。"

张英笑着摇了摇头，只得回家更换服饰。夫人听说，赶紧帮着置换，嘴上说："幸亏做了件新袍子，你还说不要哩。"张英道："我只想着反正天天上朝，难得穿家常衣服，做那么多干吗，不如给孩子们多做一件。"夫人道："出入的衣服总要备着的，你看，这不用着了么？"张英道："夫人英明。"

张英夫妻感情一贯很好，虽已结婚多年，儿女成行，在人前也恪守着"床上夫妻，床下君子"之道，但无人时，话语却颇多调侃。年前备置新衣时，张英说过自己不用做新的，让夫人和孩子们多做一件，夫人却坚持给他做了一件铁灰的宁绸长袍，说他天天穿青蓝色的，也换换颜色，醒醒目。夫人自己却只做了件细布短袄。

张英换上新长袍，夫人嫌天冷，又给他加了一件镶毛边的黑缎马甲，虽是旧的，但浆洗熨烫得像新的一样。头上那顶六合一统瓜皮帽也是旧的，但那帽上镶着的一块玉却也价值不菲，那是夫人的陪嫁品，还是那年张英去京城会试时，夫人拿出这块玉，给他做了一顶新帽子。此后大凡有出头露面的事，张英戴的都是这顶帽子。好在张英不好交际，这帽子使用频率不高，夫人又精心保管，直至如今，十多年了，还戴的是它。脚上的千层底双梁四块瓦棉鞋，却是新的。姚夫人每年都要亲手给家里人做上两双鞋，一双单的，一双棉的。孩子越来越多，夫人越来越忙，好在维仪大了，能帮着夫人做针线了。今年的鞋子就多是维仪做的，只有张英的鞋，还是夫人亲手做。

张英打扮停当，自己都觉着焕然一新，还是穿便服自在。想着康熙皇帝年纪轻轻，却连这样的细节都想到了。今天元旦，皇上一定是要营造一份大家庭气氛，所以特地关照大家着便服，真是圣心仁厚啊。

再进午门，来到乾清宫，只见康熙正站在丹陛之上，双手背在身后，悠闲地看着众太监摆放桌椅。大殿中两边相对，排了四排条案，每张案后是两张椅子。看见张英磕头觐见，康熙道："敦复免礼，过来帮朕看看，这样摆放行不行。"

张英趋步上了丹陛，站在康熙身边，数了一数，每排十二张案子，一共四十八张条案，九十六张椅子。遂问康熙道："不知圣上都请了谁？"康熙道："没有外人，就是咱们君臣，部院九卿。"张英道："那足够了。"

康熙退后几步，坐到那宽大的须弥座上，不似平日早朝时那般正襟危坐，而是舒服地仰靠在上面，对张英道："这几年为了三藩的事，群臣都跟着朕忙昏了头，今吴贼已死，耿、尚已降，叛军之势已十去八九，不足为虑啦！朕今日要与群臣吃个太平宴。敦复，你跟着朕一年忙到头，今日大年初一还不能休息，还得把朕这个太平宴好好记下来。"

"皇上圣明，臣能辅佐在这样的圣明帝君之侧，是臣的福分。"

说话间，群臣已陆陆续续结伴而来，纷纷与皇上见礼。皇上赐坐，众人遂按官职大小叙坐。

康熙今天穿着一件明黄色的苏绣袍子，外罩一件银狐皮马褂，腰上挂着一只锦绣香囊。清清爽爽，正是二十六岁的大好年华，若不是坐在这金銮殿上，走在通衢市中，这样的青年公子，一副豪阔世家做派，还不让满街行人驻足而视。天地造化，千百年出一圣人，若非如此，又怎解眼前这位幼年失怙、勉登大位，却不畏强权、乾纲独断、剪除异己、独尊天下的康熙皇帝哩。群臣打量着皇帝,这样在心里叹服着。

皇帝也在打量着群臣。今天群臣各着便服,再不似以往上朝时青鸦鸦一片,而是各色纷呈。从衣帽上就能看出一个人的家境来,总的来说,满大臣要比汉大臣阔绰。清朝到康熙时已基本上做到了满汉同制,即各衙门满汉官员数目同等。康熙放眼一看,满族官员大多服色鲜艳,料子也高档,袍子多是大红、艳紫、鲜蓝或墨绿色,料子多是杭缎、苏绣,外罩的马褂比甲多是皮货,头上的帽子也多是瑞蚨祥的名色。而汉族官员则多是灰色系列,浅灰、深灰、铁灰,至多也不过是香灰色,料子的质地也不高档,只是普通软缎,有些还只是杭绸、宁绸,外罩的马褂比甲也很少有皮毛的,大多只是用皮毛镶了个边。这固然有经济宽窄的一面,也反映了汉族官员大多涵养深厚内敛、不事张扬、治家勤俭、爱物惜福。皇上心里也由不得感叹一番。

一时,群臣坐定,康熙道:"今日元旦,朕因扫平三藩,国事宁靖,心中高兴,要与众位臣工吃个太平宴。今日不议国政,只谈趣闻。咱们君臣吃个开开心心,谈个欢天喜地可好!"

"皇上圣明!"

"国事平靖,天下太平。正该有此喜庆!"

"谢皇上赐宴!"

众人纷纷起身赞颂。康熙摆摆手,复令众人坐下,命:"赐宴!"

内务府总管太监吴忠亲自在乾清宫侍候,此刻他手持一柄玉如意站在康熙身边,听见吩咐,立刻扬着公鸭嗓子叫道:"皇上赐宴啦!"声音传出,不一时就有十多名太监川流进来,将各式菜肴水果并茶酒饮料摆放在各人面前的条案上。

且看他案上摆的是:炒虾仁、炒鹿脯、炒腰花三个小盘,烧仔鸡、烤羊肉、盐水鸭三个大盘,一大海碗鱼翅明骨汤、一小壶山西汾酒、一小壶福建沉缸酒,这是案上两人共用的。接着每人面前放上清茶一杯、桂圆莲子羹一盏。点心是一大盘馒头花卷和各式宫点,用的盘碗杯盏全是清一色的景德镇青花瓷器,只康熙面前的御案上用的是一套明黄的玉质描金碗碟,除盛具外,御案上的菜肴倒和下面一样。

顷刻之间,菜已上齐。原来这宫中御厨,随时得预备着传膳,菜肴都是早已烧好准备着的,日常给皇帝上的菜都是这样不温不热一股脑儿上齐一大桌。今日康熙要大宴群臣，早已传知御膳房，准备妥当，此时才一传便到。可是这样的严寒天气，虽然大殿四角生起了熊熊炭火，但如此大呼隆一齐上的温吞热菜肴，哪有这些大人们日昔吃馆子，菜分口味色相，现炒现上，先冷盆再热炒再红烧再汤水的妙处。就是日常在家里，除了张英这类书生，一般满汉大臣也是单独养有厨子，菜肴都是十分讲究的，但今天是皇帝赐宴，谁能说三道四，当然得硬着头皮吃这些温吞食。好在最后上来了一只烧得炭火摇摇的黄铜火锅，说是太后赐的。揭开锅盖，锅内翻滚着羊肉、海参、鹿尾、香菇、粉条等，热气腾腾，香味诱人。原来太后和各宫皇后、嫔妃们嫌御膳房菜肴太大路货，大都各自备有厨子，在自己的小厨房里做自己喜欢吃的菜肴，时常也送些时鲜菜肴来给皇帝，所以日昔各宫竞相孝敬，康熙倒也不甚吃这御膳房的伙食。今天太后这只火锅就送得特别及时，让满殿气氛立即热火起来。

康熙见菜已上齐，遂命群臣各自斟上酒来，酒量好的自是斟上那高度的山西汾酒，像张英这样不善饮的只好斟上那低度的福建陈缸酒。康熙举杯向群臣道："众位爱卿，几年来为三藩之事，朝廷大费周折，众位也跟着朕日昔辛苦。今日三藩之患已除，借此元旦之日，咱们君臣同席，共享升平。且饮了此杯。"

康熙带头一饮而尽，众人自是不敢怠慢，全都一饮而尽。

此时明珠已升任内阁大学士，他是惯会溜须拍马的，所以待康熙开饮之后，便站起来歌功颂德一番，带头给康熙敬酒，群臣当然陪饮。接下来大臣们纷纷效仿，一时颂得康熙尧舜虞汤，文王再世，秦皇汉武不及，唐宗宋祖靠边。康熙忍不住乐得手舞足蹈，哈哈大笑。他毕竟是个青年君王，平时再老成，也有调皮烂漫的天性。此时饮了些酒，又把政事放下，心中说不出的轻松舒畅。他看着明珠、索额图、李光地等大献谀词，忍不住逗道："明珠、索额图，你们今天再给朕灌迷魂汤也是无用，可知罪么？"

事起突然，满殿臣工一下子怔住，适才还是谈笑风生，怎么转而兴师问罪了，这圣心真是难测啊！明珠、索额图更是大惊失色，翻身离席，跪倒在地，磕头如捣蒜："奴才万死。""奴才万死。"

康熙道："为什么万死？"

两人身如筛糠："奴才不知，奴才万死。请万岁爷明示。"

康熙见二人已吓得够呛，忍不住哈哈大笑："起来吧。其实罪也不至死。记得朕几年前说过'战局一开，尔等都要晨入暮出'的话吗？"

"奴才记得。"两人听康熙笑出声来，料得不是什么大事，但还是跪在那里，不敢起来。

"记得怎么做不到？"康熙走下丹陛，亲自扶起两人："朕是开玩笑哩。起来吧，起来吧。虽说是玩笑，不过在勤劳王事上，你们确实做得不够好。不仅你俩，还有熊老夫子、李大硕儒，你俩也想想。一开始，三藩乱起，战事纷繁，你们确也做到了晨入暮出，李光地还曾奉密旨，深入虎穴，为破耿贼立下大功。但后来，叛军失势，失地收回，战事明朗之后，尔等便时有松懈，不要说晨入暮出，就是脱班私假，也是有的。朕之身边，惟有张英一人始终记着朕的话，每日晨入暮出，午饭都是家人送来吃的。熊老夫子、李大硕儒，尔等一般与张大人都是汉族大臣，饱读诗书，修身齐家，以忠孝礼义立身，但仅此一点看来，始终敬慎，惟张英有古大臣之风啊。"

熊赐履、李光地本坐在一席，见康熙由明珠、索额图转到自己头上，早已坐不住，在席上垂手拱背，俯首而立，后来又说到张英身上，张英也自坐不住，在席上站起，拱手对康熙道："皇上夸赞，臣诚恐诚惶。"

熊李二人则大感惭愧，对着康熙拱拱手，又对着张英拱拱手："圣上教训得是，臣当以张大人为榜样，勤劳王事，始终敬慎如一。"

"都坐，都坐，朕是开个玩笑。今天是大好日子，众位臣工不可太过拘谨。都说说，昨夜除夕，是怎么过的？"康熙在殿上走来走去，一边说着，一边走来，一手一个按住熊、李二人肩膀，示意坐下。

众人因见明、索等人刚才大献殷勤，结果却讨个没趣，再也无人敢随便搭腔。康熙此时已转到张英桌前，因张英还站在那里，便替他斟了一杯酒，又给自己杯中也斟上一杯，他和张英一样不胜酒力，所以都斟的是福建沉缸。只见康熙举杯对张英道："张爱卿，说说你家昨晚上是怎么过的。"

张英虽然几年来与康熙朝夕相处，早已不再拘谨，但当着百官的面受到皇上嘉奖，既有面子又怕惹众人嫉妒，心中惴惴，见康熙又转来与自己喝酒，更是惶恐至极，赶紧双手举杯，道："回皇上话，臣昨夜与家人共度除夕，吃了一顿丰盛的年夜饭。然后与小儿逗趣，考校学问，互背了一阵《千字文》《幼学》和《论语》。"

众人都觉有趣，想张英是经世大儒，却与小孩子互背启蒙窗课，似也是童心未泯。康熙也饶有兴趣，问道："朕记得你家公子不是已过了顺天府乡试，是个举人了，还背《幼学》《千字文》？"

张英答道："那是长子廷瓒，过了年已经一十九岁了，去年已经中举，今年就要参加会试了。昨天考校的乃是次子廷玉，过了年已经八岁了，去年春上刚入学。"他这一说，熊赐履和李光地、明珠等人都想起来了，熊赐履道："张大人，我记得廷玉这名字还是我取的哩。一晃眼，都八岁了？进学了？昨晚考校得怎样？"

熊赐履平时并不是个多言的人，今天圣上跟张英说话，他却插进来一连问了几个问题，显见得他对这孩子记忆深刻。张英答道："多谢熊大人问，小犬昨日倒是很出风头，不仅窗课都背得烂熟，还与我对了一副对子，也还颇为工整。"

众人奇道："哟，小小年纪，也会对对子了，到底是读书人家的子弟啊！"

康熙也大感兴趣，问道："是怎样的对子，说出来听听。"

张英道："臣昨晚在小院中观赏焰火，当见夜空漆黑，而烟花四射，照出人间欢乐景象，尤其看见皇宫这边，灯火通明，把天空映得红亮，便口出一联，原是要廷瓒来对的，谁知廷瓒尚未对出，倒给那小廷玉对出来了。我出的上联是：'除夕月无光，点数盏明灯，替乾坤增色'。"

众人都不禁叫道："好！张大人这上联出得好，圣上宵旰勤政，皇宫里明灯闪烁，可不是替乾坤增色嘛！这下联可难对得很。"在座诸人都是康熙朝中文臣，其中不乏饱读诗书者，一时暗下里思忖。康熙本人也素喜吟诗作对，想了想，急切间未得佳句，便问道："你那小儿廷玉是如何对的？"

张大人道："谁也没在意他，他竟对了一句：'新春雷未发，击几声堂鼓，代天地扬威。'可不还算工整嘛。"

"岂止工整，真个是对得好。"众人是打心眼里称赞。也有人不以为然，心说，八岁小儿能对出这样气魄的对子来，还不是张大人要讨皇上欢心，不知与谁对的对子，拿来给皇上奏趣的。皇上却听得高兴："好！好！好！张大人，你这小儿不同凡响，小小年纪就有如此志向，长大了怕是还要胜过乃父。几时带进宫来，让朕瞧瞧，朕也与他互背一番《三字经》《千字文》什么的。"

张英赶紧拱手道："谢圣上金口，但愿小儿长大后，能有福侍候皇上。"

康熙谈得兴起，也想来个吟诗作对，当见满朝冠盖，都是自己大清国的文臣才子，遂道："今日咱们君臣相会，也不可无诗无对，是不是众爱卿每人各展才华，能诗则诗，能对则对，总要把今天这气氛烘托出来。"

众人都道："使得使得。就请圣上出题吧！"

康熙道："今日元旦，就以元旦为题，或诗或词或联或对，总要围绕新春元旦这个题，做得好的赏酒，跑题的罚酒如何？"

索额图道："我先自饮一杯吧。这吟诗作对，我却不行，饶了我罢，免得做得不好，跑了题，反而受罚。"

康熙见刚刚动议，就有人推托，甚是无趣。其实他的赏和罚都是喝酒，无非想烘托一下君臣同乐的气氛，可惜索额图没有听明白其中关窍，急急就来扫兴。

张英想这元旦是个老题目，做滥了的题材，也难出什么新意，何况百来人做同一题目，怕不相互重复堆砌。他是上书房大臣，替皇帝点缀文字，歌颂升平，是他的责任。如何想个绝妙好计，让今天的盛宴推陈出新，永载史册才好。忽然他想起了汉武帝于元封三年在柏梁台上与群臣赋七言诗之事，遂道："今日圣上大宴群臣，是千古盛事，当然要吟诗作赋，歌以咏志。但这么多人做同一题目，只怕难以出新。不若咱们仿汉武帝与群臣赋柏梁体，每人一句，共成一诗，就叫作《升平嘉宴》，以记录圣上今日大宴群臣之盛事。可好？"

康熙听了索额图的话，也怕众人推辞的多了，显不出热闹，现在听张英说出这个主意，顿觉大妙。群臣更是高兴，因文人学士们在一起，本就相互嫉妒，生怕谁在皇上面前出了风头，又怕自己做得不好，失了面子。这一下，一人一句，再有捷才，也好不到哪儿去。况且所谓柏梁体，无非就是歌功颂德的应景文字罢了，谁肚里还没有个七八九句现成的，就是索额图，凑个句把两句也不是难题。反正是为皇上助兴，只要皇上高兴了，便皆大欢喜。遂纷纷赞好。

皇上兴头起来，叫吴忠侍候笔墨，张英要过来记录，竟被拦住，道："朕今天与群臣同赋柏梁体，要亲自记录这一盛事，还要相延成习，今后年年元旦都要与群臣欢宴，赋柏梁体诗。"张英作为皇上的贴身秘书，见皇上写字，不便走开，就站在身旁侍候。

群臣自是交口赞好。康熙援笔在手，思索片刻，下笔写道：

升平嘉宴同群臣赋诗用柏梁体　并序

朕于宣政听览之余，讲贯经义，历观史册。于《书》见元首股肱赓飏喜起之盛，于《诗》见《鹿鸣》《天保》诸篇，未尝不慕古之君臣，一德一心相悦若斯之隆也。今际海内宴安，兵革偃息，首春令序，九陌灯辉，丰穰有征，吾民咸乐。思与诸臣欣时式燕，爰于乾清宫广集簪裾，肆筵授几。斯时也，蟾光鳌炬，焜耀堂帘，彩树琼葩，离罗樽俎。许笑言之无禁，宽仪法之不纠。复令次登文陛，渥以金罍，咸俾有三爵油油之色焉。《易》曰："上下交则志同。"《传》曰："享以训恭俭，晏以示慈惠。"则今日之觥觫旨酒，岂徒以饮食燕乐云尔哉！顾瞻诸臣，或位居谐弼，或职任卿尹，或典文翰，或司献纳，宜共成篇什，以绍《雅》《颂》之音。朕发端首倡，效"柏梁体"，班联递赓，用昭升平盛事，冀垂不朽云。康熙十八年元日。

序言写毕，叫张英给群臣宣读一遍，众人自是又大赞康熙文章华彩，韩欧莫及。而且圣上的序言也把群臣都夸了一遍，这样的文字临摹回家，装裱堂上，岂不是比表彰更为漂亮。日后写入年表族谱，更是光耀后代，被及子孙。真是人人面有油油之色，个个乐得心头开花。

康熙道："那么朕就开头起句了。诸位按座一路续接下去。还是朕来记录。"一面说，一面在纸上写了一行字，并大声念出。其余人等也依此吟咏，共成柏梁体诗九十三言：

丽日和风被万方。	御制
卿云烂漫弥紫闼。	内阁大学士臣索额图
一堂喜起歌明良。	内阁大学士臣明珠
止戈化洽民物昌。	内阁大学士臣李霨
《蓼萧》燕誉圣恩长。	内阁大学士臣冯溥
天心昭格时雨旸。	内阁大学士臣熊赐履
丰亨有兆祝千箱。	吏部尚书臣黄机
礼乐文章仰圣皇。	户部尚书臣梁清标
庙谟指授靖八荒。	礼部尚书臣吴正治

春回丹诏罢桁杨。	兵部尚书臣宋德宜
河清海晏禹绩彰。	工部尚书臣朱之弼
百度胥饬纲纪张。	都察院左都御史臣徐元文
千官济济盈岩廊。	吏部左侍郎臣张士甄
天工无旷勤赞襄。	吏部右侍郎臣杨永宁
有年歌协臣所望。	户部左侍郎臣李天馥
共期红朽答殊常。	户部右侍郎臣李仙根
转漕亿万充天仓。	户部仓场侍郎臣马汝骥
邦礼叨赞惭趋跄。	礼部左侍郎臣杨正中
职司寅清佐垂裳。	礼部右侍郎臣富鸿基
天河洗甲通蛮乡。	兵部左侍郎臣焦毓瑞
皇威四畅咸来王。	兵部右侍郎臣陈一炳
祗承钦恤和气翔。	刑部左侍郎臣杜臻
刑措不用民寿康。	刑部右侍郎臣叶方蔼
八材庀化师殳斤。	工部左侍郎臣赵璟
右平左墄开明堂。	工部右侍郎臣金鼐
仰窥神策驱天狼。	内阁学士臣李光地
膏以大泽人胥庆。	内阁学士臣张玉书
帝庸作歌追虞唐。	翰林院掌院臣陈廷敬
身依云汉赓天章。	翰林院学士臣张英
恪秉训厉敦《羔羊》。	都察院左副都御史臣宋文运
奉宣仁风之吴疆。	巡抚江宁右副都御史臣余国柱
九阍訣荡瞻龙光。	通政使司通政使臣王盛唐
斗勺高掩贯索芒。	大理寺卿臣张云翼
图列养正亲羹墙。	詹事府詹事沈荃
黄钟大镛谐祯祥。	太常寺卿臣崔澄
郊衢击壤欢丰穰。	顺天府府尹臣熊一潇
大官珍膳罗酒浆。	光禄寺卿臣马世济
调闲六御腾康庄。	太仆寺卿臣张可前
悉预风纪凛清霜。	都察院佥都御史臣张吉午

出入玉珮声锵锵。	通政使司左通政臣崔官
纳言惟允尚职详。	通政使司右通政臣吴琠
褒忠励节感赐觞。	通政使司右通政臣陈汝器
圜扉阒寂春草芳。	大理寺少卿臣荣国祚
拜手好生颂禹汤。	大理寺少卿臣徐旭龄
前星令望钦颙卬。	詹事府少詹事臣王泽弘
终始念典用斯藏。	詹事府少詹事臣崔蔚林
言模行范辉缥缃。	翰林院侍读学士臣蒋弘道
猗欤至德日就将。	翰林院侍读学士臣胡简敬
叨尘侍从恩莫量。	翰林院侍读学士臣朱之佐
靖共夙夜无怠遑。	翰林院侍读学士臣严我斯
梧桐生矣于高冈。	翰林院侍讲学士臣孙在丰
绅书东观翰墨香。	翰林院侍讲学士臣卢琦
三德六行为士坊。	国子监祭酒臣王士禛
宫官备位滋悚惶。	右春坊右庶子臣祖文谟
六经义叶如笙簧。	翰林院侍讲臣朱典
奎文焕若森琳琅。	翰林院侍读臣王封溁
朝朝橐笔侍御床。	翰林院侍讲臣董讷
记载圣治金匮藏。	翰林院侍讲臣王鸿绪
频年宣室虚对扬。	翰林院侍讲臣韩菼
宸篇揆藻烛昊苍。	翰林院侍讲臣郭棻
承华毓德成圭璋。	左春坊左谕德臣陈论
青宫琪树栖鸾凰。	右春坊右谕德臣朱世熙
金舆导从骖去骧。	司经局洗马臣田喜霍
采罳流影耀壁珰。	通政使司左参议臣赵士麟
仁波溟渤同瀇汪。	通政使司左参议臣赵之鼎
鸾旂乘春零露瀼。	通政使司右参议臣张鹏
爰赓《天保》矢勿忘。	通政使司右参议臣郑重
八表同轨来梯航。	大理寺寺丞臣徐诰武
《云门》磬管声喤喤。	右春坊右中允臣吴珂鸣

泰交天阙开春阳。	左春坊左中允臣李录予
惟睿作圣金玉相。	右春坊右中允臣郑开极
珥笔何幸日月傍。	左春坊左赞善臣徐乾学
瑞逾宝鼎兼芝芳。	左春坊左赞善臣郑之谌
尧樽夜醉星低昂。	右春坊右赞善臣沈上墉
在廷悦豫和宫商。	右春坊右赞善臣王尹方
滥典乐正董上庠。	国子监司业刘芳喆
治登三五休声飏。	翰林院修撰臣归允肃
睿谟典诰同洋洋。	翰林院编修臣王顼龄
记神圣功臣职当。	翰林院编修臣曹禾
琅函瑶版书焜煌。	翰林院检讨臣潘耒
石渠高议芟秕糠。	翰林院检讨臣严绳孙
日侍清禁研铅黄。	翰林院编修臣杜讷
愿言直节谨自防。	吏科掌印给事中臣王承祖
帝心勤民重农桑。	户科掌印给事中臣王日温
具举细目恢弘纲。	礼科掌印给事中臣李迥
诞敷文德四国匡。	兵科掌印给事中臣刘沛先
嘉禾既殖锄莠稂。	刑科掌印给事中臣姚缔虞
屈轶朱草纷两厢。	掌河南道御史臣唐朝彝
封章问夜检皂囊。	掌河南道御史臣任玥
拟将劲操坚苍筤。	掌浙江道御史臣李见龙
朝无阙事联班行。	掌山西道御史臣郭维藩
千门燎火宵未央。	掌山东道御史臣孙必振
升平高宴迈柏梁。	掌陕西道御史臣卫执蒲

康熙录完,交给张英,张英通篇诵读一遍,九十三句,一韵到底。当真是华彩乐章,升平歌赋。人人不禁击节赞叹,又互相吹捧一番佳词丽句。忽然康熙道:"朕怎么老觉得还少了谁呀?"拿过手稿,又细看一遍,说:"哦!少了刑部尚书姚龙怀。朕知道他病了,曾嘱太医精心医治,前次还赏过人参、当归。怎么,还没大好么?"

张英忙跪下，道："启奏圣上，姚大人他已于昨日申酉之交殁逝了。"

康熙惊道："怎么就殁了呢？朕知道他有痨疾，常常咯血，几次乞请回乡养病，朕都没有准他。《大清律》尚未完备，朕是少不了他呀！唉，是朕害了他。张大人，起来回话，你们是内亲吧。"

张英起身，侍立道："回禀圣上，臣的内人姚氏是姚大人的堂侄女。臣昨天就在姚大人身边，看着他走的。因是新春元旦，不敢奏明皇上，本待节后再奏明礼部，请示安葬事宜。"

"唉，礼部臣工都在此，吴大人，朕着你立刻部议姚大人的葬礼事宜。姚大人秉公执谏，言行端恪，朕看就谥端恪罢。吴大人、张大人，安排一下，朕要亲到姚大人灵前致祭。张大人，姚大人临死时情形如何，可有什么交代？"

"回圣上，姚大人是痨疾日深，呕血而亡。临终时口授二疏，托臣转奏圣上。还说灵柩要回乡安葬。"

"唉，真是呕心沥血，鞠躬尽瘁，死而后已啊！朕有这样的好臣子，还愁国家治理不好吗？可惜去得早了，姚大人过花甲了吗？"

"回圣上，没有，年才五十九岁。"

殿上众人与姚大人同朝为官，乍闻噩耗，也不由痛惜，尤其是熊赐履、陈廷敬、韩菼等素与他交好的人，更是伤心。但听着皇上不断的叹息，知他心里难过，都不敢再有什么悲伤的表示。最后，还是明珠带头劝道："奴才斗胆劝万岁一句，今日新春，君臣欢宴，不宜太过感伤。姚大人新灵未走，一定也不愿看见万岁爷难过。"众人也都一齐道："是啊，是啊。今天做得好柏梁体，又是圣上亲笔所制，该当刻石勒碑，永以为志。"

康熙也自醒悟过来，今日是大喜的日子，总该欢声笑语才对。遂对张英道："将这《升平嘉宴》交誊本处临写九十三份，在座诸位，人手一份。"

"谢万岁！""谢圣上恩典！"群臣不由欢呼雀跃，一片声地谢恩。

康熙看着群臣的高兴劲，心头也更加意气风发，他哈哈大笑着从御座上站起，大手一挥："散宴！"

那吴忠立刻高声唱道："散宴！皇上起驾！"

群臣呼啦一下跪倒，口呼"万岁"，恭送皇上。

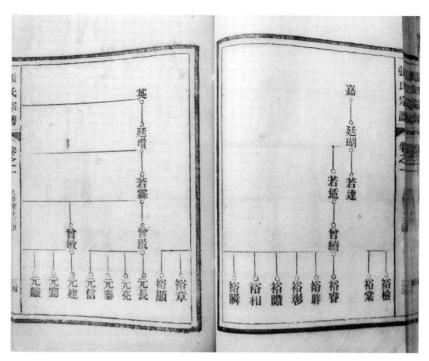

张氏宗谱，有张英。现存安庆市图书馆。（白梦摄）

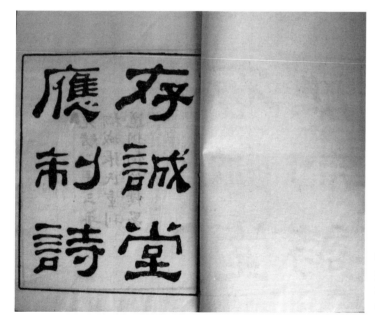

张英著作《存诚堂应制诗》，现存桐城市图书馆。（白梦摄）

龙眠山桐城小花茶叶（白梦摄）

第五回
齐天坛两儒论选才　三清殿寒士献奇画

康熙二十年。

五月的京畿大地，一派葱绿，瓜豆结实，桃李坠枝，那景色在紫禁城里是领略不到的。小南风秧儿在田野里跑来跑去，吹到人身上软绵绵的，舒服。水田中的稻子已长到一尺多高，眼看着就要扬花抽穗。农人们在田野里忙碌，给瓜豆插芊搭架，给稻田除草添肥，一年到头，总有忙不完的活计。北方原本不种水稻，前朝万历年间左佥都御史左光斗见京畿、海河一带土地肥沃，水源丰沛，便上疏倡种水稻，于是京城一带才开始有所种植。

从西直门出城的京西大道上，一队骁骑营士兵跑过，顿时尘土飞扬。尘土过后，跟着是几顶大轿迤逦而来，当头两顶为杏黄色十六抬亮轿。轿夫都穿着一色的黄马褂，两顶大轿前后跟着许多骑着高头大马的文武官员，再后面是黄罗伞盖、金瓜节钺、旗纛等卤簿和侍卫队伍，卤簿后面跟着几乘八抬、四抬软轿，然后是一队肩挑各种茶食点心的太监。太监队伍后面又是无数的骁骑营兵士。

在田间劳作的人们不禁都停下活计，扶锄抚腰，远远望着这一长蛇阵般的队伍。京西的农人们都知道，这是康熙皇帝排驾出宫了。清朝皇族每年都要秋狝，康熙更是一年四季常常出巡，仅京西的玉泉山，这几年皇上都是每年要来个一次两次的。因此，对于皇上的法驾，京西百姓早已熟悉。众人指点着：前面两乘大轿，一乘是皇帝的，一乘是太后的，后面小轿中坐的是皇妃娘娘们。寻常皇上来玉泉山多是秋天，今年怎么初夏就来了，也许不是去玉泉山吧。若是去承德避暑，又嫌早了点儿，离炎夏还有一大截子哩。皇上这是要到哪里去呢？当然，小民百姓是管不了天子行踪的，不过看着大队人马，车驾卤簿，觉着热闹罢了。

大队人马过后，人们重新低头劳作，过不多久，却又有一队骑着高头大马，穿着鲜衣亮服的阔人，引起了人们的注意。在田野里劳作的人，看惯了远山近水，四周景色已不能引起他们的兴趣，休息时也只是坐在田头树下，喝口水抽袋烟；他们所感兴趣的就是看大路上外来的风景，尤其是那些寻常看不见的热闹风景，借着看风景直直腰，喘口气。

眼下这队人虽不似皇帝的法驾那般威仪热闹，可也不似寻常路人那样可以熟视无睹。只见一队人中有六主六仆，六位主人各自骑在高头大马上，其中有三位中年老爷、三位青年公子；后面跟着六个着短打扮的家人奴才，一般地挑着行李盒子，跟在马匹后面亦步亦趋。与前面那队伍的急步快走不同，这队人倒不急不忙，骑在马上看花赏景，边走边谈，甚是悠闲。

三位中年老爷，一位年近五十，穿着甚是考究，身材也很挺拔，他不时与中间那两位青年公子并辔而行，不时又转来与另两位老爷谈谈笑笑。那两位青年公子一直并辔前进，都是年方二十七八，穿绫着缎，相貌俊朗。其中一人老是拿手中扇子指指点点，更显得气宇轩昂；另一人则面色较为苍白，有点气血不足的样子。余下两位老爷也一直并辔而行，一路相互闲话，两人年龄都在四十上下，显得斯文儒雅，只是一个面庞更清秀些，言语也轻慢一些，另一个则眉目略显粗豪，言谈中更加欢声笑语一些。另一位青年公子年龄显然要小得多，大约不到二十岁，他一直跟在两位公子后面，听着他们说话，自己却不多言语。

这是农人们远观情形，若是在近处，则可看出其中两对显然是父子：那位五十来岁的老爷明显是那位白面公子的父亲，两人身材面庞都极为相似。那老爷也似乎颇为关心儿子的身体，老是在他面上看来看去，一会儿问累不累，一会儿说要不要歇一歇，表面上看是在问那位拿着扇子神气活现的公子，其实心里是在担心自己的儿子。另一对父子则是那面庞清秀的老爷和那最小的公子，不消说两人相貌神态也极为相似，即是衣服也较其他几位逊色些，两人都穿着灰色柞丝袍子，只是老爷穿的是深灰色，公子穿的是浅灰色。剩下的两位虽然都显得性格活泼，高声朗气，指手画脚，但却怎么看也不像一家人，说父子年龄不对，说兄弟相貌没有一点近似处。

所以看官们无法猜出他们是些什么人，官不像官、将不像将、商不像商、民不像民。这就对了，他们的身份原本就是要你看不出来。

你说他们是谁？却原来前面銮驾中根本就没有皇帝，那当头一顶大轿乃是空的，皇帝原来便装轻骑，在这一伙人当中。这一下，你该猜到那拿着扇子却不扇风，老爱指指点点，骑着一匹白色起红斑的玉骢马的青年公子，就是经常微服而行的当今天子康熙了。另外三位老爷乃是武英殿大学士明珠、南书房侍读学士张英、翰林院侍讲学士韩菼。而那白面青年，乃是康熙身边的一等侍卫、明大学士的长公子纳兰性德。那位青年后生，则是张英大人的长公子张廷瓒，别看他年尚不足二十，却已是进士及第，钦点的翰林院编修了。

皇帝这一行是要到西郊游玩，西郊的玉泉山下有一处皇庄。这几年虽然总的来说风调雨顺，但中国这么大，年年总有地方受灾。年年赈灾，使康熙认识到粮食的重要性，所以他特别重视农桑。为了改良品种，提高产量，他自己就在中南海的丰泽园中辟了几畦水田，亲自种稻育种，然后拿那种子再到玉泉山下的皇庄里试种。康熙皇帝不愧是一代圣君，他不仅钻研经史子集，从中寻求治国安邦之道，还从小练习骑射，每天打布库锻炼身体。这几年他虽没有亲自带兵打仗，但对三藩作乱时每场战役都仔细询问，反复研究，从中研悟用兵之道。除了文治武功之外，他还是个十分好学，富有探索精神和实证精神的人，这从他会满、汉、蒙、英、拉丁等多种语言文字和亲修钟表、亲种水稻上可以看出。人们简直难以想象，像他这样一个日日早朝、天天进讲，每天朱批数十道奏折的一国之君，而且是幼年即位、少年执政，究竟是拿什么时间来学习那么多技艺和学问的？

闲话少叙，且说近日国事稍闲，康熙惦记着御稻的生长情况，便决定陪太皇太后到玉泉山一游。他是个风雅之人，这满地生花的五月天气，如何肯坐在那四面黄绢的大轿里？是以故技重施，让几位近臣陪他一同微服而行。那几个家人打扮的奴才，其实都是大内侍卫高手，负责保护皇上的安全。张英、韩菼则是陪皇上吟诗作赋的。

果然，行走间，康熙已来了诗兴，随口吟道："当年乘辇到，今日复来游。山水不同色，泉声还细流。诸位看看，这山这水是不是每看一次都是不同啊？"

明珠道："三爷总是好兴致，依奴才看，这山这水与去年就没有什么不同。"明珠一行跟康熙久了，都知道微服在外时，大家一律称康熙为三爷，因为康熙在顺治帝诸子中排行老三。已是老规矩了，不必细说。

韩菼道："明老爷是忙人，在明老爷眼里，岂止这山水与去年相同，只怕这春夏的山水与秋冬也没有什么区别的。"

明珠笑道："什么忙人，你就直说我是个俗人得了。"

韩菼道："哪里哪里，你要是个俗人，怎么能养出性德这样的雅人呢？你是被俗务缠得俗了。"这韩菼是状元出身，而明珠却是侍卫出身。明珠为人精明，与康熙又相与得好，虽手握大权，却总以自己不是科举出身为憾事。所以从小就对儿子的教育非常重视，不惜重金聘请名师。儿子性德也颇争气，虽然早有世袭的侍卫官职，但他却想去考取功名，以证明自己的实力。然而太过刻苦的读书，却让他熬坏了身体。康熙十一年，性德轻而易举地中了顺天府乡试举人，可是第二年春天却因病无法参加会试，与功名擦肩而过。此后他就来康熙身边做了侍卫，康熙与他也极投缘。两人竟是同龄人，康熙生于三月，性德生于十二月。性德来宫里当差后，康熙经常与他形影不离，出外更是让他跟随。

纳兰性德虽然因病没有考中进士，却结交了一大批进士朋友，且都比自己年纪大了很多。若说这些人与他交往，是为了巴结他那个当朝宰相父亲，又根本不是，因为他的朋友中有很多人与他父亲并非同道。就如眼前这个韩菼，比自己大了十四岁，却是个忘年交。韩菼比他父亲只小五岁，又在他父亲手下任职，却总是意见不合。当然，他有时也很看不惯父亲的为人。父亲显然是精明太过，官职一路飙升，私下里却拉帮结派，扶植亲信，收受贿赂，也太有点胆大妄为。他对那些巴结父亲的官员也素无好感，交的朋友都是一些文豪大家，像朱彝尊、顾贞观、陈维崧、姜宸英、吴光骞、徐乾学等，都比他大了二十多岁，并且都已经名噪一时。这些本都是他的父执辈，却不与他父亲交好，反倒对他欣赏有加。

纳兰性德出身官宦世家，本该走仕宦之路。像他父亲，本也是侍卫出身，如今不是已做到当朝宰相了么？其时他的父亲明珠已经权倾朝野，却热衷于党争，与索额图公然分庭抗礼了。他的许多文学朋友很不屑其父为人，在朝廷中属于反明派。而更有一大批像张英、韩菼等，保持中立，既不参加索派，也不效忠明派。这批人便是两边不讨好，一般被削职或放了外任，难以在朝中立足，更难以迁升。张英、韩菼二人委实是圣眷太浓，索、明二派才都不敢下手。

看多了官场中的苟且，纳兰性德遂对仕宦生涯起了厌恶之心。每日里对月吟诗，把酒作赋，除了在康熙身边当值，就是与文人雅士们盘桓，其文学素养当然不断精进。此刻，见康熙吟出诗来，不禁也动了诗兴，竟一点也没听见他父亲与韩菼在说什么。四顾田陌，见农人们正在辛勤劳作，他便吟道："相彼东田麦，南风吹袅袅。过时若不治，瓜蔓同枯槁。天道本杳冥，人谋苦不早。荒庐日旰坐，百虑依青草。四顾何茫然，凝思失昏晓。"

康熙道："性德的诗进益又大了。这首诗不仅情景交融，还有些微言大义呀。'过时若不治，瓜蔓同枯槁'，很值得品味。"

张英也听出了些言外之意，但他素知纳兰性德的诗词太过感怀伤情，不是兴旺之相，遂岔开话头，道："三爷，读过性德近日的诗词没有？"

康熙道："读过，昨日还读了他的两首《天仙子》呢。"

张英道："写得如何？"

康熙道："词是好词，只是凄凉伤怀了些。"

张英道："三爷知道为什么性德的诗词近来大有进益，又为什么词风凄凉伤怀吗？"

"不知道，你说说看是怎么一回子事。"

"三爷，明老爷近来得了一位奇人。此人胸有鸿志，怀有大才，只是时运不济，科举无缘，因落第后无以为生，遂在市上卖字换酒，被明老爷慧眼识珠，收在府中，做了师爷。此人诗词俱佳，文章亦好，只因家境贫寒，又怀才不遇，可不就会带出些伤怀之风来。性德以他为师，所以进益甚快，又所以微言大义，感怀伤景。"

康熙道："这科举有时真是害死人。但国家取士，总得有个尺度，又废它不得，多少才识过人之士，误在这上头，实在是无可奈何啊。明老爷（因是微服在外，康熙也随众人叫他明老爷），你府上这人叫什么名字，果有雄才大略么？"

"回三爷，这人名叫高士奇，雄才大略有没有我却没看出来。那日见他在胡同口作画卖字，冷得瑟瑟索索的，我想咱大清朝不能太让读书人作践了，便带他回府，教教孩子们，做个师爷，文字似还过得去。"

明珠收得高士奇后，早知此人才智过人，但想留他在府中自用，便有意说得轻描淡写些。他哪里知道，这高士奇一直怀才不遇，总想找个进身之阶，曾自荐到当今第一权相索额图府中当差。谁知索府中高手如云，时时围在索额图身边出谋划策，对他时时提防，容不得他与索相爷亲近。所以他一怒之下，不辞而去，特意在明珠府第所在的胡同口摆摊卖字，目的就是要引起明珠注意。总算老天不负苦心人，终于有一天给明珠注意到了，遂收入府中。明珠府中没什么得力谋士，对他很是倚重，一应奏章都出自其手，但却没有荐他出去当官的意思。于是他心里总有些郁郁，凡来明府中公干之人，只要是朝中大员，他逮着机会都要尽情展现才华，为的是有人赏识，得个一官半职。张英在南书房行走，当然常常要奉皇上之命去明府传达圣意，便与高士奇相熟了，两人甚是投缘。张英心里也为他这个人才叹息，但他眼明似水，心明如镜，岂不知明珠用意，哪敢明里举荐，只得伺机行事。今日闲谈之中，就巧妙地将其带出，果然引起了康熙的注意。

只听康熙道："原来如此，我道你近来奏疏写得很是长进了呢，原来是请了好枪手。这人的文字倒合三爷我的口味。唉，明老爷，快快派个侍卫回去，把那高士奇带到玉泉山来，让三爷我会上一会。"

"喳！"明珠无奈，只好转身派了一名侍卫，去府上传话，着高士奇来玉泉山侍候笔墨。

不说那侍卫快马加鞭回去传话，再说这一群人走走停停，来到玉泉山下的皇庄。那皇庄中辟出了十亩良田，专门试种了今春宫里送来的御稻种子。播种时皇帝也亲自来过，扶犁鞭牛，主持了开耕之典。此时，那御稻已长得一尺来高，与周围稻田相比，御稻禾矮棵壮，稻叶宽大，颜色绿中带紫，长势良好。

管理这片御稻田的，是庄中最好的庄稼把式，今年已经六十多岁，他带着两个儿子就在这御稻田边搭了个窝棚,吃住都在这里,日昔打点这片御稻。

康熙一行来到时,那老者正头戴草帽和两个儿子在田间耘草,见众人来到田头,不禁直起腰来。康熙大声问道:"老伯,这是耘的几遍草啊?"

那老人嘿嘿一笑,心说这贵公子倒还知道耘草,恐怕在家中也是管过田庄的,便道:"承公子问,一般耘三遍。我这片田多耘了一遍,这是第四遍了。"

康熙道:"为什么你这片田要多耘一遍呢?"

"客人没看见田头的牌子吗,这是御稻田哩。这稻种可是康熙爷亲手育的种,拿到这皇庄上试种,你说不多用点心行嘛?"众人当然早已看到了田头那块红底金字的牌子,只是康熙要了解情况,装着不知而已。

康熙道:"老伯,我们来帮你耘草可好?"

说着便下马脱靴,将长衫前后撩起,掖在腰间,绾起裤脚,走下田来。众人见他如此,不敢不随,纷纷下田。那老者见状,连连叫着:"使不得!使不得!"待到那群人下得田来,也无可奈何,只得不断提醒:"慢点,慢点。别踩着稻禾了。"

康熙来到老者身边,见那老者手中握着一把青禾,便问:"老伯,你手上的是稗子吗?"

老者道:"是啊,耘三四遍草时,就顺手将稗子拔掉。"

康熙道:"这穗子还没抽出来,我看稗子和稻子没什么区别,您老怎么知道哪是稗子呢?"

那老者指着手中的稗子给他看:"稗子光节稻长毛。公子您看,这稗子节上是光的,稻子节上却有细毫毫的白毛,仔细看,稻叶尖上也有细毛,稗子却没有。"康熙就着老人手中的稗子仔细分辨,再与田中的稻子比较,果然如此。遂道:"我来帮你拔稗子。"

老者道:"不敢劳动公子,公子请上去吧,看把衣服都弄脏了。"

康熙道:"不碍的。我就喜欢拔稗子,你看它藏在稻子中间,像模像样的,却是个败类。就好比朝廷里那些贪官墨吏,装得像正人君子,其实只要仔细分辨,还是分辨得出的。一定得拔掉它们,以免鱼龙混杂,鱼目混珠。"

众人见他由稗子谈到吏治,心想果然是天子圣心,与旁人不同。明珠则听得有点心惊,难道自己植党营私、擅权纳贿的事皇上已有察觉?

康熙兴致勃勃地拔了会儿稗子,便邀老人一起去窝棚歇息。老人正怕这一群闲人踩坏了他的庄稼,听得此言,赶紧道:"忙了一上午,早该歇歇了。大禾、二禾,也上来歇歇罢。"

众人来到窝棚边,见棚内窄小,便将一张矮桌和几条板凳抬出来,放在棚前的丝瓜架下。那丝瓜藤儿刚刚长得密实,开了一些小黄花,架下甚是凉爽别致。

老者张罗着要儿子烧水来喝。张英道:"不用麻烦,我们自带的有。"早有随从从挑着的食盒中取出铜壶盖碗,斟上几碗凉茶,摆上了几样细巧茶点。

康熙请老者和大禾、二禾也一起坐了喝茶,一边道:"你这两个儿子名字取得好,大禾、二禾。"

老者笑道:"庄稼人嘛,不就爱个禾啊苗的,盼个好收成。我的孙子们就叫大谷、二谷、三谷哩。"

张英道:"如今可不光是庄稼人爱禾啊谷的,连紫禁城里的皇上也爱哩!"

老者道:"是啊,自古没有见过这般好皇上,自己种稻育种。你们不知,春上皇上还来主持了开耕大典哩。啊呀,那天别提多热闹了,我们远远看着皇上穿着龙袍,扶犁下田,心里那个激动啊,什么话都说不出,只会磕头了。"原来这老者是见过皇上的,但那天皇上穿着龙袍,戴着朝冠,他离得又远,皇上到底长得啥模样可一点也没瞧清楚。眼下虽然真命天子就在眼前,他又怎会想得到呢?

康熙道:"自古好皇帝多了。老人家,你不知道,上古的时候,有个皇帝叫神农氏,他亲自尝百草,选五谷,发明了耒、耜等农具,教人种田哩。"

老者道:"原来这种田还是皇帝教会老百姓的啊。"众人听他说得有趣,都不禁一笑。

这时,忽见廷瓒从屋后转来,好奇地对众人道:"屋后牛栏里有一头黄牛,生得好漂亮,头上还戴着红花呢?想必就是皇上那天亲耕的牛了。"

那老者道:"可不是么,那牛也是前世修的,给皇上亲手鞭过,现在是不用下田了,供养在那里,天天看着这御稻哩!"

康熙道:"是吗,看看去。"

说着便跟着廷瓒转到屋后,众人当然起身相随。果见一头黄牛站在栏里,头上戴着红花,养得油光毛滑,看见康熙到来,竟像认识一般,抬起头来,轻轻地"哞——"了一声。

康熙抚着牛头,道:"这牛生来是耕田的,你把它供在这里,它整日无所事事,反而难受。牛儿,你说是么?"

牛儿又"哞——"地叫了一声,眼睛温顺地看着康熙,头低了低。廷瓒笑道:"看,看,牛儿点头了。"

那老者也道:"这牛儿真是跟公子有缘哩,竟像认识似的。"

康熙心道:可不认识么?嘴上说:"不是认识,是我的话说到它心里去了。这牛不耕田,就像人不干活一样,身上是要难受的。你们说是不是?"

众人自然说是,张英道:"就像读书人每日都要读书,公门中人每日都要公干一样,牛儿也和农人一样,需要下田干活,要不它活着还有什么意义呢?"

那老者道:"理是这么个理,我瞧着这牛整日站在那里,吃草都不香。但这牛是御用过的,谁还敢使它。皇上知道了,不怪罪么?"

康熙道:"皇上必不怪的。物尽其用的道理,难道皇上不懂么?"

那老者道:"几位都是大富大贵之人,也这么懂得农家人心思,真是难得呀!"

张英道:"当今皇上都那么注重农桑哩,其他人能不看重吗?"

老者道:"皇上注重农桑,真是做田人之福啊。"

康熙道:"应该的。民者国之本,生计在畎田嘛。"

正说着话儿,只见两骑骠马急驰而来,原来是那派去明府的侍卫领着高士奇赶上来了。到得面前,高士奇滚鞍下马,欲先与明珠见礼。明珠一把拉住,指着康熙道:"快来见过三爷。"

高士奇是何等样人?见明珠这样的当朝宰相和张英、韩菼这样的大臣都随侍在侧,便知这三爷非是凡人,说不定是哪位王公贵戚哩。当下弯下身子,深深打了一个躬,道:"高士奇见过三爷。"康熙抬抬手,道一声免礼,高士奇这才一一与明珠、张英、韩菼、纳兰性德见礼。明珠道:"今日众人陪三爷在西山一带游玩,三爷听说你会吟诗作画,便叫你来侍候,你可别给我出乖丢丑。"

高士奇笑着道:"大人放心,士奇自当小心服侍,焉敢造次。"

康熙上下打量着高士奇,只见他四十岁上下,瘦面长身,说俗不俗,说雅不雅,有几分落拓不羁的样子,道:"适才听众人夸你能诗会画,我们在这稻田里劳作了一番,着实体会了些农人的辛苦。听说当今皇上颇为悯农,不若你为我绘几幅耕织图来,题上诗文,待我送给皇上,也让他高兴高兴。"

高士奇心想:你果然身份非同凡响,要不怎敢当着明大人的面要我为你作画,讨好皇上哩。有这样的便宜事,明大人不会自己做来吗?嘴上却说:"是啊,皇上重视农桑,体农恤农。记得去年明大人陪皇上巡视近郊,曾带回过一首御制《悯农》诗:芳郊景物丽,淑气扇暮春。灵雨应良节,光风薄嘉辰。省耕已届候,凤驾方来巡。前驱列式道,羽卫罗钩陈。时有田间子,荷耒披车尘。讥诃勿频数,疾苦当咨询。千耦幸终亩,二耦犹悬困。穗薿尔勤动,疴瘝予隐亲。赒赐出泉府,拊循属官臣。行潦有挹器,冽井无枯津。所惠良未遍,嗛嗛愧斯人。圣上的悯农之心实在感人至深啊。三爷如此体会圣意,士奇自当听命。"

康熙见他随口就将自己的一首《悯农》完整背出,心中暗喜此人好记性,也好捷才,很会应对。

明珠却不愿高士奇太过表现,催道:"三爷,时候不早了,前面人恐等着吃饭哩。"

康熙掏出怀中的一只金表,看看已交了午时。便道:"咱们出游,原带得有吃食,不若就借这老人家的锅灶用用,在此与老人家父子同吃顿农家饭,不也有趣。"

明珠无奈,只得由那扮作家人的太监、侍卫搬出吃食,在窝棚里加热了,摆上桌子。说是农家饭,其实只有米饭是用窝棚里的米煮的,其他一应菜肴都是自带的。老人身处乡下,又住在窝棚里,本来就没什么菜蔬,但人家是客,反邀自己同席,心里终是过意不去,只得吩咐大禾去做了一碗鸡蛋汤,又捧出寻常吃的咸菜萝卜疙瘩,算是尽一点心意。

席间,康熙又问了些农事,得知自己育种的御稻生长情况好于寻常稻种,估计每亩要增收一石,心里非常高兴。对着众人道:"这要是东西南北,全国的田亩每亩都增产一石半石的,那还了得。可见这良种是非常要紧的。"

老者道:"不光是良种,也要做田人精心,若不适时施肥、灌溉、耘草、除稗,产量也是要打折扣的。"

康熙道:"那是当然,就如国家法令制度再好,没有好的官吏去推行实施,那也是要打折扣的。"众人纷纷称是。

饭后,大禾、二禾打来凉水,众人洗净泥脚,着袜穿靴,整顿一番衣帽,这才与老人作别,重新上马。

一路上游山观景,康熙兴致颇浓,上了石景山,游了圣感寺、戒坛、潭柘寺,一路上与众人吟诗作对,谈古论今,犹与高士奇谈讲得多。张英知道康熙要试他才学,便竭力撮合。从戒坛下来到潭柘寺途中,张英说山道窄险,不若下马步行。众人下马,将缰绳甩给侍卫。张英拉韩菼、高士奇紧跟在康熙后面,道:"三爷,士奇先生好捷才,咱们四人联句罢。"

康熙道声:"好。"

张英道:"就请三爷起句罢。"

康熙遂吟道:"岭腹层层小径斜。"

张英接道:"穿云陟尽石嵖岈。"

高士奇意欲让韩菼先接句,谁知韩菼一时之间却有些诗思滞涩,遂道:"高先生先请。"

高士奇道声"不恭",接着吟道:"涧中草屋流泉绕。"

康熙笑道:"怎么状元郎也有语塞的时候。"一句话提醒了韩菼,遂笑道:"三爷别急,好句子来了。"接着朗声吟道:"万匹龙骧拥翠华。"

高士奇听了这句,心有所思:这龙骧虎步说的可是皇上啊,难道眼前这位三爷竟是……他见明珠等人对三爷如此恭敬,又知康熙在兄弟中排行老三,由不得心里怀疑,遂用话试探:"韩大人果然不愧是状元出身,诗句精彩得很。只是似乎于景不合,这里哪有什么龙骧翠华?"

韩菼指着远处一处山凹说:"高先生请看,那是什么?"

众人顺着他手指的方向,果见旌旗猎猎,兵士林立,原来已快到潭柘寺了,皇帝的圣驾已驻跸在此。

高士奇惊道:"难道圣上也来了西山?"

韩菼道:"然也。皇上巡视西郊,圣驾早已先到了。我们因陪着三爷一路游玩，所以到得晚了。"

一席话，说得高士奇还是无法肯定这位三爷身份。

康熙道："继续联句吧，待会到了潭柘寺，列位大人都要到皇上身边侍候，可就没那么自由了。"说着便吟出一句："蝉鸣草木动熏风。"

张英接道："蛱蝶双来引御骢。"他想既已看见御驾驻跸之地，也就不必隐瞒了。

韩菼接道："潭枯幽深驻圣辇。"

高士奇接道："省方不与豫游同。"

他这句诗赞颂皇上出巡是为了视察，可不能混同于一般人的游山玩水。这句诗不觉让康熙圣心大悦，心想此人果然敏捷，有学问，也有见识，心里已经喜欢上了。看看下山就到潭柘寺了，康熙悄悄对张英说："张爱卿，待会朕还要到行在去拜见太皇太后，现在朕不欲公开身份。你跟韩大人带那高士奇过潭柘寺，到后面的齐天坛去住宿，明日朕有空再过去会会此人。"张英也悄声道："皇上放心，臣理会得。"

走到半山腰时，三爷站定，众人也都一齐驻足，看那山中风景。但见那潭柘寺修建在山间的一块凹地里，四周被山峰遮挡，在山的另面是看不见的，上得山顶，方能看到那黄墙碧瓦的大片殿宇。站在半山腰上，已能看清潭柘寺的格局，只见那寺庙倚着山势，建有一进进的大殿，一共有四进大殿，分别是"大雄宝殿""观音殿""祖师殿"和"藏经楼"，大殿两旁都是厢房，怕不有几百间房子。近几年，康熙经常奉太皇太后到西山一带巡游，每次都驻跸潭柘寺，因此宫里每年都要拨出帑币，用于潭柘寺的扩建和修缮，潭柘寺自然修建得更加金碧辉煌。

现在，康熙的圣驾已经进寺，寺外便有许多穿着黄马褂的宫中侍卫执枪佩刀地在四周巡逻。康熙对众人道："明珠、性德，咱三人进寺去侍候皇上。张英、韩菼你们就带廷瓒和这位高先生去齐天坛吧。那里离此不远，风光甚好，我明天正好要去游玩，咱们明天再见。"

张英答道："三爷放心，那齐天坛我和慕庐都曾来过，我们这就过去。三爷告诉皇上，说我们就住在那里，随时听候召唤。"

跟在几人身后服侍的太监侍卫都随三人去了潭柘寺，剩下这四个人，看着三爷一行往山下走远，才各自牵着马匹，继续沿着半山腰上的那条小道，往山后走去。

高士奇忍不住问张英："张大人，那三爷到底是谁？"

张英道："你试猜猜看。"

高士奇皱眉道："几位大人和明相都对他毕恭毕敬的，我看是哪位王爷，要不就是哪位王爷的世子。"

张英笑道："高先生果然聪明，你这猜得八九不离十了。明天反正三爷还要过来，你自会知道他是谁。"

攀上潭柘寺后的山峰，众人上马，又骑了一程，到傍晚时才抵达齐天坛。当见那齐天坛白墙青瓦，藏在满山的高大树木中，不到近前，竟很难发现。此刻夕阳西坠，将一抹泼血似的余晖洒在树梢和屋顶上，倦鸟归林，风涛阵阵，却不闻一丝人声，好一个天地自然之胜境。众人都是性情中人，驻足观前，却不急着进观，先将这山光美景饱览一阵再说。

有顷，张英叹息一声："潭柘寺太热闹，还是这里好哇。"遂命廷瓒上前叫门。廷瓒手拍门环，不一刻，里面就走出一位穿着灰色道袍的年轻道士，问明是借宿的路人，也不多打听，便大开山门，将众人引进。

齐天坛乃是一座道观，只有一座大殿，称作"三清殿"，殿内供着道教三祖元始天尊、灵宝道君、太上老君塑像，其余不过十数间厢房。观虽小，倒打扫得干干净净。张英去年秋天曾陪同康熙来过齐天坛，还和观中道长作了一番长谈。当时康熙就说，做个皇帝到哪里都前呼后拥的，太过热闹、烦琐了，假如就咱君臣俩，夜宿这齐天坛，作清夜长谈，不也大妙。但做皇帝的，总是身不由己，最后张英还是陪皇帝回到了潭柘寺。不想今日真的要夜宿齐天坛了，只是皇上还是没法享此清福。

韩菼代众人布施了一锭二十两的纹银，那小道自是欢喜。做了几样山肴野蔌，众人吃过。小道又收拾了两间房屋，张英父子住了一间，高士奇和韩菼住了一间。张英行了一天山路，此时真有点乏了，廷瓒给父亲打来洗脚水，服侍父亲烫了脚。张英坐在床上，从行李中找出一本书，正想躺在床上，闲读几页，却见韩菼趿着一双鞋子走了进来。原来那高士奇决心要借三爷之手，将画作传给皇上御览，心里放不下此事，又因来得仓促，未带纸笔，便向韩菼讨了纸笔，正在那里构思《耕织图》哩。韩菼见他心无旁骛，在那里蹙额凝眉的，心想这一下子也不知要弄到何时，自己觉也没得睡，不如去找张大人说话去。

张英和韩菼素来交好，两人年龄差不多，性格又差不多，在朝中又都属于不投靠门墙者，一贯颇谈得来。见韩菼进屋，说起由头，便吩咐廷瓒将自己行李中的好茶沏上两杯，笑道："让高士奇去用功罢，我俩做个竟夜长谈也颇不错。"

韩菼笑道："敦复兄就是人太好，你把那高士奇引给圣上做什么，得罪了明珠也不是妙事。"

张英道："哪里就得罪明相了，高士奇若是投了圣上的缘，只怕明珠高兴还来不及哩。"

"那倒也是，反正是他的人，高就了，掌权了，反倒给他那派增添了实力。我看那高士奇是很会顺竿爬的。"

"那也难怪，他不像你我走的是科举正途，他既科场失利，怀才不遇，当然要寻些门路，以求显达。当凡是人才，就不可让其埋没了。"

听了张英这话，韩菼不禁感慨："说到科举，当真也有遗珠之憾。每想至此，我就由不得对徐座师心怀感激。"

他说的徐座师乃是徐乾学。康熙十一年，韩菼参加顺天府乡试时，徐乾学任主考官，是他从落卷中捡出了韩菼的试卷，对他的文章欣赏不已，认定此子是个大才。果然第二年的会试殿试，韩菼均名列第一，连中会元、状元。这件事在当时传为美谈，都说徐乾学是慧眼识珠。韩菼自是对其感恩戴德之至。

张英说："可见天降人才，必得尽其所用，否则不也是暴殄天物？我们为圣上多留心，不拘一格选人才，也是为国家社稷啊。"

韩菼道："敦复兄终究比我想得宽广。"

张英笑道："你啊，也和你的座师徐老夫子一样，很有些疾恶如仇，这一点，我是不如你啊。徐老夫子是索相的人，索、明二相明争暗斗愈来愈烈，慕庐，你可要谨慎点啊。"

"我只是对徐先生个人感情上很好，至于党争，我也和你一样，是一派不靠的。只是他们各植私党，对你我这样的直臣终究不利。"

"是啊，自打到了南书房，日昔在皇上身边，真怕别人嫉妒。索、明二人一个也得罪不起，有时真有林下之思，只是当今确是圣主治世，叫人不忍离去。"

"是啊，我们幸逢盛世，际遇圣主。只说今天这事吧，亲自观察御稻，下田耘草。关心民瘼者自古有之，但亲耕垄亩，谁能做到。"

两人闲谈了一回，韩菼顺手拿起刚才张英放在床上的书本，见是南朝梁昭明太子萧统编的《昭明文选》，便说："张大人好兴致，随驾出来，还带得《文选》，难怪适才与圣上应对，诗才迅捷得很。我是耽于俗务了，你看下午竟一时语塞，差点在圣上面前出丑。"

"韩兄说哪里话？谁都有那样的捷才，不过是顺着圣上的意思，凑个趣儿罢了。哪像老兄你，非得语不惊人死不休的，你那一句'万匹龙骧拥翠华'，可是高妙得很呐。我年轻时候在作诗一途上并不用心，现在人到中年，倒对诗上心了。这《文选》年轻时读着也不见妙，现下倒是随身携带，时时把玩。其实说到事务忙碌，我们谁有圣上万几宸函，宵旰勤政，但我看圣上的天资，竟是比谁都聪明。你有没有觉得圣上的诗也是越做越好了。"

"圣上的诗确是越做越好，也越做越多了。诗为心声，一点不错，你看圣上的诗，哪一首不是与民生休戚、国家大政有关。而纳兰性德的词做得好，却都好在一个'情'字上。"

"《虞书》曰：'诗言志，歌咏言。'圣上的诗倒不在文字上玩花活，好在胸怀天下，一个'情'字，乃是'大情'，即如佛家讲的'大慈''大悲'，非在一己之情上，这就是天子的胸襟，常人要学也是不易的。纳兰性德倒是个才子，可惜太囿于'小情''小性'了，专在词上做文章。我看这'词'嘛，古人叫它作'诗余'，竟是有些道理，终究不如诗来得端凝庄重。自宋以来，惟苏、辛二人之词尚有豪气，余则靡靡，于此一道，我是终生不会去尝试的。"

"敦复之言有理，性德的词颇有李煜之状，美则美矣，然终是凄凉反侧，非是兴旺之象。"

"圣上论诗曰：'诗者心之声也。原于性而发于情，触于境而宣于言。'性情不同，立足不同，所见情事亦不同，同一境况，不同人眼中大相迥异。去年扈从圣上去关外，同是写关外景色，圣上写的是一首《五言》：'三代幽偏地，秦时右北平。川原绵大陆，形胜借坚城。晴日初迎辇，春风暗拂旌。龙山遥入目，缥缈白云横。'性德填的是一阕《浣溪沙》：'身向云山那畔行，北风吹断马嘶声。深秋远塞若为情,一抹晚烟荒戍垒。半竿斜日旧关城,古今幽恨几时平?'这胸襟气质就是不同。说句不该讲的话,性德这孩子自幼锦衣玉食,命里带来天大的福禄,却不知如何总是感天伤地。若总是作这样的退颓之词,靡靡之音,恐非长寿之相。"

"谁说不是哩,我也曾劝过他,无奈他生就的多情种子。你还没见他的情诗哩,那才叫缠绵悱恻,竟是为情所累了。"

"所以我说词这个东西过于萎靡,我还是推崇诗,尤以五言为妙,我每尝曰:唐诗如缎如锦,质厚而体重,文丽而丝密,温醇尔雅,朝堂之所服也;宋诗如纱如葛,轻疏纤朗,便绢适体,田野之所服也。中年作诗,断当宗唐律。若老年吟咏适意,阑入于宋,势所必至。"

"敦复此论大妙。你我二人现下正值盛年,作诗当学李(白)杜(甫)王(维)孟(浩然),讲究词藻华丽,气度恢宏。焉知到了老年,不会像苏(轼)陆(游)欧阳(修),变得随份适意,自然悠游哩。"

两人谈诗,那廷瓒只在一旁静听,间或为二人添茶加水,却不插一言。虽说他年方十九,却也已是进士出身,官居编修的翰林了。但张英自幼教子甚严,长者在座,他岂能出语唐突。

这一夜,两人谈诗论文,直到三更,才胡乱睡去。那韩菼也未回自己房中,就在廷瓒床上睡了,倒让张英父子挤在一床。好在五月天气,说热不热,说凉不凉,一床薄被,随意盖了,酣然一睡,已是天明。

第二日,三人起床,见那高士奇还关在房中用功,小道去唤他吃早饭,也未出房。那小道说,高先生房中桌上床上都是画稿。韩菼笑道:"可别着了魔了。"

饭后三人便在观外四周游玩,也不去打扰那高先生。直到过午,康熙才同了明珠和纳兰性德一齐来了。这里众人刚刚吃过午饭,见了康熙,仍以三爷称呼。

一时君臣数人在三清殿坐下,张英拿出自带的茶叶,命小道烧水沏茶。康熙见了小道,向他打听去年那道长,小道说道长过了年就外出云游去了。康熙感叹:"做个道人也不错,想走就走。云游,这词儿多好,像云一样自由自在,优哉游哉。"

一时众人又看那三清塑像，玉清元始天尊和上清灵宝道君自然是仙人，但太清太上老君传说就是周朝的老子成仙的，众人自然由他讲到了《道德经》，便讲到了"道法自然""无为而治"等等。

说了半天话，康熙也没见着高士奇的面，只得问道："昨日那高先生怎么没见，已自回去了么？"

明珠道："他敢！"

韩菼笑道："就是，明老爷没发话，他敢自回，不想端这饭碗了不成。三爷啊，你别问，都是你一句话，惹得那高先生着了魔了。"

康熙诧异："怎么着了魔了？"

张英笑回："慕庐就是爱调侃。三爷，您昨儿不是说让那高先生给您画《耕织图》吗？高先生从昨晚上起就把自个儿关在房中作画，今天早饭中饭都没出来吃哩。"

康熙也笑了："这高先生也忒性急了些。我让他画画，也没说急着要哇。廷瓒，你去叫他出来，赶紧吃饭，告诉他，那画儿不急，让他回家慢慢画去。"

廷瓒应声"是"。便去了后厢，好大一会儿，才见二人各自捧着一大迭方纸，小心翼翼地走来。

张英责道："三爷让你去叫高先生吃饭，怎么耽搁了这么长工夫。"

廷瓒笑道："高先生房中床上地上都是画，简直无处下脚。高先生困在里面出都出不来哩。幸好画完了，我帮着高先生收拾了，呈给三爷看。"

众人再看高士奇，只见他蓬首垢面的，也只一夜工夫，人竟瘦了一圈，两眼红得像兔子，昨日的落拓劲儿全变没了，一副疲羸之相。

康熙忍不住责备："我说让你画画，又不是什么急事，干吗这般拼命。"

高士奇道："三爷吩咐的事，士奇焉敢当作耳旁风。昨夜在这清静之地，正好构思，现已画得了草图四十六幅，《耕图》二十三幅、《织图》二十三幅。请三爷过目，也请众位大人斧凿。如无不妥，士奇再拿回家中，细细画成长卷。只是士奇素工山水，于这人物儿并不擅长，恐难入三爷和众位青眼。"

韩菼笑道："你这倒好，一下子画了四十六张，还不把我的一刀上好泥金笺都报销了。"众人看那画纸，果是四四方方的泥金笺，并不是很好的作画材料，才知是韩菼随身带着的稿笺。

高士奇已无力谈笑，只一张一张按次序将画纸排在殿中的青石地上。分别是：

《耕图》二十三幅：第一图：浸种。第二图：耕。第三图：耙耨。第四图：耖。第五图：碌碡。第六图：布秧。第七图：初秧。第八图：淤荫。第九图：拔秧。第十图：插秧。第十一图：一耘。第十二图：二耘。第十三图：三耘。第十四图：灌溉。第十五图：收刈。第十六图：登场。第十七图：持穗。第十八图：舂碓。第十九图：筛。第二十图：簸扬。第廿一图：砻。第廿二图：入仓。第廿三图：祭神。

《织图》二十三幅：第一图：浴蚕。第二图：二眠。第三图：三眠。第四图：大起。第五图：捉绩。第六图：分箔。第七图：采桑。第八图：上簇。第九图：炙箔。第十图：下簇。第十一图：择茧。第十二图：窖茧。第十三图：练丝。第十四图：蚕蛾。第十五图：祀谢。第十六图：纬。第十七图：织。第十八图：络纬。第十九图：经。第二十图：染色。第廿一图：攀花。第廿二图：剪帛。第廿三图：成衣。

图画用的是白描，人物稚拙，却栩栩如生，那谷禾蚕桑也都写意分明。虽是草图，却也笔法干净，没有一丝破绽败笔，知他是用了心的。有些图只怕不是一次成功，而是反复画了数次。更可贵的是，此图将那耕、织二事，从头至尾，临写得清清楚楚。众人都是世家出身，谁也没有如此系统的耕织知识。就算张英曾在家管理过数百亩田产，也只是农忙和播种、收割时去现场看看，并未亲自做过田。那韩菼家产极大，其父是富甲一方的财主，他这个少爷在家里只管读书，从不问庄户事。康熙虽在丰泽园中辟有几畦田地，然他所谓育种也是指教指教，过问过问，具体细活当然有专人负责。纳兰父子更是贵族出身，自然只知饭来张口，衣来伸手，却压根不知道这饭和衣的生产过程。此时见了这么齐全的耕、织情事，不免都大感惊奇。

康熙道："高先生也是个读书人，何以对耕、织之事如此精通？"

士奇道："承三爷问。士奇自幼家境贫寒，上无片瓦，下无寸土，父亲是佃农，租种庄田，身体又不好，时常呕血，士奇自少年时即帮父亲种田，一应农事都是亲历过的，是以清楚得很。父亲去世后，母亲便去给人家种桑养蚕，士奇是浙江钱塘人，那里盛产丝绸，是以对织事也了如指掌。"

众人知他出身低微，却不道如此贫苦，都不禁恻然。康熙因他少年丧父，更是感同身受，问道："如今家中怎样？"

士奇道："家中现有老母妻儿，贱内在人家帮佣，老母年事已高，还在帮人蚕桑。唉，士奇不孝，科举无门，幸得明老爷收留，才不致冻饿街头。"说至此，一时感伤念起，竟泪流满面，哭出声来。

众人也觉恻然，张英道："男儿有泪不轻弹，只因未到伤心处哇。高先生不必太过感伤，先生有高才，自有出头之日。"

康熙沉吟半晌，忽然转身坐到椅子上，朗声道："高士奇听旨。"

高士奇一愣，随即清醒过来，跪在康熙面前，浑身筛糠，磕头如捣蒜："草民高士奇接旨。"

"高士奇胸有大才，见多识广，文字高妙，博闻强记，甚合朕意。着赏六品供俸，即日起南书房行走。"

"谢圣上龙恩！愿吾皇万岁万岁万万岁！"

这变化真是太突然，高士奇虽不能肯定这位三爷就是康熙本人，但他对着传旨人磕头，也等于是对着皇帝磕头。所以此一刻只觉得从冰窟里到热炕，冷热相激，无法自制，只知一个劲地磕头，喊万岁。

康熙道："高先生不必太过激动。起来吧。"

张英见那高士奇兀自跪着，磕头不止，遂走过去将他扶起，众人这才见高士奇已是涕泪满面。

康熙道："朕很欣赏你的字画，也喜你应对得体。既是家有高堂，明日面朕后自有赏赐，朕准你先回家探望老母，然后再到南书房上任。以后要跟着张大人好好习学，勤勉自励才是。"

听康熙自口中说出"朕"字，高士奇才确定无疑，眼前之人就是那高高在上的天皇圣子。听康熙吩咐，便又不由自主地跪下，康熙说一句，他低头应一句。听得康熙叫他明日就进宫，而且还有赏赐，给假回家，显是让他衣锦还乡，圣恩如此，又由不得鼻子发酸，强自忍住泪水，说："谢圣上恩典，士奇不忙回家。士奇还要将这四十六幅《耕织图》认真绘制出来。"

康熙摆手道："大可不必。就这样的写意甚好。张大人，朕想将这《耕织图》刊印出来，广为发放，可好。"

张英道："皇上圣明。将这《耕织图》发到各衙门县学，让官吏士子都知圣上重视耕织之意，则无人敢轻贱农桑。民以食为天，人人丰衣足食，我大清焉能不民富国强。"

"好。待朕回宫后，细细给这四十六幅图画都题上诗文，然后让礼部刊刻发放。张大人，你也好好想想，写一篇长序，务要将朕重视农桑之意说明清楚。使人人皆知'民者国之本，生计在畎田'和'粒食维艰，授衣匪易'之理。"

张英答声："是。"早有廷瓒帮着高士奇将那《耕织图》依次收拾妥当。张英接过，回房小心装入行囊不题。

接着，众人都各自收拾行囊，随康熙往潭柘寺行在而去。

第六回
会群臣康熙究异香　悦圣心宜妃植茉莉

七月，大地流火。康熙移驾瀛台。

瀛台建在西苑太液池中，四面临水。因水面广阔，四周绿荫繁茂，所以颇为凉爽。康熙二十年，承德避暑山庄尚未修建，夏秋酷暑之际，康熙便常常移驾瀛台，在那里起居避暑。

康熙今日高兴，要在瀛台夜晏群臣，中午小睡片刻之后，他便带着张英、高士奇在太液池边散步。此刻三人正走在红栏桥上，要到对面的琼岛上去。

你说康熙今日为什么这般高兴？原来早朝时收到河道总督靳辅上的一份奏折，奏报治河前期工程已经提前完工，工程质量良好。目前黄河已经安全度过了两次汛期，黄河沿岸没有一处溃破。只要加强巡防，可保今年安全度汛。

明末以来，河务废弛，黄、淮二河经常决口。清朝初年，年年征战，自是无力治河。到康熙初年，情况已经非常糟糕，黄河平均每四五个月就要泛滥一次。闹得民不聊生，饿殍遍野，四处逃荒行乞的难民更是社会治安的隐患。所以康熙亲政以后，把"三藩""河务""漕运"作为三大要务，书于寝宫，时时自警。康熙十六年，平定三藩的战事已近末尾，康熙去此心腹大患，遂将心思转到河务上。由于时任安徽巡抚的靳辅治淮有功，康熙便任命他为河道总督。

靳辅上任后不久，即报来治河方略：他此番做了河道，不比在安徽，只有淮河一条河，此次他计划将治黄、导淮、漕运综合整治，工程分为两期，前期计划五年，重点整治水毁河段，堵塞决口，恢复和加固河堤，以轻减水患。后期亦计划五年，重点是疏浚河道，改善河运，宽疏漕运。此十年方略一旦实施完成，则康熙心中的另两大患也就去之如烟了。

今天接到靳辅奏报，称前期工程已提前一年竣工，康熙心中岂有不大快之理。散朝后即带着张、高二人来到瀛台，一路上与张、高二人大谈治河之事，康熙道："当年派靳辅去安徽，并不知他会治河。后来见他在安徽治河，不仅绝了水患，还节省了工银，开垦了田地。你说这人岂不是个天生的治河能手。"

高士奇道："圣上，我听说靳辅治河有方，全仗他的幕宾陈潢之功。"

"哦？这陈潢是什么人？朕倒没听说过。"

张英道："这人臣倒是见过。康熙十年，我从家乡丁父忧回京，路上正遇到靳辅在踏勘河道，身边一人头戴草帽，面色黧黑，指着河道对靳辅一一解说治河之道。安徽地处黄河下游，由于黄河多次决口、改道，淤成了大片荒地，陈潢建议靳辅就此安置因水荒而流离失所的难民，并让他们垦荒造田，兴修水利。这样一来，既安置了百姓，又节省了费用。当时臣与靳辅相见，问起此人，听靳辅说了一段奇缘。圣上听了，一定相信此人就是上天派来为圣上治河的。"

张英这样说，当然吊起了康熙的口味，就是高士奇，也只知陈潢其名，对其人知之甚少。两人都催张英快说，张英便讲了如下一段故事。

陈潢，字天一，浙江钱塘人氏。从小聪明好学，好读经世之书，犹注意研究农田水利，总想有朝一日，能一展抱负。谁知科举无门，几次乡试，都未中举。因是富家子弟，也无须为生计奔波，遂四方游历。游历中见到黄河年年泛滥，便对治黄起了念头。他为此多次沿河道考察，直至宁夏、甘肃等地。又自制工具，测流速，记水向，对沿途地质地理情况了然于胸。他又特别留心前人的治水经验，结合前朝治黄名家潘季驯"筑堤束水，以水攻沙"的治河道理，得出了自己的"分流杀势，合流攻沙"的治河理论。可惜的是卞和怀璧，无人赏识。他也曾来到京师，企图寻一进身之阶，可最终也是无功而返。就在他从京师返回，途经邯郸时，去吕翁祠游览，触景生情，在壁上题诗一首："四十年来公与侯，虽然是梦也风流。我今落魄邯郸道，要向先生借枕头。"落款是"钱塘陈天一"。

恰巧他前脚刚走，靳辅后脚也到了吕翁祠。这原也没什么奇怪，吕翁祠是当地名胜，路过此地的人大多要来此游览。靳辅因安徽刚刚设省，自己被派去做巡抚，本来一点外任经验都没有，心下惴惴，总想寻几个好人才做幕客，见这人要向吕仙借枕头，定是怀才不遇。看看壁上墨迹未干，估计尚未走远，便派人四处寻找，果然在一家旅店里给他找着了。两人一番细谈，陈潢的学识和抱负让靳辅非常赏识，当即延请为自己的幕客。陈潢也感激靳辅的知遇之恩，便随他往安徽而去。

讲完这段奇遇，张英说："此后靳辅如鱼得水，在安徽任上政绩颇佳。圣上任他为河道，这一下正给了陈潢大显身手之机，那靳辅呈给圣上的治河八疏就是陈潢的手笔。果然时未过半，已见成效。陈潢熟知水性，治河颇能因地制宜，奇思妙想，事半功倍，留下了许多佳话，黄、淮沿岸人人称其为河伯。圣上，你说此人不是上天派来的么？巧就巧在吕翁祠留诗，而恰恰为靳辅看到，要不一个治河天才岂不就埋没了？"

康熙道："是啊，朕每常讲，世间能人高手，乃至能工巧匠，都要善待之，善藏之，善用之。科举取士，常因机缘不巧，有遗珠之憾。所以朕曾命各地官员，要广罗民间异人，储之待用。所以朕要举博学鸿儒科。这都是搜罗人才，以尽其用之策啊。"

"是。圣上知人善用，不拘一格。高先生不就是一例吗？"

"是啊。若不是圣上皇恩浩荡，小民哪里能够一步登天。入值南书房，那是小民以前做梦也不敢向往的事。"高士奇的感激可是出自内心，因他是以布衣入值，在康熙身边处理文书事宜，赏六品俸禄，却没有官阶，是以张英对他还是先生相称，他则自称小民。然而，他这一下子确实是一步登天了。五月底，他奉旨衣锦还乡，地方士绅早已知他奇遇，上门宴请送礼者纷至沓来，他虽贪心，毕竟刚刚入道，还战战栗栗。在家只待得几天，用康熙赏的银两为家人置了房产田地，便匆匆回到北京。康熙只道他急着回来上任，却不知还有这样一番情形。

张英道："高先生与那陈潢倒有几分相似之处。你们同为钱塘人，同样学富五车，却又科场失利，而又同样被意外发现，最终都能效命朝廷。天降人才，必不使其旷废啊。"

"是啊。我对明大人的感激之情，亦如陈潢对靳辅一样。感激之至，感激涕零啊。"

康熙道："哦？你对明大人如此感激，朕是不是不该夺人所爱，把你从明大人身边要来。你是不是更愿意像陈潢为靳辅办事一样，留在明珠身边。"

高士奇刚到康熙身边不久，还没有适应康熙的洒脱和幽默，吓得翻身跪倒："小人该死，词不达意。小人的意思是那天若不是明大人叫小人来给圣上伺候笔墨，小人哪能得近天颜。小人是感激明大人曲意举荐之心啊。"

"哈哈，那你可就错了。是有人为你曲意举荐，不过不是明大人，是另有其人呐。明珠那点心眼儿朕岂有不知，他原是想奇货可居，留你自用的。既然你不知情，人不欲说，朕也就不挑明了。总之，你今后在朕身边办事，要处处向张大人学习，张大人在朕身边七八年了，始终敬慎如一，这一点任谁亦难做到。"

康熙一边说，高士奇一边点头，他想既不是明珠举荐，还有谁呢？但康熙不说，他也不敢再问。这时，又听康熙道："以后回事的时候多着呢，别小民小人的了，朕称你一声高先生，那是为群臣做榜样，怕的是你没有功名，众人不服。你就自称士奇得了。说起来方便，听起来也合适些。"

这话真是诛心之言，由不得不让高士奇感激涕零，当下又磕头，哽咽道："谢皇上隆恩！小民，士奇记下了。"

康熙点头，道："起来吧。好好在南书房供职，待明年吏部考功后再授你实职。"

"谢皇上天高地厚之恩，士奇纵肝脑涂地，亦难报万一。"高士奇再次磕头不已。

这红栏桥本来就长，三人走着走着，说起陈潢靳辅之事，不觉就停下了脚步，这时又继续往前走。康熙看着青山碧水，红栏波影，不觉又动了诗兴，随口吟道："红栏桥转白苹湾，叠石参差积翠间。"一时语塞，吟不下去了。张英跟皇上久了，见此情状，立即接上："画舸分流帘下水，闲花倒影镜中山。"这种情况下，一般就成了联句形式，既避免了圣上尴尬，又完成了诗作。因此高士奇接下来也吟了两句："风微瑶岛归云近，日落清霄舞鹤还。"康熙最后结句："乘兴欲成兰沼咏，偶从机务得余暇。"

一头说着，已上了琼岛。此时太阳刚刚偏西，岛上虽是四面环水，微风轻漾，不甚暑热，但太阳光线仍很强烈。好在岛上的假山很大，怪石嵯峨，迭叠之下，石洞穿空。找着一处石洞，洞内石桌石凳一应俱全，三人坐定，早有跟着侍候的小苏拉太监递上手巾，待三人擦过手脸，又有人在石桌上摆上冰镇绿豆汤、凉茶等。

康熙端起一碗绿豆汤，示意张、高二人也喝。张、高二人谢过赏赐，这才端起碗来，用小匙舀着，一口一口地抿。康熙犹沉浸在治河初见成效的兴奋中，他饶有兴趣地对二人道："三藩已平，治河有效。你二人说，朕下一步该干什么了？"

高士奇哪敢胡乱揣测圣意。张英素知康熙心思，便道："臣以为圣上下一步必是解决台湾问题。"

"为什么？说来听听。"

"今年正月，台湾郑经已死，其二子争位，太子被杀，弄得岛内政局纷乱。现在继位的这个郑克塽懦弱无能，颇不得人心。乘此之机，圣上正好可以收回台湾。"

"不错。张爱卿真乃朕心腹之臣也。朕正思任命施琅为福建水师提督，只是此人乃郑贼旧部，对于这种贰臣，朕到底有点放心不下。"

"臣以为圣上可以放心得下。这施琅投诚，乃是被郑氏所逼。郑成功听信谣言，杀他全家，施琅与郑氏有不共戴天之仇，只怕圣上不给他报仇的机会，一旦给他机会，他必舍生忘死，剿灭郑氏。施琅是一员海战良将，要攻打台湾，此是最好的人选。"

"好！用人不疑，疑人不用。朕就用他施琅去剿灭郑贼。这也是郑贼自己种下的祸根。"

台湾问题，也是康熙的一块心病。郑成功是明朝旧臣，一直拥戴南明小朝廷，借助台湾海峡地理优势，在福建一带时进时退，与朝廷抗衡。死后，其子郑经继位，三藩作乱时，他与耿藩联手作乱，耿藩投降，他又退回台湾。台岛孤悬海外，岛内一派势力主张反清复明，一派势力主张自立国号。郑经死后，主张反清复明的太子党被挫，另一派势力挟持郑克塽要求自立国号。郑克塽已上书朝廷，要求按琉球国例称臣进贡，这不是公然要分裂国家、自立为王了吗？康熙岂能容忍！他早在盘算此事，也与福建总督姚启圣商量过，姚启圣举荐施琅为主帅攻台，但他一直犹豫不定。张英日日为他处理公文，岂不知这些？所以他与姚启圣持同样意见，为的就是使康熙下定决心，早日攻取台湾。果然他的一番话，使康熙有些动摇的心定了下来。

三人闲坐了一会，从湖面漾来的风带着水汽，吹在身上，特别舒爽，山洞里更是阴凉。康熙精力旺盛，是个闲不住的人。他看这里清静凉爽，便对张英说："今日晚间要宴请群臣，恐来不及讲经了，不如就现在给朕开讲吧。"原来康熙最勤于学习，自十二年改隔日讲为每日讲之后，不管春夏秋冬，经筵进讲从未间断。每日散朝后，即到南书房听讲，有时散朝晚了，他会随时召人来宣讲。即使三藩作乱，战事纷纭，他日理万机，却也从未影响过听讲。到了夏季，天气炎热，便将讲经时间改为晚上。今天晚上要宴请群臣，他便趁现在有空，请张英进讲。

张英奉命，给他讲解《周易》。张英其人，既满腹经纶，又办事认真，前番给康熙讲《书经》时，便认真备讲，讲完后，他所积下的讲稿便形成了《书经衷论》一书。自开讲《周易》后，他又认真准备，按《周易》六十四卦，每卦各成一篇，诠释其主旨。他讲《周易》，以朱熹《本义》为宗，不涉及系辞、说卦、序卦、杂卦。力求平易明白，避免佶屈聱牙，晦涩艰深。因他是从《易》中讲解万物变化之因，天道循环之理，以便于帝王治国施政，顺时应势，强邦安民；而不是去钻牛角尖，发一家怪论，以求在学术上别出心裁，独树一帜。康熙对他的讲解十分满意，曾为此赋诗一首，赐给张英，诗曰："经筵进讲《周易》赐张英：桂宫仙仗启，兰殿讲筵开。朝士鸣珂集，词臣执简来。天苞宣一画，人极位三才。待抉羲文秘，羹墙日几回。"此后张英这六十四篇讲稿，也形成了一辑《易经衷论》，在《易学》中占了一席之地，此亦是无心插柳柳成荫了。

讲了约莫一个时辰，张英讲得浑然忘我，康熙听得白云忘机。高士奇是杂货篓子学问，听张英这样删繁就简，化难为易，也是满心佩服。待君臣三人从《周易》中退出，已是红霞满天。

见康熙心情奇佳，张英乘机道："启奏圣上，臣有事要禀告。"

康熙道："爱卿请讲。"

张英道:"臣父去世多年,一直厝在庄上,未曾归葬。此事悬在臣的心上,寝食难安。臣想乞假回乡葬父,请圣上恩准。"

"朕知道你们汉臣,最讲孝悌,此为情理中事,朕不能不允。可这多年赖你在南书房操持,朕已有点离不开你了。"

张英听康熙说得动情,也不觉有些鼻酸,强自克制着,说:"臣何曾愿意离开圣上。然臣想高先生文笔迅捷,侍候皇上,一定比臣更能胜任。"

"唉!朕是一时忘情了。张爱卿,这七八年来,你日日在朕身边,不曾有一刻清闲,这朝廷上下,谁也没你辛苦,你也没有为家事告过一天假。朕以儒教治国,怎能不身体力行呢?你回家葬父,乃三纲五常之道。朕当然要准你的假,朕还要下旨礼部,定下尊大人的葬仪。只是朕真的离不开你,望你葬父之后,早早归来。"

"谢圣上恩典。臣明天就告知吏部、礼部,办理有关事宜。还有前刑部尚书端恪姚公遗体在京厝放已逾三年,臣想此次一并带回桐城安葬。"

"唉。姚端恪亦是良臣啊。十七年春上,皇后殡天,朕心情郁郁不得解。姚公以魏征谏太宗事劝朕,使朕惕悟为君者当以社稷为重,不能以儿女私情废之。谁知不到一年,他竟也舍朕而去。朕一直赞他是朕之魏徵啊。"

康熙贵为天子,平时在朝堂上威严如仪,私下里说话却这样至情至性,令高士奇大为惊诧。张英在他身边久了,知道他是个刚柔相济、恩威并施的人。但当年姚文然死在任上,康熙亲拟谥号,亲至灵堂问吊,如今事隔三年,还对他如此念念,也不由得感动:"端恪公泉下有知,必对圣上感激不尽。"

康熙道:"姚公后人怎样?有功名么?"

"回圣上。端恪公五子皆有功名,三人中举,二人为县学生。长子士暨,去年已补在刑部供职;四子士基,已补湖广罗田知县。"

"哦。姚士暨在刑部供职,倒也是子承父志,必有前途。你要多关照。回头告诉礼部,就说朕的意思,给姚端恪按制加一级祭葬。"

"臣替端恪公和士暨谢皇上圣恩。"

"唉。张爱卿,什么时候动身啊?"

"回圣上,这要等吏部批复下来才能确定。臣的家乡葬坟都在冬至之时,所以臣想秋后动身,时间比较从容。"

"好吧。至时朕叫内务府给你帑金。朕知道你是个清官，从不假朕之名做违规之事，亦从无薪俸之外的进项。朕不会亏待你这样的清廉之士的。"

"谢圣上恩典。"康熙如此细心关照，张英心中的激动无以复加，惟有磕头谢恩。

"好了，咱们该回瀛台了。"

瀛台之上，早已张灯结彩，虚席以待。钟楼上报过酉时，康熙入席，太监宣旨："皇上赐宴，请列位大人入席。"早已待在外面的大臣们便联袂入内。众人按次入席，山呼过万岁，这才坐定。

酒过三巡，康熙感觉热了。因这瀛台之上，一下子来了这么多人，又四处张灯，加上酒菜的温度，自是热气蒸腾的。康熙道："今日朕因治河工程初见成效，心里高兴，要与群臣夜宴，此刻不似在朝，一切随意方好。列位大人穿着朝服必是很热，不如咱君臣都除去外衣，也好凉快一些。"说着，自己带头，脱下了穿在外面的一件黄缎袍子，只剩下里面一件纱衫。

众大人穿着朝服冠带，早已热得汗流浃背，巴不得这一声，都纷纷除下顶戴，脱去补服，都只穿一件单薄内衣。

张英穿着一件粗麻夏布衫子，因要记下"圣上体恤群臣，命除去外衣，着便装进宴"这一笔，遂往墨案走去。那墨案设在康熙座位后面，当他走到康熙身边时，忽然一阵馨香悠然飘过。康熙吸吸鼻子，奇怪道："张爱卿衣服上熏的什么香。"

张英见问，也奇怪了："没有啊。这夏天衣服，天天换洗，谁有工夫熏什么香来。"

康熙不信，站起身来，走到他身边，仔细嗅嗅，还是他衣服上的香气。只是这香似兰非兰，似麝非麝，他倒一时想不起是什么香了，只是紧着问："这不明明是你衣服上的香气吗？定是你夫人熏的，回去替朕问问，是什么香。朕那几个后宫，就爱熏衣服，却从没熏出过这种好闻的香味。"

张英也由不得抬起袖子，仔细一闻，心里恍然大悟，但他又不便当众说出，康熙又当回事地非要他回去问，此事不说明是不行的。他只得低声对康熙道："臣悄悄向您禀明：不是熏香，乃是臣的内人常常自体生香，所以……臣习惯了，不以为然，不想今天除去外衣，竟被圣上嗅出来了。"

康熙奇道:"还有这等奇事?那张爱卿岂不太有福气了。"

张英是小声禀明的,康熙可是大声嚷嚷的。群臣都听到了,纷纷问道:"皇上,张大人说的什么悄悄话,那是什么宝贝香,能不能说出来,让众人分享啊?"也是今日气氛好,众人又都有了些酒意,为博康熙高兴,听他嚷嚷,故意也哄抬热闹。

康熙道:"真是宝贝香,可惜无法分享。连朕都无法分享啊。"

众人奇道:"张大人有什么宝贝,即或我们无福分享,难道还不肯献给圣上吗?"

张英臊得满脸通红,却无法还口。

康熙哈哈笑道:"不是张大人不肯,是这宝贝无法分享。你们道是什么香,是张大人的夫人自体生的香。列位大人见多识广,有没有听说过人会自体生香的。"

座下众人听了,亦大感奇怪。有人便起身拉着张英的袖子来闻,果然一股幽香,由不得啧啧称奇。有人便道:"自体生香,按书上记载,有些修行人临坐化时会生出一股香气,其他倒没听说。"也有人说:"既有人会生腋臭,这体内生香恐也是一个道理,只是性质不同罢了。"

康熙道:"既如此,众位大人就费心去寻罢,说不定你们也能寻出一两个会生香的女人,那可就如张大人一般有福喽。"

群臣因康熙胡闹,跟着胡乱嚷嚷:"若是我们寻到了香姑娘,自然献给圣上。"

因了这一番胡闹,瀛台夜宴格外显得君臣欢聚一堂,亲如手足弟兄,只是让张英尴尬得无法张口。

康熙从南书房出来,伸展伸展肢膊,吩咐紧跟在侧的养心殿太监总管张小四,将晚膳送到长春宫去。自己便一路往长春宫来。那张小四道声"喳——"转头吩咐身后的一名小苏拉去御膳房传旨,自己却一步不离地跟在康熙后面。

你说这时才刚交午时,怎么就传晚膳?原来清宫规矩,御膳房每日供应早晚两次膳食。早膳一般在卯辰之时,也就是早晨六七点左右,早膳后皇帝上朝听政,听政后去南书房经筵进讲,然后是处理政务,接见外臣。从南书房出来一般是午时了，这期间皇帝回宫休息，到未时（下午两点左右）进晚膳。进过晚膳，皇帝要批奏折，批完奏折要读书、作诗等。然后去给太皇太后和皇太后请安，看望皇后和妃子们，到了酉戌之交，再加一餐晚点，然后再沐浴、就寝。当然这是清宫中一般规定的作息时间，对于勤政的皇帝来说，当然不会如此按部就班。清朝立国后自顺治到乾隆都是宵衣旰食，就如康熙，沐浴后还要读书、习字、钻天文、演算术，有时夜间还要召见大臣，商议国事，不到亥时是不会入睡的。

长春宫里住着宜贵妃。这宜妃年方十八，十五岁进宫，至今才三年，虽贵为后宫，却还是少女情怀。她生性活泼，爱说爱笑，对康熙是敬在心头，爱在嘴上。又最是懂事，人面前端庄娴淑，人背后才与康熙"没上没下"的。康熙日悉处理军机政务，大臣们对他总是毕恭毕敬，到了后宫，妃子们也多半敬大于爱。他尚在青年，一般也需要儿女情长，但后妃们却多是恩承芳泽，无人给他以情感补充。他十二岁大婚时，还不懂感情，与皇后赫舍里氏一直不冷不热；后来初识风情，倒是贵妃钮祜禄氏与他感情较好。因此直到康熙十一年，他的长子才出世，这皇长子胤褆却不是皇后所生。康熙十三年，正当吴三桂起兵，国事纷乱之时，皇后因生皇二子胤礽难产而死。当时正为国事烦忧，也无心册后，到了十六年，才册封钮祜禄氏为后。谁知封后不到一年，钮祜禄氏竟也撒手而去，这位皇后的死，真的令他很伤心了一阵子。

连殇两位皇后，此后不断有人劝他立后，他再也不同意。后宫妃子当然不断选进，但只有这宜妃郭络罗氏最得他宠。

郭络罗氏世居关外草原，系满洲贵族，正黄旗下。宜妃在家中排行最小，因为宠爱，所以任性。自幼在马背上驰骋，养成了活泼开朗的天性。又因满人入关之后，重视对汉族文化的汲取，其贵族更是延请名师教育子女。宜妃自幼与兄长们一起学习四书五经，在学问上不逊男儿。她于康熙十七年被选进宫后，不久就得到了康熙的格外垂爱，晋为贵妃。因她活泼宜人，被封为宜妃。

宜妃住在长春宫，长春宫就成了康熙经常光顾的地方。在万仞宫墙里面，宜妃将长春宫打扮得像塞外草原，除了甬道，能长花草的地方都栽满了花草。不像其他的妃子，整天只知道挑花绣朵，打点厨艺，变着法儿想学做几手好菜，以讨皇上欢心，宜妃也会针线，也会厨艺，只是她更爱园艺和读书。康熙知道她比别人心灵手巧，学什么都比别人快，做什么都比别人好。这一点与他自己颇为相似，这也是他格外宠爱她的一个因素。更大的原因是，别看宜妃年纪比他小了十岁，却总像母亲一样哄着他，关心着他。无人的时候，常常把他搂在怀里，摇啊摇的，像搂着一个大孩子。康熙八岁丧父，十岁丧母，自幼作为皇子，受的是严格的管教，更兼幼年即位，少年老成。他的一生，没有受到过什么怜爱。宜妃却恰恰与他相反，她在家中是幺女，又是唯一的女孩，除了父母宠爱之外，上面还有许多兄长，都对她宠爱有加。她接受了太多的爱，却无处付出。进宫之后，看皇上日理万机，常常为政事废寝忘食，心里想他多苦多累呀，那么多人仰望着他，把他当神灵一样供奉着，却没有一个人真正关心他的喜怒哀乐。这样想着，自然而然就从心里涌出万种柔情，就想怜他爱他宠他。所以康熙觉得她最可心宜人，最善解人意。到了长春宫，他就放松了自己，觉得自己不再是个高高在上的天子，而是一个红袖添香的秀才，一个男耕女织的庄稼汉子。他常常这样胡乱地想，胡乱地说，宜妃就咯咯笑着，帮着他胡思乱想。在他们私下描绘的世界里，一会儿是七仙女和董永，一会儿是张生和崔莺莺，一会儿是唐明皇和杨贵妃，一会儿又是行走江湖的大侠虬髯客和红拂，甚至有时候只是富春江边的渔夫渔妇，玉泉山里的猎夫樵女，或者是蒙古草原上一对骑着快马追赶羊群的牧人……

到了长春宫门口，张小四高声唱报："万岁爷驾临长春宫——！"

门口守卫的太监看见康熙过来，早已跪下请安。门里的宜妃和宫女听这一声喊，也赶紧跪到檐下，恭恭敬敬地迎接圣驾："奴婢郭络罗氏给万岁爷请安！"康熙口里说着："爱妃请起。"伸手拉起宜妃，和她携手走进房里。

宜妃待他坐定，揭开桌上的纱罩，里面是一盘西瓜。那西瓜翠皮黄瓤，四周摆着水晶晶的小冰块，冰得西瓜凉津津的。康熙拿起一块，咬一口，啧啧称道："偏是你心眼儿巧，这冰块摆在四周，又好看又凉爽。"

宜妃小嘴一撇，道："奴婢哪像万岁爷日日要处理天下大事，可不就将心思放在这小玩意儿上吗？万岁爷驾临，待奴婢亲自下厨房去做两个小菜。"

康熙道："免了，朕已吩咐将晚膳送到长春宫来。"

宜妃又是小嘴一撇，说："那御膳房里的菜都一个味儿，天天吃，有什么趣味。奴婢这儿有新摘的苦瓜,待奴婢去用开水撩过,用盐渍一下,待会儿给万岁爷做一个凉拌苦瓜来。"说着转身往后面小厨房去了。

待宜妃从厨房转来,也不过片刻工夫,康熙已经进内室休息去了。宜妃赶紧进去侍候,见康熙脱了外衣,躺在床上,宜妃也赶紧脱了外衣上床。康熙搂着宜妃,闻着她身上淡淡的脂粉香味,忽然想起张英夫人来,遂将鼻子凑到宜妃脖子上使劲嗅了嗅,宜妃怕痒,不由得躲着他的鼻息,咯咯笑道:"干什么像只老鼠一样到处乱嗅。"

康熙道:"大老鼠嗅来嗅去,想嗅出一个香姑来。"

宜妃问:"什么香菇?万岁爷想吃香菇哇。"

"不是香蘑菇,是香姑娘。"康熙于是把夜宴群臣,发现张英衣带香味,盘诘之下,得知其妻自体生香一节说了。听得宜妃睁大了眼睛:"自体生香,那多好哇。怎么可能呢?肯定是用了什么香。万岁爷,那张英家住何处,奴婢要见见他的夫人,看看到底是怎么回事。"

康熙道:"那哪成哩。你一个后宫,怎能轻易出去。"

"为什么不能。你不是还带奴婢去过塞外,去过玉泉山吗?"

"那是朕带着你呀。你是朕的爱妃嘛。"

"那万岁爷就带奴婢去张英家嘛。"

"朕是天子,哪能随便往一个臣子家里去。怕不吓坏了人家。传出去也有失体统。"

"万岁爷悄悄带奴婢去嘛。咱们微服而去,又不带仪仗卤簿,谁知道是圣驾光临呢。带奴婢去嘛!奴婢去弄清楚了,不也是为了让万岁爷高兴。说不定张夫人有什么秘方,能使肌肤生香呢?奴婢问清楚了,回来如法炮制,万岁爷不就有了香姑了吗?"

"不是香姑,是香妃。"康熙一个翻身,把宜妃压在身下。

一乘骡轿从西华门出来,一位宫女坐在轿夫身边。一位青年公子骑在马上,随行轿旁,公子身前身后簇拥着好几个奴才家人。西华门侍卫听那家人头子上前耳语一声,看过牌子,呼啦一下全跪在地上,嘴里却不敢出声。原来那上前招呼的家人头儿乃是康熙身边的太监头儿张小四,他告诉侍卫皇帝要悄悄出宫,不得声张。那侍卫们都是极为熟悉张公公的,又看了牌子,知道那马上骑着的是康熙,当然呼啦一下子跪倒,只是遵命不敢出声。那轿子既是康熙带出来的,里面坐的何人,侍卫们当然不敢过问。

一行人悠悠荡荡,行不数里,前面就是西安门了。张小四领着马匹,来到一座小院前,伸手拍响门环。这小院与四周房屋极为相似,都是皇帝赐给在南书房行走、少不得公务繁忙的身边近臣的。张英自康熙十二年三藩乱起时,蒙皇上赐居皇城,一直居住在此。张小四因要经常传旨,是以对这些居住皇城内外的王公大臣们的宅第都极为熟悉。就这西安门内几户文臣住宅,门上并无任何标识,他也摸得清清楚楚。

来开门的是刘福贵,他是认识张公公的,当下诧道:"公公来找哪位张大人,两位张大人都还没回家哩。"他嘴里的两位张大人,一是指张英,一是指张廷瓒。

张小四道:"哪位张大人都不找,宫里有位娘娘要见见你们家夫人。夫人可在家?"

"在,在。夫人寻常不出门,总是在家的。"刘福贵说话间早已将大门打开,门内窄小,轿、马都停在门外,宫女掀起轿帘,扶出轿内之人。张小四也扶那公子下马。刘福贵听说来了宫中娘娘,早已飞身入内,通报夫人,同时自己避入后院。

张夫人姚氏慌忙走出屋子。康熙眼风一扫,见姚夫人身穿一件月白苎麻夏布衫子,底下一条香灰色百褶长裙,行走时裙摆罩住脚面,风摆杨柳一般婀娜,却无法看见她那双汉族女人的小脚到底有几寸。那姚夫人虽已是年过四十,头发梳得一丝不乱,身上穿着素色衣衫,与那花枝招展的宜妃比,自有一种清水出芙蓉的雅致。康熙寻常在宫中见到的旗服女人多了,看见汉族女人的打扮总感到兴奋。他想旗装装饰太多,掩住了女人的本色,惟有汉服,清清爽爽,油头光面,方能显出天生的美丑来。姚夫人身材高挑,皮肤白净,不是那种做张做致的美人,却自有一份闲花照水的高雅,令人有可远观而不可亵玩之叹。

张小四报声:"宜妃娘娘到。"姚氏赶紧低头敛衽,口中说道:"臣妇张门姚氏给娘娘请安!"她曾在太皇太后生日时奉旨进过宫,但许多人进去朝贺本就是走过场,她当时只是远远跪在下面,看那许多身着旗袍,梳着把子头,穿着花盆底的皇妃娘娘们簇拥在太皇太后和太后身边,看上去都是花枝招展，一个模样，哪里分得清谁是谁啊。但她知道宜妃娘娘是康熙的宠妃，皇五子胤祺的亲娘。后宫妃子，轻易哪能出宫？她忽然纡尊降贵，来到自己家中，真是匪夷所思，令人手足无措。

那宜妃却是极伶俐的人，知道自己来得鲁莽，赶紧上前，扶起姚夫人，嘴里极亲热地叫着："姐姐请起。妹子听说姐姐不日就要回乡，特来送点仪程。"这话更叫姚夫人无法消受。但她自幼知书达礼，又跟着张英来京多年，对于不知道的事也很能察言观色，随机应对。是以对宜妃恭敬如仪，心里万分不解，面上却是接待有度。

当下宜妃命人从骡轿里取来礼物，乃是白金五百两、绸缎二十匹。宜妃说："张大人跟在万岁爷身边办事，万分辛苦的，这银两是万岁爷赏的。这绸哩，是我送的。"

姚夫人忙跪下谢恩："臣妇叩谢万岁爷赏赐！叩谢娘娘赏赐！"

宜妃拉她起来，随手挽起她的胳膊，说："让他们男人在外面，我随你到内室说话去。"姚夫人本来愁着娘娘是内宫，不得轻易见人，听她如此说，正中下怀。但外面还有那随娘娘来的贵公子和张公公，无人照应，也是不妥。那张公公是何等样人，看她眼风，立即道："夫人尽管去陪娘娘，外面我来侍候。"姚夫人道声："有劳公公。"亲手沏了茶，捧给那公子一杯，正要请张公公也坐下饮茶，张公公摆手，示意不要，自己却不坐下，侍立在那公子身旁。

姚夫人用托盘托着一杯茶，将宜妃娘娘引向西边内室。那西边乃是一间书房，只见一个高格书架，架上的书都是敞着的。房中两张书案，放着笔墨纸砚。屋角放着两个高脚花架，一架摆着一盆盛开的茉莉，一架摆着一盆阔叶兰草。

那茉莉花馨香扑鼻，立刻吸引了宜妃的视线。但见那茉莉高约三尺，树枝繁茂，树上无数小白花点缀在碧叶间，像是满天繁星。

茉莉是南方花卉，宜妃自幼生长在北方，竟不认识。她走近前来，审视着那花，又吸着鼻子，陶醉在花香中，问姚夫人："姐姐，这是什么花？我竟没见过。这香直往人心腑里钻。"

姚夫人道："这叫作茉莉，相传是唐玄奘从西域带回中原的。南方多有栽培，北方不多见，恐是因它怕冷。这两盆花都是我们从家乡带来的。我们家老爷很喜欢花木，我也爱它的香气，这兰花有天下第一香之称，茉莉有人间第一香之称。都是香得特别素雅，花也清丽，不似大红大紫的俗艳。这茉莉花一年要开三次花，从五月开到九月，其中伏花最盛，现在开的就是伏花，娘娘请看，这花怕不有两三百朵哩。娘娘请看院子里，这兰花和茉莉花还有好多哩。"

说着推开窗子，宜妃看那院中一架丝瓜，正开得花黄耀眼，丝瓜一条条悬着吊着。瓜棚下摆着数十盆兰草，七八盆茉莉，还有一些其他花卉、盆景。那茉莉正是盛花期，一盆盆都开着白花。喜道："难怪刚进院子就闻到一股香气哩，原来满院都是花。刚才只顾着看人，倒没注意到花。"

宜妃此刻与姚夫人并肩站着，似隐隐闻到她身上散发出阵阵幽香，但在茉莉花前，被那浓郁的花香掩盖，并不真切。她不由得拉起姚夫人手腕，凑到鼻子前一嗅，果然一股香味似茉莉又不似茉莉，直从姚夫人的袖筒里逸出来，显是身体内散发出来的，而穿在体外的衣服上竟没有什么香气。她惊奇道："啊呀！万岁爷说你体内生香，果然如此。到底是怎么回事？是生来就有吗？能不能说给妹妹听听。"

姚夫人心下惊奇，自己肌体生香，皇上怎么知道？一准是老爷口不关风，给透了出去。她本来是个三从四德的内敛女子，身体上的事怎么好对人言。但宜妃娘娘一口一个姐姐，叫得她本就无地自容，又喜她伶俐，只得红着脸告诉她，自己并不是生来体香，而是生次子廷玉时，忽然闻到一股异香，后来就体带香气了。她也知此事令人难以置信，便说："当时是九月，我们家的茉莉和秋兰都开了，许是生孩子时毛孔开展，吸了这花香进去，所以才如此哩。"

宜妃大感惊异。姚夫人为岔开话题，又引她去看那盆兰花。果然那盆兰草也与众不同，叶子较普通兰花要阔了一倍，颜色也较普通兰草浅淡些。姚夫人告诉她，这叫素心兰，每年四月发棵，七月抽薹，九月开花，是以名叫秋兰，就是古书上所说的蕙。宜妃仔细一看，果然今年新发的草叶已有半尺多高，新草下又抽出许多寸许高的嫩薹，像玉簪一样。真是如深闺少女，娴雅淑婧，令人爱煞。

两人在书房中叽隆多时，康熙也带着张公公踱进书房，他看着书房里的陈设，问姚夫人："怎么张大人父子在同一间书房吗？房间太少了罢？"

姚夫人回道:"孩子们是另有书房的,廷瓒和弟弟们共一间书房。这间书房是老爷的。"

"哦。张大人倒有意思,一个人用两张书案。"

姚夫人道:"那倒不是,这张案子是臣妇用的。"

康熙笑道:"好极好极。夫人竟是个女才子。"

姚夫人逊道:"哪里谈得上。不过我们家乡风俗,女子随兄弟读书的很多,臣妇自幼也上过私塾,不过识几个字罢了。老爷公务忙,顾不上管孩子们。我呐,有时检查检查孩子们的窗课。还有两个女孩子,在京里上学不便,我就在家里教她们识几个字。"

康熙赞道:"啊哟。这桐城风俗倒真不错,女子也读书识字。真正是好!"

姚夫人道:"桐城有句俗话叫做'穷不丢书,富不丢猪'。读书识字,不分男女,也不分贫富。外乡人来此,也道是'城里通衢曲巷,夜半诵声不绝;乡间竹林茅舍,清晨弦歌琅琅'。"

"甚好,甚好。难怪桐城自前明以来出了那么多仕宦名人。什么时候有机会也去桐城走走。"

康熙在书架上搜索,看那书架上层摆放的都是自己平时随手赐给张英的笔墨、砚台、画扇,还有那只珊瑚玉麒麟。第二层却摆着一排同样款式的木盒子,那书架甚高,他够不着那些盒子,便指着问:"那些盒子里装的什么?那么小,也放不下书本啊。"

姚夫人见问,笑道:"那里面装的是日用钱账。我和老爷商议,都以为持家不可没有个算计。一年收入,分成三成,一成积存起来;一成放在一个盒子里,留作人情往来之用;再一成分成十二份,每月一份,不能超支,若有节余,则随时施舍掉。那摆在前面的大盒子里放的就是人情礼贵的钱,后面一排十二个小盒子就是放每月日用钱账。"

康熙听了,哈哈大笑:"这倒有点像苏东坡了。他比你们还要精细,每月再把钱分成三十份,悬在房梁上,每日挑下一份来,必不超支。"

姚夫人道:"真是从苏公之法演绎来的。不过作三十小份太烦琐,苏公被贬,家境艰难,乃有此计。我们岁入宽裕,以此法持家,是为勤俭计,非为不可度日。"

"张大人跟在皇帝身边，办事无数，却从不假公济私，这是朝野上下皆知的。单从这室中摆设来看，虽不寒酸，亦不富裕呀。光靠俸禄是不够的，家中有多少田产？"

"家中析产时，分得田地五百亩，后来老爷来京会试，卖去良田一百五十亩，现尚有田地三百五十亩。老爷跟着皇上办事，不贪图格外之财，然圣上也时有赏赐，尽可度日了。"

这里众人聊着天，已有一顿饭工夫。外面廷瓒领着廷玉、廷璐和维仪、令仪进来，看见宫中侍卫便服站在门口，只道是哪位王公大臣来找父亲议事。进得门来，见到堂屋里摆了好些银两绸缎，又听见书房里说得热闹，便带着弟妹们过来。他是朝中臣子，若来了王公大臣，按理是要参见的，弟妹们自也应该过来见个礼。谁知这一进来，却把他吓了一跳，原来来的是当今圣上康熙爷！他赶紧双膝跪地，磕头不止，嘴里喊道："臣该死。臣不知皇上驾到，臣接驾来迟。臣恭祝吾皇万岁万岁万万岁！"

他这一喊，姚夫人才知这位贵公子原来竟是皇上！她也曾疑心跟着宜妃一起来的，能是谁呢？王子们尚在幼年，决然不是。是哪位王公贝勒？又没有陪着宜妃一起出来的理。但张公公不说，宜妃不说，她也不敢动问。宫中的事，她也弄不太清楚。这下弄清了，居然是皇上本人，也赶紧伏身跪倒，口中说道："臣妇万死。臣妇不知是万岁爷亲临，实在罪过。"

那廷玉兄妹也都齐齐跪在地上，磕头不止。

康熙道："免礼免礼，都起来说话。这是宜妃娘娘，你众人也见过罢！"众人又对着宜妃磕头见礼。

康熙问："张大人适才去了哪里？吏部批文收到了么？"

廷瓒回道："回皇上，批文到了。给假半年，明春回吏部销假。父亲遵旨，事毕即归。臣因要回家了，今儿抽空带弟妹们出去走走，看看这北京城。"又一一将弟妹介绍给皇上。

待得介绍到廷玉时，康熙道："你就是那个'击几声堂鼓，代天地扬威'的小家伙？"那廷玉上前一步，再次给皇上磕头，朗声道："吾皇万岁万万岁！廷玉愿为吾皇击鼓扬威。"康熙乐得哈哈大笑。

康熙见这小儿才不过十来岁，就有如此胆量，见到自己不但不怕，还对答有度，想起自己八岁亲政，也是这样小大人似的，不由对他十分喜欢。拉他起来，口里说着："好！好！好！小小年纪，有志气！朕没有什么东西赏你，这把扇子是朕自用的，赏了你罢。"顺手就把自己手上正摇着的一柄象牙骨扇子合起来，赏了廷玉。

廷玉接过扇子，煞有介事地跪下谢恩道："谢皇上赏赐。"

康熙拉起他，摸摸他脑后的小辫子，说："嗯。眉清目秀的，模样不错，就是瘦了点，要多吃东西。知道吗？"

姚夫人解释道："这孩子就是有点脾胃弱，又太用功了，就显瘦。"

康熙道："听说你会背书，现在在学什么？"

廷玉道："回皇上话，《四书》刚刚学完，《五经》学到了《易》。"

"很好，很好，都学到《易》了。朕也正在学《易》哩，咱们俩考校考校怎么样？"

"请万岁赐教。"

这大人小孩说得投机，外面金乌西坠，远处的楼钟撞响，已交酉时。张公公提醒："万岁爷，咱们是不是该回宫了。"

康熙道："好，好。小廷玉，下次再考你。回宫。宜妃与姚夫人说完话没有？"

宜妃道："回万岁爷，奴婢说完话了。"又对姚夫人道："姐姐，你我一见如故，可惜你马上又要走了。以后来京，记着来宫中看我。"

姚夫人没想到这位娘娘如此情重，遂道："娘娘错爱，臣妇如何担待得起。娘娘厚赐，臣妇更是无以为报。下次再有机会来京，一定去拜见娘娘。"

"姐姐，妹妹还有个不情之请。你那院中茉莉，能否送妹妹一盆。"

"娘娘喜欢茉莉，臣妇自当献上。院中茉莉不如房中这盆，臣妇就将这盆献上罢。"

"那不是夺人所爱了吗？就院中的也很好。"

康熙道："夫人有所不知，我这位宜妃啊，有点爱花成癖。"

姚夫人欢喜道："原是这样啊。那太好了，这茉莉、素心兰都送给娘娘吧！院中还有好些兰草，都是异种，春夏秋冬，四季开花的都有哩。娘娘一样挑一盆带回去。那些茉莉，娘娘喜欢，尽管多挑几盆。只是这茉莉呀，怕冷，过冬时一定要放到暖房里。"

这里众人边说边走，后面自有张公公张罗小苏拉太监来搬花草。

宜妃娘娘在长春宫广植茉莉，却无法让那香气钻入自己体内，只好将花朵撷下，插在发髻，别在衣襟，自也就身带香气了。其他娘娘纷纷效法，一时茉莉在宫中大为流行。渐渐传入王公府第，又渐渐传入民间，一时大江南北，妇人佩戴茉莉成风。文人雅士也大凑其趣，写诗赞茉莉，写曲唱茉莉。其中流传最广的一首诗这样写道："冰雪为容玉作胎，柔情合依琐窗隈。香从清梦回时觉，花向美人头上开。"而后来民间艺人创作的一支小曲则更是在红粉楼头和瓜田里巷到处唱响："好一朵茉莉花，好一朵茉莉花，满园花草香也香不过它。我有心采一朵戴，又怕来年不发芽……"到茉莉在民间大肆流行时，已是乾嘉年间，距宜妃初带它进宫已是百年之后。此是闲话，不多叙说，且言归正传。

且说当日张英因收到吏部批文，准备回桐城，有大量事务需要交接，回得家来，天已黑尽。听姚夫人说了皇上和宜妃亲来赏赐，自是心中感激万分。第二天一早往瀛台见驾谢恩，谁知皇上昨晚并未来瀛台，不消说是在长春宫过的夜。他只得等到早朝之后，皇上来到懋勤殿南书房，才得空过来谢恩。皇上又亲问了些起程准备情况，知道礼部批复，因要运送姚大人棺椁，因此从水路经运河、长江，一路回桐。皇上又嘱其注意沿途民俗民生并吏治情况，随时以密折奏报。张英也奏请皇上，自己此次回桐安葬父亲，可能要些时日，正在着手的《孝经衍义》拟带回乡里，继续著述。皇上欣然允诺，注释《孝经》是他下的旨意，他以儒教治国，必得将这些儒家经典加以整理刊刻，以便于教化。张英虽在南书房供职，但在翰林院已升任掌院学士之职，《孝经衍义》是他领衔的任务。

君臣二人七八年来日昔相处，此时真有些难分难舍，纵是一个天尊，一个大儒，都不由得鼻酸眼热。最后张英磕头告辞，出得懋勤殿，忍不住泪洒衣襟。

中秋已过，天气渐渐转凉。姚士基已从湖广赶来，和大哥一起扶柩南归。

清晨，水运仓旁边的码头，一艘官船已停泊在岸。一口红漆棺材刚从法门寺拉来，放在船头。士暨、士基二人披麻戴孝，跪在棺边。那就是前任刑部尚书姚文然的棺椁。姚文然康熙十七年死在任上，礼部会议，在京祭祀三年，遂将棺木暂厝法门寺。因在京花费用度太大，姚夫人第二年即带着儿女们返乡，京里只留下长子士暨，四时祭祀。后来士暨补在刑部供职，士基也补到湖广罗田。姚家本无钱打理吏部，但刑部官员对这位前任上司的子弟颇为关照，由刑部转促吏部，再加上张英与姚家是姻亲，吏部也不能不卖这个面子，所以才陆续给他兄弟二人补了缺。

此时，按照死人为大的俗例，先是姚氏兄弟扶先父的棺木上船，岸上礼部司官、刑部官员以及姚大人生前友好都来送行。鼓乐声中，鞭炮齐鸣，黄钱撒得满地满河都是。司官高声唱道："给姚大人送行——！"众人齐声呐喊："给姚大人送行——！"

安放好姚大人的棺木，这里众人才换过一副面孔，与张大人话别。张英虽是天子近臣，但他恪守本分，六部之中，谁不与他联络？却都是公事往来，无分亲疏。相与得好的倒还是熊赐履、李光地、韩菼等几个翰林院同僚。此时来送行的不少，都不过是走过场的官样文章，只有熊、李、韩三人是执手话别，难舍难分。

来送行的还有两位人物与众不同，一是纳兰性德，他是奉旨代圣上来送行的，意义自是与众不同。礼部按照旨意，已将姚大人按尚书衔加一级核定了葬仪，张老大人也有特旨，封赠光禄大夫并按二品衔给银祭葬，此手续早已此前办妥。但康熙还是命纳兰性德来码头焚香送行，一为姚尚书死于任上，一为张英乃自己贴身臣子，自要善加体恤，以显仁君之心。另一位是吴友季，他是张英的布衣朋友，来此送行，顺便托张英将他这几年攒下的银两带回老家，还送来了一盒自制的"败毒散"，为防旅途中饮食不洁、肠痛拉稀用的。临别他又递给姚夫人一张药方，嘱她转交士暨母亲，因那姚公幼女姚士珊自幼从胎里带来的气血不足之症，吴友季一直为她开方调治。三年前回南时，吴友季曾给过一张方子，现下女孩儿年龄渐长，方中有几味药需要调换，因此又开了一张药方，请姚夫人带回。

日上头顶，时交巳正，大船才在众人的送别声中缓缓驶离码头。

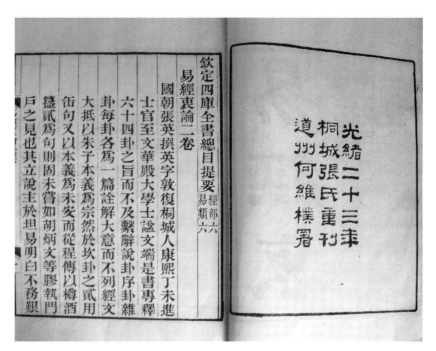

张英著作《易经衷论》，现存桐城市图书馆。（白梦摄）

张英夫人手植皂荚树，位于张氏相府五亩园内。（白梦摄）

第六回　会群臣康熙究异香　悦圣心宜妃植茉莉

第七回

救张英饬斥贵池县　思林泉喜置五亩园

官船自运河至长江，一路南归，走的乃是当年李犹龙押送姚文然进京之路。人生其实很简单，就是来来去去。生是来，死是去，早晨是来，晚上是去，睡醒是来，睡着是去，进门是来，出门是去……无数个来来去去。有大有小，一日来去是小来去，一觉来去是小来去，一次来去则有大有小，一生来去却是确定无疑的大来去。所以人们把"死"又叫作大去。

姚大人前番来京是大来，此番离京是大去。大来大去之间，做了一番大事业，便不枉这一回大来去。

张英一路陪伴着姚文然的灵柩，心里回忆着姚文然的一生，想着这一番关于人生来去的道理。他此时尚是四品翰林院侍讲，而姚大人是正二品尚书衔，独领过一部，又在任内完成了《大清律》的修改定稿，死后被朝廷赐了谥号。在张英看来，姚大人一生已是做了一番大事业了。而自己此生将何以名世呢？日日在皇帝身边，做的是文案琐事，写的典诰文章，纵是花团锦簇，却是朝廷的公文。什么时候能像姚大人那样位居卿贰，哪怕像自己的太祖公独领一郡，也好做一番看得见摸得着的实事，立一番功业。可是多年来在皇上身边，圣眷依依，皇上又怎么可能放自己外任呢。罢，罢，罢。人生不如意事常有八九，自己这位置别人盼还盼不来呢。日日在皇上身边，出谋献智，进言献策，六部九卿、封疆大吏，哪个不愿结交自己，只是自己要做个廉臣直吏，所以才不偏不倚，也正是这不偏不倚，却教他感到仕途艰辛。

明珠与索额图的明争暗斗愈演愈烈，两人都是大学士，当朝一品，一个管着户部，一个管着吏部。明珠为人圆滑，又是侍卫出身，深得康熙宠幸。索额图是资深宰相，又是国舅爷，虽说赫舍里皇后已死去多年，但她所生的儿子终究是嫡出太子。两人都仗着当今圣上这座后台，都编织成了一张从上到下、从里到外的关系网，谁也轻易动不了谁。张英日日在皇帝身边，名义上是个侍讲，职责上是个文案，但借古喻今，出谋划策，却是个实实在在的谋士。这身份炙手可热，索、明二人谁不想拉拢，无奈他一派不靠，拉拢不成则转而嫌他碍手碍脚，总想用自己人取而代之。只是惮于康熙对他的恩宠，才不敢轻易动他。但他日日要面对这种尔虞我诈、互相倾轧，内心颇不痛快。其时，朝中虽是满汉同制，但满人骄横，又位列汉臣之前，除康熙本人而外，很多满族王公大臣是很不把汉族官员放在眼里的。这也让他有了退隐之心。他想，难怪姚大人曾于顺治年间辞官回家，原是看不惯官场上的明枪暗箭和受不了满人当权之气啊。他此次乞假归家，一方面是为葬父，另一方面也想借此退出宦场漩涡，既然不愿同流合污，倒不如悠游林下，像东坡先生那样"一张琴，一壶酒，一溪云，做个闲人"。

且说离得京城官场之地，船行河上，沿途访些古迹，看些山水，张英的心情说不出的畅快。他在朝之时，日日克己奉公，勤谨敬慎，心中绷着一根弦，时时刻刻不敢放松，所以疲羸之极。这下子终于可以放松精神，犹似卸下了千斤重担，浑身上下处处活泛。他想难怪许多人有避世之想，不愿做官，原来做官是如此之累，身累、心累，月月年年，无有出头之日。

然而，轻松之余，他也不免要时时想起皇上，毕竟日日相见，君臣感情深厚，自己尚能退步抽身，乞假回乡，而皇上身负江山社稷，却是一刻也不能放下啊。难怪有传闻章皇帝顺治爷不是大行归天，而是不堪重负，去五台山出家去了。想到此节，就不由得提笔给康熙写信，向他汇报行程并沿途见闻、米价行市、吏治民情、河道疏浚等等。一路行来，不出一月，密折已发出十余封。他想皇帝足不出宫，国家万事，都靠各地官员上折奏闻，而这些奏折层层上解，自然水分多多。而康熙发明的密折专奏，确能稍免此弊。这密折火漆封口，不过六部，不经上书房，直递康熙手上。折中内容，只有皇帝和上折人二人知情，而上折人是本着对皇帝的忠心才奏闻其事的，当然无须粉饰，秉公直奏便是。

这一路，他看到的确是市井繁华，街衢通畅，河工上成绩显著，老百姓面有喜色，与自己十年前进京时情况大相径庭。这功劳虽然是圣明天子的，但自己日昔为皇上办事，那些政令、招诰、赈灾、抚恤，哪一项文书不是出自己手，如今这些政策都已发挥了实效，他又怎能不心中欣慰。自古贤臣良吏，哪个不把百姓放在心上，哪个不以"先天下之忧而忧，后天下之乐而乐"为己训。前朝的败落，也正是因为奸佞当道，吏治败坏，上行下效，贪污成风，纳贿盛行。以致百业凋敝，天灾人祸，苛捐杂税，民不聊生。这才有了盗贼四起，朝纲震乱，社稷倾颓，为大清起而代之。设若不是对前朝已彻底丧失信心，何以像洪承畴、王铎、钱谦益这样的治世能臣都改冠异服，折节而降，做了新朝的柱石呢？设若不是当今天子以民为本，励精图治，这泱泱大国，百倍于满的汉人，又怎能臣服于新朝呢？更有那前朝遗旧，纵有伯夷叔齐之志，誓不折节，但也在新朝的王化之下，心悦诚服，让其子孙去应科举，立功业了。只可惜奸佞小人时时刻刻都在产生，眼下朝中索、明党争就是一个祸根。然而自己人微言轻，既无力与之抗衡，又不愿摧眉折腰，惟有如今这样退步抽身，以求自保。但愿圣上早日察觉，去此祸端才是。

船行水上，倏忽已二十多日，节令已交初冬。好在船已从运河航道进入长江，风帆高悬，船速加快，经瓜洲，过江宁，不二日，已到安徽境内。张英心情也越来越好。这一日，船经池州。这池州，郡治久远，自古人文荟萃，留下许多旧迹遗存，有杜牧的杏花村、李白的秋浦河等，堪可一游。

张英命将官船停靠码头，自己带着廷瓒兄弟和士暨兄弟上岸游玩，姚夫人则带着刘氏夫妇去街市采办米粮菜蔬。

张英一行走在街上，找人打听杜牧诗中的杏花村今在何处，那人道："杏花村嘛，到处都有哇。"顺手一指前面，果见一张白牙边蓝布幌子在冬日的阳光下懒懒地晃动，上面写着"杏花村"三个古隶大字，近前一看，原是一家酒楼。再四处仔细一看，凡酒楼门首，都挑着一张"杏花村"的蓝幌子。众人不禁失笑：原来八百年前杜牧的一首《清明》，已成了八百年后酒家的金字招牌，而前来饮酒之人，必要从这招牌上发思古之幽情。若将此节写入密折，呈给皇上，皇上必能悟出：文化的力量就是这样潜移默化。

已近中午,众人信步走入一家"杏花村",点了几样小菜,要了一壶酒,就着杜牧的诗句小酌了一番。出门之时,向店内伙计打听秋浦河,原来就离此不远。

来到秋浦河边,果见河床宽阔,水波清澈。因是冬季枯水,那河面瘦瘦的,但宽仍有十丈,水深也有三五尺。端的清流见底,河底的卵石都历历在目。那秋浦河的入江口就离他们泊船的码头不远,因还要游玩,且不上船,竟往那江河交汇处走去。但见那里有一个小小埠头,泊了许多船只,一打听,原来都是供人游览秋浦河之用。此时是冬季,生意清淡,听得有人要租船游河,众船家一拥而上,七嘴八舌,都来兜揽生意。张英听得其中一老汉操桐城口音,顿觉亲切,遂雇了该船。老汉领着众人来到自己船上,张英一看,乃是一只苍头小乌篷,甚是破旧,不似其他船只高篷大舱的。好在自己一行只有五人,坐在船舱里,也不嫌逼仄。

众人上船坐定,老汉摇起橹来,小船逆流而上。张英此时收起京腔,与老汉攀谈起来:"听老人家口音,似是桐城人氏。"老汉一听,此人亦是一口桐城腔,更加高兴起来:"可不是嘛,客官也是桐城人?"张英道:"是啊,老家在桐城松山。"老汉喜道:"那可又近了,老汉我家住罗家岭洪山冲。两家隔湖相望呐。"

老汉所说的湖就是菜子湖,菜子湖直通长江,罗家岭在湖的南边,松山乃是一个半岛,远远地从湖的北边伸入湖中,到了岛的尖角上,与罗家岭的姥山渡口隔水相望,真是一衣带水。洪山冲也在湖边,离松山不过数里之遥。这罗家岭是龙山余脉,龙山从安庆过来,安庆的龙山叫大龙山,罗家岭的龙山叫小龙山。这小龙山就在松山对面,当年姚文然从龙眠山逃到小龙山隐居,姚氏兄弟幼时在此居住,文然死后,夫人和儿女又回到小龙山中,就住在姥山保。听得老人是罗家岭人,众人都兴奋起来,赶紧打听家乡情况。

老人叹道:"唉,罗家岭本是个好地方,有山有水,有鱼有田。可惜前年遭了水灾,弄得许多人屋毁田赢,只好外出谋生,日子实在不好过哇。"

康熙十八年,桐城先旱后涝。这场水灾张英和姚家兄弟都有耳闻,但却不知如此严重。姚士暨道:"老人家说的罗家岭水灾,是四保都被水淹了吗?"原来当时行政区划,乃是县、乡、镇、保,罗家岭为镇,下辖四保,即洪山冲保、竹巉保、姥山保和小龙保。姥山和小龙在东北，洪山冲和竹巉在西南。

老汉道："洪山冲尚好，其他三保被淹得就惨喽。"士塈兄弟听了，心下顿时沉重起来。

"老人家是自来在外行船，还是因水灾外流的呢？记得前年安徽长江一带水灾，朝廷发了赈灾粮的啊。"张英问道。前年安徽上报灾情，皇帝批了赈灾折子，是他经手转给户部的。

老汉道："可不是，被水之后，不得已才外出的嘛。那点赈灾粮，只保得住当年人不饿死。但家中房屋、耕牛，悉数尽毁，田地也遭水淹，无法耕种。本来我家在罗家岭也还算个中等户头，两个儿子是好劳力，耕田打渔都在行。被水之后，只剩下打渔一条路了。除了吃喝，还要造屋置田，老汉我今年五十多了，身体尚健旺，想趁现在还做得动，外出挣几个钱，把家当再置起来。这不，求人告贷买了这条旧船，在江边载客。年前听说这秋浦河兴起游河之风，生意好做，就顺江来了。谁知春夏还好，到秋后生意就淡了，现下已是冬天，人越来越少，我也思量着要回家了。"

他乡遇故人，大家都很高兴。一行人谈谈讲讲，放舟浅水，不一会便来到一处渡口。老汉道："从此渡口上去，有个大王洞，洞内石头奇形怪状，相传前朝曾有个山大王在洞里安营扎寨，客官可要去一游？"张英等人本是要寻幽访胜的，听得此说，焉能不往？当即弃舟登岸。老汉自在岸边泊舟以待。

那大王洞离此不是太远，上得岸来，问明道路，五人入山，行不数里，远远就见一处岩石上刻着"大王洞"三个猩红大字，那颜色如此鲜艳，想是近年来描摹过的。那字每个都有桌面大，倒也遒劲有力，没有落款，不知谁人手笔。而那岩石上藤葛满被，山泉流泻，却是没见洞口。到得近前，撩开藤葛，才现一洞，洞口也就一人来高，里面却不甚黑，想是别处还有洞口，透进光来。众人躲着流泉，鱼贯入洞，果见里面宽敞无比，怕不有紫禁城里的金銮殿那般大。洞内水声淙淙，想是有暗河流经。再往里走，洞内套洞，有的洞大可容百人，有的洞小仅能一人容身，有的洞里暗河就从地面流淌。隐隐约约有几缕光亮，也不知是何处来的。洞壁上乱石嵯峨，在昏暗的光线下显得诡谲怪异。廷玉不觉紧紧拉住父亲的手，张英知他害怕，众人也觉洞内阴气森森，转了一圈，便退出洞外。出得洞来，当见艳阳满天，照得人浑身上下里外都暖和敞亮了，便觉适才那洞中气象像阴曹地府一样。

正是十月小阳春天气，贵池在长江以南，节候比北方差了约莫半个多月。现下山上的枫叶才转成绛红，夹在满山苍翠之间，如画般美丽。张英父子对绘画都颇有研究，一路不断赞叹这秀山丽水，难怪李白曾在这秋浦河边流连忘返，写下了脍炙人口的《秋浦歌》，原来这秋浦风光确是秀色可餐啊。

然而这秋浦秀色很快就被一幅人间活画煞了风景。

众人见太阳偏西，加快了脚步，往码头走来。远远就见看热闹的人围了一圈，圈内人声嘈杂，打骂声、哭喊声乱成一片。张英挤进人圈一看，却见自己适才坐来的小船已被砸烂，几个穿公服的衙役正拖着那老汉往头上带枷，那老汉已哭喊得声嘶力竭。张英拦住衙役，道："借问公爷，这位老者犯了什么王法？"

那衙役道："老家伙在此斗殴生事，打伤了地保，我们奉命来抓他回去。"

老汉见张英来了，流着眼泪道："客官，对不起了，这船也砸烂了，人也抓起来了，没法送你们回去了。"

张英道："不碍事。倒是你，怎么打伤了地保？"

老汉见问，哭得更加伤心："什么地保，他是地霸、河霸。我们在这秋浦河行船，除向衙门里交税，还要给他交保护费。这冬季里，生意不好，我这个月的保护费还没来得及交。适才地保带人来要钱，我说这个月我才第一次开船，客人船钱也还未给，身上银两不够，可否宽限一时。他手下不依，要砸我的船，那船是我的命根子啊。我为了护船，和他们拉扯起来。说我打伤了人，客官看看，究竟是我伤得重，还是他伤得重。"

张英一看，果然老汉衣服被扯烂，辫子被扯散，头上脸上到处是伤。而那地保自己根本没动手，倒是手下有一人脸上被抓了几道血痕。这显然是地痞流氓横行乡里，恶霸一方，官府却不分青红皂白，胡乱抓人。但他此刻是微服而行，无法向众人亮出自己身份，只好和衙役商量："在下和这老者是同乡，刚刚雇他的船来游秋浦河，各位是否可以让在下将他保出，明天一早去县衙听候审理，是非曲直，到时自有公论。"

那衙役道:"你算什么东西,来保他,到时你们一齐跑了,老子到哪里找人去。你要保他,明天县衙里说去。"

老汉道:"谢谢客官了,这船也砸了,人也抓了,老汉也不想活了。"

张英见无法通融,只得安慰老汉:"老人家别怕,放心跟他们去。有我在,必定保你没事,还要让他们赔你船来。"

一番话,说得老汉将信将疑。那些衙役却早已等得不耐烦,拉扯着老汉就走。张英想起一事,对着老汉的背影问道:"请问老人家姓名?"

那老汉回头,对着张英眼泪汪汪地道:"小老儿姓张,单名一个英字。住在洪山冲的张庄。小老儿若是有个三长两短,还请客官给家里捎个信儿。"

张英听得心里一怔,想不到这老汉竟与自己同名同姓,也算是奇缘。这个忙更是要帮,这个不平更是要铲。这时众人也都听到了老汉的话,士暨问张英:"九姑丈(姚夫人在家中排行第九),双方斗殴,县衙只抓一方事主,显是包庇当地恶棍,此事当如何处理?"

张英道:"这官司是容易打的,明日击鼓升堂,替那'张英'打这场官司。凭着你我的身份,谅他七品县令也不敢不秉公而断。但我想那老汉家中遭水,实在贫苦得很,得权宜一下,借此帮他挣份家当才好。也不枉了今日张英遇'张英'的奇缘。"

五人当即回到码头船上。吃过晚饭,张英与姚士暨双双将官服朝靴穿戴整齐,等天黑尽,才雇了两乘小轿,一路抬到县衙后门。那轿夫不待吩咐,早已上前将门拍得山响,里面应声开门,见是两个穿官服的老爷,而且其中一人乃是三品,吓得他赶紧飞奔入内。片刻工夫,县令已亲自来迎。张英掏出几枚制钱,要付轿钱,轿夫如何敢接。县令说:"不必大人破费,明日他们到衙门公账上领钱便是。"张英道:"几枚大钱虽少,我却信不过你贵池县,只怕你打了秋风,坏了我朝廷命官的名声。"士暨接过制钱,硬塞给轿夫,吩咐他们自回,这里不必等候。轿夫们给衙门里送客,自来给钱的少,不给钱的多,有些人说一句公账上出,也是空话,谁为那几枚大钱来触县老爷的霉头。今日这客人官大却不欺民,倒让几个轿夫心惊。听那两人操着京腔,心想原来上面的大官竟是好的,怎么这下面的官儿最该为老百姓办事,反而不把老百姓当回事呢?

不说轿夫们心里嘀咕,再说张、姚二位此时已与知县通过姓名,在后堂坐定。知县见二位一是皇上身边红人,一是刑部郎中,黉夜造访,却不知所为何事,战战兢兢献茶服侍,却不敢动问。还是张英开门见山:"本官奉旨回家,路过贵地,原不打算来访,只是今日'张英'被你手下人抓入大牢,不得不打扰大人了。"

那县令一听"张英"被手下抓入大牢,直吓得魂飞天外,心想这祸闯大了,定是手下有眼无珠,把这位天子近臣当作黎民百姓错抓了起来。只是他说自己被抓入大牢,怎么又来此了呢?是了,一定是那些衙役知道闯祸了,又将他放了出来。这下可好,张大人是来找自己算账了。当下结结巴巴道:"大人息息息怒,不知手下怎怎么得得罪了大大人。"

士暨见他已吓得够呛,就将今日原委一五一十地与那知县说了。那知县才长长出了一口气,身上内衣早已汗湿。他素知秋浦河上河霸缘由,不必审理,自知错在何方。但河霸、地霸都是祸害一方的地痞流氓,官府素来得罪不起,出了事情,一般都是苦主倒霉,人被打了,船被砸了,最后还得给别人赔不是,还得赔银罚银。这类事他经历得多了,不必自己出面,师爷就会给他了了。但今天这河霸可是自己找死,怨不得别人。当下请示张大人,此事想如何办理。

张大人道:"按理这场官司本官要替那'张英'打定了,但本官急着回家,没工夫耽在这里。这打官司的事本官知道,取证、口供、开堂审理,没有十天半个月下不来,按理本官该相信你贵池县会秉公而断,只怕是本官走了之后,你又不认识那'张英'了。所以本官要从速处理此事,把那'张英'一起带走。你看要本官在此耽多长时间啊?"

"大人若信得过下官,此刻就将人带走。明日必把那惹事的主儿捉拿归案,责其赔偿贵乡的一应损失。"

"那好,本官这就与你去大牢,把人带回船上,明日等你半日,事情善结,本官开船走人。若是不然,刑部官员在此,要教教你如何审理此案。"

"是是是。"那县令嘴里惟有称是:"大人放心,下官即刻命人将贵乡送到船上,这里已备下夜宵,请二位大人吃了再走。"

"夜宵就免了,如此,我二人就先行回船等候。"张英说完,带着士暨起身,那知县亲自扶着轿杆,用官轿将二人送回。

不过片刻工夫,又一乘官轿将那张英老汉也送到官船上。张老汉今日遇上许多事，惊吓过度，一时还回不过神来，待知道眼前这位老爷原是与自己同名同姓的三品京官，是他救了自己，只感激得磕头不止。

一夜无话。第二日清早，那知县已带着河霸来到船上，河霸跪在地上，自打耳光，向张大人磕头不止。张英指着老汉道："你赔礼赔错了人，那位张英才是事主，要原谅你倒也不难，只需张英老汉点头便是。"河霸又向老汉磕头认错，老汉是厚道人，又被河霸欺负惯了，当即表示不再追究。河霸命人抬上一只箱子，打开，是满满二百两纹银，言明是赔老汉的船钱、治伤钱、误工钱的。

一场祸端，就此化解了。张英谢绝了知县挽留，当下带着老汉，起锚扯帆，开船而去。

张老汉吉人天相，遇上了贵人，因了张大人搭救，反面由祸转福，带了那二百两银子回家，在小龙山下盖了房子，置了地产，给张大人立了长生牌位，终生感激这位同名同姓的张英大人。两家一为高官显宦，一为平民百姓，从此结下了世代之好，此是后话，暂且不表。

回过头来，还说那姚大人灵柩，于十月初十抵达家乡，船泊姥山渡口。家中亲人早已跪在岸边，披麻戴孝，哭成一片。那姚士珊此时年方九岁，也披麻戴孝，跪在母亲身边。在一片"起呀""发呀"的送殡声中，鞭炮齐鸣，火铳轰天，姚大人的灵柩被缓缓抬下官船，移入搭在岸边不远处的灵堂。张英带着家人，一路将姚大人的灵柩送到灵堂之中，又焚香洒酒，祭奠一番，这才回船离去。接下来，姚大人的灵柩将走陆路运往县城，一路上十里搭长棚，沿途都有亲族友好摆酒路祭。

张英的家就在对岸的松山半岛上，那船转过头来，将张大人送到松山嘴渡口。早有人飞报张家，张家长兄克俨带领众人已迎在码头，这一番亲人团聚，其欢乐场面也不必细表。张英在家中本有房产田地，都由长兄经管着。此前克俨早已命人将五弟的房屋收拾妥当，张英离乡十余载，衣锦荣归，重回故土，那一番故乡故土故水故人之情，自也不必赘言。

且说此番张英回乡，原为的是安葬父亲。桐城旧俗，新死之人，称为血丧，是不宜即行入土的，需得将棺材厝放三年之后，才可择日安葬。惟有那家道贫寒之极的人，无钱作两番折腾，也无力置备上好棺木，经得起数年厝放，才会随死随葬。张英之父秉彝老大人，康熙丁未年殁逝，今年是辛酉年，已整整十四年了，本来早该归葬。只因张英忙于朝廷大事，一直未能抽身回家。他又是最讲孝义的，当年父亲新丧时，他刚刚取中进士，选庶吉士，尚且不顾仕途，回家守孝三年。对于葬父大礼，他又怎肯敷衍？偏偏这些年朝廷遭遇三藩之乱，皇上又多加倚重，国事当前，他又焉能因私废公。所以直到如今，国事平靖，他才奏请圣上，旨准回家。康熙也是仁君，按其品级，追封其父为光禄大夫。此后，当他升任文华殿大学士之后，又诰赠其父加二级祭祀。再此后，张英之子、秉彝之孙张廷玉官至极品之时，雍正帝又诰赠其祖父加六级并崇祀乡贤祠。此都是后话，这里提起，不过是想说明，虽然因张英忙于国事，延搁了父亲葬期，毕竟还是值得。此时葬父，他父亲就非是一般秀才，而是大夫了。礼部因此制定了丧仪，工部按例拨了库银。皇帝还另有赏赐，这是何等的荣耀啊。

还是桐城旧俗，葬坟修墓，必得在冬至之后立春之前。因姚端恪公也要下葬，两家是姻亲，互相都要参加葬礼的，所以葬期得相互错开。秉彝老大人坟山早已选定，葬期便安排在前，冬至当日，一支数百人的送葬队伍，在一片白晃晃的经幡宝幢之下和咚咚锵锵的十番锣鼓声里，将张老大人的灵柩送到张家祖坟地落凤窝苍基墩上，张老大人终于入土为安。墓碑刻着"清光禄大夫张公秉彝之墓"，墓前搭建拜台。山下置田十亩，有专人守墓，那十亩田地便由守墓者耕种，此田无须交纳税粮，租息作四时祭祀之用。

这里张老大人安葬已毕，姚公坟地也已选好。就在县城西门外三里冈，背靠着碧峰山。墓址选定，士暨兄弟请来张英相看，张英频频点头："此地背靠碧峰山，茂林修竹，松苍柏翠。昔年黄庭坚曾读书于此，三舅公安眠于此，定能托体山阿，与碧峰同寿了。且此山与龙眠山一脉相连，当年三舅隐于龙眠山'小隐堂'，松竹之姿与此地颇为相类，甚好甚好！"

小寒之后，姚文然按制归葬。墓前设台阶九级，上有拜台，台阶两边立有古翁仲两对，石羊、石马各一对，牌坊一座。辟祭田二十亩，专人耕守。张英亲书墓碑：清刑部尚书姚端恪公之墓。下葬之日，天阴云黯。看着姚大人的灵柩缓缓沉入墓井，在众人的一片号哭声中，张英道："三舅公，您可以安心走了。您临终前嘱我代上的奏章，皇上已经照准。三舅公，您常说'刀杀人一时，例杀人万世'。《大清律》已在您的主导下修订完善，此是您万世之功啊。"

坟头起好，墓碑安好。众人哭拜辞山，天上忽然飞起鹅毛大雪，不到一炷香工夫，已将坟头盖住，碧峰山也成了白头山，漫天漫地白如混沌。披麻戴孝送葬的人，行走在山道上，融入了一片白色之中。

两家忙完丧葬事宜，接下来就忙着过年。忙完年，又到了春社，有道是"新坟不过社"，春社日，两家都举行了盛大的祭祀仪式。这才算将葬事完备。

正月十八，廷瓒走驿道回京，吏部只准他半年假，不像他父亲，圣旨"事毕即归"。这事何时毕，没个准头。从去年九月起程，至今已快五个月了，张英催儿子早早起程，他自己却不急着回京。走驿道消消停停，到京城只需半个多月，但张英的意思，儿子沿途还要长长见识，所谓读万卷书，行万里路，一个读书人，还要处处留心学问，一个朝廷命官怎能不时时关注吏治民情？行前，张英直把儿子送过县城，一路嘱他要如何当官，如何做人，要将沿途情形时时寄信回家。回到京城之后，更要将京城情况以至个人饮食起居常常捎信回来，庶几可解家中父母悬念。到了吕亭驿，自有那驿丞为他父子二人接风，在驿中歇了一宿，第二日，廷瓒才拜别父亲，打马而去。

送走儿子，张英拟去县城拜访故旧，还在新正月里，驿丞也要去县城走访，两人遂各骑一匹快马，并辔而行。

县衙年底封印，过了正月十五，已开衙办公。只是新正月里，无甚大事，不过是过年时节，在外高发之人回乡过年的多，此时尚在迎来送往，吃酒听戏。张英来到县城，当然要去拜访县令。县令姓王，虽非桐城人氏，却于康熙六年与张英同科会试，只是未被取中，仍是个举人身份。康熙二十年补桐城知县，与张英也算是个老熟人了。当下由知县做东，陪客是张英列的单子，都是他的昔年同窗，这些人有的在桐城居家当老爷，有的在外做官教馆，那官也是微末小官，上不得品的。惟有张英是他们的骄傲。接下来，众人轮流做东，直留得张英在县城盘桓了数日。那一番同窗之谊，儿时记忆，自让人忘却年龄，不论身份，活在一种纯粹的友情里。

这一番流连，却让张英动了来县城居住的念头。因他老家松山，离县城尚有六十余里，松山三面环湖，虽是好山好水，奈何半岛太小。他自幼在县学读书，然后出外求学做官，其实在松山居住时日甚少，此番回乡，他已动了退隐之念，回家葬父是最好的借口。况朝廷新人辈出，在仕途拥挤之人，多如过江之鲫，此番回乡，焉知到时候还有没有他的位置。因此，他想在县城置一处房产，读书交友做学问，也方便得多。

三月里，张英与夫人一起来到县城，在城里转了一圈，看上了城西阳和里一块闲地。那地离西成门不远，紧挨着城墙，墙外就是农田，出西成门就是官道。地理位置自不必说，更喜的是那里有一口半亩大的水塘，让张英爱极。夫人是水样的女人，当然更爱水。当下两人商定要买这块地。一打听，当时农村田地价格平均为十两银子一亩，这城里土地，自然要高出几倍，最终花了二百五十两银子，买下了包括水塘在内的五亩地。张英高兴之余，即称此地为"五亩园"。

有人戏曰："张大人满腹经纶，在懋勤殿里给天子讲课，著书立说，刊行天下，怎么置座园子如此省事，竟直以五亩名之。"张英道："白居易曾作《池上篇》记自家园宅，言'十亩之宅，五亩之园，有水一池，有竹千竿'。我今有园五亩：一亩宅基、一亩菜畦、一亩花圃、一亩水池，还有一亩隙地可做回栏甬道、亭阁台榭。有园五亩，可栖身、可读书、可种蔬、可植树。有塘一口，可灌园、可养鱼、可作垂钓之乐。有园五亩，吾心足矣。以五亩名之，乃是借了白香山佳句，岂不美哉。"

秋后，小园建成。园门向东，简简单单的一座青瓦白壁的门楼，朱漆大门，门前一块下马石。院墙只向东一面是白粉墙，其余三面乃是结得密密的竹篱笆。正西的篱笆墙上开有一处后门，出后门行不几步，就是西成门。出西成门，向西是通往安庆府和湖广的官道，向北是进入龙眠山的山道。

园内靠北建有十六间圆盒住宅一座，竖列穿枋，七柱落地。桐城人称其为圆盒，其规制一如北京的四合院。前进五间，后进五间，两边厢房各三间，中间是天井。西南那半亩水塘已开挖成一亩方圆。水塘之东是一片菜园，水塘之西是一座花园。花园连着住宅，中有小亭一个，太湖石一尊。塘边是瓜棚豆架，塘中种植莲藕，并放养了青鱼、鲤鱼、鲢鱼。

张英素喜花木，在京时居地逼仄，气候又干冷，不宜花木生长，他还是栽有多种盆花盆景。此番回到南方家乡，又置了自家小园，大可尽兴种树种花种菜了。自购地之日起，张英就忙于园艺，等到房屋落成，园中已是花木扶疏、竹影松风了。姚夫人看着新园，心中喜欢，对张英道："你如此喜欢花木园圃，我倒有个别号送你。"

张英道："说来听听。"

夫人道："'乐圃'二字如何。"

"好！知我心者，夫人也。从此以后，我就是一个'采菊东篱下，悠然见南山'的圃翁了。"

"不是南山，是西山。"夫人纠正。五亩园地处城西，桐城西北皆山，西成门外就是西山。西山乃是龙眠山余脉，在五亩园中抬头一看，就能看见西山像个入定的僧者，坐在那里，千万年不动。

张英道："西山也好，南山也罢。总之我是要悠游林下了。"

夫人道："悠游也罢，悠然也好。但愿你能随心所欲。"

原来，廷瓚回京之后，常有书信回家，信中虽不涉朝中人事，但张英从前封信中得知韩菼亦已辞官归家，便知朝中索、明党争愈加剧烈。他与韩菼在朝时最是交好，私下谈心，都常流露羡慕古代士大夫归隐山林之志。这一段居家置业，植树栽花，读书著文，比之在朝时人事纷繁，日昔敬慎，惕惕慄慄，真是大不相同。又从邸报中得知，朝廷近年无甚大事，四海安稳。吴世璠早在他南归途中就已自杀身亡，三藩之乱彻底根除。福建水师加紧训练，收复台湾指日可待。国土安宁，海晏河清，太平盛世已露端倪。只是朝有佞臣，党争日甚，又让他感到不安。

南归之前，他与韩菼有过一次深谈，其时韩菼就已明确表示，若朝中党争再持续下去，他也要退避三舍，作林下之想了，此言今已成为现实。从邸报上看，高士奇进入南书房后，似是明珠一党势力日炽。这也难怪，高士奇与明珠都是言语滑稽、性格机敏之人，善于察言观色，揣测帝心，深得康熙宠信。以前是索派势力炽盛，如今只怕要反过来了。从韩菼的辞官也可看出一些迹象，韩菼虽未加入党争，但他是文人心性，与当朝的几个文人名士私交颇好，尤其是那文坛领袖徐乾学于他有知遇之恩。而徐则是索的死党干将，与明珠时时刻刻都有矛盾，前番邸报中已有人弹劾徐氏，看来索派形势确实不妙。但不管如何，他都不想去蹚浑水了。此番归家，他已做好了长期归隐的打算。但夫人却知道他与康熙君臣感情深厚。回乡之后，还是常常密折来往，圣眷仍是依依。一旦朝廷有事，康熙必要召他前往，他也必不能再有泉下之念。忠孝节义是他们这些儒家门徒的立身之本，何能将一己私欲置于国家利益之上。所以夫人才说"但愿你能随心所欲"。

十月初一，张英举家迁往新居。自己与夫人带了廷玉兄弟住后进，左厢房由维仪、令仪姐妹居住，右厢房住了刘福贵一家，前面一进却留给了堂兄克倬一家。这张克倬乃是张英大伯父张秉文之子。秉文是前朝忠烈，当年战死济南，妻妾家人都投了大明湖，幸得克倬兄弟养在祖父母身边，才逃过一劫。祖父母去世后，克倬兄弟就由三叔秉彝抚养成人。因了父亲为前朝尽忠，克倬兄弟遂立志不仕。秉彝逝后，长子克俨因大排行第一，执掌族中公事，对克倬兄弟亦是多加关照，此次张英在城中置业，便将前进房屋留给了克倬。克倬暂时未来居住，但他的子侄因要与廷玉兄弟一起在城里读书进学，已跟着张英来了。

冬至上坟，腊月二十四祭祖，张英往来于城里与松山之间。新年却是在新宅过的。新正月里，乡下亲戚都来拜年，张英也要忙着在新宅里招待客人，五亩园里整天人来人往，煞是热闹。

廷玉已在县学里挂名。正月初八，跟着几个早在县学读书的堂兄去拜见业师，回到家时，就见一辆带轿的马车停在院中，便知家中又来了客人。走进过厅，这过厅也就是前进堂屋，宽大敞亮，有两间正房大小。靠后放了一架漆画四时花木屏风，挡住了通往后面天井的门。整栋房子除了这一道门向外，其他的房门都向着天井，天井四周七根柱子落地，撑着宽大的回廊，虽谈不上雕梁画栋，却也是高屋敞轩，透着大气。

过厅里沿墙放了几组茶几靠椅，中间摆了一张八仙桌，是寻常会客、筵宴之所。廷玉一走进过厅，就见父亲、母亲坐在八仙桌旁，正与客人说话。

来客是姚士暨兄妹，相互见过礼，堂兄们自往后面去了。廷玉一来与士暨、士基同船回来，再者姚家乃是自己母家堂舅，自然要留下来相陪，那维仪、令仪和小廷璐也在厅里陪坐。

姚家兄弟五人，俱已成家立业，只有小妹士珊是个么女儿，年纪尚幼，深得兄长爱怜。张、姚二家前番同在京城，现又同住家乡，一直相互走动得勤。只是母亲已是花甲之年，又是寡居，不便拜客。士珊虽与廷玉有婚约，但两人年龄都小，尚不知情，只以表兄妹相称。所以姚家兄弟来拜见九姑，自也要将妹妹带上。

  廷玉与士暨、士基是熟悉得很了，另外三个堂兄和这个堂妹却只是幼年在京时的记忆，后来几番相见，都是在丧葬礼上，一见而已，并未真正厮认。此番母亲便给他一一介绍：二表哥士堂、三表哥士坚、五表哥士塾，还有小表妹士珊。廷玉一一见过。那小表妹士珊，众人都叫她珊儿，此刻正与两个表姐维仪、令仪坐在一处，待九姑介绍到她时，便站起来喊声"二哥哥"，廷玉赶紧喊了声："珊妹。"他二人年龄相仿，这年是康熙二十二年，廷玉虚岁十二，珊儿虚岁十一，自觉比别人亲近。归座后，两人还忍不住互相打量。只见那珊儿梳着一对双抓髻，身穿粉红小棉袄，下身罩着葱绿色裙子，小脚显然已经裹起，缩在裙下，隐隐露出两只粉绿色洒花鞋尖。虽穿着棉衣，犹能看出浑身的瘦来。脸上皮肤却是少见的白皙干净，透出隐约的红晕。因了瘦削，那一双眼睛格外显得大，黑白分明，如寒潭秋水，让人一见之下，顿觉濯心涤肺。廷玉打量着这个表妹，直觉得她像一支初夏里刚刚挺出水面，露着尖尖角，还未舒展开来的小荷。

  那珊儿看廷玉：瘦条个儿，容长脸儿，眉清目秀的。穿着一件黑底红色团花马褂，下身露出的袍子也是黑缎的，头上戴着的六合一统瓜皮帽也是黑缎红边，全身上下浑然一体。因了黑色的庄重，更显得少年老成，不像个十二岁的学生，倒像个十七八岁的少年秀才。怪不得哥哥们每常在家里和母亲说话，总夸这位表哥好，说是形容端庄，读书聪明，少年老成，孝悌敦笃。此番见了，果觉其端庄中不失亲切，老成中透着聪敏。

  吃饭时，廷玉才知还有一位客人，一直待在后面帮着福贵夫妻忙碌，原来竟是那年父亲在贵池所救的老汉"张英"之子。那老汉凭着二百两银子，已经置房买田，经营成了丰裕之家。张家还在松山居住时，逢年过节老汉都要派儿子来走动。此番张大人搬进城里，老汉便派了长子张诚随同姚家兄妹一起来给恩人拜年，带来了一大担年礼，有鸡鸭、猪腿、糯米、山粉、笋干、蕨菜，还有那罗家岭的特产凤凰鱼等。

  下午廷玉陪众人在城里玩了半日，街上龙灯、狮子灯、踩高跷、行旱船，煞是热闹。住了一宿，第二日姚家兄弟与张诚辞归。姚夫人将珊儿留下，言明过完年之后，自己要去拜见堂嫂，到时再带珊儿回去。又回了众人糕点礼物，不必细表。单是给姚家的礼物格外丰厚，除城里时兴糕饼外，还有一匹宁绸、一匹细布，都是从京里带来，此地寻常买不到的。

  这里张英夫妇领着家人，直将众人送出西成门。看着张诚驾车，众人上车走远，这才回到园中。

  珊儿住在五亩园里，有表哥、表姐陪着玩耍，自不寂寞。众人都喜她乖巧伶俐，斯文羞怯。只有跟廷玉在一起时，她才会活泼多话。维仪、令仪虽是女孩子，无奈珊儿家中并无姊妹，只有五个哥哥，她惯于与哥哥周旋，反不知该怎样与姐姐相处。因此，她便时时像个小尾巴一样前前后后跟在廷玉后面。

  待到出了正月十五，廷玉进学，珊儿也要返回罗家岭时，两人竟都有些依依不舍了。

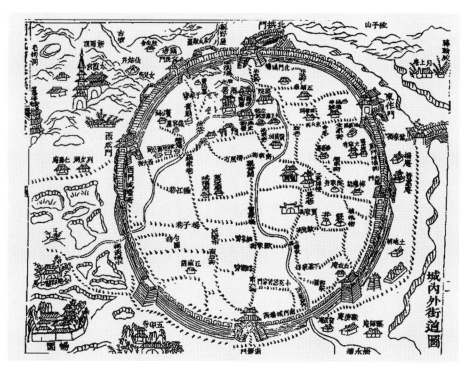

桐城县志中桐城城区老地图，左下角为五亩园。（来自网络）

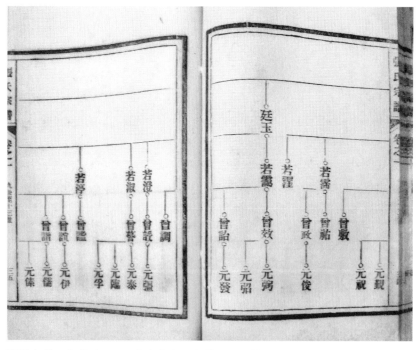

张氏宗谱，有张廷玉。现存安庆市图书馆。（白梦摄）

张氏宰相府遗存,位于桐城市六尺巷片区,为桐城市重点文物保护单位。(白梦摄)

宰相府门前旗杆石鼓,现存桐城市博物馆。(白梦摄)

张氏相府外墙,位于桐城市六尺巷片区。(白梦摄)

第八回
游龙眠张英会后学　设公仓名世草揭引

　　每日清晨即起,在园中莳莳花草,理理菜蔬,诵读一段圣人文字。早饭后泡上一杯清茶,点上一炷藏香,磨墨铺纸,编纂《孝经衍义》。中午饭后,出门散步,游山玩水,日落方归。这样的日子,真令人心旷神怡。张英自幼攻书做学问,不曾有一刻偷懒躲闲。中年为官作宦,更是起五更,歇半夜,何曾有过半日遐隙。直至如今,年近五旬,才得以居家置业,安定下来。这种家居日月,真叫他感到一种清静无为的闲适,一种功德圆满的解脱。

　　他每日午后出门,几乎都是直奔城西北山里而去。刘福贵天天帮他牵马出园,看他进山,不觉奇怪:"老爷天天进山,那山天天不是一个样子,有什么可看,不厌么?"张英道:"这话你可说得呆了。山色变化,朝暮尚且不同,何况一年四季,春夏秋冬。但说二月春风,那叶芽生长,一日之间,就变化多端;四月新绿,其深浅浓淡,早晚便大不相同;九月则有红叶,其黄赭茜紫,也是慢慢变化而来;同一片绿叶,映朝阳和被夕照就不一样;同一株枫树,当风而吟之姿与带霜而殷之相也大不一样。更何况那山色空蒙,烟岚雨岫,云峰霞岭,变幻都在顷刻之间。陆放翁诗云:'游山如读书,浅深在所得',李太白诗云:'相看两不厌,只有敬亭山'。你说读书读得厌吗?同一本书,每读一次,都有一次不同的见解。看山也是这道理,同一座山峰,不独每一次看它有不同形状,且每一个人看它也各有不同见解。不独我日日看山看不厌，古来看不厌的多着呢。"

这一日，乃是三月天，春和景明。张英午饭后，照例牵马从西园门而出，纵马出西成门，沿着城墙根一径走到西便门。西便门外就是一条山道，直通山里。进得山道，行不数里，又是一处岔路，往东一条进龙眠山，往西一条进陈之铺、唐家湾。张英走的是往东一条。

龙眠山离城不过五六里地，进得山来，就有一条山溪沿山谷奔流。溪水湍急，水量丰沛，流到下游，出得山口，便是一条宽大的河床，那河就叫龙眠河。河沿城东穿城而过，向南汇入菜子湖，然后入长江。

张英沿山道而行，脚下是潺潺流水，头上是苍松翠竹，百鸟鸣啭。尤其是那漫山遍野的杜鹃花，此地人称映山红，真的是映得满山红遍。绿色浓艳，红色鲜明，层林尽染，山野如画。游山看景，驻马观花，忽听得一阵轰鸣从前面山谷中传出，张英知道那山谷里有一处胜景，叫做碾玉峡。山谷狭窄而陡峭，如一只巨大的碾槽，山水撞入，顿时被碾得粉碎，水花喷溅，如散珠碎玉，是以得名碾玉峡。张英听着轰鸣的水声，心知昨日刚下过暴雨，峡中水流湍急，更是一番奇观，不可不看。遂翻身下马，见前面树上拴着三头叫驴，便拉马过去，拴在一处。

沿着一条小路往上攀登，张英想，那三头叫驴拴在此地，一定是有人进了碾玉峡，不知是谁，或可结伴一游。

越往上攀，水声越大，如龙吟虎啸。明崇祯年间，都御史方大任辞官归隐后，曾在此筑室居住，名曰"碾玉山房"。张英记得那山房应该就在不远处的山崖上。

龙眠山本也就是一道荒山野岭，人烟稀少，虎狼出没。它的出名乃是因了大画家李公麟。这李公麟乃桐城人氏，自幼居住在龙眠山脚下，后来官至北宋元祐年间参军。五十二岁时辞官还乡，因爱龙眠山水，遂筑室山中，曰"龙眠山庄"，自号"龙眠居士"。李公麟诗书画皆精，尤工于画。有关他绘画的神传颇多，其一是昔年他在皇宫中奉旨画马，以御苑中一匹宝马为摹本，画成之后，马即死去，皆因马之精魂被他摄入画中之故；其二是他画虎从来不画尾巴，因为一画上尾巴那虎就活了，会跑下画纸伤人。

据说有一次梅尧臣来访，李公麟恰在龙眠山庄里凝神作画。仆人摇着手,领梅尧臣蹑手蹑脚地走进客厅,但见一只斑斓猛虎卧在堂上。梅尧臣数年前为官桐城,曾因夜行遇虎,吓得跌下马来,几欲被虎扑杀。幸得从人赶来,那虎见人多势众,才夹着尾巴溜走,但他已被老虎吓破了胆。此番一见,由不得大叫一声,瘫软在地。李公麟出来一看,原来梅尧臣把他挂在墙上的一张猛虎图当成了真虎,遂扶他起来,指他看那虎:"尾巴还没画上哩,哪里就能活过来?"梅尧臣看那画上老虎,果然是只秃尾大虫,不禁莞尔,埋怨道:"不是爱画马嘛,怎么改画虎了?"公麟道:"昔年在京城,日日与马做伴,当然就画马了。今在这幽山深谷,时时与猛虎相见,当然就改画虎喽。"

两人携手入内,画案上摆着一张硕大画纸,乃是一幅十八罗汉图。十八罗汉各俱姿态,活灵活现,已然画就了十七个,最后一个才画了半边轮廓。梅尧臣道:"打扰了,继续画罢,好让我观摩观摩。"李公麟拿起画笔,却怎么也画不下去了,只好掷笔长叹:"画画亦如作诗,诗思打断,无法再咏。画思打断,亦无法再续了。如勉强续成,亦断没有以前神韵。"梅尧臣唏嘘不已,后悔不该叫那一声,打断了公麟的画意。然而这十七个半罗汉图却也留下了一段两个文人雅士相会龙眠山中的佳话。张英亦好丹青,曾在内务府中看过宫藏的多幅李公麟画作,像《五马图》《韦偃牧放图》《白衣大士像》等,还有那《十八罗汉图》,果然那最后一个罗汉只画了一半。

张英想着这段故事,不觉攀过一个山尖,立定一看,那"碾玉山房"就在眼前。方御史已死去多年,碾玉山房其实就是几间茅屋,因久无人住,已经颓圮。但见有三个布衣儒生站在山房的颓墙边,对着峡谷指手画脚。张英不止一次来过此地,知道那山房临崖而建,是观看碾玉峡最好的去处。当下也走近前去,站在三人身边,俯瞰山谷。

那三人显已伫看多时,这时见又来了一人,便退后一步,作揖见礼。张英也退后一步,还礼毕,打量三人,只见都是布衣小帽,面容清朗,透着书卷气。一个身材适中,面色稍黑,年可三十二三;另二人身材一般高瘦,面貌相仿,显是同胞兄弟。年长的不过二十上下,面色苍白;年幼的看上去才十六七岁,是个刚刚长成的青年,脸上微有几点白色麻斑,双目漆黑精亮,透着英气。那三人也打量张英:年近半百,两鬓无霜,布衣皂靴,一尘不染，面目清癯，目光深邃，显是见过世面有过阅历之人。

那三十来岁的黑面书生显然是个喜欢交朋结友之人，当下又对着张英深深一揖："请问老先生尊姓大名，可是此地人氏。"

张英也还了一揖，道："老夫张英，就住在城里西门。"过去人年过四十五岁就自称老者，张英虽善于保养，身板挺直，面相清秀，看上去正是年富力强，但对着三个后生，自称老夫，也是自谦之意。

三人闻听大惊，又深深拜了几拜。齐声道："原来是前辈张大人。晚生正思拜访，不期在此相遇，真是三生有幸。"

张氏是桐城旺族，张英是朝中三品大员，乡人引以为荣，提起名头，谁人不知，哪个不晓？这也是意料中事。但他听那两个年轻后生操着外地口音，竟也似对自己仰慕已久的样子，便奇怪道："三位尊姓，何以对老夫如此熟悉？"

"晚生姓戴，名名世，字田有，北乡孔城人氏。"那黑面书生道。

"晚生姓方，名舟，字百川，这位是吾弟方苞。我兄弟祖籍桐城，现居金陵。"那白面书生操着江宁口音道。

"原来是吾乡后进戴生和方氏兄弟，是老夫有幸了。三位姓名，早有耳闻，戴生文章，更是名动天下，老夫在京城时就已读过。今日幸会，实在是幸会呀。"

原来，这三位即是当时有名的桐城士子戴名世和方氏兄弟。方氏兄弟虽寄籍江宁，但考试进学，仍占着桐城生员名额。此时二人都已考中秀才，所以虽家住金陵，身份仍是桐城士子。

戴名世祖上也是仕宦人家，到了祖父辈家道中落，父亲教书授徒，本就勉强度日，又不幸早逝。所以戴名世虽自幼聪明，读书过目成诵，有神童之称，但迫于生计，自二十岁起就开馆授徒，挣钱养家。他又性好交游，开始在桐城附近设馆，后来讲学浙江、江宁、徽州等地，借讲学之机，寄情山水，交朋结友，养成了旷达、落拓的性格。方氏兄弟即是他在江宁盘桓时交上的朋友。这方家本是桐城旺族，只是自祖辈起就在外为官，明末乱世，其祖避祸江宁，后来其父又入赘江宁吴氏，便在江宁生下根来。老家桐城于他们来说只是清明、冬至来祭扫祖茔而矣。

戴名世设馆江宁时，与一班士子谈文论诗，其中就有方氏兄弟。方氏兄弟父亲是个落魄诗人，兄弟俩幼承家学，古文诗词无所不能。戴名世三十岁时文章已做得极好，名声很大，无论是游记、小品还是碑碣、策论，往往一篇文章刚刚写好，就有人等在旁边，拿去刊刻印售。张英所说在京城时就已读过，即是指他那些广为传播的文字。又兼他才智机敏，最喜谈古论今，吟诗作对，所到之处，往往士子云集，高谈阔论，诗酒纵横。方氏兄弟与他同是桐城人，一见之下，遂结为至交。以后便常常结伴同游，此次即是三人相约清明时节一同回家祭扫祖坟的。

戴氏家在孔城砚庄，离县城不远。方氏兄弟来桐则寄住在方氏族人家中，就在桐城城里。祭扫已罢，戴名世来城里与方氏兄弟相聚，不日又要一同起程回江宁。清明时节，连日阴雨，难得今天是个风和日丽的好天气，三人遂结伴来游龙眠山。

前文说过，这龙眠山因李公麟在此隐居，筑龙眠山庄，自号龙眠居士，又作《龙眠山庄图》，图中画了龙眠山中二十处风光绝胜之地。那李公麟又与当时的文人雅士交情深厚，他隐居后，许多朋友前来看他，除了前面提到的梅尧臣，更著名的还有那史称诗、书、画三绝的黄庭坚和苏轼、苏辙兄弟。许是爱桐城山水，要不就是李公麟坚留，苏、黄三人曾在桐城盘桓良久。那黄庭坚是个虔诚的居士，他寻常外出，都寄住在寺庙里。在桐期间，他就在城西西山的古灵泉寺挂单。苏氏兄弟则在更往西一点的官庄赁屋而居。

官庄临近官道，苏东坡其间在潜山皖水一带察访古皖文化，就以官庄为据点，来来往往，居住了一年有余。

李公麟的《龙眠山庄图》画成后，即由二苏赋诗，黄庭坚题跋，将龙眠二十景咏得锦上添花。因了这些大家手笔，字画流传，龙眠山名声大振，过往桐城的名人雅士自要前来游览观光，本地士绅贤达更喜学那龙眠居士，置业山中。这碾玉峡中的碾玉山房就是一例。

张英侧过脸来问方氏兄弟："敢问这碾玉山房房主可是祖上？"

方百川回道："回大人，是同宗，但已出五服。"

张英道："那么尊驾是桂林方了。"

原来这桐城方氏，有三大家族，分别为鲁谼方、会宫方和桂林方。前二方都是以族居之地命名，惟有这桂林方氏，可与居地无缘。这方氏祖先自宋朝末年迁来桐城，居住在东门外。到了明朝初年，方氏出了一位读书人，名叫方法，建文元年中举，乃是当时大儒方孝孺的门生，官至四川都指挥断事。当年燕王朱棣以"靖难"为名起事，越三年，攻入京城，皇宫起火，建文帝不知所终。朱棣登基，年号永乐，是为成祖。当时建文旧臣纷纷倒戈，联名上表，贺成祖登基。惟有那方孝孺威武不屈。方孝孺是名士硕儒，读书人的领袖，成祖有意叫他起草即位诏书，为的是借他名声，收买读书人之心。谁知那方孝孺并不买他的账，竟穿孝服奉诏，成祖大怒，当下逮捕入狱。为迫其就范，以诛九族相威胁，方孝孺不为所动，竟说，"十族又奈我何！"是以在九族之外，又将其朋友门生作为第十族，尽数斩杀。十族共死873人。这是历史上有名的一起文祸惨案。

  方法作为方孝孺门生，本可归在十族之内。但成祖爱其才，尚想收为己用。无奈他师法方孝孺，斥成祖弑君杀侄，不肯在成祖登基的贺表上签字。永乐皇帝终于动怒，命人将其由四川押解到南京，要亲自治罪。方法慨然上船，船至安庆望江县时，离桐已不远，方法悄悄剪下指甲、头发，留下绝命诗二首，趁看守不备，赴水而死。那江水怒涛，转瞬将其身躯吞没，连尸首都没个寻处。同行家人看那绝命诗，其一云："休嗟臣被捕，是当主恩时。不草归降表，聊吟绝命词。生当殉国难，死岂论官卑。千载波涛里，无惭正学师。"不难看出，他的从容赴死，乃是学其师方孝孺行止。另一首道："闻道望江县，知为故国滨。衣冠拜邱陇，爪发寄家人。魂定依高帝，心将愧叛臣。相知应贺我，不用泪沾巾。"表明了他追随建文帝，藐视成祖这个叛臣逆贼的气概。方孝孺及门生数百人被斩，方法赴水而亡，都给成祖的"靖难"蒙上了叛逆夺位的阴影。无论永乐皇帝如何文治武功，他即位时残酷镇压读书人终是他留在历史上的败笔。而方孝孺、方法等人则作为忠臣被人们长久纪念。

  方法投水之后，夫人收其爪发，归葬桐城龙眠山脚下，自己则守节将子女抚养成人。其子方懋为人诚笃，父亲死时年方十五，帮着母亲抚养弟妹，勤俭持家，家道很快中兴起来。方懋生有五子，皆学有所成，被人称作方家五龙。先是三子中了进士，接着五子又中了举人。当时有位名士叫做王瑞，官至吏部给事中，他路过桐城，因了这方家一门荣耀，遂在方氏门楣上题写

"桂林"二字,取"蟾宫折桂"之意。自此之后,方法一支即被称作"桂林方"。

这桂林方氏,果然好出忠臣。除了那筑室碾玉峡中的方大任而外,还有好几位方氏弟子在明朝为官。明亡后,纷纷避居乡间,不仕新朝。最有名的当数方以智了。

方以智是崇祯十三年进士,授翰林院检讨,经史子集、天文历算、医学药理、书画音律,无一不精,是当时著名的"明季四公子"之一。他满肚子学问,却不肯为清朝效力。明亡后,一直在福建、广西一带组织力量抗清。顺治皇帝亲政后,曾对汉族士子采取怀柔政策,冲着方以智的大名,总想逼他为新朝所用。

顺治七年,方以智因策划反清起事,不密被俘。清兵将领马蛟腾奉旨劝降,大堂之上,一边是冠服,一边是刀剑,方以智被带到堂上,不等马蛟腾将话说完,即纵声长笑,口占一偈:"百折不回横一剑,岂畏刀枪重锻炼。狮子尊者肯施头,仲连焉可错射箭。"竟往刀剑一边走去。马蛟腾终于不肯杀他,由他而去。方以智也看透了明朝气数已尽,又不愿薙发更衣,遂落发为僧,遁入空门。

到了康熙十年,方以智已年过花甲,又被朝廷想起,找个因由,从禅院里将其搜出,押解上船。谁知此番他已是得道高僧,船行至江西吉安惶恐滩时,沐浴更衣,告诉同行众人:"今晚去会文丞相。"南宋著名的抗金名将文天祥,被害后就葬在老家吉安。众人都道他想去谒文天祥墓,但天时已晚,只能等到明日了。谁知第二日一早,众人醒来,只见方以智已趺坐在床,不知什么时候已坐化了。身旁落下一片纸笺,录的是文天祥《过零丁洋》诗:"辛苦遭逢起一经,干戈寥落四周星。山河破碎风飘絮,身世飘摇雨打萍。惶恐滩头说惶恐,零丁洋里叹零丁。人生自古谁无死,留取丹心照汗青。"这位高僧,虽已皈依佛门多年,僧袍下的那颗心终于不肯冷却,临死还要等到惶恐滩头,去与前朝忠烈相会。

而那位投大明湖而死的张秉文之妻方孟式则是方以智的姑姑。你说这方氏一门,不仅男人尽忠守节,连女人都这般忠烈。想是得自高祖方法的遗传。

方舟兄弟与方以智同宗,而方孟式则是张英的伯母。这般一梳理,张英与方氏兄弟还沾着亲带着故哩。

谈起这些，张英与这三位晚辈更觉亲近。遂问道："你们来游龙眠，对山中名胜可曾熟悉？"

名世道："我等只在典籍中读过《龙眠山二十韵》，对于景点名称倒是烂熟，具体在何处却一无所知。"

张英道："老夫居闲在家，倒是时时来游龙眠，对山中诸景了如指掌。三位若不嫌老夫迂腐，倒可给你们做个向导。"

"晚生能与前辈同游，实是三生有幸。有前辈给我等解说，必于观景之外，更有收获。"三人本来对张英有点诚惶诚恐，见他如此谦和蔼然，心中大喜。又因不识道路，正愁着无人向导哩。当下三人簇拥着张英，往山里游去。

出得碾玉峡，往前不远又见一条山谷，一条小路掩映在草木丛中。张英领着三人沿小路入内，行约二三里路，但见山谷忽然变得狭窄，两边山峰耸立，恰似一条窄巷，巷中流泉细水，在谷底的岩石上切切淙淙地淌过。

方苞年轻，游山玩水的经历尚浅，刚进山谷，行走多时不见一处风景，心下便道这龙眠山也寻常得很，有什么可玩？谁知越走山谷越窄，两边山峰越高，山势越陡峭，便觉着有些妙处了。待到了此处，见了狭窄巷口，便大叫一声："啊呀！了不得，那道峡谷定是闪电劈出来的。"

张英道："此处叫做绕云梯冲。从冲口进去，里面石刻多处，都是柱老手书。柱老晚年筑室宝山湾，这宝山湾就在冲后。你们看，这石壁上的'云门'二字，就是柱老所刻。"

说话间众人已来到冲口，顺着张英手指处一看，果然在冲口的一块崖壁上，有硕大的"云门"二字，字是魏碑，凝重端庄。只是年深日久，字迹处颜色已与岩壁颜色相同，又被些苔藓葛蔓攀附着，不经指点，还真难以发现。

由云门处进入，冲里真可谓曲径通幽，别一番天地。两边崖壑壁立，竹树葱茏，抬头看天，只是一条白线。脚下流泉，广处为潭，窄处为溪。水中怪石，或大或小，或卧或立，各具姿态。行得丈许，就见一块巨石，横卧溪中，上刻三个魏碑大字"龙眠处"，旁署一行小字行书"柱老书"。

且说这"柱老"何许人也？原是桐城又一文人。姓赵名钎字鼎卿，一字柱野，又号八柱野人，老年自称柱老。他是明嘉靖二十三年进士，官至金都御史、贵州巡抚。当时贵州山穷水恶，百姓们刀耕火种望天收，是赵钎教他们引水垦田，从此贵州人才开始种植水稻水田。这赵钎博览群书，胸有丘壑，是当时著名的"嘉靖四杰"之一。因在贵州治化有功，遂招来嫉妒，又因曾经弹劾过奸相严嵩，自知在朝中日月难过，便挂靴辞官，回到家乡桐城。此公性好野游，曾用油布做了一顶帐篷，游到天黑就夜宿荒郊，兴之所至，便吟诗题字。一日游到李公麟的璎珞崖，顺着山崖攀上山顶，见一块环形盆地状若元宝，不觉大喜，连连高叫寻到了"龙眠真境"，立即赋诗一首，题为《新得龙眠真境》："天合群峰胜，山崖百折奇。肯教流水去，不遗世人知。种玉田常稔，烧丹灶已移。就中堪著述，日与白云期。"于是筑屋山顶，将那块盆地命名为宝山湾。

众人且行且看且听张英说着那些掌故。过了"龙眠处"，又见一块石上刻着"听泉处"仨字。原来此处因巨石错落，那谷中溪流流经这里，在那石头上撞出骨突骨突的响声，静下心来，仔细倾听，真有高山流水之妙。

听过泉声，再行数丈，便到了峡谷尽头。当见高崖危耸，崖上瀑布跌落下来，在崖壁上不断碰撞，形成了无数串珠似的璎珞，这就是当年李公麟《龙眠山庄图》中所绘的胜景"璎珞崖"了。张英指给三人看那崖壁之上，果有柱老所刻的"璎珞崖"三字。

欣赏着那一挂璎珞水帘，戴名世随口吟出苏辙的题诗："泉流逢石缺，脉散成宝网。水神璎珞看，山是如来想。"

方苞道："苏黄等人都崇奉释氏，想必李公麟亦是如此，要不他怎么把此处叫作璎珞崖呢？"

张英道："可不如此嘛。晚年李龙眠除了画虎之外，就喜画佛像。我在内务府中见过他画的观音大士像，颇有吴道子之风，那大士身上就挂着璎珞哩。"

方舟道："自晋以来，文人雅士喜好谈玄论佛的也真不少。宋明以后，有程朱理学，方承儒学正宗。我辈虽不谄佛，但那'水神璎珞看，山是如来想'确是妙句。水动有灵则为神，山不动有智则是佛。"

张英道："其实儒释道三家也有共通处，那就是'隐逸'二字。佛家的庙堂,即是人间净土。道家的山门,原是避世的桃源。而儒家则是'有道则现,无道则隐'。所以我桐城先贤,遭逢乱世,隐居不仕的才那么多。像你们桂林方氏的以智公兄弟及其子弟,钱公田间先生,姚公孙斐兄弟,还有我张氏大房的克倬兄弟,都是刻意隐逸,立志不仕的。"

方苞道:"方今天下太平,君主有道,该是我们儒家子弟现身之时了。"

张英道:"是啊,要不那些前明隐逸,怎么都让儿孙出来应科举了哩。还有不少隐者,也都应有博学鸿儒科,想一展宏图哩。"

戴名世道:"十八年举博学鸿儒科,听说前辈举荐了姚文鳌先生,可是姚先生躲进了龙眠山里,还是未去应试。"

张英道:"是啊,人各有志,不能强求。文鳌先生是我家四舅老爷,姚公孙斐先生的四子。明亡后孙斐公自号瑞隐,诗酒自娱,人称瑞隐先生。"

方舟道:"听说瑞隐先生的'瑞隐堂'就在龙眠山里的凤形地。"

张英道:"是啊。瑞隐先生故去后,他的四子文鳌先生就住在瑞隐堂里。等到了凤形地,我带你们到瑞隐堂去喝茶。"

众人在璎珞崖下一边看景一边说话。那瀑布从崖上披挂下来,落在崖底的一处深潭里,四周水雾弥漫,顿觉清凉,那八柱老人又在深潭边刻上了"清凉处"三个字。戴名世是旷达之人,看着这柱老到处题字,而那字委实谈不上多么高妙,题词又是如此直白稚拙,什么"龙眠处""听泉处""清凉处",哪里像是饱学大儒的思维,倒是个刚入学的小童生行径,便笑道:"这八柱野人真是有趣得紧,怎么随处题字,不假思索。想必是酒喝多了,醉在这谷底,看哪块石头顺眼,就忍不住要乱写乱画一番。"

方舟道:"戴兄总也改不了针砭别人的毛病。须知大巧若拙,大智若愚。柱老这才是返璞归真,率性为人。"

"方生说得有理。柱老晚年寄情山水,确实是返璞归真了。要不怎么说自己寻到了龙眠真境呢?走,我带你们上去看他的真境去。"张英年近半百,阅人无数,听其言,观其行,他已看出戴名世是个才高八斗、不拘小节之人。而方氏兄弟则要比他小心谨慎得多。

三人跟在张英后面,绕过深潭,顺着璎珞崖的绝壁,竟有一条人工开凿出来的石阶。张英道:"这石阶有一百零八级,是柱老筑室山顶之后,为便于上山,特为凿出的。人称百步云梯,又称绕云梯。每逢天阴日暮,谷底生出烟岚，缭绕石阶，真让人有登梯入云之感。"

戴名世终是改不了他那信口开河的脾性，又调侃道："这柱老当真喜欢雕凿，定是刻字刻得还不过瘾，便凿起山来。"

方苞道："那也不错呀。要不是这百步云梯，只怕要想上去看璎珞泉就没那么方便了。"

众人沿着石阶攀爬上去，来到山顶，视野顿时开阔。山口处一汪清泉，像一块碧玉嵌在那里，流水从四面汇聚而来，这就是璎珞崖上的璎珞泉了。再往上看，宝山湾那块元宝形的盆地约有百亩方圆，由于地处山湾，水源丰沛，那盆地里都是上好的水田。如今清明时节，农人们正忙着犁田打耙撒秧籽哩。宝山湾现住着八九户人家，张英告诉大家："这些人家都是柱老家的穷亲戚，柱老乐善好施，把这宝山湾盆地全部买下，作为义田，让家族里的贫穷亲戚耕种，打下的粮食除了自给之外，余下来的归入家族公仓，以备不时之需。"

柱老已死去多年，但他的故居石屋还在。石屋不大，共有三间，屋主是位老妪。询问起来，原是赵氏一位寡妇，无儿无女，孤身一人，族人便将这石屋让她居住，日常生活也是族人供养。石屋虽然破败，但从墙上那些诗句中，仍可寻到当年柱老生活的痕迹。除了柱老自题凿刻的《新得龙眠真境》外，还有两首墨写的题诗，一首是姚文丞的《寻春宝山》："犬吠声声近，前村八九家。山空闻涧响，屋小覆藤花。麦浪翻黄蝶，樵歌起暮鸦。到来无俗累，渐可话麻桑。"另一首是姚孙斐的《秋日登宝山》："宁辞山路滑，山郭领秋光。松叶全经雨，枫林报早霜。飞泉鸣涧壁，驯鸟啄长廊。愿共禅栖者，从兹与世忘。"

姚文丞是姚孙斐的侄儿。两人都比赵钚晚生多年，想是来游宝山湾时，题写在墙上的。

戴名世叹道："看了二姚的诗，我都想在这宝山湾住下来，耕田植桑，参禅悟道，做个无红尘俗累、与世两相忘之人了。"

张英道："老夫又何尝不是，我已托那文鳌先生帮我打听，要在这龙眠山中觅块田地，置份别业哩。到时候你们回桐，就可以来龙眠山中，住在我的园子里，读书做学问也好，参禅悟道也行。咱们也学那李龙眠和苏黄诸人，在这龙眠山里再留一段佳话。"

戴名世喜道："前辈若置业龙眠山中，日后名世必来投奔。待名世积得数金，便也要在这龙眠山中筑室隐居。名世有志于史学，明朝三百余年江山，却至今没有一部明史。这些年来，名世四处游历，也是在搜集前朝旧闻遗事。我这胸中啊，藏有万卷文章，非得有一日，屏居深山，无忧衣食，闭门谢客，心无旁骛，方能将那万卷文章尽数挥洒出来。"

张英也喜道："真正是后生可畏。戴生有志于明史，老夫愿为君作嫁。戴生旷达之人，何必耿耿于自建居室。只要时机成熟，你就可来我庄上，老夫必定洒扫静室，焚香烹茶，助君成就大事。"

戴名世没想到张英如此礼贤下士，又且如此胸怀旷达，初次相识，竟结成了忘年之交。心下感激，他口里说道："前辈错爱，名世敢不竭尽所能，鞠躬尽瘁。"

方苞拍手道："这下可好了。戴大哥文章名动天下，士子莫不诵之。可他说那并非他心中之文，我正愁着何时能读到他心中之文哩。看来为时不远了。"

方舟道："前辈是乞假葬父，朝廷必还要起用，难道就此归隐山中了。"

张英道："老夫久有山林之志。对于仕宦一途，是'用之则行，舍之则藏'。当今皇上是位圣君，自身也有汉族血统，以儒教立国，以德治天下。确是我辈读书人之幸。但朝中大臣，还是满人强横，汉官心中不快啊。"

康熙生母孝庄章皇后佟氏，原为汉人，这在朝中并不是秘密，康熙也从不讳言，但在民间只是传闻，如今三人听张英口中说出，知道这是事实了。不知为何，三人心中都有些高兴。大概当时满族入侵，汉人感到被异族统治，这种情结虽然随着清朝的坐稳江山并施行仁治表面上渐渐淡化，心底里还是深藏其中。待到证实康熙有一半汉人血统，便平衡了许多。

张英又道："如果真有一天，我再去朝中为官，一定荐你们到京城发展。戴生有志于明史，若能在朝中为官，以朝廷名义修史，岂不又方便得多。"

戴名世听得此言，慷慨道："晚生率性为人，并无意于科举，不过如若朝廷决定修明史，晚生必去考个翰林，做个正经八百的史官。"

明亡后，许多汉族士子都在暗中搜集史料，想著一部上下三百年的明史，以留名千古。但满人统治，朝野对于修史之事都讳莫如深。然而盛世修史，谁又都指望着朝廷早日议定此事。

从宝山湾兜转过去，三人随着张英又游玩了"媚笔泉""垂云沜""澄元谷""冷冷谷""雨花岩""观音岩""登真坞""玉龙峡"等地，都是当年李龙眠画在《龙眠山庄图》中的胜景。从玉龙峡下来，山道就在脚下。只见一处山间盆地，盆地边缘有一村子，有良田数顷，四周山坡上，亦开垦成片片山地，种着小麦、油菜、六谷等。两条溪流分从两边山上流下，到得山下汇作一处，沿着山路欢畅地流淌，这就是龙眠河的上游。河中的石头被水冲洗成大大小小光溜溜的鹅卵石，河水清澈，波光粼粼，水中寸许长的小鱼成群结队地游来游去。山中散居着几十户人家，皆姓李，是李公麟的后人。这时已是傍晚时分，夕阳西下，家家户户的屋后升起炊烟，农人们荷锄负薪走在田埂上，孩子们在门前嬉戏，妇人们在河中洗菜浣衣。人声、犬吠、鸡鸣、牛哞，一派人烟蔚蔚的兴旺景象。

方苞大叫："哎呀，这不是陶渊明的桃花源吗？"

戴名世也叹道："想不到这龙眠山中竟有如此胜境。"

张英道："这里就是凤形地了。你们看，这片盆地就是凤的身子，两边缓缓的山坡像不像凤的双翅，这背后的山坡便是凤尾，凤头就是那前面的山尖。"三人经此一说，再仔细瞧瞧，还真像那么回事。

张英指着一处说："这就是李公麟构筑龙眠山庄之处了。据说这座山中原来并无人烟，只有一个老道看中了此地风水，在这里建炉炼丹。李公麟来到此地时，那老道的炼丹炉尚在，老道却不知所终。公麟也看上了此处山水，遂筑屋建宅，安居下来。他的族人也纷纷迁来此处，开荒种田，渐渐地人烟繁盛起来。想当年公麟的龙眠山庄是何等气势，背倚高山，面临平畴，龙眠河从庄中流过，庄前掘池塘一口，蓄鱼种莲；庄后山上树木葱茏，藤花满树；庄中建有建德馆、墨禅堂、华严堂、云艻阁、艻茅馆等数十进馆舍。李氏三兄弟都居住于此。我小的时候，曾跟着父亲来此拜望瑞隐先生，还看到过残存的山庄破屋，如今又过了几十年，此地已改作良田，山庄遗存已无处可觅了。"

走过龙眠山庄遗址，过一道山溪，又行里许，但见一处庄院颇为壮观。庄中房屋数进，从外面观看，可看到高耸的屋脊，飞檐翘角，青瓦粉墙，齐檐封火，与周边散落的农舍茅屋大不相同。四周环筑土墙，朝南是庄院大门，建有门楼一座，上书"椒园"二字。张英道："这就是前明大司马孙鲁山的别业了。"

三人都知道孙鲁山即是孙晋，他是明天启年间进士，官至兵部侍郎，与抗清名将史可法最为友善。明亡后，福王重用阉党马士英，引起众人不满，那马士英对史可法百般刁难，将孙晋归为史可法一党。孙晋一怒之下，托疾辞官，自号遁翁，回到家乡桐城，归隐龙眠山中。

方苞道："这遁翁的庄院为何不叫遁园而叫椒园呢？肯定有什么出处。"

张英道："你看那庄后的山崖，名叫椒子崖。相传李龙眠初来山中时，崖上长有许多花椒树，秋季里花椒成熟，满崖都是绛红的果实，李龙眠曾为此画过一幅画，题名椒子崖。这椒园建在椒子崖下，因而得名。"

椒园的隔壁，是一片竹海，修篁翠影，新笋如剑，内中有茅屋数间。张英道："这就是姚公端恪先生的小隐堂了。端恪先生最爱种竹，当年他随父归隐龙眠山中，就在瑞隐堂边种竹千竿，筑庐其中，自号小隐，又号竹隐。后来被桐城县令发现，才又躲避到罗家岭的小龙山中，但又被安庆巡抚探得了消息，终于还是荐入了朝廷。"

戴名世道："大隐隐于朝，中隐隐于世，小隐隐于野。端恪公这是从小隐变成了大隐了。"

方苞道："不是大隐，是用之则行，舍之则藏。端恪公是有名的诤臣，哪里会隐？他执掌刑部，主持修订《大清律》，是要青史留名的。"

竹林这边就是瑞隐堂了。瑞隐堂的规制与椒园差不多。门楼匾额上题着"瑞隐堂"三个颜体大字。张英上前拍门，道："我们且去见见文鳌先生。"

大门打开，开门者见是张英，立刻道："是九姑丈来了，老爷正念叨您呐。说是孙家的山林要卖，正等着您来商量价钱呐。"

张英口里说着"那感情好"，一边领着众人往里走去。里面姚文鳌已闻声迎了出来，将众人让进堂屋。张英将三人一一与姚文鳌作了介绍。见礼毕，家人献上茶来，张英等人在山上攀爬了一个下午，早已口干舌燥，端起茶来就想牛饮。无奈新沏的茶太烫，只得口中咝咝地边吹边喝。

那文鳌已是花甲之年，两鬓染霜，胡须眉毛也已花白，但面色红润，目光如电，身板硬朗，显是在这山中居住，有悟真得道之妙。与这三位后生虽是初次见面，但接待热情，寒暄过后，即对四人道："天已黄昏，就在这里留饭罢。"

张英道："吃过饭下山就晚了。"

文鳌道："晚了打什么紧，难道我这庄上就不能留你们歇上一宿。我还有好多事要跟你商量呐。"

方苞急道："可我们的毛驴还拴在半道上呐，夜里岂不要被虎豹吃了。"

文鳌笑道："不碍的，我叫家人将毛驴牵来就是。"

他三人初进此山，本来爱足了龙眠山水，能在山中歇息一宿，听听松涛水流，当然是再好不过。张英往常进山，也常在文鳌处歇宿，家人已经惯了，自也没有问题。见文鳌已将那开门的家人叫来，告诉他有三匹叫驴一匹马，都拴在绕云梯冲下面的山道旁。家人知会，身背弓箭，出门而去。

因决定留宿，这里众人不急着赶路，便消停下来。说些闲话，名世总不忘收集明史，又详细询问了当年瑞隐先生在朝为官时的情形，以及后来与南明小朝廷的关系，为何归隐等事。说起南明小朝廷，就不能不说到那个拥福王自立的阉党马士英，说到马士英，又不能不说到阮大铖。

这阮大铖也是个读书人，但他却是读书人中的败类。他入京之时，本来是得自同乡前辈左光斗的举荐，但后来为投靠阉宦魏忠贤，不惜与复社众人作对，对左光斗以怨报德。更可恶的是竟拜魏忠贤为干爹，做了大太监的干儿子。他自己终生只养了一个女儿，人人笑他认阉作父，得了报应。他却不以为意，在堂中悬挂一联："有官万事足，无子一身轻。"他这些行径，很为时人所不齿，因之桐城人不愿承认他的籍贯，把他推给了邻县怀宁；怀宁人也不愿承认他，所以他竟成了个没有籍贯的人。

魏阉死后，他一度非常失意，后来马士英在南京拥立福王，他立刻前去投奔，做了南明小朝廷的兵部尚书。阉党再度掌权，像姚孙斐、左光先这样的忠臣直士便不屑与之为伍，纷纷挂靴而去。那阮大铖住在南京库司坊里，养了一班梨园子弟，日昔在家编排戏曲，歌舞升平，哄得福王晕头转向，朝中之事尽有马阮二人把持。士子们不忿，便将库司坊改名为裤子裆，以羞辱阮氏。那阮大铖的面皮真的比南京城墙还厚，不以为耻。清兵攻打南京之时，他又掉转枪口，投降清兵，自荐充当向导领兵去攻打仙霞关。原想立下汗马功劳，在清廷中谋个洪承畴似的大官。谁知清兵也不耻他的为人，寒冬腊月，竟然不许他进入军帐，使其冻死在仙霞山上。

姚孙斐一直与左光先交情深厚，左光先又是左光斗的弟弟。那一段东林党人与魏忠贤的斗争以及后来复社与马士英、阮大铖的过节，姚孙斐最为清楚。姚文鳌则一直待在父亲身边，很多事情都是亲历亲闻，当下将自己所知之事尽数说给名世。名世大喜，忙着要来纸笔，边听边记。

方苞笑道："都说戴大哥读书一目十行，过目成诵，怎么这么忙着记录，记在心里，回去有空再整理也不迟啊。"

名世道："好记性不如烂笔头。这是史实，要的是准确，可不敢有半点差池。"

张姚二人频频点头，心里对他的治史态度非常赞赏。

接下来，姚文鳌告诉张英，自己有一个念头，想请张英牵头设立一个公仓。以丰补歉，每当丰年，以乐输赞助的形式，请乡绅大户捐米入仓。逢到灾荒年月，就可以公仓之米，设粥施赈。张英道："这是好事，但牵头的还是你自己。因你有劝募的经验，也有感召力。我呐，给你做个帮手罢。"他告诉其他三人，文鳌先生最是乐善好施，又急公好义。康熙十年，桐城大旱，文鳌先生顷其家产，在城里设粥施赈。粥厂刚设，第二天，家人来报，夫人生了一子。文鳌先生时年已近五十，生育三女，并无一子，便认定乃施粥的义举感动天地，此子系老天爷的恩赐，遂取名粥郎。

文鳌道："你还别说，康熙十八年，桐城先旱后涝，灾情更重，我再设粥厂，靠自己之力已不能撑，我便刊印了募米小揭，让粥郎去募捐，还真是募得顺利呐。"

张英道："是啊，一听粥郎的名字，大家都知道来历，敢不乐输吗？善恶有报嘛！朝廷赈灾总没有那么及时，也不一定都能面面俱到。民间自己设立公仓，年年募捐，积攒下来，以备不时之需，确实是自救之法。只是要推举得力之人经管，以新换陈，账册分明，这里有很多细活要做。待我去说与知县，在乡绅中共推出几位可信之人，共同打理此事。但牵头的还得是舅公你了。"

文鳌道："你虽乞假在家，还是朝中大臣，在此地也是一言九鼎的人物，知县大人敢不买你的账？那些乡绅大户，只要你出面，哪个敢不给面子。此事存我心中久矣，今番有你出面，定能作成。我是当仁不让要参与此事的，还要烦你大笔写个引揭，好让众乡绅知会。"

张英道："这个事嘛，如今却不需老夫我费神用脑了。现放着戴生在此，生花妙笔，立马可待。"

戴名世谢道："前辈有此义举，晚生自当效力，写一篇感天动地的引揭，题目就叫《乞公建义仓引》如何？"

张英道："使得。此事就交你了，此时不须性急，明日动笔不迟。"又对文鳌道："这引揭还交粥郎去散发如何？让我们家玉儿也随在后面，学一学为公众办事。"

当下此事议定，那姚文鳌非常高兴，张英也兴致勃勃。自前年在贵池池口遇到那位同名同姓的张英老汉，他就一直为赈灾之事所困扰，而今听了公建义仓的主意，觉得非常有意义。回头作成此事后，一定奏明皇上，或可在民间广为推行。

掌灯时分，家人来请用饭。众人来到后堂，见桌上已热气腾腾摆了一大桌菜蔬。张英道："太破费了。"文鳌道："有什么破费，都是山里自产的。"

众人看那菜肴，果然是些咸鱼腊肉、蘑菇竹笋之类，文鳌邀众人入席，一番推让，结果张英坐了首席，文鳌在次席相陪，名世坐在文鳌下首，方氏兄弟坐了张英下首。文鳌亲自给各位斟上酒来，门杯饮过，这才动箸。文鳌又指着那些菜肴一一介绍：咸鱼是屋后塘中自养的，去年腊月起塘，每房头都分了些，腌制起来，二三月里吃，口味最好；腊肉不消说是杀了年猪腌起来的；蘑菇山间松树林里雨后就能采到；竹笋隔壁园里就有；那两盆野味却是新鲜得紧，原来那去牵马的家人，随身背着弓箭，适才已射得一只香獐、一只野雉。

方苞大奇："哇。我说怎么带着弓箭，还以为是防贼人哩，原来却是去打猎。早知道我也跟着去了。"

方舟道："你若跟去，那野物都让你吓跑了，我们还吃什么？"说得众人都笑了。

那三个年轻人今日翻山越岭走得饿了，吃什么都格外香。文鳌与方氏兄弟都好酒量，名世和张英却量窄得很，到后来，便以茶代酒，任他三人猜拳行令，喝个痛快。

席间，文鳌告诉张英，隔壁椒园孙氏，好几房子弟都宦游在外，共有五十亩山林要转卖，委托椒园主人打理此事。价钱已打听，因想一次成交，买主有限，价码打得不高，五两一亩。若有意，饭后去椒园坐坐。张英闻听大喜，连连道："价码确实不高，若在这里置片山林，我这晚年心愿也就足了。"原来遁翁孙晋早已死去，这座园子现是二房居住，其余大房、三房、四房都在外做官。孙晋在日时就已析产，山林田庄都分给了各房，椒园几房共有。现只二房留在桐城，住在椒园，其他几房田产都由他代管着。因山林收入微薄，便想脱手。张英正筹划在龙眠山中买地，这样一拍两好，文鳌便知会了孙家，相约找个时间两人见面。

这一顿饭，足吃了一个时辰。饭毕，已到戌时，山里人歇息早，这时家家户户都已熄灯睡去。张英道："恐太迟了，孙家已经安歇，明日再去拜访罢。"

文鳌道："不碍的。这孙家虽居山里，还保持着夜读的习惯，这会儿必不睡。当去无妨，他只有高兴的理。"

当下点起一盏风灯，领着四人来到椒园，刚一叩门，里面就有人应声，果然孙二老爷未曾入睡，亲自来开门。门开处，便闻他笑声："此时来访，必无别人，定是你老兄无疑。"想来两人虽居山里，都还有着读书人熬夜的习性，贪夜造访已属常事。

来到堂屋，相互见礼，都是同乡名门望族之后，报了姓名，理了来历，便十分融洽亲近。

家人已经睡下。待众人安坐毕，孙二老爷亲自捧出红泥炭炉，将一只绛红瓦壶坐在炭火上，这里众人说话。都是诗书礼家，本来无须讨价还价，当下张英即与孙二老爷敲定，买定了五十亩山林。

这时壶里水已滚开。孙二老爷用托盘捧出五只青花细瓷盖碗，用开水焯过。又捧出一只竹筒，打开筒盖，里面衬着一层绵纸，揭开绵纸，用小竹勺从里面舀出茶叶，分置在五只茶碗中。只见那茶叶一枚枚比麦粒大不了多少，每枝尖芽旁边，桠出一根小叶，像即将绽放的花骨朵旁衬着的叶芽。叶上霜毫泛白，色泽新鲜，张英道："清明刚过，这是雨前毛尖了。"

孙二老爷道："正是刚采下来的雨前茶，山上气候寒凉，茶叶还很小，这是园中的。茶种还是先父昔年在外宦游时谋得的，正要请张大人鉴赏哩。"

张英端起盖碗，在灯下仔细观看："嗯，一芽一叶，条索紧结，叶形完整，白毫挂霜，色泽绿带嫩黄。茶色是没话说的，不知味道如何？"

孙二老爷拎起瓦壶，说："沏茶最重要的是水，我们龙眠山的水质是没话说的，怕是比那皇宫里喝的玉泉山水也不差哩。"一边说着将那滚沸的壶水冲进一只只盖碗中，盖上碗盖。

少顷，张英揭开碗盖，一缕白汽从碗中溢出，张英微微闭上眼睛，就着白汽深深吸了口气，当觉一股清香直入心脾，赞道："好茶！好茶！未饮先醉了。"再看那茶汤，清澈明爽，绿中隐黄，像极早春枝头的柳色。小小的呷一口，顿时满颊生香，舌上微苦犹甘，正是茶中上品。张英连呷数口，闭着眼睛品了半晌，道："此茶确非凡品，比西湖龙井、六安瓜片都好，奇在茶中隐隐有兰花的香气。"

孙二老爷道："张大人说到点子上了。先父在园中试种此茶时，无意中茶棵旁放了几盆兰花，春茶发芽时，正是春兰开花之际，花香浸淫到茶草上，便含了兰花香味。这龙眠山中多有野生兰草，此后将茶籽种在山上，采得的茶叶也往往含有兰花香，只是不抵这园中的香味浓郁，因园中茶棵旁有意种了兰草的缘故。"

张英道："妙哉妙哉。我平生好茶，日日茶杯不离手。待明日买得你家山林，我也要亲手种茶了。在京城时，龙井是不常饮的，常饮的是瓜片，家乡茶我是珍藏着，非年节不肯动的。回桐城后，日日都喝家乡茶，我总觉着比那龙井还好。今天喝了这椒园茶，真是人间妙品了。只怕今后再没有什么好茶能入我眼了。"

孙二老爷道："张大人这话先父听见一定高兴，晚年他老人家就醉心于种茶。待谷雨过后，山上茶叶下来，一定送各位几斤。"

众人说话间都已将茶喝淡，夜已深，遂告辞离去。

龙眠山溪流(白梦摄)

龙眠山云门(白梦摄)

龙眠山风光（白梦摄）

龙眠山风光（白梦摄）

碾玉峡，位于龙眠山。（白梦摄）

第九回
严父严严制严家训　聪训聪聪教聪子孙

光阴荏苒，转眼已是康熙二十三年年底。这一年，从邸报上看，朝廷发生了很多事。首先是继上一年徐乾学被劾后，今年二月部议下来，徐乾学并其弟元文均降两级使用。接下来是索额图被夺职思过。如此一来，索党在朝中势力被彻底摧毁，明珠一党势必要一统天下了。张英此时远离京城，只能从邸报中看到这些表象，内里实质究竟如何，则无法得知详细。好在他已绝意仕途，安心居家，便也对朝中之事不十分为意。心知明珠虽然揽权自重，但对康熙尚称得上忠心耿耿，高士奇又有惊世之才，有这两人在皇帝身边，又同为一党，齐心戮力，为朝廷办事。少了党争之祸，也未必不是好事。

这讲的是朝中大事。而张英本人，这一年多来，则忙于筹建义仓之事。

此事本由文鳌首倡，原意只是在城区设一公仓，谁知倡议一出，四乡响应。知县王大人也积极参与其事，召集四乡五镇四十七里士绅反复会议，议定每里设一公仓，每甲公推一人参与公仓管理，各乡士绅大户负责本乡公仓账目监督。丰年募谷，平年守仓，灾年放赈；一岁歉，则以一岁所留补给；连岁歉，则以历年所留补给。其仓内陈粮，三年一更新，不使霉变。若逢连年丰收，则将多余之粮卖出，钱款留作空仓时买谷补入，如此遁环，不出三年，则仓仓廪实。募谷之法，以自愿捐输为主，但也辅以一定规制：凡佣耕者，佃田一石，出谷三升；自耕其田者，每收一石，出谷八升；乡绅大户，自行乐输，然视其岁租收入，其捐出之数，若低于自耕小户，则为人所不齿。桐城向是礼仪之邦，虽有那寒酸小气之人，因了那些巨家首户的带头捐输，也就不肯落人耻笑。头年议事，第二年大熟之时，就已将四十七里公仓尽数建成。年底查仓，里里仓廪存粮过半。

此事一成，桐城百姓人人额手称庆，个个歌功颂德。张英、姚文鳌和王知县等首倡之人，更是高兴不已。那王县令因了此举，朝廷考功，治行优异，又留一任。此人前后在桐担任了八年知县，未有赃狱冤案，未见墨吏贪官，晚年回想一生经历，还常常感叹桐城民风淳厚，教化第一。

筹划之初，那些发给各乡绅的引揭果是出自戴名世之手，生花妙笔，才华横溢，上下纵横，引古喻今，颇打动人心，且看他如何作这才子书：

乞公建义仓引

古者帝王在上，而薄海无冻馁之民。非必分上之所有以与民也，使民之自有余而已。故曰：三年耕有一年之蓄，九年耕有三年之蓄，不至三十年，而民有九年之蓄，则虽水旱不能为之灾也。

今天下之人家无尽藏之备，而一切仰望于上。设使水旱虫蝗，连州数郡，朝廷遂下蠲租之诏，虚郡邑仓廪以赈之；然上之所费不赀，而下之所得无几，嗷嗷焉日待升斗，以延旦夕，上之仓廪府库已空，而民之死者过半矣。故曰藏之于官，不若藏之于民也。

惟及其有余之时，预为不足之备，不藏之于官，而藏之于民；不分藏于家室之私，而合藏于里社之公。其在今日所减损者，一酒食宴会之需而已；其在他日，积之遂至于无尽。

前岁凶灾，民皆饥乏，草根木皮，掘剥几尽；釜甑器皿，货卖无存；甚则抛割妻孥，与人为仆妾，犹不足以自赡。而父子兄弟，羸老孤幼，继踵而死，其视向隅而泣者远矣，此固仁人君子所宜动心者也。

昔汉耿寿昌作常平之仓，增价而籴，减价而粜。法非不善，然以饥岁之民使其价籴，其力或有所不能，而以官家主之，其出入又有所不便。自是以来，长孙平之义仓，劝令百姓军人出粟及麦，然岁岁募收，疑其数渎。朱子之社仓，随时敛散，然请假于府，挪移为难。今合两法而用之。于义仓则取其当社自输，不待请府，于社仓则取其计米收息，不必再捐。夫值大有之年，与人佣耕者，每佃田一石，出谷三升；自耕其田者，出谷八升；有余之家，不为限量，随其力所能为，以为补助。至于当社立仓，一甲之中，推一人为首，执策简校，稽其出入，古之人有成法矣。惟诸君子仿而行之！诚如是也，虽有水旱之灾，吾里之人其庶几免乎！传曰："人人亲其亲，长其长，而天下平。"又曰："人人亲其亲，然后不独亲其亲。"推之他里，前后左右，莫不皆然。然则，德施之及人者广矣！

而张英果然让廷玉跟着粥郎去送引揭。此时廷玉已由附读考取了廪生，粥郎长廷玉一岁，亦是县学生员。二人由王知县派出的公差陪同，到四乡五镇散发引揭。粥郎来历乡里皆知，廷玉是三品大员张英之子，两个儿郎来行劝募之事，更能打动人心。

廷玉一路散发下来，倒将本邑南北东西四十七里跑了个遍，看尽了桐城山水风光，也看到了许多仕宦子弟难以想象的民间苦情。回得家来，便将父亲常挂嘴边的两句话书成条幅，贴在书斋墙上："常觉胸中生意满，须知世上苦人多。"这两句话本是姚文然与张英谈论政事时的名言，张英劝人行善时，就时常引用此语。廷玉听得多了，耳朵起茧，也不以为意，此番是深切体味到了其中真谛，发誓终生将其作为座右铭。张英见此，知道一粒善的种子，已在儿子的心田里扎下了根，这也正是他让儿子跟着粥郎送引揭的初衷。

公仓为公事，私事上张英已将龙眠山中孙氏五十亩山林买下。为置五亩园，张英已倾尽历年宦囊积蓄，近两年田庄上的岁收又悉数捐给了公仓。身边只剩下离京时康熙所赠内帑五百两，一直未肯动用，此番购置山林，不得不依赖此款。为感戴皇恩，便将山中林地命名为"赐金园"。

赐金园就在凤形地，因龙眠河上游的两条溪水在此汇集，张英便将自己所置之地命名为双溪地。双溪地在凤形地的怀抱里，又因丰水季节，溪水湍急，时如芙蓉放花，遂将夹带双溪的山谷名之芙蓉谷。张英自己便善丹青，自画一张芙蓉双溪图，挂在堂上，不时构划，何处宜建亭，何处当筑楼，何处该引流蓄池，以作小园水榭……当然这些都是纸上谈兵，因为他已倾尽财力。但图谋计划总是可以，以俟财力许可，就可按步实施。

张英在龙眠购地，本为爱它的山林野趣，所以改造时便因地制宜。山还是山，田还是田，只在椒园隔壁建了一个小园，内中筑屋一楹，取名佳梦轩，以为读书之地。房中悬挂一联，是白香山诗句："多道人生都是梦，梦中欢乐亦胜愁。"园门上匾书"赐金园"三字，乃是康熙手迹。原来张英已将在山中置地一事在密折中奏明皇上，当然密折不专为此事。在议设公仓之初，他就奏明皇上，备述以丰养歉、以民养民之利，得到皇上首肯。此后他时时不忘将公仓进展向皇上奏报。动用赐金购山林之事只是顺带提起，康熙回折，不仅恩允，还亲书"赐金园"三字。张英是何等荣耀，立即拓印制匾，悬挂门楣。

双溪之水，有一条从赐金园北面流过，张英便沿溪筑堤，沿堤种松，名曰"万松堤"，取东坡学士"白首归来种万松"之意。又将那水流引得一线，导入园中，穿园而过，从南面流出，重回下游溪中，这样园中便有活水细流，顿添妙趣。又在园中掘一深宕，用鹅卵石铺底，便有山泉自宕底汩汩涌出。盖因此地地下水脉丰沛。那泉水清澈见底，纤毫毕现，冬暖夏凉。水深三尺，不盈不缩，旋汲旋满，是煮茶佳品。

从此椒园左是瑞隐堂，右为赐金园，三位园主乃是同辈人，年龄相差无几，遂经常相携山间，观山看景，指东画西；或品茗夜话，纵古论今，思贤修齐。不时有名士后学慕名来访，便山肴野蔌，把酒谈诗，挥毫泼墨，听风抚琴。真有当年李龙眠风范。

秋冬两季，张英仍居城里五亩园，春夏两季则住双溪赐金园。山上种茶，就讨的是椒园茶种。田里种稻，除了佃给别人佣耕之外，张英还特为留下五亩田地，自行耕种。闲时自己带着家人刘福贵管理，农忙时节，举家进山。县学也会适时放假，便让廷玉、廷璐和寄住五亩园中的侄辈全部下田。栽秧、割稻、采茶、打麦，这些农活廷玉兄弟都能干得得心应手。张英每每教导他们："读书者不贱，守田者不饥。阅耕是人生最乐，古人所云'躬耕'即是亲耕之意。当今圣上最是悯农重农，常常不惜万金之躯，沾体涂足，亲耕坻亩。体农人之苦，才能察百姓之情。你等虽出身仕宦之家，切不可锦衣玉食，养成纨绔习性。"

附近农户，若碰上子弟好吃懒做不成器，便引来观看廷玉兄弟耕田割麦。张英教子之名遂在乡里广为传播。

八月间接到廷瓒家书，言康熙将于九月南巡，廷瓒领旨扈从并顺道回桐省亲。张英与姚夫人商议，张罗着让廷瓒就便完婚。原来廷瓒今年已经二十有三，早已聘下同里吴氏之女，按理早该成亲，但女方吴氏恰逢祖父母连丧，桐城风俗，热孝三年之后方能婚嫁，这样一蹉跎，就过了五六年，今年年底方能出孝。正在犹豫的是吴氏送女至京完婚，还是让廷瓒回桐娶亲，此番天作地设，正好廷瓒奉旨回乡，此事便无异议了。

康熙二十三年，圣驾南巡，此乃康熙终生六次南巡中的首次。朝中劝谏颇多，盖因当时各地尚有民间反清力量，怕安全难保。然康熙正当而立之年，意气风发，意欲大有作为。他又是乾纲独断惯了的，斥责众人："朕不要做那深宫之中坐井观天之辈，朕也不能尽信尔等歌功颂德之表奏，朕要亲视河工，亲察民情吏治，踏遍万里江山。朕是天子，受命于天，天丧予，必有可丧之理。朕若有道，必有天佑神助，又何害之有。"

遂于九月二十九日离京，龙舟沿运河而下。邸报不断刊告圣驾行踪：在曲阜谒孔庙，在济南游大明湖，在郯城视河工……到了十月，邸报刊出圣驾驻跸江宁，并作诗二首，诏示群臣。一首《阅河堤作》："防河纡旰食，六御出深宫。缓辔求民隐，临流叹俗穷。何年乐稼墙，此日是疏通。已著勤劳意，安澜早奏功。"旁作小注："朕南来目睹河工，夫役劳苦，闾阎贫困，必使此方百姓尽安畎亩之日，方是河工告成之时。偶成此诗，聊写朕怀，不在词藻之工也。"另一首《示江南大小诸吏》："东南财赋地，江左人文薮。时巡历此疆，民事日探剖。风俗贵淳庞，纷奢讵能久。澄清属大吏，表率群僚首。郡县布慈和，恺悌歌父母。民者国之本，生计在畎亩。六府既孔修，三事安可后。教化默转移，各须尽官守。户使敦诗书，人知崇孝友。庶几远迩氓，皞皞登仁寿。诰诫申予怀，斯言慎不负。"旁加按语："圣驾抵宁，江南官兵缙绅纷至两岸迎驾，圣上舟中发布谕旨，饬诫诸吏'尔等身为大小有司，当洁己爱民，奉公守法，激浊扬清，体恤民隐。务令敦本尚实，家给人足，以副朕老安少怀之至意'。"两首诗，一如既往地表现了康熙的治河思想和爱民情结，读之令人唏嘘。

张英看了邸报，知圣驾已到江宁，廷瓒不日即可回桐了。果然十一月初五，练潭驿丞快马将廷瓒送入阳和里五亩园中。盖因廷瓒离桐时，五亩园尚未购置，其后从父亲的家书中得知此事，往来信函也都直寄阳和里五亩园，然并不知具体位置。他随驾江宁之后，康熙初四日返程，便放他回家，知其要大婚，自有赏赐，另有话带给其父张英。廷瓒送走圣驾，归心似箭，速雇轻舟至枞阳渡口，从南路驰回。途经练潭驿，换马吃中饭，顺便向驿丞打听县城阳和里如何走法。驿丞看着他的四品顶戴，本就巴结，待问知是五亩园张英的长公子，现任翰林院编修，充经筵讲官的京官张廷瓒，赶紧挑出两匹快马，亲自送公子进城。行李在后，有专人妥送。

练潭驿离城六十里，快马加鞭，不过两个时辰，已看见那青灰色的城门楼。进得西成门，驿丞领着廷瓒，且不从五亩园西院栅栏门进入，而是顺着西北侧一路篱笆栅栏来到朝东正门。只见门楼上墨书"五亩园"三个大字，正是父亲手笔。驿丞抢先跳下马来，扶着廷瓒蹬着下马石下马。那廷瓒见驿丞年过四十，对自己这个年轻人如此恭敬，十分不好意思。盖因他寻常在紫禁城行走，所遇之人都是高官大吏，他这个四品词臣，只有谦恭礼让的份。而在县城，最大的官阶也就是正七品，驿丞才是个九品，日常在那乡间小驿，接待的最大官员也不过是安庆知府，何曾见过几个四品京官，如何不对他恭恭敬敬？

然而此刻廷瓒也顾不了想那许多，望着门楼，已忍不住眼热心跳。二十一年回京，是他第一次远离父母独居，转眼三年过去，父母身体可好，弟妹可曾长高……万种亲情，尽从心底涌出。本是归心似箭，临头却是近乡情怯。

大门只是虚掩，驿丞常来张府，知道五亩园并无专人守门，遂推门而入。此时已近冬月，张英正居城里，午后无事，在园东的暖棚里忙活着给花儿浇水。廷瓒一眼看见，父亲还是三年前模样，抢上前去，哽声叫着："爹！"翻身跪倒。

张英回头见着儿子，也由不得动情，一把扶起儿子，携往屋宅。这里众人已经轰动，廷瓒刚进堂屋，姚夫人已从后进撑出，手中犹拿着针线，满面笑容，满眼泪花。廷瓒抢上前去，拿下母亲手中针线，扶父母在堂上坐好，恭恭敬敬地磕了三个响头。

家礼见罢，廷瓒正正衣冠，北面而立，对父亲道："圣上有旨，请父亲接旨。"

张英多少年不听这话了,此时料定皇上会让廷瓒带话,但乍听之下,还是浑身一个激灵,面北跪下,磕头道:"吾皇万岁万岁万万岁!"

廷瓒带的是口头旨意,遂宣道:"圣躬安。张英,尔回家葬父,言事毕即归,时近三年,何不回京,朕可想念得紧。念尔家事纷杂,再给假半年,着明年六月底前返京面朕,迟则不可。钦此。"

张英听皇上说得如此亲切,仿佛还是往常在宫中时的闲话口吻,心中的激动、思念、感恩之情一齐翻滚起来。磕头谢恩时,声音唏嘘:"臣领旨谢恩!吾皇万岁万岁万万岁!"

廷瓒宣旨罢,赶紧上前将父亲扶起。这时才记得招呼驿丞,又与家中诸人见礼,众人这才归座。那驿臣眼见耳闻,皇上与张英的君臣之情,真令他瞠目结舌,大开眼界。在一个微末小吏的眼里,皇上身穿龙袍,高坐金銮殿上,那是九五之尊,一言九鼎啊!如此闲话,像个家中亲友,足可见皇上与张大人情深谊厚,关系亲密。也可见皇上再怎么天命加身,终归还是有血有肉的凡人。

这顿晚餐不必细表,廷玉、廷璐以及众位堂兄弟从学里归来,又有一番亲切。驿丞待行李送到,吃过晚餐就赶回练潭了。

晚上,张英携着廷瓒的手来到自己的书房,索党倒台,他要好好听儿子说说其中因由。

张英的书房在后进。后进一共五间房,中间是堂屋,堂屋左右各是两个套间,左边套间廷玉和廷璐各一间书房兼卧室;右边外套间是张英书房,里套间是夫妇两人的卧室。其时,张英五子廷瑑已经出世,与四子廷瑊同由奶妈万嫂带着住了左厢房。廷瑊在京时已经出生,原由刘嫂带着,如今家中添了不少人口,刘嫂事忙,姚夫人这才又请了一个奶妈万嫂,专门带着瑊儿和瑑儿。那万嫂自己的儿子才刚岁半,便也带在身边,四人住了原为令仪姐妹的左厢房,令仪姐妹则移居半亩塘边的一座小楼上。小楼上下各两间,飞檐翘角,走马回廊,小巧玲珑,掩映在塘边已经长高的杨柳树下,像极一艘小艇泊在水边,张英因为之题名曰"柳荫小艇"。因廷瑑出世后,家中人口增多,原有房屋已嫌太挤,张英遂为女孩儿们建了这幢小楼。

书房里东西两面沿墙放着几只书架，南面墙上挂着几张条幅，录的是苏东坡和白香山的诗句。康熙亲书的"慎勤""格物""忠孝""存诚"四块匾额挂在北山墙最显眼处。那匾额还是十六年康熙始设南书房，选他入值时所赐，原本挂在紫禁城内张英住所。回桐时张英将其带回，挂在书房里，日日对照圣训，自谨自慎。四块匾额之下是张英手书的"聪训斋"三字，这便是他自拟的斋名了。

北山墙下摆着一张书案，张英据案而坐，拉廷瓒坐在下首，详细询问这三年来的朝廷情势以及索徐等人获罪因由。

原来徐乾学和其弟元文在朝中拉拢一些江浙文人，帮着索额图与明珠分庭抗礼。明珠一党早已伺机在侧，去年终于让他们逮着了机会。却是顺天府乡试，徐乾学之子树屏与徐元文之子树声同科取中举人，而该科所取南方士子，皆出自江浙两省，其余湖广、江西、福建竟无一人得中。于是这几省生员便放出口风，言是徐氏兄弟捣鬼，与主考官有暧昧之事，泄了试题。这一下给了明党口实，当下即有御史奏章弹劾。康熙将奏折交九卿会议，两党各执一词。又经监察御史磨勘，终于没有徐氏与考官串通之实证，传言不足为据。然为平息士子之忿，还是将树屏、树声等江浙举子夺了功名，仍准下科再考。徐乾学罢内阁学士、刑部尚书，徐元文罢左都御史，兄弟二人现均在国史馆降两级使用。

此事江浙士子按着鼻子未曾吭气，想来泄题之事确有其实，但是否为徐氏兄弟所为却不得而知。索党认为可能是明珠派人有意为之，目的是打击徐氏，兼而搞垮索党。内中实情如何，外人不得而知。然而明珠之子纳兰性德为此与父亲反目却是事实。原来性德最好诗词，与当朝文人交好者甚多，徐乾学当时号称文坛领袖，一直对性德的文学才华欣赏倍至。徐乾学还是他乡试的房师，康熙十一年，他与韩菼同科参加顺天乡试，徐乾学任副主考。结果是两人都中了举人，所不同的则是性德顺利中举，韩菼却是徐乾学审阅落卷时捡出的遗珠。第二年会试时，性德因病未能参加，韩菼却时来运转，一路过关斩将，会试殿试连中二元，被钦点为癸丑科状元。韩菼自是名声大振，徐乾学也因此得了个慧眼识珠的伯乐之名。性德与韩菼二人更是终生对徐乾学以师事之。

性德因徐乾学之事而与父亲反目，就更增加了索党的猜测。然而索党却是祸不单行，刚刚折损了干将二徐，偏偏索额图之弟心裕又接着犯事。那心裕是当年顾命大臣索尼最小的儿子，自幼骄纵惯了，年长后袭了一等伯爵位，不能修身齐家，反而招揽了一班豪奴，尽日流连花街柳巷、酒楼歌肆，终于闹出事来。就在当年三月，为了争夺坊间歌女，纵容手下将一在京待考的举子打死。此事令康熙震怒非常。八旗子弟不工、不商、不农、不士，靠着祖宗家产和朝廷供俸吃喝玩乐之风日盛，康熙欲借此事警惕旗人，整顿旗风，便加重惩罚，夺了心裕的世爵不算，另外追究索额图的不教之罪，将其内大臣、议政大臣、太子太傅之职一应革除，奉旨在家思过。

听廷瓒讲了前因后果，张英舒了一口气。看来康熙是有意将事情做大，目的很明显，是要废除党争。索党既废，明珠在朝中更加大权独揽，不知高士奇这个昔日门客，如今与明相交情如何。如果二人联手，左右康熙，也是不妙。因高士奇是自己所荐，便问道："高士奇如今在朝中口碑如何？"

廷瓒道："高士奇为人机敏，善揣圣意，对答滑稽，很得圣上倚重，现在南书房是首屈一指的人物。至于口碑可是差得很了，朝中私下有人撰了副对联，叫做'九天供赋归东海（乾学字东海），万国金珠献淡人（士奇字淡人）'。传闻徐乾学在昆山买地万顷，高士奇在钱塘亦置田不下千顷。"

张英诧异道："怎么高士奇是如此贪贿么？当年他可是穷得上无片瓦，下无寸土哇。这才不过四五年工夫，就积下了万贯家财了？那徐氏是昆山巨富，他买地万顷还情有可原；这高士奇才是一个五品供俸，如此暴富，圣上岂有不察之理？此人一旦犯事，我是难辞其咎，定要落个荐人不察之罪了。"

"圣上才不怪他哩！此番南巡，圣驾过钱塘时，高士奇还求皇上到他庄上去看一看哩。说他田里都种的是御稻种，说要在南方试种御稻，然后推而广之哩。"

"那圣驾去了吗？"张英急问。

"圣上说不必看了，大队人马，浩浩荡荡，临时开拔，必会劳顿地方，惊扰百姓。"

张英点了点头，心中对康熙又佩服了几分。他在康熙身边待得时间久了，又经历了平三藩、理河务等重大事件，知道康熙是个万事心里明白之人。凡事必私下多方筹划，一旦付诸实施，则势在必成。就如对待党争，十八年时京师地震，魏象枢即借此弹劾索额图怙权贪纵，私植党羽，以致天怒人怨,地动山摇。当时他就在南书房,亲耳听见康熙说:"京师地震,是朕失德,朕当自省,非干大臣之事。"第二日却召索额图、明珠等人严加训诫,说:"京师地震,朕反躬自省,尔等亦当自问。前事既往不咎,今后宜洗涤肝肠,忠公自谨。若朋比为奸,循私枉法,贪墨渎职。一旦事发,国法俱在,朕决不宽贷。"如今看来,康熙其时就已将此事铭记在心。五年后,才伺机将索额图等治罪。庙谟圣心,真是无人能及。

然而,高士奇贪墨,却让张英委实心下难安。康熙召自己回去,是否与此有关?是否高士奇用起来不能得心应手?又问廷瓒:"南书房现在谁人行走?"

廷瓒道:"是高士奇和励杜讷。"

"这二人文字都好,性格也堪互补,高士奇机巧,励杜讷厚讷;高士奇长于文辞,励杜讷长于墨书。有此二人在南书房应该敷衍得开了,圣上为何还要召我回去?"

"听圣上口气,恐是要让父亲做太子师傅。南巡途中,圣上接太子请安书札,闻听已读完《四书》,欣喜之余,赋诗一首,勉励太子,那诗还是儿子书录的,诗曰:'先圣有庭训,所闻在诗礼。虽然国与家,为学无二理。昨者来江东,相距三千里。迢遥蓟北云,念之不能已。凌晨发邮筒,开缄字满纸。语语皆天真,读书毕四子。龆年识进修,兹意良足喜。还宜日就将,无令有间止。大禹惜寸阴,今当重分晷。披卷慕古人,即事探奥旨。久久悦汝心,自得刍豢美。'诗毕,又问儿子,学完《四书》,接下来该学什么?儿子说,该学《五经》了。圣上说:《五经》之首为《周易》,汝父《周易》讲得最好。我据此揣度圣上是否想让父亲去上书房给太子讲《五经》。"

张英微微颔首。太子生于康熙十三年,今年应该虚龄十一了。从廷瓒适才所诵之御制诗来看,圣上对太子的学业非常满意,对太子的期望也很高,以大禹示之,以家国示之,是谆谆教导其要以君命自谨。太子六岁进学,张英曾教过他蒙学。对于这个长相俊美、尊师有礼的孩童,太学里的师傅们都很喜欢。又兼他自幼失母,康熙与皇太后、太皇太后都格外宠爱,师傅们也都格外对他垂怜。张英对于这个孩子的记忆,是非常好的,能做太子师傅也是一种荣耀。虽说上书房是诸皇子共同学习的地方,但每个皇子都要在特定阶段指定专门的师傅。如果自己真的是去做太子师傅,确也是人人梦想不到的事。

谈完国事，廷瓒与弟妹们说话去了。这里姚夫人来到书房，与张英商量明年是否按期回京。张英道："当然要在六月底前赶回，否则就是对圣上大不敬了。"

夫人道："玉儿、璐儿已在县学课读，是否一同回京？"

张英沉吟半晌，道："玉儿已是廪生，璐儿有玉儿带着，兄弟们一起读书究竟好些，他们还是在南闱参试的好，不必转籍了。朝中之事，未有定数，不定哪一天会被解职，转来转去，于学业不利。况桐城学风淳厚，县学名师云集，生员名额也不少，还是留在家乡读书为好。夫人意下如何？"

夫人道："我也正是此意。但如此一来，瓒儿就得提前在年底完婚。"

张大人奇怪了："这又是为何？婚期已经定在明年正月初八，满月后正是清明，祭罢祖茔，我们和瓒儿一同进京，这时间不正好吗？"

夫人笑道："这话可不呆了。玉儿、璐儿年岁尚幼，将他们独自留在家乡，我如何放心。老爷，此番我是不陪你回京了。"

张英想想，也是有理，便道："不陪就不陪罢，我带福贵回京，你带孩子们留在家里。但这与瓒儿的婚事有何冲突？"

夫人摇头，哂然一笑："你呀，是真不懂我的意思还是装傻？我不跟你回京，难道不要给你娶个侧室吗？"

张英连忙摆手道："夫人多心了。我已一把年纪，又已有了五子二女，还有什么不满足的。娶侧室做甚？"

夫人道："此事你不必多言，一切有我操持。你我夫妻多年，有什么不能交心的。我知你不是贪色之辈，我也不是那善妒之人。总归我不在你身边，没有一个贴心之人侍候起居，我放心不下。你若执意不肯纳妾，是逼着我跟你一同进京了，难道又放心得下玉儿他们？再说令仪姐妹也一年小二年大的了，看看都要嫁人，我也要在家中操持。琢儿、瑾儿又太小，我留下来是最好不过了。你在京里也可以勤劳王事，把家里彻底放下。我的意思是腊月里给瓒儿娶亲，明春给你娶个侧室。总不能你爷儿俩一年娶亲罢。"

"夫人思虑如此周详，我还有什么话说。只是委屈你了。"

"什么委屈不委屈，不过是尽我自己的心罢了。我总要给你娶个稳妥贤良的女子。此事急不得,让我好好谋划谋划。"

有姚夫人杀伐决断,腊月二十八,一顶花轿将吴氏娶进了门。吴氏是本乡仕宦之女,父亲为瑞昌知县,正在家里丁母忧,嫁了女儿,开春之后,祭过祖坟,就和廷瓒小夫妻一起回京,等候补缺去了。

这里姚夫人已为张英谋得官山刘氏,却是戴名世所荐。原来这刘氏父亲是个私塾先生,与名世之父戴孔万最是友善。孔万死后,名世虽长年在外教馆,然每年清明回家祭祖都要去拜望这位世叔。刘家家境一如戴家,虽然贫穷,却是诗礼之门。这刘氏女幼年已许过人家,谁知未曾出嫁,那男人就得病死了。这刘氏女一时高不成低不就,便一直留在娘家,留成了个大姑娘。好在她生性恬淡,也不以为意,只在家帮着母亲做针黹,帮着哥嫂带侄儿。此番名世照例与方氏兄弟清明回家祭祖,来访张英时,知道康熙着他还朝,姚夫人正在张罗着给他娶妾,便荐了这刘氏。有戴名世作保,人品自是没问题的。姚夫人又亲去官山,下了聘礼,选个吉日,娶过门来。

这刘氏虽是寒门出身,因父亲是个诸生,在家设馆,教的都是附近农家子弟,从小便也跟着学了些字。后来既错过花期,已无非分之想,不意倒嫁入了望族之门。虽然是个侧室,但夫人贤惠,张家家风又好,这是乡里皆闻的,料没有什么亏吃。待嫁进门来,知道要独自跟着老爷去京城,更是意外之喜。再看老爷虽然年近五旬,但白面黑须,眉清目秀,看起来比他那在乡下做田的兄长们也大不了多少。心里的满意都化作了感激,自是打点起十二分精神,对老爷和夫人极尽奉茶执帚之礼。

这里一切打理停当,张英不日就要起行。行前带着妻妾儿女回到松山,一则要再去祖茔祭祀,二则去看望二哥湖上先生,三是去接堂兄克倬进城。

张英二哥张载,为人最是有趣。年轻时风流倜傥,身高貌美,又好交朋结友,谈诗论文。他比张英年长许多,是明季诸生,明朝既亡,遂绝意进取,只在家乡松山以耕田打鱼为乐。松山面临松湖,张载环湖筑堤,围田数十亩,养鱼种荷。每到夏季,那连天荷叶,万朵红莲,竟成了松湖一景,引得远近都来观赏。张氏是大族,尤其是张英入朝之后,张家名望更是非同凡响。张载自父亲手上分得有五百亩良田,家境富裕,怎么也是个乡间大老爷。而他却将田产悉数分给子弟，自己带着妻子在湖上打鱼。久而久之，人人皆称他为"湖上先生"。

这湖上先生一改年轻时习性，再不鲜衣怒服，远近交酬。长年躲在这松山湖畔，门不纳客，身不入市，穿着一如贫民，夏则一条短裤，冬则一件长袍。逢到非要应酬之事，便怫然不乐，抱怨道："又要衣冠楚楚与人作揖打揖了。"张英在城里买地置宅，五亩园落成，人人都去祝贺，却怎么也请不动他。说得急了，就说："饶了我罢。我已二十余年不进县城，连路都不会走了。这辈子也不打算再进城了。我现是个渔民，一身的鱼腥臭，夹在你们中间，没的熏臭了你们。"谁也没办法他。这次张英娶妾，也没能劳他的大驾去喝杯喜酒。张英没办法，只得自来见这位哥哥。

来到松山，果然湖上先生正在湖上打鱼。见了弟弟，倒是非常高兴，立即起网上岸，招呼家人准备酒菜。

湖上先生也不住在松山保的张家大屋里了，祖宅的房屋由他的儿子们居住。他自己就在松湖边筑了一溜数间茅屋，那茅屋虽然简陋，门窗都是柴扉芦席，但屋檐宽大，赛似亭阁，又正面临着荷田，是夏季纳凉、冬天晒太阳的好去处。此时正是四月中旬，那荷叶肥绿得涨满了水面，风从水面吹过，带来扑面的水气和浓郁的荷香。那张载下身着一条肥大的粗布半截裤，上身是件斜襟短衫，赤着脚，挽着袖，戴一顶十八圈粗麦草帽，整个一地道渔民打扮。就在那茅檐下支上桌子，用粗茶壶泡上一壶浓茶，与张英闲话。

张英看着这水光山色，满目清凉，喝一口茶水，那茶里放了荷叶，喝出了满口清香，由不得感叹："难怪二哥哪儿也不想去，有这湖水日日洗眼濯心，连我也不想走了。"

张载道："老五，不是我说你，仕途艰险，得退步时且退步，能抽身时早抽身。你在朝，如临深渊，如履薄冰，日子可不好过。你这一去，二哥可又要时时为你提着一颗心了。"

张载多年散淡落拓，人都以为其已与外界隔离，不通世事了，谁知却说出这番话来，手足之情溢于言表。张英也由不得动情："二哥，你的意思我懂。我又何尝不想像你一样，远离是非，率性为人。但入世难，出世亦难呐。当今圣上于我恩荣太深，我不能不忠不义啊。"

张载道："那倒也是。子曰：'邦有道，则仕，邦无道，则可卷而怀之。'

当今看来是位有道圣君，不似前朝。不说这些了，哥哥我生不逢时，现在做个严子陵也不错。只是你要时刻记住，伴君如伴虎哇。几时在朝中日子不好过了，就回来与哥哥一起打鱼吧。"

兄弟俩闲话了约莫一个时辰，家人已将八张大方桌摆在了檐下和门前空场上。一时酒菜齐备，一群与张载同样打扮的渔夫前来赴宴。原来这张载每逢打鱼旺季便要将附近渔民请来大吃大喝一顿，然后大家开湖打鱼。由张载做个鱼贩，大家打得鱼来，都送到张载船上，由张载收购，然后转运出去。此事非是有财力者不能为之。以往渔民打得鱼虾，不是自己赶集上市货卖，便是卖给外地鱼贩，当然免不了费工受气。现在有了张载坐地收购，又是乡里乡亲，不存在压价欺生，大家又何乐而不为。而张载厚以待人，除了开湖前请众人喝酒而外，平时家中若有喜事宴客，也必把左右渔民请来，大乐一番。他常说"独乐乐不如众乐乐"。自己酒量又浅，稍饮辄醉，只图的是大家热闹。这些渔民与湖上先生处得久了，凡事都来找他商量，俨然把他当成了主心骨，而他却不以长者自居。松湖一带因了张载的无为而治，竟然数十年盗贼绝迹，家家夜不闭户。

这日大家前来，见有张英张大人在座，一开始都难免有些拘谨，待到酒酣耳热，剩下的就只有猜拳行令、杯觥交错了。

辞了二哥，张英又回到老屋，恳请克倬夫妇去五亩园帮助持家主政。克倬的两个儿子都在城里读书，女儿已经出嫁，家中只有夫妇二人。此番见张英又要回京，而夫人与子女留在桐城，姚夫人一个妇道人家，廷玉兄弟又实在年幼，五亩园中若没有一个得力人主持，确实不行。便也不再推辞，当下收拾行装，夫妇二人随张英进城。

刘福贵是要跟老爷回京的，家里男仆便请了万嫂家的男人万顺。万顺原来在轿行里替人抬轿，这下子做了张府的家人，也是喜之不尽。这张英夫妇持家，定的原则是事必躬亲，因此虽是高门大户，却奴仆甚少。张英身为翰林学士，常常告诫廷瓒：文字奏章，一定要亲笔所为，不可假人之手。所以张英父子多人在朝为官，包括后来张廷玉做了首辅，家中都未曾请得师爷门客，只有个小吏做做誊录之事。

一切安排妥当，已是五月中旬。起程日期已经择定，这几日，张英在书房夜夜熬更点蜡，检查子侄们的窗课，又亲刻了好几枚图章。

临行前夜，他将廷玉、廷璐和侄儿廷珩、廷璇、廷琛等叫到书房，教导众人："我明日就要离乡，再不能日昔督促关心你们，现有四句话送给你们，要切切牢记：'读书者不贱，守田者不饥，积德者不倾，择交者不败。'这既是我的临行赠言，也算是我给你们立的家训罢。"说毕，饱蘸狼毫，将四句话写成条幅，廷玉代众人接过，放到一边晾干。

接下来张英又拿过众人的窗课本子，说："首先说'读书者不贱'。这并不是单指功名一途，所谓'人不学，不知礼'。虽是寒苦之人，但能读书为文，必能养成高尚品格，使人钦敬。当然，功名一途，也是你们兄弟必定的道路。你们兄弟出身世家，虽称不上锦衣玉食，然也衣食无忧，这是仰仗祖宗的福德，你们要惜福爱身。既是学生，就要在学业上用心。"

"近日看了你们的窗稿，有些话不能不叮嘱。首先一点，读书不可贪多，作文不可懒惰。我愿你们将平时所读之书，视之如拱璧，一月之内必加温习。万不可读过之后，即丢诸后脑。古人之书，安可尽读？但所读者绝不可轻弃。得尺则尺，得寸则寸。毋贪多，毋贪名，但读得一篇，必求可以背诵。然后反复思考，通解其义蕴，直到能够运用纯熟，如此则自然而然生发才气。否则只一味读书，一味贪多，那无异于'画饼充饥'，食得再多也无用；而不求甚解，生搬硬套，则叫做'食古不化'。此二者都可谓学而无用，徒费功夫，切切诫之。再说作文，时文没有什么技巧可言，惟有多写多读。闱中之文，一言以蔽之'理明词畅，气足机圆'。要知闱中之文与窗课房稿不同，南闱之文又与他省之文有异。所不同处只可意会，难以言传。你们都是南闱中人，惟有平心静气，细读南闱墨卷，自能有所体会。"

"列子中说，古有善射者，射虱时视虱如车轮，所以可以一发中的。学问亦是如此，只要重视，必有功效。从今而始，给你们定下规矩：每月之中，逢三六九日，作文一篇，这样每月可得九篇，不疏不密，但不可间断。每月一次，将所作之文寄往京城，我当细细评读，然后提出意见，寄还你们。这样你们读书用心不用心，我都能从文中看出。还有一条要特别告诫，作文绝不可使人代写，这是大家子弟最最要不得的陋习。占着有钱，自己偷懒，请贫家学子代为窗课。岂知到时参试，闱中笔墨，谁为你代。此举不是自欺欺人，作茧自缚？这些窗课本子，我已看过，没空给你们细细解说了，所有意见都批在本上，拿回去仔细看罢。"说罢，将窗课交给廷玉，廷玉一一发还众人。

这里张英说得口干，拿起茶杯，喝了口茶，又道："顺便说说，茶能养神，酒能乱性。玉儿、璐儿都知道吴友季，他是大医家，最重养身之道。他嘱我以茶养生，说茶能解毒，能健脾胃。玉儿脾胃弱，宜饮淡茶，浓则有伤。"

"接下来我要说到'守田者不饥'。古人谓二十受田，你们终有一日也要析产持家。古谚云：家有恒产，心中不慌。所谓恒产，惟田产和房屋，房屋又不如田产。赁房于人，年终取租，若碰上人家贫困，则逼而取之，于心何忍。田产则不然，佣田者，秋谷登场，必先完田主之租，盖因田有所获，而房无所产。遇到灾荒之年，减产歉收，自应按例减租。此利取之便心安理得。最最不可的是放贷取利，以钱生钱，无益生产，而借人之急肥己之私，此是市井狡狯行径。尔等要以忠厚待人，终生不可借钱生利。"

"再说积德者不倾，此中意义，六经、诸子、百家之中多有阐释。你们都是读遍圣贤之书的，无须我赘言。说到择友而交，此事至关重要。年岁渐长，人到二十上下，说成人未成人，心性最乱。此时父母之训，师长之教，往往不如朋友之言。所以择友定要慎重，万不可轻信巧言利舌，交那哗众取宠之辈。良朋益友，其言如兰。淫朋匪友，其毒如鸩。为人第一要立品，择二三好友交之，互为师友，相与勉励，可矣。况你们兄弟之间，年龄相仿，也可以师友互为。人伦有五，而兄弟相处之日最长，自竹马游戏以至苍言鹤发，终身相伴。兄弟如手足，要互相关照，互相珍惜。"

"今天已说了太多的话，余言不能尽矣。我这有几方图章，你们拿去自看，以后每月寄窗课家书，要将这些图章轮换盖在上面，这样才不负我殷殷之心。"

说罢，张英将桌上图章一一递给廷玉，众人传看，一枚刻着："保家莫如择友，求名莫如读书。"一枚刻着："立品、读书、养身、择友。"最后一枚，刻的是："马吊淫巧，众恶之门；纸牌入手，非吾子孙。"

张英指着这枚图章说："此一条，你们切记。赌博之为害，不可悉数。而赌具中，马吊最恶，其有巧思，聪明之人一入其中，最易迷不知返。读书人性巧，万不可接触马吊。此章你们切记，我话既出口，绝非儿戏，一旦发现你们叔侄出入赌场,便不是张家子孙。我走后,家中一应事情,有四伯(克倬大排行第四)料理,你们都要听话,勿惹是非。"

这里众人日昔见张英性情平和,今天第一次看他声色俱厉,惟有低头而立,口中喏喏连声。

至此,张英训示众人,已近一个时辰,方才和言悦色,遣散他们。

廷玉捧着图章,众人捧着条幅,告退出去。这里张英又墨书一横一竖两张条幅,来到廷玉书房。廷玉正用印色养那图章,见了父亲,立即起立。接过条幅,恭恭敬敬放到大书案上。只见横幅写着"惟肃乃雍"四个大字,竖幅写着三行中楷:"戒嬉戏,慎威仪;谨言语,温经书;精举业,学楷字;谨起居,慎寒暑;节用度,谢酬应;省宴集,寡交游。"

张英指着条幅说:"为父专为你书此条幅。'惟肃乃雍'是厚德载物之象,惟有端方肃穆,才能和顺安详。人之品行,需得从幼年时培养,为父不在身边,万事要听母亲的。你母亲是个大贤大德之人,有她教导你,为父没有不放心的。其他需戒慎的,都写在这十二目里,为父是对你格外严格一些。尤其要叮嘱的,一是学楷书,为父常说:楷书如坐如立,行书如行,草书如奔。字如其人,楷书端庄,喻人之性格端方庄严,但须去其拘矜矫作,要有雍容宽裕之象。小字可学《乐毅论》,习字时须静心凝神,纸上画格,以整齐匀净为要。每日临四五百字,不可贪多,多则草草。长此以往,自然书法大进,你现尚年少,且不可急于学行、草,以免养成飞动草率之性。"

说话间,张英已踱到廷玉书架边,随手拿起一方砚台,道:"再有一条,为父要你节用度,并不是责你奢侈,只是近日看你对于器具等物颇为讲究。其实器具之功,在于运用,切不可将心思用于收藏一途。所谓玩物丧志,名画书法及玩器,都不可涉及。譬如砚台,本是用来研墨写字的,普通石砚即可,你这方金星砚,少说值二十两银子,用来研墨怕打破了它,放在架上却一无所用,徒自占着地方。再如这茶杯瓷器,瓷佳者必脆薄,一只茶盏值数十两银子,捧在手上时刻怕打碎了,还有什么品茶的心思?收藏一途,是纨绔行径,费银伤神,乃至夺人心性,重物轻人,因此为父要你节用度。为父一生好茶,每日茶杯不离手,然也只是寻常瓷器,你这只杯子太过贵重,还是收起来罢。你这架上物事,除了这把御赐折扇外,我看都可交于你母亲,或转赠他人。不是为父要夺你所爱,实在是对你爱之愈深,则责之愈严。为父之心，你能懂么？"

廷玉近来因在学中与众多富家子弟一起读书，难免在器物用具上互相攀比，又有相与得好的互相赠送，便藏了几样玩器。见父亲郑重提起，便羞得低下头来，红着脸道："父亲教训的是，儿子立刻就将这些物件交与母亲。"

"倒也不急，只要你懂得这个道理就成。为父也还有几件东西要交给你，那才是你该珍藏之物。"说罢，张英牵起廷玉的手，带他来到自己书房。从书橱里捧出几只锦盒，一一打开，原来是那只御赐珊瑚镶金玉麒麟和廷玉周岁时姚文然等人送的贺礼。张英将这些物品的来历一一告知廷玉，嘱他妥为收藏。廷玉谢过。张英又拿起自己书案上那只青花瓷盖碗，连着托盘递给廷玉，道："这是为父的茶杯，送给你罢。以后见杯如见人，你会时时感到为父就在你身边。玉儿，你天赋异禀，读书长进，为父对你期望甚高，你要自爱自重，不可随入碌碌哇。"

廷玉自小在父亲跟前长大，十几年来，还未曾离开过父亲一日。今日父亲又如此殷殷告诫自己许多话，显是对自己爱之深了。想到父亲明天就要返京，而此番自己并不随去，再不能日日给父亲请安，时时听父亲教诲了，不觉心中酸楚就要滴下泪来。又恐父亲伤怀，强自忍着，口中道："父亲教诲，儿子谨记在心。父亲放心赴任，儿子在家，必定孝顺母亲，笃爱姐弟，精进学业。父亲在朝，勤劳王事，还要多多保重身体。"

张英道："为父自然理会得。你读书也不可太过劳心，平时作习起居要定时，不可太过熬夜伤神，冬夜以二鼓为度，暑月以一更为度，清晨起床以日出为度。这样方可保证睡眠。你脾胃弱，饮食上也要注意，宜清淡，宜节食，不宜过腻过饱。食毕要注意行走疏食，寻常以茶养胃。这都是你吴友季叔叔常常叮嘱为父的，为父依此而行，至今身体健旺，未有病痛不适。你也要谨记在心，养得好身体，方是根本。"

廷玉哽咽道："父亲的话，儿子都记下了。父亲明日还要远行，早点安歇才是。"

张英这才拍拍廷玉肩膀，回到姚夫人房中。

次日起行，姚夫人带着女儿送出园门，廷玉兄弟骑马直将父亲送到吕亭驿，王知县和张英的同年友好也多有随送到吕亭驿的，不必细表。

桐城文庙正门今貌,全国重点文物保护单位。(白梦摄)

第十回
献孝经君臣再相会　选拔贡名世初进京

六月六日，张英抵达京城。暂且下榻在西安门外廷瓒住处。

俗话说：六月六日晒龙袍。这是个大热的日子，京城家家户户都翻箱倒箧，晾晒衣被。张英嘱刘氏也将自己的朝服官靴拿出来晾晾。居家三年，这朝服姚夫人年年都要拿出来熨烫晾晒，可他一次也没穿过。明天他要到紫禁城面圣，自然要朝服冠戴起来。

第二日，待廷瓒早朝回来，张英问明圣上已移驾瀛台，便用一块黄绫裹上《孝经衍义》文稿，匆匆往西安门赶来。进得西安门，不由得眼睛扫向那昔日宅第，门上竟落着一把黄铜锁，也不知如今是谁住在里面。

从西安门往瀛台，路途并不遥远，行不数步，就是一道禁门，禁门侍卫已经不认识他，张英拿出官符，方才允许入内。这里是张英昔年常来之地，熟门熟路。来到瀛台，皇上却不在寝宫。那小苏拉太监却识得张大人，虽然太监不得过问政事，他不知张大人为何三四年不见，但看他仍是三品朝服，知道未曾犯事，心想许是放了外任罢。当下也不敢多言，指点道："万岁爷刚刚散讲，带着高大人、励大人去太液池看荷花了。"

张英知道荷花在太液池东，边往东边赶去。果然见柳荫之下，康熙身穿一件宽松的软缎袍子，手中摇着折扇，正在那摇头晃脑地说话哩。张英数年未见皇上，乍见之下，心里激动，脚步便加快了，紧赶过去，扑身跪倒，连连磕头,口中道:"臣张英恭祝吾皇万岁万岁万万岁!"

皇上正在摇头晃脑作诗,眼角也瞟见西边来了个人,但穿着朝服,带着凉帽,也分不清是谁,想是有人前来奏事,也没在意。待听到声音,知是张英来了,一惊不小,不由得上前一步,伸手搭他起来,口中道:"张爱卿,还记得朕呐。当年准你回家葬父,说好事毕还朝,怎么赖着不回了。若不是朕召你,恐怕还不知几时还朝哩。"

张英拱手道:"臣以为在京候补之人甚多,朝中遍是俊杰,也不缺臣一个。忙忙地来候补,倒塞了别人进身之路。"

康熙道:"你倒有理了。别人要候补,你还要候补吗?朕着你原职启用,仍在南书房行走。"

"谢圣上隆恩!"

这君臣二人见礼罢,张英才回过神来,与众人见礼。原来张英见着皇帝时,眼里心里只有皇帝,对他身边的几个人竟是视而不见。这时才看清站在康熙身边的一个是高士奇,一个是励杜讷,还有一个是纳兰性德。高士奇和纳兰是老熟人了,相互拱手寒暄。那励杜讷却是张英走后才补到南书房的,但他以前在翰林院供职,与张英也是面熟,便也拱手为礼。

康熙待众人见礼罢,这才指着张英手上的包袱道:"这一大包是什么好东西,是送给朕的礼物吗?"

张英见问,才想起手中之物。当下又单膝跪下,将包袱高举过头,道:"正是臣献给吾皇的礼物。臣居家期间,已将《孝经衍义》著成,请圣上审阅。"

康熙接过包袱,大喜道:"太好了。张爱卿居家还不忘为朕办事,如此朕就免了你迟归之罪了。"张英亦笑道:"谢圣上不罪之恩。"

康熙亲手打开包袱,见是一摞一十八册蓝绸封皮的册子,封页上写着珠圆玉润的"孝经衍义"四个大字。翻开封页,里面是清一色的蝇头小楷。高士奇就康熙手中看那册子,笑道:"亏得张大人,一部《孝经》,不过短短一千七百九十九个字,你就衍义出许多来。"

张英道:"《孝经》虽短,自汉朝起就被列入七经之一,古来衍义它的大儒多着哩。我也不过是拾人牙慧罢了。"

"可是朱子却以为它文理浅显,非仲尼所作,乃后人托伪。"

"我却不去考证它的作者,仲尼之后,有七十二贤人,贤人之后,又有门徒无数,皆我儒门贤哲。《孝经》无论出自谁人之手,我只取它的实用。前朝大儒吕维祺的《孝经或问》说:'一部《孝经》,只是德教二字。孝德之本,教由所生,是一部《孝经》的纲领。'圣上嘱我考注《孝经》,不也正是取其文字通俗,道理显白,利于教化百姓吗?"

康熙道:"正是。朕有意将《孝经》列入国学课本,这才诏示翰林院考注衍义。张爱卿临回乡之前,领了此事,不意竟已完成。高大人,你也不要把才干都放在斗嘴上了。朕知道你能,就能在嘴上,手却懒得很。"

性德道:"高大人手懒吗?我倒不觉得。手懒怎么能在短短几年里,置下千顷良田。"

张英听得此言,心说性德莽撞了。谁知高士奇却不以为意,脸上笑容不改,口中道:"士奇这点手笔有限得很,比起你的老师徐大人,可是差得远了。良田万顷,鸦飞不过,那才是大手笔呐。不愧是文坛领袖嘛。"

"你!……咳、咳、咳……"纳兰性德因高士奇曾就食他家,又是满人习性,总有些把他当奴才看。想当年高士奇落魄之时,也确实对他这位明大公子唯唯诺诺。如今用这种不以为然的口气说话,由不得令性德火起,顿时气得面红耳赤,咳喘成一团。旁边侍立的小苏拉太监赶紧上来给他捶背,半晌,咳出一口痰来,方才气平下来。脸上潮红渐渐退去。

康熙关心地问:"怎么又咳嗽起来?春上不是好了么?回头传太医好好看看。"

纳兰道:"我这病,太医总治不好。春上还是吃吴先生的方子,才好了的。吴先生说过,如若再犯,就不好了。圣上,我自己的病自己知道。只怕是不久了。"

康熙道:"这是什么话?年纪轻轻的。既是吴先生的方子好,回头再让他看就是了。"说到这里,像想起了什么,转头对张英道:"这吴先生是你的朋友,既有真本事,何不荐他到太医院来,也挣个功名。"

"圣上和纳兰大人说的是吴友季吗?"张英并不知道性德和吴友季的关系,然听皇上的口吻,这人不是吴友季又能是谁?

性德道:"正是吴友季。那年在朝阳门码头送你回南,吴先生不是也在么?一眼就看出我有肺热之症。其实我那时已痰中带血好多年了,吃什么方子都不管用，后来竟让吴先生给治好了。一直以来，都是吃的吴先生的药。可是今年春上这场病来得太猛，咯血数碗，吴先生虽止住了血，但说过若是再犯，就难治了。他嘱我多散心，我不是年年跟着圣上巡幸四方嘛，可这心就是散不开啊。吴先生嘱我少饮酒，说酒是'其益如毫，其损如刀'。我也知酒伤身体，可除了酒，我还有什么？"

听了这番话，张英才明白了其中因由。吴友季是个悬壶济世的医家，善于望、闻、问、切，见了生人就像相面先生一样，忍不住要相上一相，一定是在朝阳门码头相了纳兰有痼疾，然后开始给他治病的。

纳兰自康熙十二年会试后患病，一直时病时好，身体无法复元。直到碰上吴友季，他的方子特别奏效，性德竟似乎完全好了。去年因徐乾学之事与父亲怄气，病又犯了，今年春上差点咯血而死，又被吴友季救了过来。现在看他情形，怕真的不好了。张英当下心里有些酸楚，忍不住责备道："吴先生既然不让你饮酒，为什么偏不听哩。听你父亲说，春上发病，也是因为来了几个南方朋友，畅饮起来，才咯血的。"

"他知道什么？"性德以这种口气说自己的父亲，这在张英看来，简直是大逆不道。看来廷瓒说的因徐乾学之事，父子闹别扭，是真的了。

康熙显然知道内情，遂转了话题，还是对张英道："怎么样，那吴友季的医术到底有什么过人之处，是祖传的吗？哪天荐他来太医院？"

张英道："圣上要赐他功名，自是好事，只怕吴友季无福消受。他那医术也不是祖传的。臣与吴友季是幼时同窗，后来吴友季随父外出经商，便再没有了联系。谁知后来在京相遇，竟已成了个医生。臣问起缘由，才知有一年他父子二人同时染上恶疾，病倒在客栈，幸遇一个游方道士搭救，才捡得一条性命，可他父亲还是死了。从此他也不再经商，就跟着那游方道士后面。据他讲，是那道士传了他医术。那道士是个奇人，冬不畏寒，夏不畏热，终年一件灰布道袍，食量奇大，然而数日不食亦不饥。给人治病，单取一饭而食，遇人给钱，便说：'天下之物，哪一件是我的？'人说：'聊表心意而已。'他又说：'天下之物，哪一件是你的！？'后来那道士见他已学成，便不辞而别了。臣曾问过那道士来历姓名，他只说不知。也曾劝他去考太医，他却说：'是宫中人多还是宫外人多，是宫中需要我还是百姓更需要我？你让我进宫是不让我为贫苦百姓治病了。况宫中已经有良医，就让留我在宫外罢。'"

"这话说的是。百姓也是朕的子民，吴先生在野，为百姓看病，胜似在朝效力。世上多少贤人，朕岂能都收来为己所用？然率土之滨，莫非王臣，朕真为有这样的贤士良医而高兴。设若州县各官乃至些微小吏，都能如吴先生这样一心为民，岂不是天下苍生之福。吴先生之志可佳，进宫之事休再提起。"

因了性德这番折腾，康熙此时才想起手上书册，遂转手将包袱递给励杜讷，道："收好。待朕晚间仔细审阅。"励杜讷接过包袱，把书册理好，重新包裹妥当，这才转身将包袱递给侍立在旁的太监。

这里众人复散步说话，水上风送荷香，康熙道："啊哟，都是张爱卿来搅乱了，适才朕正做了首赏荷的好诗哩，这下全忘了。"

"圣上放心，臣记着哩！"高士奇说罢，高声吟道："千队芙蓉太液池，迎薰初散讲筵时。螭头绝胜金莲烛，自有清香送晓飔。"

康熙喜道："对，对，就是它。朕怎么自己作的诗倒忘得如此干净。这都要怪张爱卿，来得突然。你这一来，让朕喜得什么都忘了。哦，朕还忘了问你，夫人和孩子们都好吗？宜妃一直跟我说，让姚夫人回来后，宣她来宫里说话哩。"

"禀皇上，此番臣独自进京，拙荆和孩子们都留在家乡。不过拙荆一直记着宜妃娘娘，让我带了几样土产，要送给娘娘，只怕娘娘不稀罕。"

"是些什么好东西？姚夫人为什么不一同回京哩？"

"回皇上，都是自己庄上产的。一桶茶叶，一担紫香糯，还有几样菜干。不是什么好东西，只是拙荆对娘娘的一片心意。孩子们在家乡进学，拙荆放心不下，因此没有同来。"

"哦，放心不下孩子，倒放心得下老爷了？"康熙因见过姚夫人，对姚夫人的风致和大家作派印象深刻，便忍不住要多问几句。

张英道："拙荆替臣娶了个侧室刘氏，此番跟着来京了。"

"哈，你这夫人果然贤德。只是这一下子，你袖中可无香可藏喽。"康熙此话一出，不仅羞得张英脸红，惹得众人也齐笑出声来。原来张英家有个香夫人已不是秘密，众人艳羡之余，自也忍不住要拿此来调笑他。

"你那个要击堂鼓替天地扬威的小家伙哩，如今十几了，在家乡进学么?"

张英乍听此言,愣了片刻,方想起康熙说的乃是那年除夕对对联之事,拱手道:"回禀圣上,那是臣次子廷玉,壬子年生的,今年已一十四岁。先在县学附读,去年已拔了增生,便不想他转籍了。如今兄弟几人都在县学读书哩。"

"壬子年的,那和皇长子同年了。说起皇子们读书,这也正是朕召你回来之意。皇子们也都还用功,太子读书更是尽心些,已读完《四书》了,正在学《经》。你回来得正好,朕要让你做太子师,好好辅助太子读书,有你督促着,朕就放心了。朕最喜你讲经,不枝不蔓,尽解前人经义,不故作惊世之语。"

"那是臣学问简陋,不能独树一帜。教导太子臣自当尽心竭力,只怕力有不逮,辜负了圣意。"张英因廷瓒前番的话,对做太子师傅已有心理准备,便也不惊讶。

"什么独树一帜?我看有些人的所谓学问观点,哪里有什么超出前人之处,也不过是沽句钓誉罢了。"高士奇突然插上这么一句,除张英而外,人人都听得出是讥讽徐氏兄弟。果然性德听了,立刻反讽一句:"高先生学问倒是好的,只可惜都用在谀媚上了。"

"你说我谀媚?是说我谀媚圣上了。除了圣上,我还谀媚谁了?我这是谀媚吗?我不过是知道圣上宵旰勤政,日理万机,怕圣上心头终日泰山压顶,装的都是军国大事。因此说几句笑话,逗圣上开开心、解解乏而已。"

"我倒不知你谀媚圣上,圣上天赋智慧,也不是你谀媚得的。甚至索额图疾言厉色,也不是你谀媚得的。自有人喜你谀媚就是。"

"那你是说我谀媚你父亲明大学士喽。这是你为人子该说的话吗?"

"我单知道我父亲叫明珠,却不知道他叫明大学士。我单知道大学士和一等侍卫都是圣上臣子,却不知道臣子之间还有父子。"

两人当着皇上的面如此针锋相对,直听得张英心惊肉跳。心知后来索明二党的党争,比之自己前番在朝时已是明目张胆得多了,难怪逼得康熙动手了哩。

"怎么又争起来了,你们俩是犯了什么刑了?动辄就争起来!高大人、性德,朕今天当着张大人的面,索性把话挑明了吧。满朝上下,人人皆以为

第十回 献孝经君臣再相会 选拔贡名世初进京

高士奇是明珠荐给朕的，其实真正荐士奇的人是张英。这一点连你高士奇也是一无所知。张大人荐才从不令人知，这才是国士行径。高士奇呀高士奇，枉你聪明过人，确实是太聪明了，聪明得过了头！"康熙说出这番话来，在场诸人除了张英而外，人人惊诧。

高士奇入宫后，成了明珠的左右手，帮着明珠卖官鬻爵，收受地方官贿赂，其中虽有他自己贪赃的成分，重要一点还是因为感激明珠的举荐之恩。他在明珠和索额图家中都待过，心知两人个性绝不相同。索额图为人高傲威严，对文人雅士尤为蔑视，除了徐乾学和李光地，其他学人他一概不理。他那一党多是满洲巨公贵族，但因了徐李的关系，自有一批学人归在其党内。明珠则恰恰相反，为人和蔼，礼贤下士，仗义疏财，所以他的府中整日门庭若市。但他这样做的目的恰恰是为了笼络人心，放长线钓大鱼。骨子里，他的贪心比谁都盛，可面上又是个儒雅可亲的人。所以他要高士奇、余国柱等人代他出面，去行那贪贿之事。

性德出身豪门，其父对他期望颇高，幼年他也只知锦衣玉食，待长成后，自己身入朝廷，才知政界险恶。近年来，索明二党把持朝政，争权夺势，互相攻讦。虽然康熙聪明睿智，但毕竟只是身处禁宫，批折子管大纲，其余与下级官僚间的事务，都由索明二相负责。一时弄得朝中明枪暗箭，人人自危。其父明珠在朝一套，在家一套，那些地方官吏进京，必先要来明府纳贡，然后才去六部办事。父亲的多重人格，两副嘴脸，让他非常不屑。

徐乾学是性德的老师，性德因了对文学的热爱，对徐氏兄弟及其一帮朋友非常友好与同情。徐乾学从前本是明珠门客，后来不知因何原因却成了明珠的死对头。徐发迹后，深恨明珠笼络士子，使他这个文坛领袖不能名至实归。他加入索党，也不是钦佩索额图为人，不过是要借其力量打击明党。

受徐乾学等人影响，性德对其父看法越来越差，直至去年徐氏被贬后彻底与其父翻脸，筑屋另居。索党因了徐乾学的加盟，本来在士林也笼络了些人物，足以与明党分庭抗礼，但自从高士奇进入南书房后，明党势力陡然上升，那些望风之辈，纷纷靠向明党。

人人皆知高士奇是明珠门人，人人以为是明珠荐的高士奇，性德更是因之而特别鄙视其父。谁知却是一场误会。只可惜高士奇本人也不知道，甘心做了明珠的走狗。

励杜讷一直沉默不言，他也和高士奇一样，是布衣出身。他原是一个诸生，只因楷书写得好，康熙二年朝廷编纂《世祖实录》时，下诏征选善书之士，励杜讷以善书第一入选，做了个誊录官。《世祖实录》完成后，照例叙功论赏，励杜讷得了个六品俸禄。康熙喜他写字快而好，因而特诏他来南书房，充起居注官。他虽与高士奇出身相似，同是六品，却不像高士奇那般张扬，每日只知埋头抄写文字。康熙爱他的忠厚，对他的赏赐从来都与高士奇一般无二，只是他自己不刻意宣扬，别人也不知道罢了。他深知这位主子是聪明过人的，谁若想糊弄他那是在糊弄自己。今天康熙说出高士奇非明珠所荐之事实，他便心里知道这是康熙发给明珠的一个信号，同时也是爱惜高士奇，不令他陷得太深。

果然康熙接下来的话更是意味深长。

康熙见自己一席话说得众人都沉默了，高士奇如此精明之人，听了自己的话，竟只知道发愣，而忘了向张英致谢。知道众人心中的震动都不小，遂打破沉默，又问张英："你那赐金园修得怎样，朕的条幅收到了吗？"

"谢圣上恩典，御赐的条幅已做成匾额，悬挂在赐金园门首。那赐金园共有五十亩山地，臣在那里植树种茶，园中有茅屋数间，臣为之题名'佳梦轩'，取人生如梦之意，既如梦，何不以佳梦梦之。"

"好。朕听廷瓒说，赐金园地处山中，有田有地，有林有水，风景绝佳，怎么只买得五十亩地，为何不多置一些？还有那佳梦轩，朕听说你画了一张芙蓉双溪图，原是要构亭筑楼、大事铺张的，怎么最终只筑了几间茅屋？"

"芙蓉双溪图是臣在佳梦轩中做的佳梦。臣回乡后，在城中置了五亩园，又在乡下置了几亩田地，弄得囊中罄尽。待到置山林时，不得不动用圣上赐金，所以名之'赐金园'。置园之后，已无力再铺张了，只好筑茅屋数间，聊以自慰。图中构想，实是梦中计划，留诸后日实施罢。"

"听说你著了篇《恒产琐言》，极言田产之重要。不知此番回家置了多少田产？"

"回禀圣上，臣是耕读之家，《恒产琐言》是为儿孙辈立训，缘于我自己曾鬻祖产，至今后悔莫及。臣父曾两次析产，臣共得祖产良田五百亩。丁未年间为进京会试，臣曾鬻田百五十亩，此后心中总有不肖之恨。此番回乡，首要一条就是想赎回该田。但臣身为官宦，又焉能强赎之。只好另置田产补足。只是所置之田比之原产要苦瘠羸瘦得多。如今世道安宁，人人守产，鬻田之人实在太少了，良田更是无处可觅。"

"如此说来，你还是只有五百亩田啊！"

"是。臣有个心愿，此生要再置五百亩田地。如此就将祖产翻了一番。"

"你这个心愿不大，朕一定成全你。你这《孝经衍义》一刊刻，朕就赏你百亩良田，还有那《一统治》《渊鉴类函》《政治典训》等等，你不都在参与编纂吗？待成书后，朕都要论功行赏，还愁那五百亩田地没有着落。只是朕很奇怪，来，让朕看看你的手。"康熙说着，拿起张英的双手，这双手手掌厚实，手指颀长，肤色白皙但略嫌粗糙，这是因为张英喜亲手莳花弄蔬之故。众人都跟着康熙的眼睛看着这双手，实在是寻常读书人之手，没什么特别。康熙却翻来覆去看了半晌，看得张英心里发毛，怕又要弄出什么袖中闻香之类的尴尬事来。良久才听康熙道："你这手也不短啊？"又拿起高士奇的手与张英比了比，两人都是读书人，手儿一般的白皙颀长，只是高的手更瘦削些。众人都不知这位天子葫芦里卖的什么药，只听他接着刚才的话道："怎么就比不过高大人呢？高大人几年下来，已置田千顷，你在朝中十几年了，才有五百亩田地，还仰仗了祖产。论品级你是三品，高大人才是六品；论功名你是个翰林出身，高大人还是你荐的。你可太不会经营谋算了，有机会该向高大人好好讨教讨教。"

听了此话，高士奇面色大变，康熙这话已明显在讥讽他的田产来路不正了。但张英见康熙以此种类比玩笑的方式说出这件举朝议论的大事，想来目的还是令其自警。知道康熙有矜全之意，而高士奇已是骑虎难下，张英便只有自己岔开话头："臣谢过皇上，臣会遵旨与高大人好好讨教的。"

这里众人都是人中翘楚，谁还听不出康熙的弦外之音。但无论是高兴、恐惧还是事不关己，此时也只有保持沉默。

康熙最后又嘱性德，告知内务府，张大人仍赐居以前宅第。这才遣散众人，自回瀛台。待到张英知道那处西安门内的宅院自他回桐城后一直空着，是康熙特地关照内务府替他留着的，心里又多了十二分感动。

当天晚上，高士奇竟找到廷瓒家来见张英，可张英已带着管家福贵和侧室刘氏搬到皇城内宅去了。因为所带行李不多，又只是三个大人，行动起来异常方便,所以在廷瓒处吃过晚饭,趁着天未黑尽,雇辆马车就搬走了。因为明天他就准备上朝,在西安门内住着究竟方便些。

那高士奇复身骑马又赶到西安门内,敲开大门,张英正在收拾行李哩。见有人来访,刘氏立即先将客厅里的桌椅擦抹干净。那屋中已数年无人居住,到处都是尘土,刘氏心想幸好北方干燥,这要是在南方家乡,经了几个梅雨季节,这些粗木桌椅还不都霉得散了架了。张英和高士奇就在这脏乱中坐了下来,福贵去厨下生火烧水。这里张英只好抱歉,高大人来访,竟然连杯茶都没有。

高士奇可顾不了许多,他拱手对张英道:"张大人,兄弟真是愚钝得很,竟然直到今日才知道恩人是谁。"说罢,从袖中取出一张银票,双手奉上:"张大人,大恩不言谢。您刚回北京,到处等着用钱,这点小意思算是兄弟的贺礼了。"

张英看也不看那银票的票面,只用手将高士奇的手推回:"高大人,我荐你是为国家荐才,非关个人私交,也非关金钱利益。你大可不必在意。说到这银票,你难道听不出圣上的意思吗?"

"惭愧,惭愧。兄弟岂能听不出圣上的弦外之音。圣上拿你我比较,明是赞你清廉,责我贪贿。"

"高大人既知在下为人,就不要拿这银票坏了我的规矩。"

"张大人是嫌这银子不干净了。也是,我高士奇的银子,哪有什么干净的。"

"银子本身没有什么不干净,高大人的银子来自何处,在下不知也不想知道。只是圣上今日嘱我与你讨教讨教,我就不能不说,朝中有人传言'九天供赋归东海,万国金珠献淡人',你可知道?"

"知道。兄弟正是为此而来向大人讨教救命之方的。先时兄弟一直对明相感恩戴德,不惜帮着他做了许多贪贿之事。原以为'三年清知府,十万雪花银',当官就为的是钱,别人都贪,我为什么不贪。现在真是后悔莫及啊!要知道是大人荐的,兄弟我也不会成了明相的一条狗哇。谁不知道我高士奇是个上无片瓦、下无寸土的贫士,现在不说别的,就是那摆在世人面前藏不住掖不掉的千顷良田,按市价就值万两银子。圣上要治我的罪,那可是够杀头的了。"

"可是圣上对大人恩宠如故哇。今日之事，你还看不出圣上的矜全之心吗？依我愚见，圣上今日拿我作筏，为了点醒你，让你脱离明党，这样既是救你，也是救明相。你想一想，索大人、徐大人都被治了罪，所谓索党已经瓦解，你们再不见好就收，岂不成了独霸朝廷了吗？要知道'庙堂之上，岂容他人酣卧'，天下终究是圣上的天下，百官终究是圣上的臣子。当今圣上的英明睿智，不是你我可测的。我们做人臣的，都要存一份股栗之心啊。"

"张大人果然见地高明，圣上治索、徐等人之罪，就事论事地说，确是重了些。我还以为是圣上恩宠明相，帮明相排除异己哩。"

"你恐怕还以为圣上也恩宠你罢。其实没错，圣上对明相和你的恩宠确实深重。明相因为在除鳌拜和撤藩两件大事上都立了大功，因此圣上对他是格外施恩。你是个见闻广博、天性机敏、饱读诗书的才子，圣上爱才，也爱你滑稽敏捷，这是我和励杜讷都做不到的。真的如你所说，圣上日理万机，心头压的都是泰山般的大事，你就好比是汉武帝身边的东方朔，给他插科打诨说说笑话，也是解乏的良方。圣上的一片矜全之心，千万莫负哇。"

"真是听君一席话，胜读十年书哇。这些年，我尽跟些狐狗之辈混在一起，若是有张大人这样的良师益友在身边，也不会近墨者黑呀。"

"高大人言重了。今后在一起共事，还要互相提醒才是。"

见两人一直在谈论朝廷之事，刘氏和福贵都不敢打扰，水烧开了，茶泡好了，可一直不敢送上来。待到话说至此，言语已尽，张大人喊福贵上茶，高士奇却想起张英刚刚搬家，定有许多东西需要整理，遂起身告辞。张英直送他出了西安门，两人拱手而别。

数日后，康熙下旨，刊刻《孝经衍义》，发至各地官学，是为必读课本。张英因进呈《孝经衍义》有功，赏银千两，迁礼部侍郎。不久原礼部尚书熊赐履调往户部，张英即升为礼部尚书。并升任《大清一统志》《渊鉴类函》《政治典训》总裁官。至此，张英实际上已统管了朝廷的外交、文化、教育诸事宜。廷瓒则进入南书房，充日讲起居注官。张英位居卿贰，父子同为皇帝近臣，一时朝野刮目。若是嚣张之人，其势焰必然如火浇油，张氏父子却谨慎如故。圣上由是更加时时处处夸他父子有古大臣之风，凡事多有倚重。

张英虽为礼部尚书，但仍是翰林院掌院，兼管着詹事府、教习庶吉士等事,又是太子师,所以每日早朝后,必先回部里忙活一阵,然后再进宫来。晨入暮出,一如从前,朝中却不似从前那般繁忙,南书房中议政的气氛也是和悦多于争论。

但有一天,为了一件小事,康熙却动了大怒。

原来近日皇帝批阅奏折,发现折中错别字越来越多,像把"绿"字写成"缘"字,将"昼"字写成"晝"字,这类多一笔、少一笔的错误竟比比皆是,文字也潦草勾连,把"和"字写得像"私"字,"名"字写得像"各"字。康熙是个对文字非常讲究的人,凡奏折、部议等正规文字,按要求都应写楷书,这样乱七八糟的文字看得他头都大了。便责六部大臣御下不严。谁知六部首脑,人人叫苦连天,都说负责文字誊录翻译的笔帖式水平是越来越差,错别字连篇不说,满汉文翻译更是狗屁不通,多有讹错,弄得部院大臣天天费心检查文字,还难免有错漏的地方。

康熙奇道:"国子监中人才济济,至于连这样的刀笔小吏也寻不出来吗?"

众人七嘴八舌道:"若是真正考校出来的,当然能够胜任,只是这些人中大多是捐来的功名,本就是纨绔子弟,捐个监生,不过是为了富家面子,哪里是谨慎供职的料。又兼腹中空空,想做也做不好。"

康熙拍桌大怒:"明珠,你管的好吏部,就是这样为国家取士的吗?"

明珠在众人发难之初,就已心中惴惴,见皇帝大怒,赶紧跪下磕头,口中道:"奴才该死,奴才该死。这也非关吏部一家之事,国子监以前是徐乾学徐大人管着,那些监生多是徐大人取的。"

"明珠你不要推卸责任。不管谁取的监生,笔帖式难道不要吏部任命。想不到三藩刚刚平息,台湾刚刚收复,朕本指望着从此海晏河清。这才几年工夫,外敌没有了,朝内便乱到如此地步。你明珠与索额图争权夺势,在座各位有几个没有党附?不要以为朕不知道,朕是希望你们自省!"

康熙这样一说,在座各位谁还坐得住,纷纷跪倒在地,口称"该死"。康熙也不让起来,只说:"朕也不要你们死,只要你们说说该怎么办?"

张英因还朝不久,虽见康熙发怒,不得不跟着众人一同跪下。但实际此事与他无关,心中便觉坦然,跪前一步,奏道:"圣上息怒。臣以为可以将所有笔帖式重新试过,上等留职或升迁,中等留任待勘,下等斥革,令其重回国子监读书。"

明珠道:"如此一来,势必要造成缺职,不若饬令在职进修,以期胜任。"

康熙道:"你是收人钱财,替人消灾吧?朕今天偏不让你消这个灾。不仅要试,朕还要亲临试场,亲命考官,严防作弊。出缺职位,你给朕想办法!"

"这,这,一时之下,哪里去寻?"明珠嗫嚅着,他心中有数,若动真格的考核,那些笔帖式还真有不少难以过关。这些人本都是国子监中选出来的,剩下的人水平如何可想而知。所以,这一下,他是真的急了。

张英道:"如出缺过多,可以行选贡法补入。"

康熙道:"好!就这么办!"

至此,圣意已决,不管是谁也无法推翻了,诸大臣遂纷纷道:"皇上圣明!"

康熙道:"朕不圣明,朕要圣明,还能让你们糊弄成这样?"

众人又纷纷以头叩地,口中乱嚷:"臣等该死。""奴才该死。"

康熙这才摆手道:"都起来吧。"

待众人重新坐定,康熙又道:"依桑阿、熊赐履、张英、励杜讷听旨。着你四人为主考官,立即署理此事。先试笔帖式,再选拔贡。诏示各省,立即荐才进京,以备待选。"

四人跪地,磕头接旨。

晚间回家,张英立即写信给戴名世,告知朝廷即将拔贡之事。要他和方舟作好进京准备。原来所谓选拔贡,就是国家临时需要取士,而国子监人才储备不够时,便饬令各省,荐秀才中成绩优异者,也即是廪生,来朝中应试。中试者补入国子监,按成绩给付功名。戴名世和方舟都是秀才中的佼佼者,两人又都是因为家贫,要授徒养亲,无力再读书考科举。这拔贡之法,是科举之外的又一条晋升之阶,虽然只是教习、笔帖式等下等功名,但毕竟是进入了仕途。张英之意,京师人文荟萃,以戴、方之才,不应长年流落在外。进了国子监,以后还可参加科举,再图进身。

戴名世接到书函之时,各省也已接到朝廷诏谕,立即让学政办妥荐书,动身进京。可惜的是方舟因病不能同行,方苞尚小,还未考中秀才,自也不能应试。

戴名世来京后，因张英住在皇城内苑，不便留宿外客，又知戴名世囊中羞涩，不忍让其住在客栈中铺张，遂介绍他住在了吴友季家。吴友季也是个放达之人，与戴名世身世相仿，都是早年丧父，少小年纪即担起养家大任。又都曾游走四方，广有阅历，极有共同语言，很快便结为至交。

张英也常来吴家看望名世，三人或品茗，或小酌，十分相得。只是名世容易醉酒，醉酒后便喜臧否人物。张英量窄，向不多饮，吴友季则是千杯不醉。所以二人常常告诫名世，为人要隐忍宽容，否则将招人嫉恨。名世也诺诺，但终究是较二人年轻许多，还不能达到宽容境界，又是放达惯了，竟难以改过。

不久，皇帝亲试汉军笔帖式监生。将近两千余人，阅卷下来，竟有八百多人交了白卷。当然这白卷不光指一字未写之卷，还包括错字连篇、文屁不通之流。康熙的震怒可想而知，八百余人统统革职，发回国子监再读。

一下子少了八百笔帖式，亟待补入。好在各省所荐人才已纷纷到京，仍由圣上亲试，考试下来，取齐八百名。戴名世成绩优等，补正监旗教习，授知县。

依着吴友季的意思，名世不妨真的选个地方，做一任知县，先有两个钱再说。名世笑说自己无钱经营，要补知县，没个三五千两银子是办不下来的。张英说自己若出面斡旋，谅吏部也不会不给面子，就补个知县也不是难事。

戴名世沉吟良久，最终道："我是有志于史学的，还是离俗务远一点的好。免得闻惯了铜臭，再不愿闻书香了。"

张英也道："如此甚好。我是知你夙愿才邀你进京的。还是选个翰林家入主罢。徐氏兄弟现专管着国史馆，朝中正在议论重修明史之事，我看不日就有结论。"原来顺治年间，朝廷就曾议修明史，只因满汉大臣对明朝态度不同等诸多原因，此事不了了之。现在满汉融合，意见已渐渐统一。吴三桂反清复明失败，各地乱党也已基本剪除，清朝统治已彻底稳定，修史之事遂被重新提起。这正是戴名世梦寐以求之事，当下决定投入徐乾学门下，只要能够接触史料，哪怕做个刀笔小吏，他也心甘情愿。

此事自不难为。徐乾学正是用人之际，要选两名新进贡生。张英荐入戴名世，戴名世之文早已名动京师，徐乾学也有耳闻，这次又考的头等，遂欣然接受。同时入主徐门的还有一位贡生,也姓徐,乃是徐家的远房亲戚。

因了徐乾学和吴友季的双重关系,戴名世本想结识纳兰性德,谁知天不假年,未等相识,性德已溘然而逝。

性德死时,年方三十一岁。对于他的死因,朝野多有议论。张英问起吴友季,吴友季说:"治得了病,治不了命。"

戴名世凡事好追根究底,又兼早闻性德大名,恨不相识,一定要吴详说性德之事。吴友季这才透露,原来性德之妻早丧,后来一直未曾续娶,是因为他爱上了一个不该爱的人。至于这人到底是谁,则连吴友季也不知详情。因为长年给性德开方治病,吴友季也早劝过性德,他这病都是自己跟自己过不去,太过伤情伤心所致,这就是戏文里唱的那个相思病。他劝性德把实情讲出来,讲出来了,心中的郁闷也会消解一些,可性德无论如何也不肯吐露。倒是性德那些常在一起唱和的文朋诗友略约知道一点,说是性德所爱的女子乃是自己的一个表妹,两人从小青梅竹马,也曾私订终身,可是家人并不知情。后来表妹被选中秀女,进了深宫,从此咫尺天涯,再不可相见。又有人说是性德爱上了父亲明珠买回的一个小妾,那小妾是湖南苗族人,名叫湘湘。性德与湘湘年龄相仿,一见钟情,可是却碍于天伦无法相亲相近。后来明珠察觉此事后,湘湘便不知去向。所以性德与父亲闹翻,人都以为是为徐乾学之事,其实内中另有隐情。

这些都是吴友季道听途说来的,真正能够证实的是,性德确是在相府后园中另筑茅庐居住,并从后门出入。吴友季多次去他家看病,走的就是后门。此次发病之前,性德曾在茅庐中与一班名士喝酒,他本是个病体,又喝得酩酊,有道是借酒消愁愁更愁,愁肠百结之下,便吟出许多凄凉绝艳的词来。众人都道好词,谁知他吟到最后,竟狂喷鲜血,家人急将吴友季请去。这一番却是天王老子也救不活他了,吴友季到时,他已血尽而亡。那尸体苍白得像一张薄纸,仿佛一阵风就可把他吹走。

听了吴友季的一番话,戴名世叹道:"难怪纳兰的词风凄婉而又香艳莫名,原来是陷于男女之情了。都说纳兰的词直追李后主,我看不然。李后主尚有亡国之恨,故国之思;纳兰则纯是婉约、哀怨、缠绵悱恻,太过靡靡了。这样的小情小调也不是我所欣赏的,真是锦衣玉食,从小娇惯坏了。设若他以家国大事为念,凭他的才华,该能写出怎样的华彩文章,也不至于如此短寿。"

张英说："为尊者讳，为死者讳，人都死了，还臧否他干吗。名世你要记住，纳兰情事是极为隐秘之事，你可不要口没遮挡，随便乱说。这是在京城，你又是有了功名的人，今后出入豪门，随处都要小心翼翼。记住害人之心不可有，防人之心不可无啊。"

吴友季也道："张大人这是肺腑之言，也是经验之谈。名世你是后生，要多学着点啊。"

"两位前辈的话，名世都记下了。请两位前辈放心，名世襟怀坦荡，胸有宿志，不会沦入碌碌之辈，定要做出一番事业，庶几才能对得起前辈的抬爱与关心。"

性德死后，康熙非常伤悼。明珠更是哀伤不已，仿佛一下子老了许多，在朝中也失了锐气。那条辫子也细了许多，花白了许多。

戴名世从吴友季家搬到徐乾学府中，徐府豪华宽大，家中住了好几个门客，那位与戴名世一同选贡的徐生也住进徐府。戴名世和众人都住在后院的一进房屋中，等待朝廷关于修明史的最后决定，现下在徐乾学兄弟的安排下做些《一统志》的资料整理工作。

戴名世奔波半生，至此才安定下来，日昔与几个清客在一起，倒也相得。只是徐家在昆山即是豪门巨富，家中奴仆都养成了豪门习性，对这些相公们颇不尊重。那几个老清客已经惯了，戴名世却觉得难以忍受，本就寻思着要搬出徐府。后来因了无意之中的一件小事，终于让徐乾学怀了恨心，戴名世只得辞馆而出。

且说有一天，徐乾学外出归来，照例要到后院与清客们闲话。恰巧那天大家都坐在戴名世房中，徐乾学一进屋，众人都起立让座，徐乾学却一下子歪倒在戴名世的卧榻上，说："可累坏老夫了。今日往西郊会友，偏偏那马不知怎么瘸了一条腿，颠得厉害，老夫这会儿浑身像散了架子一般。"

徐生听说此言，便上前来坐到榻上，给他摩肩捶腿。这里众人照旧闲话，说到人的品行，忽然徐乾学问："你们说说，什么品行最招人讨厌。"

戴名世道："甜言蜜语、溜须拍马的谀媚之人最令人厌。"

徐乾学道："不然，世上因有喜欢谀媚之人，才有人谀媚，所以因是喜谀媚者最令人厌。"

两人本是无心之言，谁知那位徐生却用了心，停下正在按摩的手，说："为今之世，有几人不喜人媚，又有几人从不媚人。"

戴名世犹未在意其人态度，顺着话道："我就从不媚人。"

徐乾学却已听出了徐生话中意思，便只好自我解嘲："老夫也不是喜欢谀媚之人。"

谁知徐生听了这话，却再也坐不下去，扭身而出。徐乾学见徐生当着自己的面竟不辞而别，遂也气不打一处来，起身走了出去。众人见话说对了景，伤了徐生，气了老爷，也都不敢再坐下去，都讪讪辞了出来。

此事过后，就有人在徐乾学耳边嘀咕，说戴名世一贯狂妄自大，那天是有意出徐生洋相，也是有意对老爷不敬。徐乾学先还不在意。后来渐渐看着戴名世就觉不对劲，神情也就越来越淡。那些家人奴才见老爷不喜戴名世，便把他愈加不当回事。要东没东，要西没西，在院中碰见，竟连名世一声老爷都不肯叫。戴名世如何肯受这份窝囊气，便辞了徐府。好在他名声在外，立即就有李翰林将他延入府中。

戴名世本对徐乾学如对泰山，望之弥高，这一下子心中偶像轰然倒地，也让他看到了人的心胸是多么狭窄，即使他是名人，即使他是大家，也有狭隘的一面。

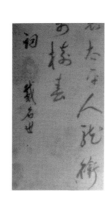

戴名世书法作品，现存桐城市博物馆。（白梦摄）

第十一回
祈吕祠戴名世惊梦　筑砚斋张廷玉大婚

康熙二十九年春,皇帝移居畅春园。张英来畅春园见驾之后,见有空闲,便约戴名世同游京郊。

戴名世入主李翰林家,日日只是做做寻常文字抄录和翻译工作。朝廷关于开馆修明史的旨意虽下,也委任了一批翰林为编修,但明史修纂实在步履维艰。朝廷忌讳太多,令人无法下笔。徐乾学因昆山那万顷良田田租太重,与佃户发生冲突,家中豪奴逼租,闹出人命官司,已被彻底罢官。现在负责明史修纂的是其弟元文、元一。戴名世所主的李翰林原也是明史编修,后因此事难为,便活动出来,放了京畿督学,戴名世便更加无法参与明史其事了。

知道名世为此郁闷,张英便抽空约他郊游,原也是要他出来散散心。

张英从畅春园出来,已是巳末时牌。戴名世早已等在西直门外,二人沿西郊的黄土道上放马驰骋,一路往西山行来。沿途看些早春景色,柳绿花红,往郊外踏青的车马往来不绝,人人服色鲜艳,笑语喧哗,戴名世不禁喜道:"来京数年,竟变得俗了。想这春和景明时节,在南方时定要呼朋唤友,携酒郊外。今天若不是大人相邀,我定还在那深宅内院坐看满眼灰色哩。早该出来走走了,这一方驰骋,胸中块垒已消了好些。"

张英知他所谓胸中块垒,还是为不能接触史料之事,便道:"你是个洒脱人，前番一不痛快，就辞了徐家。今番为何如此胶着，一定要吊在李翰林这棵树上？"

名世道："名世再怎么洒脱，终究不是无情之人。那李翰林为人，是没得说的，有才干，又忠厚，知人尚用，居家孝友，如今有几个士大夫能做到这些？最难得的是他自身出身贫寒，所以对名世格外关照。又尊我那点文章虚名，凡事多有倚重。我怎么好辞馆呢？"

"那就别想太多，一心准备科举吧。一举成名天下闻，也做个翰林，授个编修，正正经经去修明史。"

"我何尝不是这样想。只是这人呀，一旦太过用心，便再不能如前番洒脱。想我做了二十多年学问，一直不问科举，人以为若要参考，必中无疑。待到真的决定报名乡试了，这心里却七上八下的，总怕不得中。李翰林说他昔年参加乡试时，每次看榜不第，总要悲愤如狂，当着人面扑跌呼叫，不能自持。后来为过这一关，他终于放榜头一天晚上喝得烂醉，然后病酒数日，不省人事，待到清醒过来，已是几天之后，再知不中，也就不以为意了。直到那年登科之时，他也是醉在床上，人事不知，忽然锣鼓喧天，朦胧中似听到报子说自己中了，立即从床上跃起，宿酒尽解。这事可不奇吗？"

张英笑道："历来科举中的笑话多了。就说丁未年我那一科，状元姓王，会试时排名中等，殿试下来，谁也没料到他中了头名。在太和殿唱榜时，皇帝高高坐在龙椅上，大家都低眉敛目不敢多看，此君还行动自若，偷眼多看了几次。待到鸿胪寺卿唱出他的名字，乃是钦点一甲第一名时，竟双腿一软，瘫在了地上。我当时正站在他旁边，赶忙把他架住，才听完了宣谕，行完了三跪九叩大礼。事后才知道，他当时还尿了裤子哩。"

戴名世听得哈哈大笑："自古只知有吓得尿裤子的，还没听说过高兴得尿裤子的。"

张英道："科举的事，还是不以为意的好。君子知命，候时以待。我那一科状元是那样行状，后来到了癸丑科那状元韩菼则又是另一副行状了。韩公与我私交颇好。他曾对我讲：乡试时自己是下了决心要考中的，场场试卷都做得尽心着意，自我感觉颇好，谁知却差点落第。幸得徐乾学从落卷中把他给拣了出来。后来便把考试看得淡了。会试时，场中忽然起了大风，吹得试卷到处飞扬。慌乱之下，许多人拿砚台压卷，结果反弄污了卷纸。韩菼见众人慌乱，考官又大呼小叫的，心说自己这会试资格都是白捡来的，就吹去了也没什么可惜。遂对空祝祷：'若当中，则不吹我卷，若不当中，吹去卷子也自省事。'谁知那风偏不去吹他的试卷。会试放榜，竟中了头名会元。乡试、会试连遇怪事，殿试时他一发相信命里有时终须有，命里没有莫强求，卷子做得如平时练习一般，并不刻意求好，谁知又中了头名状元。谁能想到这连中二元之人，曾是个落卷堆里拣出来的遗才呢？"

"这事大家都有耳闻，尤其是十二年前那场会试，据说那场大风竟把卷走的试卷吹到了高丽国。后来高丽使者来京进贡，贡品中就有一张当年吹走的试卷。那倒霉鬼必是一个不当中的。"

"所以说呀，以你的才学，只要如常发挥，那是必中无疑的。怕只怕你太过在意，反而不美。当年廷瓒参加乡试时，我就拿韩菼的事说给他听，今番再说给你，总之一句话'君子居易以俟命，小人行险以侥幸'，以你之才，总有显达之时。"

"廷瓒少年，可以虚时以待，您的话一听就中，不慌不忙，果然一发中的。名世已年近不惑，虚时无多了呀，这次乡试，总觉惴惴。"

"有道是'三十老明经，五十少进士'，你还是正当其年哩，千万莫急躁。不以为意方是为意。"

行走间，前面到了青龙铺，有家饭馆，蓝幌子上挑着"吕仙酒家"四个字。店里生意极好，连门外凉棚下都摆了桌子，许多士子模样的人正在饮酒吃饭。两人正走得肚饿，张英道："就在此处打尖如何？"名世如何不依？当下两人下马。

早有小二迎上来，接过缰绳，喊声："客来啦！"里面伙计便来招呼，二人见内堂人已坐满，便在凉棚下随便找张空桌坐下，点了四样小菜，一壶酒。伙计张罗进去，旋又出来，送上一壶茶，摆上两只茶杯。名世接过茶壶，先给张英斟上，然后自己也斟上一杯，且先饮茶待酒。

不一时，又来了几个士子模样的人，显是走路来的，累得满面油汗，刚刚坐定，就大喊伙计上茶。茶泡上来，却是太烫，众人一时急得不能进口。

张英看着那几个走得灰头土脸的年轻士子，想起当年自己进京赶考时的模样，便吩咐伙计将自己这壶茶调换过去。那几个见是两个老爷模样的人坐在邻桌，便拱手谢过，然后牛饮起来。

这边酒菜上来，两人边吃边饮。商量饭后到何处游玩，京西一路张英曾陪同康熙来游过多次，许多景点都路径熟悉，近处有碧云寺、双清寺、朝阳洞等，稍远一点有戒坛、潭柘寺、卧佛寺、黑龙潭等。戴名世意思天已过午，不若就近游一游；张英说那倒无妨，哪个寺庙都可借宿。

正商议间，忽听邻桌那几个士子争执起来。一个道："那老道姓冯，又说从江宁来，可不就是当年给柳如是测字的那个。"

一个道："给柳如是测字是五十年前的事了。那时就说是个白须老道，如此说来，那老道岂不一百多岁了？哪里还在人间？我看这老道也不过七八十岁，已是老得要死的模样了。"

前者道："世间奇人多着哩。焉知他没有法术，可以益寿延年。"后者道："亏你还是个士子，竟信那些无稽之谈。世上哪有什么法术，不过是骗人罢了。"

前者道："那适才我问他是不是曾经给柳如是测过字，他为什么含笑不语哩。"

后者道："那就是他的技巧喽，兴许他压根就不知道柳如是是何许人也。你以为一个躲在道观里修行的出家人也跟你一样，知道什么秦淮八艳吗？"

前者道："真是个书呆子，迂人！他才从江宁来，怎么就见得是个躲在观里修行的了。只怕人家见识比你我多着哩。就拿他测的今科解元姓戴，就可见不是无识之士。"

此言一出，那迂呆子便噤了声。

这里张英和戴名世却竖起了耳朵。因戴名世即将参加顺天乡试，对于今科解元是谁当然关心。良久不听那边说话，戴名世忍不住拱手道："借问这位兄弟，为什么说今科解元姓戴就可以见得不是无识之士呢？"

那边桌上刚才说话的年轻士子也拱手一揖，回道："今科解元姓戴，必是指戴名世无疑。此老道知道戴名世要参加今科乡试，又知道戴名世文章名头，当然是有识之士了。"

戴名世道："世上姓戴的人多着哩，怎见得那老道说的就是戴名世呢？"

那边桌上众人立刻纷纷道："那是你不识行情，我们这帮士子，听说今科有戴名世参加，没人再指望拔头筹了。这不，连老道都测出今科头名姓戴，除了戴名世还能是谁？"

张英道:"借问诸位,那冯老道在哪个观里修行?你们是怎么遇上的?"

那边道:"我等都是来京应乡试的。听说吕翁祠近日来了一位老道,颇有神通。今日来此,是专程往吕翁祠问功名来的。"

张英谢过诸人,对名世说:"行了,今日不往别去,我们也去会会那老道。"

名世知道张英是为了自己,他本就在为应试之事惴惴,听了众人的话,也有三分相信,更有七分希望。去吕翁祠见见那老道,证实一下,自然是再好不过的了。

两人匆匆吃罢,会过账,又与邻桌士子拱手告别。唤小二牵过马来,一路放缰,尽往吕翁祠赶来。

这吕翁祠在香山山里,朝阳洞以北,张英来过香山多次,却从未去过吕翁祠。盖因这吕翁祠其实很小,里面有个道士只是给人祈梦算卦。有道是"富人烧香,穷人算命",像张英这样的儒家学士是不信这些的。平时来吕翁祠祈梦的也多是些寻常之人,祈问些庄稼收成、经商盈利、出门安宁之类的俗事。但每遇大比之年,这里则又是一番景象。

吕翁祠供的当然是道家名仙吕洞宾,吕洞宾是秀才出身,只因屡考不第,又在邯郸道上黄粱一梦,遂看破红尘,出家修道,终于得道成仙。因了他这出身,自然与士子们有缘。每逢大比之年,便有好些士子专程来吕翁祠祈梦。仔细想想,也真可笑,吕翁是因梦看破红尘,遂绝意仕途,出家修道。这里众人却是来祈梦求取功名的,这不是与吕仙的初衷背道而驰吗?

两人一路奔吕翁祠而来,路过碧云寺、朝阳洞都未下马。不过一炷香时间,便到了吕翁祠。原来果是简陋破落,一个小小的山门,上写"吕翁祠"三个魏书大字,笔力遒劲,颇有富贵气,倒不像仙家手笔。山门洞开,里面小小天井一目了然,天井正中一口水井,四周青石漫地,长有陈年苔藓。正对着山门的是一进三间正殿,东西两庑各一进三间厢房。

走进正殿,只见香烟缭绕,供着一尊吕祖雕像。那吕祖端坐着,面长而白,须长而黑,戴着幞头,穿着襕衫,不似神仙,倒有点像孔圣庙里排在末坐的朱子。

一个小庙祝正坐在椅上打盹,见有人来,站起来打个稽首,问道:"客官是请仙还是测字？"

戴名世道："请仙如何，测字又如何？"

庙祝道："请仙只需在吕祖像前烧香磕头，虔诚祝祷，心中默念所祈之事，当晚早早安眠，梦中必有征兆。若是测字打卦，这里刚来了一位道长，极灵验的，二位可去西厢房找他。"

张英道："既来了吕翁祠，香总是要烧的。"

二人遂各自给了几枚大钱，也不要庙祝另外点香，说反正香烟缭绕，吕仙必未离开。然后张英在前，名世在后，分别在蒲团上磕了几个头。张英心里祈的是：廷玉今年县试已过，不知能不能拔廪？名世祈的当然是他自己今科乡试是否中举，还有他今后的功名如何？但他素来不信仙佛，一边磕头祈祷一边在心里说，哪里真能祈出梦兆来，不过是那些人日有所思、夜有所梦罢了。

请仙已罢，二人又在殿堂里四处转看，只见壁上挂着些字画，一般是《道德经》《黄庭经》的摘句而已，倒是那壁上的一幅吕祖像，也穿的是襕衫，戴的是幞头，却宽袍大袖，衣袂飘飘，比之塑像，则仙风道骨得多了。

看过一圈，转出正殿，来到西厢房。房门大开，里面客堂里摆着一张花梨木长条矮案，案边各摆两只蒲团，案上放着茶壶茶具，却是不见一人。二人推开两边虚掩的门向套间里寻找，只见每间套间里都放了一张床，一张桌，床上被褥叠得整齐，桌上放有纸笔。那老道的身影却是不见。复身出来问那庙祝，庙祝也不见了踪影。东厢房门上落锁，自也无人。二人四处找找，小小的祠内再没人影。看看日头还高，便向案边坐下，且等老道归来。

二人坐定，探手摸摸茶壶，水还正滚，显是刚泡不久。张英平日嗜茶，手不离杯，今天行路在外，只中午在饭店中饮了几盏，此时便忍不住，拿起杯子倒那茶喝。口中自嘲道："此茶本是待客的，谁让主人不在，客人只好自斟，失礼了。"

戴名世道："要说失礼，可是主人失礼在先，怨不得客人。"

两人说着，斟出茶来，却是清香扑鼻，呷一口，更是齿颊留香。张英赞道："这道长倒是个茶中君子。有此品位，想来不俗。"

戴名世嗜酒，于茶一途不太讲究，也分不出个高低好坏，只是为了解渴。

张英饮着茶，由这吕翁祠又想到当年在邯郸道上靳辅与陈潢初识，成就了一段治河佳话，可惜的是这样一个治河奇才，终究没有实现抱负，倒落了个惨死狱中。

原来，自性德死后，明珠一蹶不振。接下来更是祸不单行，也是多行不义必自毙，康熙二十六年，被御史郭琇以贪贿、植党、揽权等罪参劾。康熙接到参本，犹自不信，私下里密审高士奇。高士奇因了前番康熙的敲打，已悄悄退出明党，此时便将自己知道或经手过的事情一五一十向皇帝禀明，自然是口称"该死"，不知磕了几多响头。康熙这才知道，明珠这些年来植党营私、卖官鬻爵竟到了肆无忌惮的地步。国法无情，此时已是保犹未保，只得发往刑部，立案彻查。这一下，余国柱、佛伦等一干明党干将尽数下狱。

这一案，牵连了无数地方官吏，最为可惜的是靳辅也因行贿罪被逮下狱。有靳辅当然也就有陈潢。按说陈潢只是靳辅幕僚，不应追究，不合的是康熙爱才，二十三年巡视河工时，专门会见陈潢，听他讲论治河之道。最后因治河有功，赏了陈潢一个顶戴，封他为参赞河务按察司佥事。如此陈潢作为国家官员，与靳辅一起拿治河专款行贿明珠，就罪不可赦了。

高士奇因检举有功，兼之后来诸事实际未有参与，免议其罪，但他已无颜再在朝中为官，遂以养母为名乞求回乡，康熙恩准。士奇临行之前，谁也不见，只专程来到张英住所辞行。回首昔日，他的荣华富贵都赖张英所赐，可惜的是他不能如张英一般清贫自守，端方为人，结果辜负圣恩，弄得晚节不保，灰溜溜回乡。

靳辅、陈潢犯事，令康熙极其震怒，盖因治河是他毕生致力的一件大事，无论国家财赋如何紧张，他都没有缩减过河工用银。然而，他所信任的靳辅、陈潢竟拿这关乎百姓生死大事、关乎国家漕运大计的专门款项去行贿赂，这怎不令他痛心疾首。更令他痛心的是，靳辅、陈潢确是治河高手，自他们下狱后，河工费银更多，但黄河却又开始泛滥。

为靳辅行贿之事张英曾问过高士奇，高士奇说："你想啊，工部尚书佛伦是明珠心腹，那河工款项哪一笔不要明珠批准，方能拨付。靳辅治河，欠的都是民工的血汗钱，那些民工有很多都是灾民，就靠着修河吃口饱饭，这活命钱如何能断？为了及时得到拨款，只有先行向明珠行贿。靳辅这是不得已而为之啊。这事我以前也曾经手过，但我看靳辅、陈潢二人晒得像黑炭似的，人又瘦又干，手又粗又糙，陈潢还因修河累得吐血，靳辅家中也是清贫得很。显然这两人自己都是清官，并未贪一两河工钱。我这心里也不落忍，天地良心，我所经手的河工上贿银，一分不少都给了明珠，自己没有落一钱到腰包里。"张英道："你为何不将此内情转奏圣上呢？"

一语提醒了高士奇，临回钱塘之前，高士奇硬着头皮将靳辅、陈潢行贿隐情奏知皇上。康熙正为黄河失修之事大伤脑筋，亲调二人案卷来审，内中行贿之款数目确实惊人。但靳辅抄家清单却可怜得很，除祖宅一座，浮财几乎没有，家中仅搜出纹银二十两。足见河工银两，他是过手千万，未取分毫。而陈潢更惨，竟然四十余岁了，尚未成家，一心扑在河工上，除落下一身病痛之外，身无长物。

康熙由不得鼻酸，立即下特旨召见靳、陈二人。结果只有靳辅一人前来，哆哆嗦嗦跪在那里，辫发苍白如枯草，已被折磨得不成人形。康熙扶起他来，才知因无钱供应狱卒，在狱中多有罪受，而陈潢已死在狱中。康熙重新任命靳辅为河道总督，靳辅感恩戴德，立即赴任。可是失去了陈潢这个得力助手，他已独木难支，又兼在狱中熬坏了身体，不出半年，竟累死任上。

张英饮着茶，想着这些，不觉有些累了。看看戴名世，竟像个老僧入定一样，双腿趺坐在蒲团上，闭目养神。张英想这倒是个好法子，不若也休息一会。遂也将双腿盘起，坐直身体，闭上眼睛。

桐城城关阳和里，五亩园中树木更加葱茏。半亩塘边，姚夫人亲植的那棵皂荚树已长得高过了绿荫小艇。红栏碧水，杨柳低垂，皂荚树上的果实如一只只小棒槌吊在那里。女儿令仪最喜在那绿荫小艇的回廊里吟诗作画。张英常想：令仪是个才女，若生为男儿，怕不也要立朝为官。虽然当时风气，道是"女子无才便是德"，张英可不这样看，读书才能明理，读书才能知耻，读书才能思古慕贤、涵养品德，女子才高德昭的多着哩。就以自己的夫人为例，不是能诗能文吗？却是既贤且德，远近闻名。所以他的女儿们自幼便跟着夫人读书，有时也与兄弟们一起讨论窗课，当然她们不需要考功名，也就无须去做那八股时文，只以自己兴致，吟诗作画罢了。女红也是不能废的，张家的女孩子都从姚夫人那里学会了缝衣做鞋、挑花绣朵。拿女儿令仪的话来说：比之于读书，这些女红简直是容易极了。是啊，世上最难之事，莫过于读书做学问了，学无止境嘛！

看着令仪伏在那绿荫小艇回廊里的美人靠上，对着塘水发呆，张英心思这丫头不定又在做什么诗哩。便想走上前去，走到楼底一看，那女孩却不是令仪，但又有点面熟，一时也想不起是谁家的，恐是令仪的女友吧？当下不便惊动，便折回身走向正屋。

正屋刚刚重新粉刷过，焕然一新。有姚夫人在家打理，有克倬帮着管家，真令他省心。几年未回，家中倒如此的井井有条。正想着，往台阶上走，忽然一个挑担的人急匆匆走来，把他撞到了一边，抢进门去。他一路跟着那人，小跑进去，却发现那屋又并非是以前的四合院，只是小小的一进三间房屋。那人已歇下担子，仔细一看，原来一担都是墨砚，难怪担子显得那么沉哩。正奇怪，廷玉他们要那么多砚台干什么？

忽听"咕咚"一声，接着有人叫唤"啊哟"。惊醒过来，原来是南柯一梦，哪里有什么五亩园，却还是端坐在吕翁祠的蒲团之上。

那"咕咚"一声，乃是戴名世从蒲团上摔了下来，"啊哟"之声也是他摔倒之后发出的。显然他刚刚也是睡着了。

张英这时醒过神来，方想起维仪、令仪都已出嫁，那美人靠上坐着的女孩倒有几分像是珊儿。女大十八变，五六年不见了，珊儿自是变得他认不出来了。想起梦中景况，由不得勾起思乡之情。遂笑怪道："都怨你，我梦到回家了，正在五亩园里畅游哩。被你一声'咕咚'打断了。"

戴名世道："还说哩，我也梦到回家乡桐城了。可是却把我给吓死了。这'咕咚'一声幸得是从蒲团上摔下来，要真从百丈崖上摔下来，岂不粉身碎骨！"

张英连忙问是怎么回事。戴名世心有余悸，说出方才的梦来。

原来戴名世这场梦做得比张英还要长，他刚一坐上蒲团不久，便迷糊睡去。仿佛还是在江宁时模样，与方舟二人教馆回来，正走在山野间，被一文士撵上同行。二人谈论八股文，都说不喜，然科举需要，不得不为之。那文士道："科举是有命数的，未必努力就能得到，我看二位不若和我一样，摒弃科举，闲云野鹤地快活。"

二人听得此言，方才注意一看，此人虽也穿着灰布袍，却未薙发梳辫，头上裹着学士巾。名世以为他是个忠于前明的遗少，便向他打听有关前明情况，那人却笑说："唐朝的事我都不管，何况是明朝的。"

名世聪慧，听得此言蹊跷，不由多看此人两眼，这一看，看出究竟来了：这人可不像那吕翁祠壁上画的吕祖洞宾吗？当下便道："你莫不是吕洞宾吕仙人吗？"

那人道："倒让你给看出来了。我正是吕洞宾，最同情那没有科举缘分的读书之人。二位都与科举无缘，又天资过人，正是我仙家门中的好材料。今日特来度二位的。"

方舟道："你说你是吕洞宾，如何能让我们信你？"

"这还不容易。"吕洞宾说罢，手中云帚一挥，三人眼前景色立刻变成了家乡桐城，正是龙眠山口，方舟高祖方法墓地附近的百丈崖上。以往方氏兄弟回家扫墓，第一个要来祭扫的就是方法的衣冠冢。此地风水颇佳，就在西北城墙之外。那山峰高约十丈，龙眠河从山边流过，在此山峰下汇成一潭，从潭中引出一渠，往城西一路流入城内，是为城内居民的活水之源。那潭碧绿、幽深，不可见底。以往方氏兄弟常与戴名世在此相会，对周围风景再熟悉不过。一看那人挥手之间，斗转星移，不是仙人又是什么？

当下二人纳头就拜，口称"吕仙"。

吕洞宾道："如何？仙家法术缩地为图，往来过去未来之间，时空不以为限，其中奥妙比那八股文章有趣多了罢？二位这就跟我去吧。"

二人道："这可不敢。仙家再好，然我们都是有老母在堂，有妻儿要养，如何能够自己一走了之。"

洞宾叹道："唉！果如坊间唱的：世人都晓神仙好，惟有妻儿忘不了。可老母在堂，你们不是尚有其他兄弟吗？你家辅世，你家方苞，都是养亲之人，不仅老母，连妻儿一发可以托付。二位是注定无俗世之缘的。今日不走，来日苦楚。"

方舟近来身体益发差了，已有些病骨支离、力不能胜的样子，恐怕已时日无多了。不若跟吕洞宾这仙家走，或许还有一线生机，今后若修成正果，自是可以保佑家中后代子孙的。想至此，便口称"师傅"，向吕洞宾跪拜下去。

吕洞宾叫声"好徒儿"，单手扶起方舟。又向戴名世道："你呢？想好了么？"

名世因与方舟相好，见方舟要跟吕仙走，自己实在也想跟去，但犹豫良久，还是道："仙长，名世实想跟你同走，但名世有一大心愿未了，那就是明朝三百年无史，多年来我都在为收集明朝史料奔波，修明史是我的一大心愿。可否等我修完明史，再来与仙长相会。"说罢，不等吕仙作答，便也口称"师傅"，跪拜下去。

吕仙道："唉，世人都说神仙好，惟有功名忘不了啊！明史有无，与你何干？为师从唐朝过来，一路看过了宋、元、明，如今又是大清，那江山它跟皇帝姓，不跟你我姓。唐朝姓李，不姓吕；明朝姓朱，不姓戴；如今的大清姓爱新觉罗，他们与你何干，你为何非要为姓朱的修史呢？修得好了，姓朱的已经死去，不会谢你；修得不好，是要得罪爱新觉罗的。"

"师傅，在弟子眼里，江山是百姓的江山，历史是万代的历史，修史是以前朝为鉴警示后人哩。"

"唉，真是书呆子！迂到家了！你又不做皇帝，管他前朝得失。罢罢罢，机缘未到，现下跟你是说不通的。谁让你我有缘呢？既称我一声'师傅'，我得告诉你，你本不是世俗中人，强待在这俗世之中必横生灾厄。本想今日度你走，你既不走，为师也是无法，等你大难临头时，才知为师所言不虚。你且留下吧，必得吃尽苦头，挣个所谓功名，你才会知道那是多么无趣的事。不仅无趣，而且可怕……方舟，咱们先走吧。横竖还有再见的日子。"

方舟横下心来准备走时，心念一动，竟像已在片刻间成了不食人间烟火的仙人一样，再也不对世间有半点留念。名世枉自对他依依不舍，他却毫不动情。只对吕仙道："师傅，咱们如何走？"

吕仙伸手摘下一片树叶，说声："你看。"随手将树叶往山崖下一甩，那树叶忽忽悠悠落到水面，立刻变成了一叶小舟。吕洞宾拉起方舟的手道："走！"两人纵身从悬崖上跳下。戴名世惊得出了一身冷汗，回过神来，两人已稳稳落在小舟上，那小舟无帆无桨，却飞快地转入龙眠河中。名世抢到山崖东侧，俯瞰那河：河面宽阔，上下数里，一览无余，却哪里还有那小舟的影子。眼见方舟随吕仙而去，心中不觉又有几分后悔，谁知这心念一动，就有人在身后说道："想去就去罢！"接着一推，就将他推下悬崖。吓得他大叫一声，惊醒过来，哪有什么悬崖，却是从蒲团上摔了下来。

名世刚刚说完他的梦。便有一位白眉老道走了进来，说道："二位做的好梦。"

张、戴二人立即站起，打个稽首，道："您老想必就是冯道长了？"

老道道："贫道正是姓冯。二位仙已请过，梦已做过，天色不早，还是快快请回罢。"

张英道："道长既知我们已做过梦，必能解梦。是否为我们开解开解？"

老道笑道："贫道不过是适才听得二位说梦，才知二位已经梦过。二位才智过人，自能悟出梦中道理，何须贫道哆嗦。先生之梦，'砚'者'验'也。至于这位先生，既梦到吕仙，自然仙缘不浅，梦中吕仙已开示了许多，还用贫道再说吗？时候不早，二位还要赶路，贫道也不虚留了，请罢。"

老道一再下逐客令，两人断无再留之理，便拱手告辞，老道稽首还礼。

临出门时，名世忽然道："当年柳如是测的何字？"

老道说："是个'春'字。"

名世又道："今科顺天乡试解元果然姓戴么？"

老道道："应该姓戴，未必姓戴，如果姓戴，便是姓戴。"说罢，老道"呀"的一声，将门关上。

张英并不知什么柳如是测字之事，便问戴名世道："你问那柳如是测的何字是何意思？"

名世道："那是一段传闻，南京人都知道。说是柳如是当年打算嫁给钱谦益时，曾找栖霞山中一位姓冯的老道测过字。声明自己'宁为名士妾，不做庸人妇'，即将要嫁给别人做妾了，想来测一下今后日月如何？那冯老道便让她随便从字篓中抬出一字，乃是个'春'字。老道说，你此番只怕大喜过望，嫁过去还是位夫人，不是妾哩。这'春'字，拆开来便是一夫二大三人曰。果然钱谦益听说柳如是终于肯嫁自己，立刻另建一宅，给柳氏居住，言明娶过去为夫人，不是妾。从此钱谦益两边兼顾，倒是住在柳夫人这边多些。这可不就应了一夫钱谦益、二大两位夫人同为大、三人共同过日子么？这冯老道的名头就是从那时响起来的。我陡然一问，不过是探一下虚实，到底这老道是不是当年给柳如是测字的那个。"

张英笑道："钱、柳二人还有这段趣事么？倒是第一回听说。"

说着两人走出山门，见金乌西坠，时辰果然已不早了，张英明日还要早朝，遂快马加鞭，赶回城去。

不久，两人各接到一封书信。

张英接到的信是夫人写来的，内里夹着一份廷玉关于县试考核成绩的汇报。张英先看廷玉的信，原来廷玉县试考得头等，已拔了廪生，廷璐及堂兄等人也补了增生。这几年张英虽在京，但家中子侄的窗课及时文都是按时寄给他看，众人的课读情况他基本是掌握的。廷玉拔廪已在他意料中，但真的得到实信，他还是十分高兴。拔了廪就是秀才了，再从秀才里脱颖一步，就可参加乡试。科举就是这样一步一步考出来的，哪一步都少不得。每考一步，也就离那红顶子进了一步。

看过廷玉的信，再看夫人的，原来夫人是商量给廷玉完婚。张英返京前曾给夫人说过，廷玉兄弟须得考取秀才后方可成婚。夫人记着这话，廷玉秀才刚刚考中，便来信商量婚期了。看官明白，那珊儿是姚夫人娘家隔房的侄女儿，她那位寡嫂年龄渐长，身体越来越差，只是这小女儿未曾出阁，是块心病，巴不得早一日让她嫁过去，自己便放下心了。姚夫人如何不心疼她的寡嫂和侄女，加上维仪、令仪都已出嫁，家中没有了女孩儿说话，颇觉寂寞，便巴不得早一日娶珊儿进门。张英如何能不依，只是自己公务繁忙，无法回去。便回信夫人，嘱将上次带回家的，进呈《孝经衍义》时皇帝赏的千两银子赏给廷玉，既已成家立业，自要置些田产。其余一应婚礼仪程，均由夫人作主。

回信中，张英还提到吕翁祠祈梦之事，并题"砚斋"二字，赐给廷玉。

戴名世接到的是方苞的来信，信中告之其兄方舟已于某日某时病逝，病中犹常常念及名世，担心他性格率真，言语疏放，怕在京城人事纷杂之地难以立身。并嘱方苞此后要对名世以师事之，一如自己在日一样，将方戴二姓这份友情保持下去。

名世读信读得鼻酸眼热，与方舟的交往一幕幕闪过眼前，方舟的才学和人品，方舟对自己的尊重和友情，都令他感叹此生再难求遇。伤心之余，忽然想起那日梦中情形，不觉自我安慰，兴许方舟死后转入仙道了。掐指算算，方舟死时正是自己在吕翁祠做梦的时候，便又多信了两分。

接下来的顺天乡试，戴名世却出乎意料地落第了。京城里纷纷传说，有一天，主考官家中来了一位老道，说："今科你不取戴名世，是你有眼无珠。"主考官气这老道撒野，着人来拿，那老道却转眼不见了踪影。人都说那老道就是吕翁祠里那位冯老道，又说那冯老道不是别人，正是吕洞宾自己化身的。

这传言虽增加了戴名世的虚名，但却更令他沮丧。和他一样沮丧的还有他的主子李翰林。原来李翰林任督学三年期满，照例要回家候补，那李翰林回家后，却得了莫名之病，畏光畏风畏声，日昔躲在室内，门窗紧闭，怕与人言。几天下来，竟虚弱得卧床不起。多少名医来治也不见效，一天戴名世请来了吴友季，吴友季切脉后出来，告诉名世："这人没病。"名世道："这人已病得不能起身，怎说没病？"吴友季道："那是心病，不是身病。"

正说话间，外面嚷起来："老爷又点了督学了！"屋里那位李翰林听得此言，立刻从床上爬起，开门问道："此话当真？"

这时贺喜的人已来到屋里，告知吏部已经下文，因考核优等，着原职再任三年。那李翰林喜得眉开眼笑，立刻命人备马，没事人一样赶往畅春园谢恩去了。

这里众人看得目瞪口呆，吴友季笑道："我说是心病吧？"

名世见这李翰林被世俗功名弄成这样，不觉更加灰心。便打消了在京继续应试的念头，心想自己也许真如梦中吕仙所说，是与科举无缘的。如此一想，还不如继续做个教书先生为好。便辞了众人，又回到南京。

五亩园里，姚夫人接到张英家书，即开始张罗。与廷玉商量那一千两银子用途，廷玉记着父亲关于"家有恒产"和"守田者不饥"的话，便意欲拿此款置田百亩，再视剩下多少，建幢小宅。因廷瓘、廷瑑都已长大，自己再要结婚，大宅房屋已嫌不够。

当时连续几年丰收，田价上涨，且良田难求，结果花了八百两银子才买下了一百亩瘠田。廷玉记着父亲说的"肥田不敌瘦水"，再好的田地若水源不丰沛，再要不善经理，过不了几多年，也会渐渐贫瘠下去。而虽是瘠田，只要有好水源，然后经过几年精心打理，瘠田也会慢慢变成中田，中田再慢慢变成上田。这百亩田地，都是托克俨大伯在沿湖一带买的，水源自然不成问题。之所以成为瘠田，全是因为持田者不成器，不在田地上经心，好逸恶劳，甚至赌博成性，才弄得鬻田卖产。廷玉一发委托大伯代为将田地租给那善于理田之人，不挣田租高低，只求把田地作养好。

剩下二百两银子，只花了不到百两，在大宅之西，半亩塘之北，建了一进三间新屋，新屋门楣上就挂着张英题写的"砚斋"二字。因大哥廷瓒自号随斋，感于父亲所梦，廷玉遂以砚斋为号。砚斋建成，正堂里挂着"惟肃乃雍"和"戒慎十二目"，都是廷玉精心临摹的；父亲的原字仍挂在大宅里，留给弟弟们做座右铭。

新宅落成已是秋后，婚期定在十月初八。

这一日，天气格外的晴好，初冬的阳光像金子一样灿亮地铺满大地，微风掠过刚刚收割过的田野，仿佛早春般带着暖暖的凉意。旧时人家婚嫁，多半都选在腊月底或正月初，因那时农闲，又有节日气氛衬托，图个吉祥热闹。张家无须考虑这些，十月小阳春，气候不温不热，人人神清气爽，此时办婚事再好不过。

一乘花轿从罗家岭出发，清早即起，傍晚进门，这是桐城规矩。女儿上轿，照例要与娘家哭别，谓之"哭发"，哭得越厉害婚后越发旺。珊儿母亲已衰弱得不堪，目疾严重，对于女儿嫁到张家，只觉安心，未有不放心的。但她那眼睛平时无风还自流泪，何况这老女儿一直在自己身边长到一十八岁，想到此去娘儿俩再不能刻刻相见，便更忍不住泪往下流。士珊对于廷玉其人其家也是再熟悉不过，有什么不愿意的？只是要离开娘和哥嫂，心中也是依依难舍，两眼流泪，却不让自己出声，一来她是斯文礼节惯了的，哭出声来不雅，更兼不能再惹母亲伤心。娘儿俩就这样默默流泪分开。

其时姚文然五子之中有四人在外为宦，只有三子士坚居家养母。士坚也是秀才出身，只为孝养母亲，不再科举。此番自然由他以娘家舅舅身份送妹妹出嫁。张家来迎亲的则是廷璐。那廷璐小廷玉两岁，年方十七，尚未成亲。只因大哥廷瓒不在家，只好由他这个弟弟来替二哥迎亲。

由罗家岭至城关，七十里大道，花轿后面跟着嫁妆，一路走来，引得多少人观看。轿夫是从城里轿行雇的，头天由廷璐带着来到罗家岭。这些人都做惯了抬花轿迎嫁娶的事，又兼行路无聊，便把那俚俗祝辞顺口乱编，颠来倒去不知唱了多少遍：

十月里头小春阳

罗家岭上接新娘

罗岭是个好地方

新娘生得好模样

接新娘，抬新娘

一抬抬到桐城县

城门大开喜洋洋

二抬抬到阳和里

五亩园中凤呈祥

龙凤呈祥生贵子

儿子生八个

女儿生两双

儿孙满堂万世昌

  姚士坚和张廷璐都骑在披红挂花的高头大马上，听着这些人编的俚俗唱词，心想真也亏得他们，做着苦力活，还是这般快活。

  那珊儿小姐听着这些俗语，羞得满脸通红，幸得有轿帘挡住，要不真让她无地自容。

  后晌，轿子停在双港铺，士坚、廷璐招呼轿夫们吃面打尖。珊儿自是不肯下轿，也不肯吃饭，士坚亦不强求。只告诉她已到双港铺，再走四十里就进城。

  进城时，轿子却不走西成门，而是沿城墙根转到东作门方才进城。原来婚嫁风俗，讲究一个兜水上，谓之将财气兜进来。进了东作门，过东大街、清风市，方才来到阳和里。万顺儿远远在巷口望风，见到花轿队伍，射箭似的跑回去报信。五亩园大门上早已披红挂彩，报道花轿到来，这里点燃万响鞭炮，引得阳和里居民都跑来观看。克倬夫妇将那花轿引进园子，歇在大宅门前。

  大宅门前摆着一张披红条案，案上燃着苏合香，摆着酒壶酒杯、五谷米和三牲碗，那是退嫁神用的。相传新娘乘轿时，必有嫁神护卫，以防阴邪作祟，到了男家，须请退嫁神。

从条案前至台阶上,一直到正屋堂前,都铺上了一条红毡,那是给新娘子走的,意味新人洁白无瑕,一尘不染。

姚夫人率家中诸人全都锦衣吉服候在堂前。廷玉今日更是喜气洋洋,上穿一件大红团花马褂,内罩黑缎袍子,头戴黑色掐红边的六合一统瓜皮帽。白皙的脸上泛着红润,显是心情激动得很。

轿子歇下,早有一位老先生模样的男司仪唱起《退嫁神》歌:

伏以
乌鹊渡河
天上双星好会
赤绳系足
人间二美争传
凯凤卜于当年
迎鸾胶于此月
四停马歇
人喜神欢
《诗》韵关雎
夫妇为人伦之首
《易》称咸感
阴阳协天地之和
三索男儿三索女
正当冰泮之时
百两御儿百两将
已是于归之日
三周之至
六礼初升
只恐好日多同
不肯久留圣驾
馨香数炷
清恶障以回程

> 糟酒三樽
> 谢宏恩而默佑
> 自此以后
> 永偕伉俪之欢
> 咸成唱随之好
> 弄瓦弄璋
> 堪衍螽斯之庆
> 宜家宜室
> 且推内助之贤
> 高卷珠帘挂玉球
> 今宵织女会牵牛
> 自此洞房花烛夜
> 早生贵子占鳌头

唱罢，一位女司仪将一把量衣尺子递给廷玉，示意他用此尺挑开轿帘。轿帘挑开之际，那女司仪从手中托盘里不断抓出花生、红枣等喜果，砸向轿子，口里唱道：

> 嫁神嫁神
> 护嫁来临
> 三牲酒礼
> 送驾回程
> 车来车驻
> 马来马停
> 一把喜果
> 撒开轿门
> 吉星高照
> 福寿康宁

士珊穿着大红吉服，头上蒙着红盖头，端坐轿中。早有万嫂打扮得花枝招展地上前，扶住新人下得轿子，一脚正踩在红地毡上。新人沿红毡慢慢走着，廷玉跟在后面。那女司仪犹不断将喜果砸向二人身上，口里唱道：

一撒文官当堂坐
　　二撒武官守城门
　　三撒鸳鸯同戏水
　　四撒鲤鱼跳龙门
　　五撒丹凤朝红日
　　六撒童子拜观音
　　七撒下凡七仙女
　　八撒天上八仙人
　　九撒九华月桂景
　　十撒锦绣满乾坤

　　十撒唱完，新娘也走进了堂内。堂内也是张灯结彩，高悬喜帐，姚夫人早已端坐在八仙桌旁。这里司仪将一根结着大花的红绸递给廷玉和士珊，两人各牵一端，由人摆布着行完了一拜天地、二拜高堂、夫妻交拜的三拜大礼，然后众人这才簇拥着，将一对新人送往洞房。洞房就在新落成的砚斋，从正堂出来，早有人将红毡一路往新房铺好。一对新人走在红毡上，两旁都是围观者，在女司仪指挥下，纷纷向新人身上砸喜果，一直砸进新房。新娘被扶坐在床上，那喜果又纷纷砸向床帐。这回女司仪唱的是《砸帐歌》：

　　一进新房双凤朝阳
　　恭喜新娘贺喜新郎
　　满门热闹富贵同舫
　　诸位尊长听砸新房
　　一砸荣华并富贵
　　二砸金鱼满池塘
　　三砸三元及第早
　　四砸凤舞配龙翔
　　五砸五子拜将相
　　六砸六合同春长
　　七砸夫妇同偕老
　　八砸八马转回乡

九砸九九福长寿

　　十砸十全大吉昌

　　至此，全部结婚仪式才算结束。众人退出新房，回大宅堂上饮喜酒。这里廷玉方揭开珊儿头上蒙着的红盖头。两人已有三四年不见，虽是熟悉，但都正当生长发育的少年时期，此时相互打量，都觉对方变了很多。珊儿是更加美丽了，廷玉也更加稳重端方。

　　新婚之际，两人都有些害羞。一时无话，廷玉搭讪道："珊妹，一路辛苦了。"

　　珊儿道："不辛苦，你别待在这儿久了，惹人笑话，快回正堂待客去罢。"

　　廷玉道："那你一人在此，不寂寞么？"

　　珊儿抿嘴一笑："我不寂寞。从此这就是我的家了，天天都要这样待着呢，寂寞什么？"

　　廷玉看她那一笑，真觉千娇百媚，心中涌起万种柔情，叫声："珊妹！"珊儿"嗯"一声答应。他却又觉千言万语不知从何说起，只好道："那我去了。"珊儿又"嗯"一声。见他还不走，便轻轻用手一推，轻声道："快去。"廷玉就势出门，珊儿又在身后轻嘱一声："少喝酒喔！"廷玉回头应一声："知道。"这才快步往大宅走去。

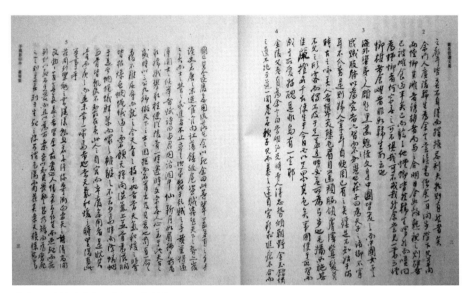

戴名世《忧庵集》手迹（白梦摄）

桐城文庙大成殿，全国重点文物保护单位。（白梦摄）

第十二回
入南闱廷玉喜中举　征绝漠父子双扈从

婚后的岁月真是难以尽述。少年夫妻，你欢我爱。两人又是表兄妹，算得上是青梅竹马，两小无猜。年岁稍长之后，知道有婚姻之约，两人虽不再见面，反而更加怀了一份盼望和念想，盼着早一日长大成人，早结连理，举案齐眉。

珊儿来到姚家，没有新媳妇的别扭和不习惯，而是宾至如归。因那姚夫人本是表姑母，自小对珊儿就很喜爱，现在自己的女孩儿都已出嫁，珊儿来了，与她就像母女一样。下人们喊珊儿"少夫人"，姚夫人升格成了"老夫人"。廷玉却是当人面称她夫人，背后仍叫她"珊妹"。

五亩园里的日月是平宁祥和的。赐金园和乡下田庄上的事情自有克倬打理，家中日常有姚夫人持家。孩子们日里上学，早晚课读，除接受姚夫人和克倬的督促外，还必须定期向京城的老爷汇报窗课。因此没有谁敢懈怠。廷玉更是比别人用功。

珊儿白天帮着姚夫人操持家务，晚上陪着廷玉读书。日子如水一般流过。母亲在她出嫁后不久就去世了，三哥士坚是个有名的乡绅，经常要为乡里的公事来县城走动，每次必来五亩园看望姑母及小妹。珊儿对娘家已没有任何牵挂。婆家虽然人口众多，但人人知书达礼，对她这个少夫人是敬爱有加。廷玉是个性情诚笃的人，除了上学，便是回家，不进戏园，不坐茶馆，不结交不三不四的朋友。珊儿真的越来越觉得幸福了。

廷玉婚后的生活一如从前,所不同的是,晚上读书有个人添茶倒水。闲时廷玉也和四伯谈谈田庄上的事。他那一百亩田庄的岁租全归他自己,小两口在大家庭里吃饭,没有其他多余开销。姚夫人让珊儿替他好好存着,说是以后乡试会试要用钱的时候多着哩。

婚后第二年,廷玉便拔了岁贡,这就取得了乡试资格。珊儿自然高兴,高兴之余,却又有一件心事压在心上。原来珊儿迟迟未孕,姚夫人私下里问过多次,珊儿红着脸总是摇头。

一年之后,还没有迹象,姚夫人不免着急,寻了郎中来瞧。那郎中仔仔细细探过脉象,又问了些幼时身体情况,最后的诊断是:少年久咳背寒,肺气损伤。经水无期,一月两至,或几月不来,来时必小腹寒痛,系气血流行不顺。下焦肢体常冷,是冲任脉损。此病急不得,宜慢慢调养,强健体质。

郎中开了药方,又嘱每日食用益母膏丸。

姚夫人看那方子,乃是人参、河车胶、熟地、当归、白芍、川芎、香附、茯神、肉桂、女贞子等。想起昔年离京时,吴友季曾托自己给珊儿母亲带过一剂药方,内里有多味药材与此方相同,遂问起珊儿此事。珊儿道:自幼吃过很多药,因是父亲死后数年,哥哥尚未谋得职位时,家中贫困,吴先生的方子贵重,吃不起。咳嗽起来,便找乡下郎中开些土方子。后来年纪渐大,咳嗽也好了,便不再吃药。

姚夫人叹道:吴先生那是固本的药,可惜没按方子吃,若吃了,恐不会落下经血不调的病。然也无法,只能再调养了。

自是珊儿又开始了不断吃药。然而女性不育之症,岂是容易调治的?吃了一年汤药,仍是未有动静。其间郎中调了几次剂量,换了几味药,然而只治好了小腹寒痛,月事仍然不调。

越治越成了心病,珊儿从此心中郁闷。

姚夫人心中虽然着急,面上却并未有半点颜色。又怕问多了更增珊儿负担,此事大家都只好闷在肚里。

夜间,珊儿也曾与廷玉商量,要给他纳妾。廷玉正与珊儿好得蜜里调油,如何肯让珊儿委屈。纳妾之事,执意不肯。珊儿道:"我也是从小读过几天书的,知道'不孝有三,无后为大'。我如何肯与别人分你之爱,只是女子'四德',我不能失了'妇德'呀。"廷玉道:"说到读书,我正在科举的关口上,你就不要拿纳妾的事来让我分心了。你还年轻,日子长着呢,不定哪天病就治好了。好珊妹,别多想,我是绝不会负你的。"

话说至此,珊儿只有躲进廷玉怀中啜泣的份。

廷玉看着珊儿伤心,此事真是无法替代,也只有暗中叹息。

珊儿出身诗礼世家,虽然父亲死得早,但母亲从小教她"三从四德",养成了和顺、文静、不多言的性格。凡事自己隐忍着,心中却自怨自艾。廷玉越是爱她,她越觉得对不住廷玉。这样一来,病不但没治好,反而引发了旧疾。

康熙三十二年,已是她婚后的第四个年头。自春分起,一场伤风引发了咳嗽,此后便时好时坏,咳嗽一直没停过。医生又开了方子治咳嗽,嘱咐前头的治不孕的方子停服。珊儿治病心切,却瞒着姚夫人和廷玉,仍偷偷煎那方子吃。那年夏天又格外热,珊儿体弱疰夏,伤了暑气,吃喝乏味,人更加消瘦了。那咳嗽转成半声,声音空洞,初咳无痰,但肋骨却跟着嗽声疼痛起来,非得嗽出一点痰来,疼痛才能减轻。

因秋后廷玉就要参加乡试,怕他着急,珊儿便强自忍着,没告诉他。谁知那病是忍不得的,有几次强嗽之下,竟然痰中带出血来。珊儿知道父亲是咳血死的,又回想起父亲咳嗽时皱眉蹙额的样子,一定也是肋骨疼痛所致。如此一想,由不得更加灰心。

七月中旬,立秋过后,天气稍稍转凉。珊儿的咳嗽似乎好了一些,人也上了饱饭。众人都庆幸说是好了,廷玉也稍稍放了心。

八月就要乡试,谁知到了七月底,廷玉正与众生员相约起行,珊儿病势忽然沉重起来,竟大口吐血,人也几番晕厥过去。城里郎中几乎找遍了,都说人可能没救了。如此情况,廷玉如何还能离开?遂误了癸酉科乡试。这一误,就是三年,下科需等到三十五年丙子科了。

众生员都替廷玉可惜,廷玉却衣不解带守在珊儿身边。珊儿病得忽明忽暗,清醒时眼见廷玉因为自己误了科举大事,心里更加自我埋怨,对廷玉道:"都是我不好,没给你生个一男半女,还七病八灾地拖累你。劝你纳妾又不肯,非得我死了,你才有个出头日子。"

廷玉道："珊妹你别多想，科举误了这科有下科，妻子可就只有你一个。我这心中只装得下你一个人，你可千万别存什么傻念头。"

珊儿本来是心病大于身病，见廷玉如此关爱自己，非但没因不能生育嫌弃她，反而为她误了科举也在所不惜，自己病得人不人鬼不鬼的，廷玉反倒对她更加怜惜。这份情不是一般人都能得到的，廷玉真正是个至情至性的人，她不能负了他这份情。

如此转了念头，竟又熬了过来。立冬之后，咯血渐渐止住了，身体一天一天健旺起来。恰巧吴友季这年腊月回家过年，自要来张府拜望姚夫人，送来张大人托带的银两书信。姚夫人请他给珊儿诊治，吴友季仔细问了珊儿病因种种，又细细地切了脉，看过现下吃的药方，没什么不对。便对姚夫人道："珊儿的病是胎里带来的，要想断根是难上加难。不是我说句过头话，夫人您要心里有数，这孩子不是个长寿的。她这不孕之症根子也在肺气上，加上心病太重，我看不如依了她，给廷玉纳个妾，生了孩子，她的心病恐还要好些，还能多活几年。"

姚夫人心下也早有此意，便拿吴先生的话原封说给廷玉，廷玉红了眼圈，道："母亲的意思，孩儿如何不明白。只是一来孩儿与珊妹感情投合，不忍负了她；再有一条，孩儿心下一直也有这感觉，珊妹不是个长寿的，既如此，更不能委屈了她。若纳了妾，再生了孩子，那后来者高过了一头，压了珊妹怎么办？她活一日，孩儿就要让她快活一日。绝不让她受半点委屈。"

经了这番死去活来，两人感情更加好了。珊儿也不再求死，一心一意调养好自己，好让廷玉安心读书做学问。

话分两头，再说张英在朝，忙着教导太子殿下和礼部诸事。廷瓒仍在南书房行走。这几年朝中最大的事莫过于西北军务了。

话说清朝初年，长城外就是蒙古地方。这蒙古族又分为漠南、漠北和漠西三大部。漠南蒙古札萨克部，又称内蒙古；漠北蒙古亦称外蒙古，为喀尔喀部；漠西蒙古为厄鲁特部。

这蒙古三部自成吉思汗时就已到处驰骋，养成了骁勇善战、抢兵夺地的性格。后来元朝败落，这蒙古族又退出长城口外。

且说蒙古三部，其中内、外蒙都是成吉思汗的后裔，只厄鲁特部乃是另一支系。成吉思汗的后裔们许是经了元朝的由盛到衰，灭了火气，到了此时，漠南蒙古早已归附清朝。漠北在漠南、漠西之间，内蒙既已归附清朝，外蒙便也积极与清朝修好。只厄鲁特部，因地处西北边地，与俄罗斯和青藏接壤，便有些不服教化，与清朝关系忽疏忽近。

厄鲁特蒙古又分为四部：一部在乌鲁木齐附近，为和硕特部；一部在伊犁附近，为准噶尔部；一部在塔尔巴哈台附近，为土尔扈特部；一部在额尔齐斯河两岸，为杜尔伯特部。自来兄弟阋墙，四部之间，为争领地，互相征战。到康熙初年，准噶尔部内部政变，首领僧格为异母兄弟车臣所杀，然后拥立僧格之子阿拉布坦为首领。噶尔丹与僧格系同母兄弟，其时正在西藏当喇嘛，闻听部落政变，急忙返回准噶尔。康熙十二年，借助西藏势力，噶尔丹发动兵变，将所有兄弟尽数屠逐，又杀死其侄阿拉布坦，自立为准噶尔汗。

这噶尔丹可非一般人物。他一掌权，就四处扩张，先是派人出使俄罗斯，与沙皇修好，意欲借助其势力吞并整个蒙古；继而又利用与西藏达赖喇嘛的关系，杀死和硕特部首领，占其领地，兼并了青海等地；接着又吞并土尔扈特和杜尔伯特部，将厄鲁特蒙古统一掌握在自己手中。

这里漠西厄鲁特部刚刚统一，那里漠北喀尔喀部又发生内讧。噶尔丹趁机出击，掠夺了喀尔喀部大部土地。弄得喀尔喀部无处存身，此时只有两条路可走，一是北投沙俄，二是南奔清朝。最后活佛哲布尊丹巴决定带领几十万喀尔喀蒙古南迁，投奔清朝，请求庇护。

康熙深谋远虑，立即接纳喀尔喀部，命地方发给赈粮，腾出牧场给其放牧。

驱逐了喀尔喀，占领了漠北大片土地，噶尔丹更加不可一世，想起蒙古祖先成吉思汗的功绩，便欲南下与清朝争个高低。他多次借助沙俄与西藏力量威逼清朝，要康熙交出活佛哲布尊丹巴和喀尔喀部首领土谢图汗。

康熙早已洞察噶尔丹野心，兼之清朝当时正为边界之事与沙俄构兵，更对投靠沙俄的噶尔丹恨之入骨。先是二十七年时，康熙派出使臣应邀前往俄国，就边界问题谈判，谁知途中正遇噶尔丹攻打漠北蒙古，受阻而回。直到第二年八月，才又应邀在尼布楚相会，双方最后就边界问题达成永久协议，这才了却一桩多年心事。你想当时沙俄扩张势力非常迅猛，清朝是因为多次对垒胜利，才逼着沙皇低头，答应互划边界，永远修好的。现在噶尔丹这跳梁小丑也想来觊觎大清江山，康熙如何能够答应？

二十九年，噶尔丹先使西藏达赖喇嘛向康熙施压，劝康熙将哲布尊丹巴活佛和土谢图汗交给噶尔丹，康熙坚决予以回绝。回想当年吴三桂作乱时，也是这个达赖劝他与吴贼划江而治，此番又给噶尔丹当说客，由不得心中恼恨，嘴上便讥讽道："幸得当初活佛没有去投奔你，否则还不成了你拱手送给噶尔丹的礼品？这就是你佛家的大悲之心吗？我大清一贯怀柔，护卫弱小，不畏强权。此番喀尔喀被噶尔丹追杀，乞朕保护，朕当仁不让。如若他日反过来，噶尔丹遭人追杀，来投奔朕，朕也同样护他于羽翼之下。"

达赖雄踞西藏，之所以一而再再而三地做说客，当然也有自己的私心。他其实是害怕清朝太强大了，于自己不利，所以总想借助外力，削弱清朝力量。此番见劝和不成，便添油加醋，激励噶尔丹来犯大清。

康熙二十九年六月，噶尔丹忽率数万精兵向内蒙进犯。一路烧杀抢掠，直逼京师。

清朝此时已内安外定，民富国强，岂能容噶尔丹如此气焰嚣张。当下康熙召集群臣，决定亲征大漠，一举荡平噶尔丹，以绝西北之患。

原来康熙自幼立志非凡，学得文韬武略，这文韬已将国家治理得天清日朗，上下和同。只武略上一直没能亲自指挥征战，不能不说是一大遗憾。当年三藩作乱时，他就想亲征，只因群臣反对，再加上太皇太后不允，使他未能如愿。现太皇太后已经殡天，他也已长成为三十多岁的盛年天子，治国近三十年。除鳌拜、平三藩、收台湾、退沙俄、废党祸，多少风浪都经过了，他在朝中的威望也如日中天。此时亲征，群臣谁还敢说半个不字。

当下点起两支军队：一路封裕亲王福全为抚远大将军，带同皇长子胤禔率部出古北口；一路封恭亲王常宁为安北大将军，带同简亲王雅布率部出喜峰口。本待要亲临战地指挥，怎奈刚出关口便感染了时疫，被众臣工劝住，就地扎帐。

不日，战报传来，恭亲王初战失利，在喜峰口外被噶尔丹杀回。噶尔丹前锋已达乌兰布通，距京师只有七百里地了。康熙急调裕亲王大军往乌兰布通，与噶尔丹部对垒。两军以河为界，噶尔丹用骆驼筑起驼城，所谓驼城，是将骆驼四足捆住，令其卧地，背上加盖箱笼等物，再以毡幕蒙上，士兵躲在城后躲箭。此是噶尔丹攻打蒙古诸部的一贯伎俩，自谓战无不胜。谁知清兵则用火炮架在阵前，那驼城挡得住飞箭流矢，如何敌得了威猛的火器。片刻工夫，即攻破驼城。清军兵分两路，一路步兵正面冲入驼城，一路骑兵绕道侧翼进攻。

噶尔丹却是狡猾，见大势已去，便派军中喇嘛去裕亲王帐下乞降。裕亲王不知是计，飞报康熙，康熙急令"速急进兵，毋中他缓兵之计"。这里裕亲王赶紧发兵追赶，哪里还追得上。噶尔丹已趁夜逃走。

这一仗，噶尔丹数万人马进犯，最后只落下数千残兵败将。退回厄鲁特之后，只好派使者前来修和。

清兵大获全胜，各个论功行赏，那阵亡将士更是厚加抚恤。最使康熙伤心的是大将佟国纲在乌兰布通一役中不慎阵亡。

佟国纲是贵妃佟佳氏之兄，佟佳氏又是康熙之母孝康章皇后也即慈和皇太后一脉。贵妃佟佳氏已于上一年殁逝，念及母亲，康熙于佟贵妃死前一日，特将其晋封为皇后。

这佟氏一门忠烈，早在皇太极时，佟氏祖上就跟着太宗打天下。康熙生母佟氏早逝，是为心头又一大痛；待到佟贵妃死去，康熙更觉伤心。因之对国舅佟国维、佟国纲格外爱惜。谁知这场战役，竟又损了佟国舅，康熙如何不痛定思痛。决定要让佟国纲死后哀荣，大加褒扬一番。偏偏翰林院编修杨瑄撰写祭文失当，康熙一怒之下，亲自撰写了一篇。杨瑄因此坐罪流放，张英因是翰林院掌院，负有失察之罪，被夺职思过一年。虽是夺职，其实只是夺去了礼部尚书一职，暂由熊赐履代理；其他翰林院、詹士府、教习庶吉士等职仍然在身。这也是康熙赏罚分明之处。一年之后，张英官复原职。日日在朝，始终敬慎，荣辱不计，这些都不必细表。

且说这噶尔丹康熙二十九年在乌兰布通为清军大败之后，表面上俯首认罪，其实觊觎之心不死。康熙如何不知。他一方面安抚蒙古各部，另一方面加紧军备，以便与噶尔丹适时开战，夺回漠北大片土地。

三十年五月，康熙亲自巡察塞外，抚慰来投奔的喀尔喀流民。并在多伦诺尔会见喀尔喀蒙古各部首领，将喀尔喀部与内蒙同例编旗，收归朝廷治下。此即是载入史书的"多伦会盟"。

接下来，康熙年年巡幸塞外，又在蒙古各地设立驿站，派军据守各地，并任命大将军费扬古为安北将军，带兵驻扎归化城。

那噶尔丹果然贼心不死，经过几年恢复之后，他又开始向朝廷索要活佛和土谢图汗；并暗中派人联络蒙古诸部，许以土地金银，要他们背弃清朝，归附自己。蒙古诸部将噶尔丹和清朝一比，高下立分，谁愿与狼共处呢？反将噶尔丹的阴谋密告给朝廷。康熙接报，正中下怀，密谕科尔沁部首领诈称反清，愿为噶尔丹做内应，诱使噶尔丹东进。

噶尔丹果然中计，率三万精骑兵东进。而清军早已调兵遣将，粮草先行。此时大清国力雄厚，京仓存米足支三年，康熙已下旨永不加赋，并谕令各省轮流蠲免一年漕粮。百姓欢欣鼓舞，为使国家长治久安，康熙决定亲征漠北，一定要将噶尔丹这个掠夺成性的大漠鸮枭除去。

御驾亲征，这在朝中可是一件大事。三十五年正月，刚刚过完上元节，康熙就下诏太子监国，又钦定了六部随驾人员和留守人员，张英和廷瓒父子皆在随行之列。

明珠此次也将随驾西行，这就是天子的御人之道。索额图早已在中俄边境事务中被重新起用，著名的《尼布楚条约》就是他主持制定的，此后他的任务多半就是辅助太子，谁让他是太子的舅舅哩。明珠此番随驾，虽没有什么实际职务，但可看出康熙还是念着旧情的，带他出来走走，做个谋士，总胜过日日在家思过。

御驾起行的日期定在二月三十日。

接下来礼部就忙开了。先是安排皇帝亲自祭告天坛、太庙以及太岁、道路、炮、火诸神等，接下来便是布置出征仪仗和阅兵仪式。

三十日这天，午门外广场上军阵林立。火炮营、骑兵营、步兵营三大方阵分列东、西、南三面。寒风凛凛，战旗猎猎，方阵中的将士如铜浇铁铸一般纹丝不动。索额图陪着太子胤礽领着留京的王公大臣、六部九卿等分列在掖门两边，等着为圣驾送行。正阳门外，万头攒动，那是京师百姓箪食壶浆为王师壮行。

钟楼上的钟声刚交午时，午门的三扇正门和左右掖门同时开启，几声礼炮过后，一队骑驾卤簿从正门迤逦而出。康熙皇帝身着甲胄，腰挂佩刀，在侍卫大臣的簇拥下纵马而来，后面紧跟着随驾西征的部院大臣。这时五凤楼上钟鼓齐鸣，卤簿乐、导迎乐依次奏响。乐声里，胤礽带着王公大臣们齐刷刷跪下，口中山呼万岁。那方阵中的数万将士也齐声高呼：

"吾皇万岁，万岁，万万岁！"

山呼声里，康熙勒马巡过四周，祭罢旗、纛。这才率部出正阳门，直奔郊外行营。沿途百姓拥挤道旁，山呼万岁声此起彼伏。

康熙当晚歇在郊外营帐，重新思审一番作战方略：东路由大将军萨布素率东三省兵力，迎敌前锋；西路由大将军费扬古率陕甘兵力，断敌后路；自己亲率中路劲旅深入大漠。大军约至克鲁伦河会齐，三路夹击，谅他噶尔丹插翅难逃。

按说这行军打战，是兵部、户部的事，康熙要带着张英作甚？原来沿途还要与蒙古各部打交道，天朝上国的许多朝觐礼仪是不能错的，这就是礼部的事了。而那廷瓒是天子身边的起居注官，哪一日不要随在身边，记录起居，传谕命令，天子的一言一行都要记录在案。何况御驾亲征，如此大事，将来还不要大书特书，这些笔墨、史料，哪一项少得了张氏父子呢？

果然，当晚在军帐中康熙踱步良久，想到自己终于可以一偿夙愿，亲自带兵打战，不觉激动异常。叫过廷瓒，吟出一首诗来：

二月三十日亲统六军徂征漠北

惟天尽所覆，眷命畀我清。
自予荷鸿祚，恒愿销甲兵。
狡焉窥北疆，属国横相撄。
夙昔张挞伐，凶丑皆颠倾。
赦之释不诛，开网全其生。
怙终恣跳梁，边鄙摇群情。
皇皇仁义师，声讨必有名。
春雪洒贝胄，朔风卷龙旌。
眷兹貔虎士，金革劳远征。
于铄振我武，赫赫扬天声。

第二日，此诗就在军营里传开，众将士读罢，不啻是一篇声讨噶尔丹的檄文。群情激奋，精神抖擞，果然是皇皇王师，天威赫赫。

大军一路北行，出居庸关，经赤城，过龙门，一路康熙都有诗作，不时传遍军中，成为六军将士的精神食粮。且看张廷瓒的扈从起居录：

三月十日，上驻跸独石口城内，作《过独石口》记行，又作《出塞训厉军士》示六师。

三月十二日，上亲征途中，蒙古诸藩来朝，上赐饮于帐幕，作《北藩诸部君长来迎》示之。

三月十四日，上过太行山飞狐岭，作《沙漠二首》记行。

三月十五日，上驻跸滚诺尔地方，雨雪交作，上领群臣焚香祷于天，俄顷云开天霁，上作《风雪致祷遂尔晴霁》。

三月二十日，皇三子胤祉、皇四子胤禛请安于帐，上作《赐皇子胤祉》《赐皇子胤禛》赐之。

三月二十六日，遇倒春寒，上赐酒军中，作《春寒轸念将士》《赐将士食》示六师。

四月五日，上于行军途中感新夏，念及内地农事，作《途中新夏》《帐殿对雨，念畿辅四方农事》，邮传皇太子并留守王大臣。

……

以上记载可见，康熙的亲征绝漠，不仅是军事行为，还有外交功用。而他时时念及士兵疾苦，赐诗、赐酒、赐食，则是鼓舞了士气。然而作为一国之君，哪怕是在千里之外，他也时时惦着朝中诸事，直至连江南春耕、京畿农事都安排到了。

四月十四日，大军抵达察罕七罗，此是当年明成祖率兵出塞，追打鞑靼、瓦剌部之处。康熙亲征前，早已将沿途地理、历史熟悉于胸，便命部队继续前进，自己带领随行大臣们来寻明成祖勒石处。果在克鲁伦河边的一座山峰上，立着一块白色巨石，上刻"禽胡山灵济泉"六个大字。胡山为瓦剌部首领，灵济泉即是察罕七罗。

康熙见张英勒马站在自己身边，这位温文尔雅的儒臣，此时身穿皮裘，头戴毡帽，清癯的面庞都藏在帽边的狐裘里，显得颇有些憔悴。想他已是望六之人，又自幼生活在风轻水润的南方，这样的漠北风寒，劳苦远征，真有点令人于心不忍。便道："张爱卿，这塞外风霜，还受得了吗？"

张英道:"圣上万金之躯,都不言累,臣有何受不得的。"

康熙点头,道:"朕受命于天,总要做几件对得起天地的大事。这是当年明成祖到过的地方,你说说朕之亲征与当年永乐北伐有何不同。"

张英道:"臣是文臣,不懂军事。然成祖当年是孤军深入,四周皆敌。今蒙古地方悉为我大清领土,诸藩效忠圣上。此地利人和,不可同日而语。"

"是啊。还有一条,永乐当年带的是汉人步卒,朕今带的都是八旗骑士。以永乐当年都能擒获胡山,朕何愁不能剿灭噶尔丹这撮尔丑虏呢?"康熙说罢,顿了顿,又道:"朕不惜带着你来这绝漠受苦,知道是为什么吗?"

"御驾亲征,臣能随行,是臣的荣耀。臣作为礼部主事,这一路之上,漠北蒙古的风土人情,礼仪教化,都是该当了解的。"

"对,此是一条。还有一条,朕决定亲征,就是要一举剿灭噶尔丹,永绝蒙古之患。此后你要为朕编一部《平定漠北方略》,将朕会盟多伦、安抚诸藩、剿灭噶尔丹、平定大西北的军政思想悉数表明,以传诸后人。"

"圣上亲征,平定漠北,乃是千秋伟业。自然要载于史册,彪炳后世。臣谢圣上委此重任,此行定当详记军政要事,细察风土民情,决不辜负圣恩。"

两人说着,见众大臣已围拢过来,都在指点议论那块白石。明珠也趋上前来,他虽只比张英大两岁,但经了丧子之痛和革职之事,打击太大,已是须发尽白。康熙出征前,仍赏了他个领侍卫内大臣的称号,圣眷浓厚,令他感激不已。此时他指着那块白石道:"当年明成祖到此,勒石为铭。今我主到此,焉能不记?"

康熙其实正有此意,这就是明珠的聪明处,总能揣摩出天心圣意,也是康熙始终恩待明珠的原因。当下只听康熙道:"好啊,这事就交给你了。"

"奴才领旨,只是这勒石刻碑之事奴才办得,那铭文文字书法,奴才却是不能。还要请张大人帮忙才是。"

"行,就着张大人同办罢。"

"臣领旨。臣意还是圣上亲制铭文为是。吾皇文韬武略,必要御制诗文,洋洋洒洒,以记今日征讨盛事。若如成祖一样,刻上干巴巴一句话,就没什么意思了。"

"行。待朕晚间扎营后慢慢想来。"

当晚大军行至科图地方扎营,这科图乃是内蒙古边哨最后一站。此外就是被噶尔丹侵占的外蒙土地了。战场即将在那里铺开。

第二日,群臣照例来康熙的黄色大帐里早朝,廷瓒捧出一篇康熙的诗文,高声朗读:

经明成祖勒铭处,指示扈从诸臣并序

朕率师行四十五日,至我哨界;界内外高阜坡陀,大抵皆黄白沙,五色石。北行十一里,有石莹然独出,明成祖北伐,刻铭其上,时则永乐八年庚寅四月十六日。朕今过此,适在四月十四日,山原犹昔,时日同符。朕谓明成祖之率师而行也,与今日异。其时出边皆敌人也,今蒙古悉我效力之人;其时皆汉人步卒,今我兵悉骑士,且熟习边外之行。由此观之,明成祖深入敌中数千里,纵横若行无人之境,亦诚难矣。我军若不及彼,良可愧也。凡闻斯语者,当人人自奋焉。爰纪其事,而系之以诗。

伊昔永乐年,征马斯朔风。
碛间铭片石,苔藓磨青铜。
我行初拂拭,夏节欣相同。
当时月在巳,今值清和中。
后先间两日,彼亦一代雄。
我武讨不庭,春发明光宫。
塞草绿微苗,雨雪阴蒙蒙。
或言时尚早,稍待边花红。
宁知英杰人,所见良疏通。
迅行掩不备,兵法贵折冲。
军谋在帷殿,士气如虎熊。
岂不资群策,惟断斯有功。
作诗记其事,聊以示臣工。

廷瓒读罢,众人赞好。当下由张英凝神楷书,交明珠与科图地方联系,寻石勒碑。

谁知那在大漠驰骋纵横不可一世的噶尔丹，却是个银样蜡枪头。这里康熙尚在帐中与群臣计议战略，他那里接到战报，说是康熙亲率大军，已经到达克鲁伦河南岸。起初他还不信，待登上山峰一看，那清军幕帐沿河驻扎，绵延数里，其中一顶黄色大帐，羽林卫士环立四周，不是康熙还能是谁。顿时吓得屁滚尿流，竟然不等战书下到，就弃营拔寨，仓皇而逃。

康熙真是想不到此枭如此无用，一面领军越过克鲁伦河追赶，一面命东路大军往西路接应。

噶尔丹一路往西溃逃，恰遇费扬古的西路大军迎头一击。后面追兵又到，这一战，直杀得噶尔丹军丢盔弃甲，死伤无数。康熙见其已溃不成军，又传来伊犁老营噶尔丹之侄策妄阿拉布坦反叛自立之讯，这一下噶尔丹竟成了丧家之犬，无家可归了。遂对噶尔丹起了一念之仁，一面派人下书噶尔丹招降，一面班师还朝。

正当张英、张廷瓒随驾驰骋漠北之时，桐城家中的张廷玉已起程前往南京参加乡试。廷玉学问扎实，性格沉稳，三场下来，无有闪失。八月放榜，高中第二十五名举人。

廷玉一面书信京城向父亲报喜，一面拜过座师，赶回桐城向母亲和珊儿报喜。

张英接到廷玉喜报之时，正是康熙第二次亲征之际。

原来那噶尔丹虽怕清朝怕到不战而退，却又深以为恨，誓不归降。康熙接到内探密报，噶尔丹正在联络沙皇，拟投靠俄国。如此一来，西北边疆将永无宁日。康熙见噶尔丹如此不思悔改，已是不可救药。遂于九月十九日再次起驾，亲临大漠指挥战斗。随行诸臣仍旧如前，自不必说。

这一次，康熙所到之处，蒙古诸藩更是加意迎送，策妄阿拉布坦也有意与清朝和好，遂据守伊犁将噶尔丹拒之门外。噶尔丹东逃西窜，四处碰壁，沙俄也害怕清朝的赫赫声威，不敢染指中国事务；西藏达赖喇嘛本是坐山观虎斗，见噶尔丹大势已去，如何还与他结交。这噶尔丹走投无路之下，只好遣使乞降。群臣纷纷议论，对于这样一个反复无常的小人，千万不能信其诈降之言，必欲乘胜追击，将其彻底剿灭。康熙却仿佛打仗打上了瘾，并不急于结束与噶尔丹的战争游戏。他亲自接见噶尔丹的来使,许以七十日为期,若至时噶尔丹再不率所有部众前来归降,大清的铁骑将再来漠北,至时任他噶尔丹如何狡辩,定讨不饶。

放归使者后,康熙又大宴将士,大宴蒙古诸藩,并当众释放战俘,令其与早已被清兵占领地区的妻儿相会。此乃康熙的军事外交,对于蒙古事务,康熙知道这是个骁勇善战的民族,若不借剿灭噶尔丹之际,大显清军声威,将难以震慑蒙古诸藩。他要一次又一次地将噶尔丹打得落花流水,充分显示军威之后,再抚以怀柔归化手段,方能使内外蒙古心悦诚服,不敢再起反叛之心。

十二月,康熙班师还朝。七十日内,根本没有噶尔丹归降消息。这也是意料中事,所以康熙早已调兵遣将,将噶尔丹三面包围,堵截了所有道路,只留下西边一条道路,那是通往伊犁之路。伊犁为准噶尔部老巢,康熙之意,在外交上是将其逼回老巢,以证明历次亲征,讨伐噶尔丹,只是为替漠北蒙古讨回失地,还喀尔喀部一个公道。其实康熙深知伊犁已被策妄阿拉布坦占据,绝不会再容下噶尔丹了。

康熙运筹帷幄,一切俱在掌握之中。还朝后,与朝中大臣、京城百姓痛痛快快欢度春节。

康熙三十六年的春节,张英府上也是热闹非凡。廷玉夫妇陪着姚夫人来到了北京。

原来,时光匆匆,张英来京又已一十二年。家中廷璐已经娶妻生子,廷㻛、廷瑑也已长大成人,三人俱在家乡进学。而廷玉因上年中了举人,今年五月要来京参加会试,所以将母亲也带来北京,好与老父团聚。珊儿本不想来京,但她将心思对廷玉一说,廷玉则是非带她来京不可了。

原来,珊儿一直为自己不能生育愧对廷玉,几番要为廷玉纳妾,只是不允。去年九月,令仪忽然回了娘家,却给了她启示。

令仪出嫁之后,不久丈夫即死。她一个大家闺秀,自幼读书知礼,把名节看得比什么都重,当然不会再醮。可婆家儿子众多,家大业大,她一个年轻寡妇,在这样的大家庭里住久了,终究难以相处。这种种委屈被姚夫人知道后，便作主让她搬回娘家，反正那半亩塘边的"柳荫小艇"还为她们留着。令仪遂重回绣楼，又恢复了一个干净利落的女儿身。所以姚夫人可以安心来京，也是因为令仪重回五亩园之故。家中内部事务，便由令仪主持。

令仪和珊儿自幼相处，表姊妹间无话不谈。令仪回来后，珊儿便成了"柳荫小艇"的常客。她将心思对表姐诉说："三姐，二哥（婚后在家人中，珊儿仍使用旧称呼）不肯纳妾，我又不能生育。一直不知如何是好。你回来后，启示了我。我也可以回娘家呀！妇有'七出'之条，这'无子''恶疾'我占了两条。我要求二哥写封休书，我回娘家去。这样二哥就可以名正言顺地娶妻生子了。"

令仪道："廷玉对你感情极好，只怕他不肯休你。"

"三姐，不孝有三，无后为大。我不能让二哥成为大不孝之人。你帮我劝劝他罢。"

"那你呢？真的舍得离开廷玉吗？"

珊儿垂泪道："不舍得也得舍呀！我这是无法之法，谁让我命运不济，不生育，又恶疾缠身。我是不配做人家媳妇的。"

令仪也是伤心之人，这时真有点狐兔之悲。想了想，道："我看这样吧。你也不必回娘家。我劝劝廷玉，他若肯听话，可以写封休书，重新娶妻。你哩，就住到这'柳荫小艇'上来，我们姐俩正好可以做个伴。你和廷玉也可以常常见面。你们做不成夫妻还是表兄妹嘛！"

珊儿其实也舍不得廷玉，这倒是个两全其美的办法。遂道："怎样都成，只要二哥肯休了我，其余我都依他。他让我回娘家就回娘家，他让我住在五亩园我就与你住一起。"

令仪作为姐姐，也不能不为廷玉的后嗣考虑。便选个机会，来砚斋找廷玉相说此事。谁知令仪刚说出意思，就给廷玉挡了回去："我纳妾尚且不肯，怎能休了珊儿呢？珊儿有什么错，是性格不好还是品德不好。这身体有病，不能生育，是她的错吗？姐姐，您也是女人，您说这七出之中，这两条合理吗？"

令仪是女人，而且是个出嫁之后重回娘家的寡妇，她如何不知做女人的难，但她又能怎样？只好说："合不合理也不是我辈议论得了的。只是这《礼经》上如此明载，世人都如此行事罢了。"

"我想不通为什么圣人如此糊涂。这女人身体有病和不能生育,本就是人生之大不幸,还要被夫家休出,岂不更加不幸。圣人还有言:'夫为妻纲',若做丈夫的不怜其不幸,反而借此遗弃,岂是丈夫所当为的?你告诉珊儿,绝了此念。我不会弃她于不顾的。"

珊儿回到砚斋时,廷玉已做了一个决定:他要带珊儿一同进京,因为北京有吴友季,还有众多名医,他要带她到北京去,治好她的病,让她健康快乐起来。

面对廷玉的真情,珊儿唯有啜泣的份。

此后多日,廷玉一直为此事耿耿于怀。终于有一天,他在翻看明朝太史令刘伯温的《郁离子》时,看到了一段文字,立即释怀。他高兴地拉过珊儿,将刘文念与珊儿听:"或问于郁离子曰:'在律妇有七出,圣人之言欤?'曰:'是后世薄夫之所云,非圣人意也。夫妇人从夫者也,淫也、妒也、不孝也、多言也、盗也,五者天下之恶德也。妇而有焉,出之,宜也。恶疾与无子,岂人之所欲哉?非所欲而得之,其不幸也大矣,而出之忍矣哉?'夫妇,人伦之一也。妇以夫为天,不矜其不幸,而遂弃之,岂天理哉!而以是为典训,是教不仁,以贼人道也!仲尼殁而邪辞作,惧人之不信,而驾圣人以逞其说。呜呼!圣人之不幸而受诬也,甚矣哉!"

"珊妹,你还怕什么?我就说孔圣人怎么会有如此糊涂的说法,果然是后人假借圣人之口,伪作此论。"

珊儿一直以不能生育为耻,听了此论,真是久旱逢甘霖,心里熨帖了许多。遂一心一意跟着廷玉来京,准备治病。

张家今年因了老夫人和廷玉夫妇来京,显得格外热闹。廷玉意气风发,准备迎考。谁知春节刚过,父亲接到圣旨,被钦点为丁丑科会试主考。正要说明原因,辞了这主考官之职。朝廷又下了旨意,二月初六日,圣驾将再次起行,第三次亲征漠北。在此紧要关头,张英自然不能拿家中琐事来烦恼圣上,便只好决定,廷玉避讳此科,下科再考。

科举是读书人一生中的大事,廷玉如何愿意?但国事为大、家事为轻的道理他又岂能不懂,遂安下心来,在家侍奉母亲,照料妻子,苦心攻书。张英和廷瓒照例是要跟随御驾的。有廷玉和姚夫人在家,张英还有什么不放心的呢？只是六十岁的人了，这冰天雪地，野行漠北之苦，真是言之不尽。

此番亲征，康熙只是遵守诺言，给噶尔丹七十天时间苟延残喘。这七十天里，噶尔丹尝尽了丧家之犬的滋味。只是他与康熙结怨太深，终不肯归降罢了。听到康熙又亲领六军前来之讯，他只得抱头鼠窜，四处逃窜不成，只好西归伊犁。谁知伊犁的策妄阿拉布坦早已在半道上埋下伏兵，给了他迎头一击。山穷水尽之下，噶尔丹这位枭雄，想到与其成为阶下囚，遭对手侮辱，不若自行了断。遂于一个飞雪漫天的夜晚，独对苍穹，发出一声鬼哭狼嚎般的长啸，然后自杀身亡。

于是，策妄阿拉布坦以逸待劳，割下噶尔丹首级，收拢残兵败将，统统献给康熙。自己也俯首称臣。

从此，漠北一带二十余年的动荡岁月宣告结束。康熙也终于遂了一生之中的戎马之志。

事后，由张英主持编纂的《平定漠北方略》，将他的军事思想和外交策略尽数记载下来。并由礼部主持，在西北大军所过诸山上，摩崖刻石，将御驾三征绝漠、大败噶尔丹、平定大西北的赫赫战功记载其上。彪炳千秋，也以此警示西北诸雄。

张英书法作品，现存文和园内。（吴菲摄）

张廷玉书法作品，现存文和园内。（吴菲摄）

第十三回
悲亦悲珊儿苦离恨　乐复乐敦复蒙隆恩

畅春园里,康熙大宴群臣。六部九卿、王公贝勒鲜衣怒服,杯觥交错。这已是近年来春节之后的一个既定节目了。

张英坐在右首第六的位置,坐在他前面的人已经不多了,除了几位大学士,只有吏部的熊赐履和户部的马齐坐在他的前面。而大学士中阿兰泰和李天馥都病了多日,不能前来赴宴。

廷瓒已官至少詹事,但仍在南书房中行走。张英升迁、高士奇辞归后,励杜讷年岁已高,南书房中诸事多赖廷瓒。此时他就在康熙首席黄案的下首打横而坐。通常这种情况下,康熙都要吟诗赋词,需要他这个词臣近身侍候了。

康熙这年四十六岁,正当年富力强。想自己治国近四十年,做了几多大事,把一个动荡不安的煌煌中国治理得内定外安,民富国强,京仓存粮殷足,各省税赋轮流蠲免,百姓歌功颂德。想着自己这些丰功伟绩,康熙能不心下自得其慰?这样一想,他又由不得动了赋诗之兴,于是众人又赋了一通"柏梁体",无非是与前番一般,此处不再赘述。所不同的是,十七年的"柏梁体"是由张英所录,此次记录的却是廷瓒。廷瓒和张英都工楷书和行书,字体一脉相承。

康熙接过廷瓒记录的初稿,想起了二十年前的事情,乐得哈哈大笑:

"真是盛世华章,群贤毕至啊!朕记得十七年春节咱们君臣首赋'柏梁体',为老张大人所录,今日记录的是小张大人。你们看,这父子二人的笔力字体是不是异曲同工啊!朕今大宴群臣,有父子同宴,也是我朝值得一书的盛事啊。廷瓒,在起居注上记载今番盛宴时,一定要加上你父子同坐侍宴一节。"

这可是天大的荣耀,张英、张廷瓒同时起立拱手谢道:"谢圣上!"

同僚们经皇上这一说,都羡慕之极,纷纷拱手向他父子致贺,恭维之声不绝于耳。有的说:"张大人教子有方啊!"有的说:"长江后浪推前浪,江山代有才人出。敦复,只怕小张还要胜过老张哩。"有的说:"父子先后入值南书房,确是异数啊。"

张英父子被众人说得心下得意,面上却是挂不住了。张英道:"各位大人谬赞,令我父子无地自容。这都是圣上恩典,我父子敢不鞠躬尽瘁,粉身以报。"

康熙趁着众人高兴,又说:"朕已有十年没去江南了,今年想再次南巡,众卿意下如何?"

康熙南巡,第一次是二十三年,即是廷瓒扈从后顺道回桐那次。后来,二十八年再次南巡,张英和廷瓒均随驾而行。此次若成行,已是第三次了。第一次南巡时,众大臣考虑到圣驾安全,多有劝阻,康熙执意不听。结果事实证明,沿途百姓拥戴,江南秀色可餐,令帝心大悦。二十八年的再度南巡,就无人敢劝阻了。此时国家税库丰盈,地方财粮充足,又有什么理由阻止圣上南巡?众人只能赞好。

康熙道:"那就由礼部张大人择日,安排起行诸事罢。"

宴罢,众人恭送过康熙,这才散席。熊赐履与张英是多年老友了,此时拍着张英的肩膀道:"敦复兄,真是福气啊。今日父子畅春园里同侍宴,明日圣上南巡还要双扈从哦。这份荣耀,可得写进年谱喔。"

张英拱手道:"素九兄,连你也来调侃我吗?"

"不是调侃,是羡慕,羡慕啊!"

韩菼一直跟在他俩身后,此时便上前一步,笑道:"不光是羡慕,怕还有点酸吧?"这韩菼在明珠当政时也曾辞官归里,后来明珠被夺职,他又回到朝中,如今已是礼部侍郎,是张英的得力助手。

熊赐履也笑道:"你就不酸吗?"

"哪能不酸，我不酸怎知道你酸喔。"

"哈哈，原来还是以小人之心度君子之腹呀。我可上当了。"

调笑声中，出了畅春园，众人各自上轿回家。

廷瓒是与父亲同轿来的，此时也同轿而去。他另有住处，就在西安门外，与父亲住处很近，因与父亲日日在朝相见，也就无需常来走动。母亲来后，他便每天过来请安。

今日圣上在百官面前如此称赞他父子二人，确是千古少有的荣耀。因此父子二人在轿中有说有笑，非常高兴。

回到家中，气氛可就不一样了。姚夫人陪吴友季在客厅中坐着垂泪。张英一见，就知道珊儿的病又加重了。果然吴友季见礼后，就说："只怕珊儿寿限到了，你们要将后事准备准备，只在清明前后了。"

原来珊儿来京后，身体一直未见好转，每年到了立冬前后便开始咯血，总要咯到立夏时才能渐渐止住。吴友季也是无能为力了，他说此病系胎里带来，若幼时注意调理，尚有治愈希望，可惜的是珊儿回桐后没有按他的方子调治。如今耗损太过，病入膏肓，他已回天乏术了。

张英想起姚大人临死时说过的话，珊儿身体不好，难以永年，这些都是他和夫人意料中的事。只是想到珊儿的贤慧温顺，想到她与玉儿伉俪情深，想到与她父辈的亲情加友情，心里就忍不住惋惜。姚夫人更加伤心，毕竟除了儿媳这层关系外，珊儿还是她姚家的姑娘啊。

当然，最痛苦的还是廷玉。平心而论，珊儿算不上绝顶美人，但她娴静的气质、温婉的性格、端庄的态度，无一不透出良好的家教和大家闺秀风范。两人自幼是表兄妹，然后是少年夫妻，那青梅竹马总角之交和红袖添香的婚后生活，对于他这样一个出身诗礼之家的儒生来讲，已是情感美好的极致了。为了珊儿，他曾放弃了乡试机会；为了珊儿，他不惜放弃了做父亲的权利。然而，一切努力都不能改变一个事实，那就是珊儿大限已到。

知道廷玉此时一定悲伤得昏了头，张英与夫人商量，悄悄着人在外面定好了一具棺木，备下了一应丧葬用品。

二月初三，圣驾起行。太子率百官前往朝阳门码头送行。

关于此次南巡目的，有廷瓒所记的起居注中康熙所作《潞河发舟》说得明白：

> 青翰舟迎旭日升，官河放溜始开冰。
> 巡行每为求民瘼，宁避春寒晓雾凝。

康熙一生六次南巡，目的当然是为了直接考察河务和漕运这两项关乎国计民生的大事，同时也可以亲自考察沿途吏治和民情。还有一条很重要的原因，康熙不好明说，就是满族世居关外，如今既做了这中华大好河山的主人，当然要将这花花江山好好珍惜。江南富庶之地，人文荟萃，风景迷人，自古令人向往，不多亲眼瞧瞧，岂不枉做了它的主人。

康熙的龙舟在前，后面跟着一溜官船。初三从潞河发舟，三月初进入苏、杭，游历了西湖、虎丘、金山寺、灵鹫峰各处名胜，还悄悄到了高士奇的西溪山庄。

原来，圣驾南巡消息早已在邸报上登出。高士奇虽辞官归里，但朝中大事还是时时关心的。知道皇上要来杭州，由不得挑起了他的思念之情。圣驾南巡是件浩浩荡荡的大事，龙舟一到，当地百姓必奔走相告，不愁他得不到消息。只是他已离开皇上多年，皇上还愿不愿意接见他，就不知道了。

他正心里惴惴，想着怎样才能见着皇上，那里杭州知府却派公差来到了他的门上，说是圣驾即日到杭，皇上要亲临西溪山庄看望他。着他近日不要出门，专心在家等候。

这一下，真让高士奇既喜且怕。喜的是圣驾亲临，何等荣耀；怕的是这西溪山庄一大片产业，瞒不掉，掖不住，万一皇上追究起当年他的贪贿之事来，可如何是好。

不说高士奇在家中忐忑不安，且说圣驾到了杭州，驻跸杭州府衙。初四这日，上午会过杭州知府等一干官吏，中午赐宴，宴罢回房休息，嘱杭州地方无事不得打扰。回房后，即命人悄悄传来张英父子，三人脱下官服，只带了四名侍卫高手，就坐着轿子出了府衙。

官轿从府衙出来，谁也不知道里面坐的是谁。康熙与张英父子坐在骡轿里，侍卫们骑马跟随。坐在轿中，康熙才告知张英父子，此番要去的地方乃是高士奇的西溪山庄。

廷瓒听了此言，道："启禀圣上，臣有一事不明。"

康熙道："讲！"

廷瓒道："前番高世伯随驾南巡时，曾请求圣驾去他的山庄看看，圣驾因何不去，此番为何又不请自去了呢？"因高士奇是辞官归家的，不是带职荣养，所以身上已没有功名，廷瓒只好以世伯呼之。

康熙道："问得有理。敦复，你能说说朕为何前番不去，今番去吗？"每当父子两位张大人同时在场时，康熙便直呼他二人之名号，在别人这样的称呼或许显得不尊重，而在一个堂堂天子嘴里，如此称呼则透着许多亲切和恩宠。

张英道："圣上思虑高明，微臣如何能够猜透。臣试说说看，说得不对，还请圣上恕罪。"

"这有什么罪不罪的，又不是在朝堂之上。你当说无妨。"

"臣以为，首先呐，圣上思念士奇了，想见见士奇。不过想见士奇也可以召他前来觐见，圣上去他山庄，还是以示恩宠之意。这恩宠为何当年不给，如今才给呢？因为当年士奇在朝，圣上若亲见他的山庄产业巨大，该不该追究？追究起来必得治罪，圣上是爱惜士奇，才托词扰民没去的。今日去就不同了，士奇已经辞官归隐，当年的贪贿案也早已了结，此时去山庄，只是圣上对一位老臣子的垂怜眷顾了。何况圣上这是微服私访，地方无人知晓。"

"是啊，廷瓒，你该知道朕为何当年不去了罢。其实当年党争激烈，索、明两派互相攻讦，高士奇布衣入值南书房，已惹得众人嫉妒，我若再去了高的山庄，必定更让人眼红。其实当时朕已接到不少密折，两派互相告状。朕怜高士奇出身寒苦，爱财之心比别人更甚。但他的贪贿，终还是受了明珠指使。良心还是不坏的，对朕又很忠心。如今他们都老了，明珠朕还赦了呢，也该来看看高士奇了。"

康熙作为一个皇帝，如此爱怜旧日臣子，不觉令张英十分感动："圣上说的是，明大人、高先生都老了，其实臣的年龄也与他俩不相上下，臣也老了，臣也想和高先生一样，悠游林下，不知圣上能否恩准。"

"敦复，你和他们不一样，他们毕竟是犯了事的。你一直端谨勤勉，朕还要倚重你哩。你们这批臣子都老了，明珠、索额图、熊赐履，还有阿兰泰和李天馥，都跟了朕二三十年了。朕也已人到中年了，朕也想悠游林下哩。古往今来，有几个皇帝像朕这样喜爱悠游的？但偌大一个国家，朕不能放下不管呀。朕要管，你们也要帮朕管。敦复，朕现在是不能放你走的。你那赐金园就让它暂且闲着罢。总有一天朕会让你像高士奇一样，做一个纯粹的山庄主人。"

"老臣先谢过圣上了。"想想自己已经六十出头的年岁，康熙也慨叹他们这批臣子都老了，张英便自然而然自称老臣了。

高士奇的西溪山庄就建在西湖边的灵隐山下，因一条大溪从山里流出，经过山庄直入西湖而得名。这里离府衙不远，轿马不一刻工夫就已驰到。早有一名侍卫提前入山庄报讯，康熙到时，高士奇已在大门外跪接。只因是微服私访，考虑圣驾的安全，才没有鞭炮仪仗之类，也没有惊动庄中上百的奴仆家人。

康熙的骡轿由高士奇领着，一直驰进一座隐入竹林深处的小院才停下。康熙下轿，仿佛置身于竹海之中，远处青山，近处流泉，一座青瓦粉墙的精巧小院掩映竹木之中。正是三月仲春，那一支支新笋根根挺拔，像一支支竹箭，竟高过了老竹。康熙顾盼之间步入小院，只见小院的宝瓶形门楣上题着"竹苑"二字。进得小院，里面是一方碎石铺地的小小天井，坐北朝南一溜三间房屋，中间是正厅，左右各一个套间。高士奇介绍说，这是他的书房，是他山庄之中最为僻静的地方，平时除他之外，少有人前来。

待康熙走进小院，侍卫们早已两人院内两人院外的守定。高士奇领着康熙和张英父子走进正厅，待康熙坐定，高士奇重新叩头叩拜。匍匐在地后，竟激动得涕泪交流，浑身颤抖，不肯起来。康熙亲自下座，将他扶起，这才又与张英、廷瓒拱手见礼。

君臣叙过思念之情，在康熙的要求下，高士奇领着三人参观了一番他的山庄。高是当地名流，日常慕名前来拜访的士绅官吏不在少数，高领着众人参观山庄更是寻常事，所以当他君臣四人在庄中闲走之时，并未引起别人格外注意。那四个目射精光、浑身肌肉高度紧张的大内侍卫高手，也只被人当作了普通的家人随从。

西溪山庄当真了得，屋宅不下十数处，四周的田园阡陌，依山傍水，一望无边。家人奴仆都鲜衣华服，举止恭敬。田中佃户正在犁田打耙，准备插秧。

康熙饶有兴味地走着看着，问张英："敦复，与士奇的西溪山庄比，你的赐金园怎样？"

"圣上此问，可羞煞老臣了。在西溪山庄面前，赐金园就好比缩微的盆景。"

"你大可不必羞煞，你的山庄名为赐金园，你若羞煞，岂不是嫌朕赐金太少吗？"

"老臣焉敢。老臣只知圣上赐金，点滴都是君恩，用以名之，乃是传诸后代，永志不忘。不过赐金园在龙眠山中，也是有山有水，有林有木，景色不输灵隐哩。老臣不羡士奇的西溪山庄规制庞大，只羡今日圣上亲临西溪山庄，给了士奇莫大的荣幸。老臣但愿圣上有一日也到龙眠山去走一走，那老臣就死而无憾了。"

张英的话，令高士奇又兴奋又惭愧。兴奋的是圣上亲临，确是万分的荣幸；惭愧的是他的大片产业来路不正。但皇上既然亲自来过了山庄，以后就再没有人敢对他的山庄产业说三道四了。

"何处不是佳山水，朕来西溪，岂是为山水而来。朕与士奇已多年未见了，心里时时想念，朕是来看昔日臣子的。"

康熙如此说，高士奇如何还站得住，赶紧就地跪下，涕泣道："士奇也无一日不思念圣上。总说无法再见圣颜了，谁知圣上会亲临西溪呢？这是我高姓一族千秋万载的荣幸啊！"

康熙伸手搭起高士奇，接着刚才的话对张英道："朕与你日日在朝相见，可就没这份思念了。若真有一日你还山了，说不定朕就去了哩！不记得上回你回家葬父，朕就想念得紧，还让廷瓒催你还朝吗？"

"那圣上就早日赐老臣还山罢，老臣就可早日等到圣上亲临的荣耀了。"

"这是什么话？难道你为了那份荣耀，就不愿为朕多办几年事了？"

"老臣不敢，老臣这是急不择言了。"

"朕知道你不是那意思。不过朕现下赖你之处甚多，一时是不会放你还山的，你且收起此念罢。"

"是。老臣愿为圣上竭尽绵力。"

这一夜，康熙等人竟就歇在西溪山庄，自有侍卫返回行在，带来了服侍的太监和值夜的侍卫。

君臣四人就在高士奇的书房里吃过一桌极尽奢华的晚宴，接着秉烛夜谈。窗外风吹竹梢，窗里香茗送暖。四人都是多年未见的老相识了，想来应有几车的话要说。谁知除了刚见面时的嘘寒问暖之外，真坐下来清谈，反而无话可说了。

康熙素来最喜高士奇的滑稽多智，如今的高士奇却像个冬烘先生，只知唯唯诺诺，一点儿机灵劲也没了。他和张英年纪相仿，但张英仍然思路清晰，语言利落，高士奇却有些云里雾里，词不达意。康熙看着高士奇，心下叹道：谁说归隐林下，就可颐养天年呢？家事国事天下事，男人天生就是要关心大事的。离了南书房的高士奇就像鱼儿离开了原来的水域，西溪的水太清太浅，养不好他这条大池鱼啊。

果然话说不多少，高士奇就张罗着要康熙留下墨宝。康熙所到之处，请他题词的太多，他也知道这是题中应有之意，早已做好了准备。此刻便就着高士奇双手捧来的一叠锦笺上拿过一张，饱蘸浓墨，圆圆润润地写下了"竹窗"两个大字，说："朕看你这书房取名'竹苑'究竟平常了些。这窗外竹影浮动，何不就叫'竹窗'二字。窗这东西比门有趣得多，推开一扇窗户就能发现一片天地；打开一本书，就像推开了一扇窗。敦复，朕这比喻可还恰当？"

"圣上的见地，岂止恰当，简直精妙无比。"

"皇上啊，士奇明天就把您这字做成金匾，挂在这书房里，从此天天来朝拜。有您的天恩，士奇活要活在这屋里，死也要死在这屋里了。"高士奇鼻涕眼泪地说着，又跪下磕了三个头，才爬起来把那"竹窗"二字捧过一边，又请张英题字。

张英道："有圣上题字在此，臣焉敢再题。我看咱们不如仍像以前一样，请圣上开个头，就这西溪山庄景色联个句，留作纪念罢。"

"好好好，还是敦复主意高。皇上请开头，士奇来记录。"

廷瓒从高士奇手中拿过笔来，道："不劳高伯伯，还是晚辈写罢。"

康熙沉吟片刻，回顾了一下日间所见，便开口吟道："十里清溪曲，修篁入望深。"

张英接道:"暖催梅信早,水落草痕侵。"

廷瓒将两句写罢,不见高士奇动口,便催道:"高伯伯,该您了。"

高士奇道:"今日圣上带着二位大人来小老儿的山庄,是西溪亘古未有的荣幸,士奇只有聆听的份,还是请小张大人题罢。"

廷瓒想想也是,今日是题他的西溪山庄,总不能让他自吹自擂吧。便自接了一句:"俗借渔为业,园饶笋作林。"

这样一首诗还缺了一联,张英道:"还是请圣上来收尾吧。"

康熙想了想,吟了尾句:"民风爱淳朴,不厌一登临。"

康熙吟罢,廷瓒也已写罢。高士奇接过一看,是一幅漂亮的行草,旁边还题着一行小注:"康熙三十八年,上南巡,至杭州,幸士奇西溪山庄。臣张英、张廷瓒扈从同至,联句题《西溪山庄》。"

高士奇喜得抓耳挠腮,这真是归山以来从未有过的乐事,也是他做梦都不敢梦到的荣宠。他高士奇这一生,在别人眼里充满了传奇色彩:早年落魄,中年发迹,布衣邀宠,值掌南书房,正当盛年红紫之时,又急流勇退,避居山野,过着富甲一方的豪绅生活。而这其中的每一步奇遇,每一个坎坷,在座三人都深谙细节。在别人眼里,他高士奇或许透着神秘;在这三人眼里,他却是个玻璃人儿,连心肝肚肠都被看得一清二楚。

不说这西溪山庄君臣相见,鱼水之欢。再说另一边的北京城西安门里的张英寓所,此刻真是冰天冷地,死别生离。

珊儿自戌时起,便进入了谵妄状态。时而清醒,时而糊涂。清醒时她会对着姚夫人和廷玉垂泪,自责身体不好,拖累了廷玉,更遗憾的是没有为张家添个一男半女,对不起张家。糊涂时便一回吓得大喊大叫,说有许多牛头马面来了,要拉自己走;一回又破涕为笑,说来了一队仙女,要自己上天去做神仙。珊儿素来性格温婉,无论是家中长辈还是下人,都很喜欢她。这时大家便都在屋里屋外站着,看着珊儿在生死边缘挣扎,都替她难受。

吴友季下午已经来过,告诉众人准备后事,珊儿没有几个时辰好活了。

夜渐深,廷玉劝走了母亲,屏退了众人,只让自己一人陪着珊儿。他清楚地知道珊儿已如一盏耗尽灯油的灯,此刻最后的一线光亮是来自灯芯的燃烧,当灯芯也烧尽时,珊儿也就永远离开自己了。

一整夜，廷玉都坐在床边，拉着珊儿的手垂泪。他不是一个脆弱的人，平时涵养深厚，喜怒不形于色。但死神就站在身边，随时都会从他手中将珊儿抢走，由不得他不格外地伤心。

回想起来，他和珊儿自康熙二十九年结缡，至今刚交第十个年头。十年来，两人从未红过一次脸。珊儿虽是妇道人家，可自幼跟着哥哥读书识字，琴棋书画都略通一二，可由于自己不爱这些玩物，珊儿便根本不去碰它，只是帮着自己整理文章书稿。珊儿写得一手清丽的楷书，她模仿自己抄写的文章，有时连他都分辨不出。

他爱珊儿，可十年来，总是忙于功名和科考，竟没有多少时间好好陪陪珊儿。然而珊儿却从无怨言，总是默默为他做这做那。

珊儿惟一的遗憾是不能为他生儿育女，他的遗憾却是珊儿不能永年。只要珊儿活着，他什么都可以不要，不要孩子，甚至可以不要功名。

然而死神却不和他讨价还价，只是一天天地消耗珊儿的生命。

珊儿呢？并不像别的病人，怨天尤人。她整天想的是如何让廷玉幸福。为了廷玉，她不惜与姚夫人商量为他纳妾，不惜与令仪商量要廷玉休了自己，再去娶妻生子。她真的太爱他了，将他的一切看得高于自己。

可她越是这样，越让廷玉对她既怜又爱。

当珊儿知道自己将不久于人世时，她的心中更多的是欣慰。她觉得自己欠廷玉的太多了，拖累他也太久了，现在终于可以不再成为他的负担了。

许是谵妄中想到了这些，珊儿忽然清醒过来，目光炯炯地看着廷玉。

廷玉在她身边守了一夜，下半夜珊儿渐渐平静下来，他也迷迷糊糊睡着了，睡梦中忽然觉得异样，一睁眼睛，便看见珊儿正双目炯炯盯着自己。那目光清澈如水，含情脉脉，让他想到了新婚之夜，珊儿也是这样含情脉脉地看着自己，他一下子激动起来："珊妹，你好了！"

珊儿摇摇头："不是好了，是要走了。二哥哥，珊妹不能再陪你了。"

珊儿的话，一下子让廷玉想到了回光返照，他一把攥紧珊儿的手，说："不！我不让你走！"

"二哥哥，珊妹此生能嫁与你为妻，已经没有什么遗憾了。我走后，你要尽快娶个继室，为你生儿育女，以弥补我的罪过。只可惜你不肯在我生前纳妾，如果我能亲眼看到你娶妻生子，就更没有遗憾了。我已将此事写信托付了三哥,让他留心给你觅个好妻子,来代替我服侍你。"

"不!珊妹,我谁都不要,只要你。我可以不要孩子,可我不能没有你呀!"

"二哥哥,我也舍不得你。此生无福,来生我还要嫁你为妻,到时候我要给你生上五男三女,让你好好尝尝做父亲的滋味。"

"不!来生还要等上多久哇。珊妹,你别走,我们一起过完此生。我不在乎做不做父亲,只要能做你的好丈夫就行了。"

"那你就等我十八年吧。刚才阎王爷的牛头马面和天上的仙子仙娥都来拉我,牛头马面说我没有尝过生育之苦,便是没有偿完做女人的债,必须跟他们回到阎罗那里,接受惩罚,来生还要让我脱胎为女人,去尝生育之苦,还生育之债。仙子却说正因为我没有生儿育女,所以是个纯粹的人,在世间没有留下孽债,一生又修善积德,死后应该上天成仙。我想做神仙固然好,可再也不能做你妻子了,此生我欠了你的情,来生我要报答。所以我决定死后不上天了。我要马上投胎,十八年后,我再做你的妻子,可好?"

廷玉知是谵妄之语,道:"好!珊妹,我等着你。十八年后,你可一定要来噢。"

"我走了,二哥哥……"

说完此句,珊儿笑着闭上了眼睛。窗外,传来一阵笙篁丝竹之声,仔细一听,却是樵楼的更鼓。刚交辰时。

康熙三十八年三月初五辰时,从此将铭刻在廷玉的记忆里。同时铭刻在记忆里的还有珊儿最后的话:十八年后,再来做他的妻子!

珊儿的死,给了廷玉极大的打击,也使张家的小院陷入了沉寂之中。

七七四十九天之后,珊儿的灵柩被寄放到了法门寺。这里乃是当年姚大人寄放灵柩之地,如今珊儿也客死异乡,她的灵魂一定与父亲相会了。依着大哥姚士暨的意思,珊儿年轻早丧,又没给张家留个一男半女,今后廷玉是定要续妻的,珊儿的灵柩不如由他送回故里桐城,葬在父母身边,今后祭祀也方便些。廷玉坚决不肯,他说珊儿是他的原配妻子,不论自己活到多大年岁,珊儿都是一定要和自己同葬的。日后凡是自己能够享受的祭祀,都有珊儿的一份。

有了廷玉这话，士暨也就无话可说了，只是担心廷玉现在还不到三十，要活个七老八十岁的，还有四五十年光阴，不知以后娶妻生子之后，事情会不会有什么变化。他真能信守诺言，让珊儿与自己同葬吗？但珊儿既已嫁出，就不是他姚家的人了，自己也不好多说话，且随廷玉去主张罢。

　　珊儿既死，廷玉再娶的事也就顺理成章地被摆到了桌面上。张英是礼部尚书，当朝二品；大哥廷瓒又在皇帝身边行走；廷玉自己是待考的举子，年轻丧妻，无子无女，所以一时来给他做媒的人真是踏破了门槛。

　　张英和夫人当然希望他早日续娶，一来为了子嗣，二来也为了将他从丧妻之痛中解脱出来。

　　廷玉却坚决不谈此事。他说珊儿生前有话，已托三哥士坚为其觅妻，那是珊儿的心意，也是珊儿的替身，所以除非是姚家保的媒，其他人选他一概不作考虑。

　　从此廷玉把自己关在了书房里，他惟有通过苦读来麻痹自己。可饶是如此，珊儿的身影还是无处不在。当他写字时，珊儿在为他磨墨；当他读书时，珊儿便为他沏茶；夜深了，珊儿会为他披上件皮袍……阴阳相隔，隔断天涯路；相思之苦，像无数只虫子咬噬着他的心。

　　他越发消瘦了，也更加沉默了。家人无法分担他的痛苦，只有祈祷时间来慢慢愈合他的伤口。

　　天地轮回，日月经天，世界并没有因为一个人的痛苦而改变。在廷玉经历丧妻之痛时，张英和廷瓒依然陪着康熙继续着江南之巡，直到五月十七日，才随驾返回京师。

　　其时，珊儿的丧事业已办理完毕，灵柩也已移到法门寺。张英痛惜珊儿，和廷瓒一起到法门寺给珊儿的亡灵上了三炷香。

　　这一年，除了廷玉丧妻之外，康熙也承受了一次丧妻之痛，那就是闰七月初，敏妃张佳氏病逝。康熙虽有后宫佳丽无数，但作为一个圣明天子，他是重情重义的。他这一生，经历了太多的生离死别：八岁丧父；十岁丧母；二十一岁皇后赫舍里氏难产而死；二十五岁贵妃钮祜禄氏死；三十四岁祖母太皇太后死；三十六岁皇贵妃佟佳氏死。如今敏妃张佳氏又离自己而去。这些人中，除了祖母太皇太后活了七十多岁，属于寿终正寝而外，其他人都是不到四十就命折了。尤其是赫舍里氏和钮祜禄氏，死时才二十来岁。他贵为天子，富有四海，掌握着世间生死杀伐大权，却无法与天命抗争。他也曾为丧妻之痛不能自已，特别是钮祜禄氏和佟佳氏，那是他心爱的两个妃子，为了心中的不舍，都是在死前一天册封为皇后，然而贵为皇后也不能逃脱无常之手。如今他已四十六岁，敏妃之死再次让他伤心不已。

伤心之余，为了改换心情，他决定再到塞外巡幸一番。让大漠风尘来洗涤他心中的痛苦，让辽阔草原来坦荡他的心胸，让狩猎的杀戮和刺激来平息他心中的愤懑和怒火。

这一次，张英没有随驾前往，他作为礼部尚书被留在宫中主持敏妃的丧祭诸事。康熙带着皇长子、皇四子和皇五子一起去塞外，皇太子留在宫中主政，皇三子因是敏妃所出，也被留在宫中为母亲尽孝。

七月十七日，康熙在王公大臣的恭送下起程。廷瓒随行扈从。

夏秋之际，是草原最美的时候。一望无际的大草原上，野花盛开，牛羊遍地，一个个蒙古包像一只只白色的大蘑菇，在丰水季的草原上四处开放。而那遍地馨香的真正的草原大白蘑却躲在花草之中，需得细心的蒙古妇人仔细寻找，方能采撷到筐里，晾干后，作为一冬的菜蔬。

在多伦，他接受了蒙古王公贵族的朝贺。盛装的蒙古女子为他献上洁白的哈达和香醇浓郁的下马酒，并用那响遏行云的长调赞美他的丰功伟绩……

在归化，他观看了蒙古勇士们雄姿勃发的那达慕大会，为布库能手赐封巴特尔称号，为射骑能手奖励弓箭和马匹……

在鄂尔多斯，他率众皇子狩猎行围，赶得那大群黄羊四处逃窜，射死无数也累死无数……

在达里诺尔，他学渔民张网捕鱼，在湖心岛上拣拾野鸭蛋，看着成千上万只白天鹅在朝霞里翩翩起舞……

这塞外江南的如画美景，都是他治下的万里江山。小情小性小我统统被那博大无垠所包容，他的心情已经完全恢复了昔日的雍容、自信和坚强。

九月十日，康熙返回京城，可是当他一眼看见三皇子诚亲王胤祉那薙得光光的脑门，心中又蹿起了一股无名怒火。

他问胤祉："你额娘死去几日了？"

胤祉答道:"回皇阿玛,额娘仙逝,至今已六十多天。"

"才六十多天啊?朕还以为过了百日哩!你就是这样为你额娘尽孝的吗?按大清礼教,父母丧期百日内不准薙发净须,你讲究的是哪门子仪表?"

众人这才听出康熙问话之意。

诚亲王胤祉年方二十三岁,喜欢与文人雅士交往,一贯讲究仪表。母丧过了七七四十九天,喇嘛们念完了经,母亲的灵柩被移往东陵,他就以为万事大吉,赶紧薙发修面。当张英几天后在朝中看见他那光亮的脑门、鲜华的服饰时,急得什么似的,提醒他需百日之后方可薙发之事。他若听信了张英的话,自此不再薙发净面,那么十来日后他的发须还会长得乱蓬蓬的,也就可以蒙混过关了。但他却没当回事,从此每隔一天便让服侍的小苏拉将他那前额宽大的脑门用剃刀刮得干干净净。他想母妃死后不几日,父皇就去巡行塞外了,证明父皇对母妃之死并不上心。他却不知他的父皇正是受不了丧妃之痛,才出去散心的。一个帝王,他不能让自己对一个女人的伤悼太过明显,他的感情是对众生百姓的,他必须以国事来掩盖家事,以大情来掩盖小情。然而他不能容忍一个儿子对亲生母亲的不孝。为了三皇子百日之内薙发之事,康熙怒火中烧,下旨夺去其亲王封号,降为贝勒。

那几日,张英战战兢兢。他清楚地记得,康熙二十九年,正是因为佟皇后之弟佟国纲战死,编修杨瑄撰写的祭文不合圣意,被发配边关,而他自己也被牵连夺去尚书之职一年。谁都知道那是因为康熙对前一年死去的佟皇后念念不忘,才对其弟佟国纲之死斤斤计较,以致迁怒于臣下的。今天,又因敏妃之死治罪诚亲王,自己作为主持敏妃丧事的礼部尚书,会不会又要受到牵连呢?

不几日,事实便证明了张英此回的担心是一种多余。

十月,患病多日的大学士阿兰泰和李天馥相继过世。康熙伤悼之余,下旨将马齐、佛伦、熊赐履、张英分别晋升为大学士。四人都是年过六十的花甲老人了,都跟着康熙为大清朝贡献了毕生的精力,按当时情况,一般到了六十岁就该致仕了。但康熙奖掖老臣,必得让他们在致仕之前登上大学士之位,成为位及人臣的一品大员。四人心中能不充满感激,群臣之中能不羡慕之至。

张英早在刚交六十时,就向康熙表达了致仕之意,但康熙一直说,还要倚重他。他也一直担任着皇太子师，并兼尔为诸皇子讲经授课，他以为康熙对他的倚重就是要他多教几年皇子们，把他的经书学问好好传授传授。他做梦也不敢想自己在六十三岁时，居然还能担任一朝宰相。

父亲的升迁喜事不仅令张家小院一扫几个月来的沉寂和阴霾，多少也冲淡了一些廷玉心头的丧妻之痛。明年三月就要参加会试，此时已不容他多分心事。还在他初来京时，父亲就对他讲过，等他取中进士，在朝中通籍记名之后，自己就准备告老还乡了，没想到的是因为父亲被任命为主考，致使他误了上科考试。下科考试还未开始，父亲竟又升任了大学士，看来父亲一时之间是无法告老还乡了。

廷玉知道，父亲一直是个性情淡泊之人，中年之后即有山林之志。但躬逢盛世，又蒙圣恩，令他无法率性而为。自打康熙二十四年父亲再度进京后，一直未再回过桐城，阳和里的五亩园只在他梦中闪现，龙眠山中的赐金园想必已是荒草萋萋。

但父亲是个脚踏实地的人，几十年来在朝中惕惕栗栗，在任何职位上都力求做到最好；而且只知尽心做事，从不营私舞弊，交结党羽。父亲做过几任会试主考，门生众多，也从不拉山头，树门派。也许正是父亲的无欲无求，让皇上对他格外褒赞，以致在父亲致仕之前，还要给他官至一品的最高荣誉。还有一层，大约大哥廷瓒在皇帝身边服侍，也是颇合圣意的。廷瓒已升为三品詹事，兼管着许多事务，但仍在南书房行走，为皇帝处理近身事宜，皇帝无论在朝还是出行，一日都离不开他的。

父子二人同朝为官，又都手握重权，竟然没有引起别人的嫉妒和不平，这不能不说此二人为人忠厚，为官清廉，在那风闻奏事的言官时代，也令人无法抓到把柄。

父亲和大哥的为官做人，无疑对廷玉都是榜样。所谓身教胜于言教，朝中盛传张大人教子有方，其实张大人从不对子孙们大声呵斥，也无需喋喋不休地训诲。除了以身作则之外，他的教子之方就是将自己的治学态度、处世哲学、为官思想忙里偷闲，写成格言笔记，传示儿孙。不仅廷瓒、廷玉和后来刘氏所生的小儿子廷瑑，在他身边得其教诲，就是远在桐城的廷璐、廷瑑、廷瑊们也常常接到这样的家书。这就是后来被廷瓒编成一揖的《聪训斋语》卷一和被廷玉接编的《聪训斋语》卷二。单从廷瓒、廷玉将其整理成编这一点来看，就可知道这些格言笔记在他们心中占有多重的分量。其中父亲二十四年离桐时写给廷玉兄弟的"四纲""十二目"便是精髓。

在张英死去多年之后，由其子编录的体现张英教子之方的《聪训斋语》和他自撰的体现自己治家经世思想的《恒产琐言》，还在坊间不断被人刊刻流传，成为有清一代官宦之家教子的良方。

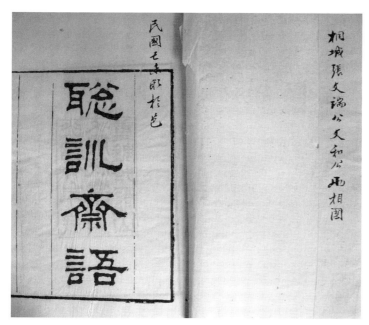

张英著作《聪训斋语》,现存桐城市图书馆。(白梦摄)

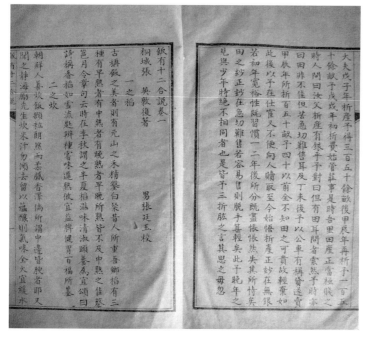

张英著作《饭有十二合说》,现存桐城市图书馆。(白梦摄)

第十四回

金榜题名衡臣通籍　洞房花烛廷玉再婚

康熙三十九年三月，当朝宰相张英之子张廷玉和来自全国各地的士子们一样，身穿灰布夹袍，脚蹬千层底黑布鞋，手提一只装着文房四宝和饮食用具的小书箱，身背一床薄薄的夹被，走向由礼部主持的会试考场。

这是他自珊儿死后，第一次走出家门。站在北京城略带寒意的春风中，他的灰布夹袍显得那么单薄，他苍白的脸色、颀长的身架更给人一种弱不胜衣之感。

在家中捂了一年，更确切地说是在书房中捂了一年，现在他终于又站在阳光下了。虽然北方的太阳远没有家乡的太阳明媚温暖，但他还是感受到了一丝生命的力量。

道旁的白杨树向着天空伸出无数油光碧绿的小手掌，仿佛向虚空祈求着什么。他曾经也向虚空祈求过，祈求死神别将珊儿带走……又想到珊儿了，此时此地，马上就要进入考场了，他不能不收摄心神，将珊儿埋在记忆深处。

他此刻要祈求的是顺利通过会试和殿试，不为自己，单为已年过花甲、望子成龙的父亲，也不能不认真对待这场考试。

往年这时，作为礼部尚书的张英是最忙碌的时候，现在他已升为文华殿大学士，仍兼着礼部尚书之职，按理是要更加忙碌了。但因了廷玉要参加考试，按照清朝科举的回避制度，今年他却特别清闲。凡科考之事，他一概不闻不问。

临考前，他除了叮嘱廷玉不可太过紧张，又讲了一遍韩菼当年参加考试的旧事之外，并未给廷玉太多压力。他主持过多次考试，深知考试的机遇和宿命。多少大才子一生文章锦绣，却科举艰难，就如他的忘年之交戴名世，那是世间公认的才子，行文赋诗立马可待，偏偏一进考场就失利。屡次落第之后，他已心灰意冷。目前戴名世在江浙一带游学，与方苞在一起盘桓。前番张英去信邀他前来参加会试，他回信中大谈雁荡山水，还随信附寄了两篇新作《雁荡记》和《游大龙湫记》，却绝口不提赶考之事，看来他又不打算参加今科考试了。

看着名世的新作，他觉得他的文章已入了化境，这真应了"文章憎命达"的老话。也是啊，你想名世少小年纪就出外授徒养家，走南闯北，经历丰富，满肚子世态人情、佳山秀水，为文注重的是华彩和神韵，他的文章是鲜活灵动的。而考场上做的却是死文章，一招一式都不能出了规矩定格，这种文章对于真正的文章高手来说，实在是无法做得好的。

所以名世的文章越做越好，功名却离他越来越远了。

而廷玉，自幼在学中苦读，为文为人都是循规蹈矩惯了的，他只要能够正常发挥，科举是早晚要中的。

惟一令张英担心的是，珊儿刚刚过了周年忌日。这一年廷玉经历了丧妻之痛，至今还在伤悼之中。他这个儿子平时少言寡语，喜怒哀乐不轻易示人，但他对珊儿的感情实在太深，深到即使为了子嗣大事也不肯纳妾的程度，这简直有点令人不可思议。珊儿死后，廷玉仍然绝口不提续娶之事，他的一颗心还在珊儿身上。只怕这相思的痛苦，会蒙蔽了廷玉的心智。

今科主考是熊赐履，熊与张英同朝为官二三十年了，是看着廷玉长大的。他对廷玉参加会试没有半点儿担心，他可不相信廷玉会为了一个女人如此伤情和痛苦，他只知道张家的二小子自幼聪明伶俐，功课优秀，兼之其父兄都是有名的学者大儒，这科考功名于他来说，如探囊取物。

虽然张英对于廷玉参加会试之事，丝毫也没有委托他这个主考官照顾，但作为同僚兼好友，在巡视考棚时，他还是特意去看了看廷玉。这一看，却令他吓了一大跳。幼儿时的小廷玉虎头虎脑，胖胖墩墩，见人就笑，后来稍稍年长，也渐渐清秀起来，但还是活泼伶俐的。直至前几年从家乡来京，已长成了长身玉立的青年，变得儒雅沉静了，但见人礼让招呼，一样礼数都不拉。今日一见之下，廷玉简直不是清秀，而是极为消瘦了。

他由不得在心里埋怨：这个敦复，一定是逼孩子读书逼过了头，才让孩子如此消瘦的。

廷玉埋头于文章，对于来来往往的巡视官员一概视而不见。他当然也不知道主考大人心中的念头。

三天下来，除了晚上睡觉偶尔会梦见珊儿，白天考试时，他竟一点儿也没有想起过珊儿。考完回家后，他为自己终于摆脱了相思之苦而欣慰，同时又觉得有点儿对不住珊妹。但他是个极具理性的人，"生者且偷生，死者长已矣"的道理他比谁都懂，人的一生有多少功名事业需要成就，囿于儿女私情毕竟是不智之举。

他曾经为自己的不智苦恼过，自责过，但感情往往突破理智的疆界，令他无法左右。如今，他信了：惟有时间能改变一切！昔日的珊妹已成功地被他埋在了记忆深处，他将走出"上穷碧落下黄泉，两处茫茫皆不见"的相思之苦，重新活在阳光下。

这不也正是珊儿希望的吗？

接下来的等待是漫长的，直到四月二十一日，朝廷发榜，刘诚不待吩咐，早早派了家人去午门看榜。这刘诚是刘福贵的儿子，如今已接替其父做了张府的管家，而他的父母早在几年前就被张大人放回家乡含饴弄孙享清福去了。张英虽然心中也焦急，但他倒不指望家人会看来什么消息。午门放榜好几百人，看也将眼睛看花了。倒是那些报子消息灵通，早已将参试举子的门第籍贯及在京住处弄得一清二楚，像他张相国的儿子，谁还不知道？只要安坐家中，一有准信，必会有人急速报来。

果然，那厢午门刚一张榜，礼部就派人送来了主考大人熊赐履的手札，祝贺张家二公子张廷玉高中庚辰科会试第四十八名。这样，廷玉就取得了贡士资格，接下来就要准备参加由圣上亲自主持的殿试了。

熊赐履自会试起就住在了考场内，殿试还要充当阅卷官，不等殿试结束，他是不能自由出入的。

对于廷玉的成绩，张英是比较满意的。因为他知道廷玉一年来所受的煎熬，能取个二百名内就不错了，谁知竟还中了个四十八名，真有点让他感到意外了。

不满意的倒是主考熊大人，他想廷玉即使不中个会员，也该在十名之内。只取了个四十八名，令他觉得有点对不住张大人。但考卷都是封了名籍的，在取定名次之前，谁也无权开封拆看，而且读卷官所读试卷都是经过抄写手重新誊录过的，就是再熟悉的人，也无法凭字体来揣测身份。这些，张大人作为多次主持考试的礼部官员，当然比他更清楚，想必不会因此怪责自己不照顾。

廷玉得知自己榜上有名，长长地松了口气，他也知道自己这一年来心智紊乱，怕不能如常应考。如今终于过了关，功名已成定数，所谓参加殿试只是再排一下名次而已。

但他这绷紧的神经一旦松懈下来，却让累了一年的身体再也支撑不住了。

四月底，正是时暖时冷的天气。一个不注意，廷玉便患了伤风，头痛脑热发高烧。张英赶紧让刘诚去请吴友季。吴友季来了之后，一诊脉，脉紧而滑，便长长叹了口气："没想到二相公体质如此虚弱，定是思念珊儿太过，再加上拼命苦读，心神两亏，肝肾双损。湿热一侵，便得了伤寒。闷热无汗，湿毒侵骨，这么高的热度，一时怕是难以退下来，非得有新鲜红柴胡才好。可这北京城里的药铺用的都是干柴胡根，哪里能找到全株的鲜柴胡呢？"

开过方子，吴友季便匆匆走了。这里照方抓药，按时煎服，廷玉的病却丝毫不见起色。

殿试在即，廷玉一连几天高烧不退，烧得唇焦面赤，浑身骨节寸寸酸痛。烧到最后，便满嘴胡话，口口声声都是"珊妹"。急得姚夫人天天在佛前烧香许愿。张英也连连叹息："唉，玉儿真是命途多舛，此番怕是无法参加殿试了。"

张英还有一份担心：当年明珠的儿子性德就是如此，会试之后就病了，病得不省人事，无法参加殿试。性德一生都为相思所苦，一直身体不好，结果英年早逝。自己的儿子可别蹈其覆辙哦。

张英的担心不为多余，其时坊间艳词小说甚多，那些才子佳人之戏引得多少痴情男女纷纷效法。富家子弟沉湎于男女私情，以至于误了功名出身的也不在少数。除了那明相之子性德枉送性命之外，后来又出了个江宁织造曹寅之孙，小名霑儿，少年颖异，祖父溺爱极甚。此子读书过目不忘，却无心功名，整日与一帮姐妹混在一起。读闲书，填艳词，俨然以柳三变自居，自称要做个牡丹花下死的风流鬼。张英上一年随圣驾南巡曾到过其家，见过其人，年方十几岁，生得眉清目秀，为人也礼数周全。谁知后来听说为死了一个表妹，差点成了疯癫。

这些少年子弟的心性真叫他这个礼学名臣搞不清楚，廷玉多年来在家乡读书，张英怕他也学了时下风气，才这般对珊儿悱恻缠绵。他不知道的是，即使他不在身边，还有姚夫人管束着，廷玉兄弟们自幼中规中矩，不观杂剧，不读淫书艳词，廷玉对珊儿的感情完全源自于人之天性。有道是恩爱夫妻不到头，廷玉所经历的乃是人生的一重磨难。一重中年丧妻的磨难，这磨难将成为他一生的缺憾。

五月初二就是殿试之期了，正当张家人急得手足无措时，初一傍晚吴友季匆匆跑来，手里提着一捆连枝带叶的新鲜柴胡，口中说道："有救了，有救了。"亲自将柴胡洗净，切碎，放进药罐里，用炭火煨得滚沸，然后亲自喂廷玉喝下。说来真神，廷玉喝下这碗汤药，就沉沉睡去。

这里吴友季才得闲告诉大家，他知道廷玉这病是长期肝气郁闷之故，加上寒热交替，毒火攻心，胸腹之内都是郁积胀气。现下是春夏之交，万物生长之气象，干柴胡的功效已不足以散郁解闷、退热清毒了。所以前天回去后，他就快马赶到乡间，找到一位药农，请他带着自己亲去挖来了新鲜柴胡，而且是这种叶片狭窄的红柴胡。这红柴胡新鲜入药，退热散毒效果尤佳，廷玉这次一定能够渡过劫难。

张英和姚夫人自是对吴友季感激不尽，吴友季却无所谓地摇头，作为医家，悬壶济世、治病救人是他的本分，何况是多年不分贵贱的老友呢？在他眼里，不管张大人是当年待考的举子，还是后来的翰林学士、尚书大人或者当朝宰相，他只认张大人是家乡故人，多年老友。他其实多年来一直担任着张英家庭医生的角色，他有精湛的医术，但更注重保健，他时时劝人少食多动,嗜茶戒酒,张英就是在他的带动下,嗜茶不尚酒,淡饮蔬食。惟一不能做到的是和他一样每天在长安街上疾走健身。因为张大人清早起来,就要忙着上朝,哪来的晨练工夫?张英今年已六十四岁,一直耳聪目明,体健身轻,他把这些都归功于吴友季的养生之道。他也这样教导孩子们,让他们自幼养成良好的保健习惯。

但作为医者的吴友季,他还是常常叹息生命无常。就说珊儿吧,当年他拼命延长她父亲的生命,结果姚大人还是在五十九岁那年逝去了,竟未过一甲子。后来珊儿来京,他也是想尽办法想让她多活几年,结果珊儿死时年方二十八岁。他清楚廷玉对珊儿的感情,惟其如此,他也最清楚廷玉的病根。他知道这场病是个转折点,廷玉只要挺过来了,心中的郁闷也会随之散去,慢慢地就会恢复健康,重新鲜活过来。

夜半时分,廷玉终于在父母和吴友季关注的目光中清醒过来。浑身像从水里捞出的一样,大汗淋漓。吴友季这才放心了:汗发出来,病就好了一半。

第二天,廷玉早早起来,他记起了今天是殿试之期。张英看着儿子焦瘦的面庞,虚飘飘的脚步,真不忍心让他再去参加考试,但功名是男儿立身之本,不能功亏一篑啊。便亲自将廷玉送入太和殿。

皇上的銮仪卤簿和御案已在殿内摆列整齐,试卷就放在御案上。那是被关在文华殿内的读卷官们昨晚才拟好,送皇上御览后钦定,又在众监试御史督视下,在内阁大堂中刊刻印制出的。此刻,仍有许多羽林侍卫守卫着这些试卷哩。

殿前丹墀下,摆放着一排排试桌,桌上贴有前番会试取中的贡士姓名。这些姓名按名次排列,以便于贡士们拿到试卷后能及时找到自己的座位。

监考的王大臣和御史们此刻都板着面孔肃立在丹墀上,贡士们则战战兢兢立在丹墀之下。鼓楼钟响,辰时正刻,康熙在升平鼓乐中健步入太和殿,丹墀上下的王大臣和应试贡士们立刻呼啦啦跪倒,口中山呼:"吾皇万岁万岁万万岁!"

康熙就在山呼声中坐到他的宝座上。大学士熊赐履从康熙手中跪接过试卷,一直捧到丹墀之上,交给鸿胪寺卿和光禄寺卿,由他们再一个一个分发给丹墀之下的贡士们。贡士们跪接下试卷,然后按图索骥找到各自的座位,便埋下头来,专心答卷。

皇帝监考只是一种形式,坐了约一炷香工夫,康熙就悄悄退出了太和殿,只留下的銮仪卤簿代表着皇权。监考的王大臣和御史们则一直站立在丹墀之上,那里对整个考场一目了然。丹墀下的士子们或凝眉苦思,或咬管沉吟,或奋笔疾书。都是久经考场的老手了,又都是稳操胜券的会试贡士们,自然没有谁会交白卷,也没有谁去抄袭作弊。殿试对于士子们来说,其实是最轻松的一场考试,因为只要不出意外,不交白卷,进士出身是笃定了的,只是由皇帝钦定一下名次而已。

然而,对于廷玉来说,这场殿试却是异常的艰难,因为他的身体还在时冷时热,虽不是那种令人脑筋糊涂的高烧,但这种低烧对于已病了多日的他来说,仍令他浑身酸痛,冷汗湿透了内衣。

丹墀之上的熊赐履看他面色时红时白,时而浑身打颤、时而痛苦不堪的样子,便来到他的身边,一摸额头,果然在发烧。张廷玉抬头看看这位世伯,感激地点了点头,表示自己能坚持。熊赐履无奈地摇了摇他的大脑袋。读书之苦,仕途之艰,考试之累,是每一个士子的必经之路。在这条狭窄的道路上,注定有人不断被淘汰,能够坚持到终点的每科也就二三百人。平均起来,每年取士还不到百人。这就是科举的残酷之处。

殿试的读卷速度比会试就快多了,因为应试者少哇。三天之后,那些被关在文华殿里的读卷官就将试卷读完,前十名亲送皇上御览。康熙朱笔钦定名次:一甲三名赐进士及第,二甲七名赐进士出身,其余三甲赐同进士出身。名次既定,立即由内阁中书用满汉两种文字书写金榜,盖上皇帝玉玺,张挂长安门外。接下来就是琼林赴宴、打马游街、投帖拜师之类。

这一科共取中进士三百零一名,状元姓汪名绎。廷玉取在三甲第一百五十二名。这名次虽不尽如人意,但张英已很满足了。不满足的是廷玉自己,父亲和大哥都是二甲出身,他才是个三甲一百五十二名,实在有些说不过去。倒是父亲和大哥劝他看开些,毕竟大病初愈,能够取中就是烧高香了。

熊赐履不等廷玉去拜师,在刚刚被"释放"出文华殿之后,就来到了张家。这时,他才知道廷玉会试后即行病倒,差点参加不了殿试。这样说来,虽是排在三甲,也还是值得庆幸的。总归廷玉是他这一科取中的,从理论上讲，他就是廷玉的宗师了。对于这个门生今后的为官之路，他是非常有信心的，毕竟有其父兄的榜样在前嘛！

果如吴友季所料，廷玉经了这场大病之后，心中的相思和郁结一下子消除了。也可能是人逢喜事精神爽吧，廷玉殿试取中后，心情渐渐开朗起来，身体也就慢慢复原了。

六月初，新科进士们各个定职定位。康熙也从熊赐履处知道了廷玉丧妻以及考试生病的细节，再加上幼年对他形成的良好印象，便不肯放他做外任，选了翰林院庶吉士。这就意味着朝廷还要委以重任，先让其在翰林院见习三年，三年后散馆时再行考试，然后按成绩分到六部办事。

张英知道这是皇上对廷玉的格外关照，心中感激，便对廷玉道："你今已是朝廷之人，为父送你一字，望日后以此为鉴，好自为之。"

廷玉道："请父亲开示。"

张英道："为人臣者，上对天子，下对百姓。所谓'德施周普，五化均衡''衡者，平也，掌平其政也'。我送你一字即'衡臣'。衡字还有一说，即玉衡，玉衡为北斗七星之一。也是一种窥天之器，舜典曰：'在璇玑玉衡，以齐七政。'你名中有玉，字中有衡，为父只望你为人持衡，为政持衡，做个上对得起朝廷，下对得起百姓的衡臣。"

"父亲教诲，廷玉记下了。"

张廷玉，字衡臣，号砚斋，自此正式在朝中通籍记名，开始了他的官宦生涯。所谓通籍记名，乃是指经常进出宫中的京官，记名于内务府门卫处，以便于进出宫门。

张家父子三人都在宫中进出行走，一时更成了美谈，直令朝中臣工羡慕得掉眼珠子。

一日在懋勤殿，议完政后，康熙与众人散坐闲聊。正是夏季，众臣工还是朝服顶戴，难免身上出汗，带出些馊味来。熊赐履身体较胖，出汗便格外多，此时他正坐在康熙下首，张英坐得较远。康熙便道："熊大人，你与张大人换个座。"众人不明就里，二相也糊里糊涂地遵旨换座。

换座之后，见康熙仍接着刚才的话扯闲篇，熊赐履默谋一阵，忽然笑了:"老臣知道圣上为什么要张大人坐在身边了。"

康熙也笑道:"为什么,你倒说说看。"

"圣上是嫌臣身上汗溲,而张大人则是袖中拢香。"

众人听了都哈哈大笑起来。康熙更是笑得打跌:"是啊,朕有这样的馨香不闻,就该嗅你的溲汗味吗?"

熊赐履道:"圣上只知张大人袖中藏香,可不知张大人袖中藏了几个补丁吧?"

张英在朝中为官多年,如今又是官至一品的大学士,虽说他生性俭朴,平时除了朝服之外,没几件出众的衣服,但要说他穿补丁衣服还是难以教人相信。康熙更知道除了正常的年俸外,自己对张氏父子的赏赐也不少,张英又不是贫民出身,家中也是广有田产的,怎么就穷得要穿补丁衣服呢?但见熊赐履说得煞有介事,便问:"如此说来,你是知道张大人袖中藏了几个补丁喽。"

"臣还真知道。就说那天罢,廷玉金榜题名,老臣去向张大人贺喜,一进门,却见老夫人眯着眼睛坐在檐下补衣。老臣就说了:'夫人偌大年纪,还亲自缝衣?'姚夫人道:'敦复这衣服,最爱破的就是衣袖,许是伏案太多之故罢。我已补惯了,别人补还不放心呃。熊大人也是爱破衣袖吗?'问得老臣可是面红耳赤,我也不知是不是爱破衣袖,反正穿的衣服可从没见过补丁。"

张英道:"那是你老妻给你扮俏,让你内衣都穿得体体面面的。"

佛伦叹道:"张大人,你那夫人也太过俭省了。"

张英道:"也不是刻意俭省,是惯了的。臣初进京时,宦囊羞涩,逢到什么用钱大事,常常要典当才成。老妻就养成了省吃俭用的习惯。"

熊赐履道:"唉,诸位,老臣说姚夫人俭省,可不是吝啬。你们还不知道罢?那年腊月张大人六十大寿,我们几位老哥们想借机热闹一番,结果只吃了一顿寡酒,连个堂会也没看上。就有人说了:这京城戏班子多是安徽来的,现在王公大臣哪个做寿不请个戏班子演几天戏,怎么张大人偏偏不请呢?我就私下里问张大人,张大人说,老妻说了,请个戏班子,动辄数百两银子。我们家人都不爱看戏,不若免了这俗套,用请戏子的钱做一百件棉衣裤,舍给那些无家可归的饥寒之人罢。结果当真拿了二百两银子,制了一百领棉衣裤，委托法门寺的主持舍给了那些饥寒之人。"

这件事，熊赐履不说，谁也不知。张英今年六十有四，他的六十大寿是怎么过的，谁也没在意。按照桐城风俗，男做九，女做十，男人是五十九岁做六十大寿的。那是康熙三十五年，张英生辰是十二月十六，那年他两度随驾亲征噶尔丹，第二次亲征回到京城时，已是十二月二十日。也就是说他的六十大寿其实是在返京途中过的，连他自己都忘了。回到家中，老妻补办了生日宴席，只请了在京的几位同僚和亲朋故旧，此外，便是制了百领棉衣舍人。

这些都是姚夫人一手操办的，张英那时随驾亲征，忙得不可开交，哪里还顾得上这事。今听熊赐履说起此事，便道："此事不值一提，臣之老妻是个吃斋念佛之人，常常念叨：茶碗里修，饭碗里修。持家力求俭省，省得日用以应怜贫惜孤之急。闲时每与臣言，凡人当能多做好事一两件，其心中之乐实胜于大鱼大肉的口腹之乐，这是老妻的慈悲心性。臣虽不崇佛，但儒家讲：老吾老以及人之老，幼吾幼以及人之幼。也是一样的道理。"

众人初听熊赐履之言，都难免觉得姚夫人持家太过吝啬，待听到寿辰不请戏班，反施棉衣一节，便都肃然起敬。又听了张英关于夫人"茶碗里修，饭碗里修"的佛家修行理论，更是个个心中钦服。

康熙早年就已见识过的姚夫人持家之道，知道张家规矩是将一年用度按月分摊，每月用一股，节俭下来的余钱便用来扶贫济困做好事。如今数十年过去，看来姚夫人还是不改初衷。遂叹道："都说张大人教子有方，廷瓒、廷玉兄弟个个出息，我看也与姚夫人的言传身教分不开呀。"

张英连忙道："圣上说的是，臣一天到晚穷忙，教导儿女，确实多是老妻的事。"

康熙道："你们有所不知，这张大人的夫人不仅持家有道、慈悲为怀，还是个知书识礼、能诗能文的才女哩。廷瓒、廷玉的诗文功课，自小就是姚夫人教授的。这样的妇人，是我大清妇人的榜样，朕是要给予封赏的。"

听了这话，张英连忙跪下谢恩。康熙道："不但你要谢，廷瓒、廷玉兄弟也得谢。朕记得张英你们四人晋为大学士之后，夫人都还未封赏，朕今日就一并封了你们四人的夫人为一品诰命夫人。朕还因姚夫人为我大清培养出了廷瓒、廷玉这样的好子弟，加封她为一品太夫人。"

这一下，呼啦啦一片拂衣之声，熊赐履、佛伦、马齐全跟在张英后面跪地谢恩。

第二天，诰封的圣旨和一品诰命服色便送到了张府，除了凤冠霞帔之外，还有一副水晶眼镜，这是皇上按照宜妃的意思吩咐赏赐的。因为姚夫人年纪大了，还要亲手做针线，赏副老花镜好穿针引线看得清楚一些。

张英立即让廷瓒、廷玉兄弟到皇帝面前谢恩。廷瓒是天天见的，康熙看着廷玉，又想起了他幼时那气势磅礴的对联，暗暗点了点头。

好消息接连传到桐城，相府里真是喜气洋洋。桐城县城也跟着沸腾了，张老太爷当上了宰相，这可不是张家一门的荣耀，还是整个桐城的荣耀啊！

接下来是廷玉高中进士，姚夫人诰封一品夫人，这些事除了张家喜庆，也是姚家的喜事。姚家兄弟现在只有姚士坚在桐城，他已是桐城的知名绅士了，凡县中须要大众出力之事，县令必请教于士坚。

当廷玉金榜题名和姚夫人受封一事传到耳中，姚士坚不在罗家岭的姚家大宅，而是在离罗家岭数十里之遥的挂车河堡。

五月，一场山洪冲毁了挂车河上的木桥。乡里士绅上书县衙，拟重建木桥，以利通行。这挂车河发源于黄甲山里，是桐城西乡一条重要水利渠道。只是每年遭遇山洪，那桥已不知建了几次了。

本任县令姓钱，浙江绍兴人氏，去年才上任，对桐城情况不甚了解，便派衙役请来姚士坚，商议修桥之事。

士坚说："钱大人是想敷衍公事，还是想造福于民？"

这话说得钱大人有点受不住了："为官一任，造福一方。这还用说吗？"

"大人可知您的前任李大人是为何夺职的？"

"略有耳闻，不知究竟。"

"实话说来，桐城民风淳厚，县令到此，考绩时都是褒多贬少，所以每每四年之后，都要再留一任。惟有前任李县令，任职不到一年就被罢官，乃是因其太过贪墨之故。前年一场山洪冲垮境内多处木桥，其中就有挂车河桥、孔城河桥，县城东门的子来桥也被冲得摇摇欲坠。众人上书，要求改木桥为石桥，以永绝水患。石桥造价太大，靠一乡一里之力难以完成，李县令倒也积极，在全县境内发起募捐。修桥铺路是造福乡里的好事，各地公仓拿出历年结余,民间各尽其力,在外为宦的桐城籍官员也都纷纷解囊相助。但到底募得多少钱款却由李县令和师爷一把掌握着,谁也不知底细。

"到得秋后冬闲时,李县令又招募工匠,摊派工银,闹了半年,各处修起的仍是木桥,子来桥甚至只是将桥墩扳正加固了一下。众人这才急了,将状子告到了京城,刑部、工部都来了人,查问之下,那李县令竟让师爷将募捐和修桥费用的账册全部销毁,来了个查无实证。最后李县令是被夺职回家,但他口袋里贪了多少钱只有自己知道。"

听了士坚的话,钱县令觉得他这位前任简直有点拎不清:"钱是贪了,可他的仕途也毁了,这又是何苦呢?"

士坚道:"贪心炽盛,见钱眼开嘛!你说那样一个墨吏修的木桥岂不比以前的更加脆弱。去年,孔城河上的五座木桥就全数又被冲毁了。但这回乡里却没有报县,而是自己募捐修造。那红藤庙乡有个戴名世,在外开馆多年,攒下些钱,就托人带回,捐建了一座石桥。那桥建成时,大人刚刚到任,是去剪了彩的。大人还记得罢?"

"记得记得,就是那座南山桥罢。戴名世的名头我也是早就听说了的,只是无缘一见。"

"所以呀,以士坚愚见,挂车河不宜再建木桥,要建就建座石桥。挂车河源自桐西深山,穿山过峡,年年雨季都躲不掉山洪,只有建成一座坚石桥梁,方能抵挡洪水,一劳永逸。"

"建石桥当然好,只是石桥造价太高。不瞒姚老爷,那李县令是个刮地皮的官,县衙库中银两可有限得很。"

"这倒不劳钱大人多费心。大人只要无为而治,我必推荐个人,让他领头来建这挂车河桥。至于款项嘛,还是民建民用罢。戴南山能修南山桥,我姚士坚虽没那么大的气魄,但牵头募捐,共修一座挂车河桥还是不难的罢。"

"有姚老爷这句话,挂车河桥就算有着落了。不知你要荐的是何人?"

"挂车河堡抱晖山庄庄主吴老太爷。这吴老太爷子孙多在外经商,家中广有田产,平时就急公好义,与士坚交情甚好。由他在乡里主持,士坚再帮他募些钱款,挂车河桥就能够建成了。"

"有姚老爷这话,本县就将这建桥重任委托于你了。一应事宜都由你来做主。本县实在是因了前任的覆车之鉴,对于修桥铺路这些动工动银的事情,颇是心有余悸呃。"

这就是姚士坚在挂车河堡修桥的缘起。

秋后农闲,姚士坚便住到了抱晖山庄。

庄主吴老太爷也是世家出身,其祖上在明朝时就已为官做宦。到了他父亲这辈,也是进士出身,由于无钱打点营运,只外放做了个知县,还是在云贵穷山恶水之地。吴老太爷从小跟着父亲在外宦游,谁知朝代更迭,年年征战,父亲辞官不做,开始学习经商。吴老太爷便跟着父亲走南闯北,积下钱财便在家乡置些田产。如今的抱晖山庄已拥有良田千亩,帆船一队,城里银号一座,客栈数家。此外在南京、安庆等地也有商号产业,说是桐城首富也不为过。

吴老太爷如今老了,产业早已转到儿子们名下,现下各房自立门户,抱晖山庄的房屋和田产归在小儿子吴启祚的名下。这吴启祚不像父兄有经商之才,自幼便是个书呆子。父亲认定他是块读书的料,分家析产时便将船队、银号等分给了其他诸子,留给吴启祚的便是抱晖山庄的房屋和田产,且由自己经管着,好让儿子一心读书。所以这抱晖山庄有老少二位庄主,真正管事的还是老庄主。

姚士坚和抱晖山庄的交情就是从吴启祚开始的。他与吴启祚是幼年县学的同窗,但却不像吴启祚那样读死书。姚家五兄弟中,他行三,上有二兄,下有二弟,现都在外做官,惟有他留在家中侍奉母亲,并代兄弟们管理田产。他秀才出身,热心公务,是县内名望很高的士绅。吴启祚也是秀才功名,但却抱死了读书一条道,不知参加了几回乡试,回回落第,回回不改初衷,一直考到年过四旬,这才死了中举之心。但还是不肯丢下书本,便到处游学教馆,后来在金陵一家书院里谋定了职位,便把妻子儿女都带走了,庄中又只剩下了吴老太爷夫妇。

姚士坚常常为县中公务在乡绅间行走,抱晖山庄财大气粗,当然是依赖的对象,但吴启祚却从不出头,诸事都是吴老太爷做主。一来二去的,姚士坚倒与吴老太爷成了忘年交。

此回筹建挂车河桥,他吃住都在抱晖山庄。资金基本上算是由姚、吴两家均摊。姚家资金除了士坚自己的积蓄,还有兄弟们的捐助。吴家老太爷一声令下,也是各房头都有贡献。

挂车河堡的乡亲则家家出力,男人们上山采石、烧石灰,女人们则煮糯米饭、捶石灰浆。

造桥的工匠是从东乡陈家洲请来的,手艺好。那桥为五墩四孔空腹式拱桥,石墩石台石拱石面。墩台为青石花岗岩,桥面为麻条石,石缝中全都用上好的糯米石灰浆捶得瓷实。桥上装饰着汉白玉栏杆,桥头雕着汉白玉石狮,石狮腿上凿刻了工匠姓名,却只字不提监修和捐款者。这也是士坚的主意,他说修桥铺路是积德之事,自有天知地知,署上许多名字反倒像是沽名钓誉了。

在抱晖山庄的日子里,姚士坚接到廷玉选庶吉士的消息,想起妹妹去世之前委托自己为其择偶之事,恰好抱晖山庄中来了个少女,让他颇为中意,便做了一次红媒。

那少女就是吴启祚之女,吴老太爷最小的孙女儿。

这吴氏虚龄十八,跟着父亲在金陵居住,尚未许配人家,生得说不上美丽,倒也落落大方,自幼跟着父亲读书识字,家教甚好。

因为修桥之事,吴启祚接到父亲家书,要捐钱粮,他没空回家,便派女儿来家代他经管此事。毕竟抱晖山庄在吴启祚名下,虽有老太爷掌舵,用这样大笔钱粮,少庄主当然不能不参与意见。

姚士坚看中了这吴小姐性情温和,人品端方,而且精明能干。又在金陵居住多年,说得一口官话,见多识广,不似乡下姑娘,畏首畏尾的端不上台面。便致意老太爷,欲牵线搭桥,将此女配给自己的妹夫,张相国的二公子,今年的新科进士张廷玉做继室。

张相国的名头在桐城是如何响亮,能与他家结亲谁不乐意?虽说是继室,但前妻并未生子,且廷玉也才二十八九,正值青春年华,仕途通达。又听士坚说了廷玉对前妻的忠诚敬爱,吴小姐认定了他是个诚笃之人,遂同意了这门亲事。

这厢无话,士坚立即驰书京城,姚夫人接到侄儿家书,当然巴不得早一日促成此事。廷玉无可无不可,他认准了只要是士坚做媒,便代表了珊儿的一片心意,为了珊儿,他便能接受。

此事一拍即合，士坚为自己终于完成了妹妹的心愿而高兴。

十一月初一，挂车河石桥建成剪彩，四乡八镇的乡绅耆宿都来参观，知县钱大人也坐着官轿来了。鞭炮声中，钱大人剪断系在两端石狮脖子上的红绸，盛赞了姚先生和吴庄主的义举，号召四乡八镇都要向他们学习，多行义事，造福桑梓。然后便领着来客们到抱晖山庄饮酒赴宴。

忙完造桥事宜，姚士坚便代表张家前往金陵提亲，然后与吴启祚一起送女进京。只为那张英和廷玉都忙，难以回桐完婚，士坚也想到北京走走，顺便看看大哥大嫂。大哥已官至刑部侍郎，忙碌得很，已有多年未回家乡了。他还想就此将小妹的灵柩带回，廷玉已经续弦，总不能老活在死人的阴影里吧。

吴启祚与廷玉也是熟悉的，曾与他同科参加江南乡试，只是自己未中罢了。他是读死书的，特别敬重读书人，张家是儒学大家，能与这样的家族攀上亲家，真是做梦都不敢想的事。他无缘来京参加会试，借着送女完婚的机会来京城走走，也是一件美事。

当下选定了十一月十八起程，吴家早已备下了丰厚的嫁妆。两辆马车从金陵出发，一辆载着吴家姑娘和嫁妆，一辆坐着姚士坚和吴启祚。

车马兼程，不到半月，已进了京城。先且不去张家，住到了小绒线胡同的姚府。士暨接着弟弟，自然欢喜；又见吴启祚忠厚老实，吴家姑娘端庄大方，心下也替廷玉高兴。不免由此想到早逝的小妹，兄弟两人又唏嘘了一番。

第二日，知会张家，张相爷便同着姚夫人来到姚府，会着亲家，见着儿媳，说了些客套话，便将婚期定于腊月初八。

初四日，是姚士珊诞日，士暨便陪士坚到法门寺给妹妹灵柩上香，正碰上廷玉。原来廷玉一早就来了，搬了一只蒲团，独自在士珊的灵柩前坐了多时。无人知道他在心里跟珊儿说了些什么，但想到妹妹死去将近两年，他马上又将再婚了，此时仍能想着前妻，姚家兄弟也替妹妹感到欣慰。

三人见礼罢，就到前殿知客房中喝茶，士坚又向廷玉说了好些抱晖山庄和吴小姐的事情，廷玉始终提不起兴致。只说谢谢三哥了，既是珊妹的生前愿望，廷玉没有不依的。姚士坚趁机又提起春节后回桐时，想顺便将珊儿的灵柩带回，也省得妹妹老是魂在异乡。廷玉依然不肯，说是必得自己有空时，亲自将珊儿的灵柩送回桐城，厝放妥当，方才放心。自己说过将来死后要与珊儿合葬的，免得你们将她带回罗家岭葬入姚家坟地中。

士暨、士坚都没想到廷玉对妹妹如此情重，看看就要娶新人了，还一心在死人身上。这对妹妹固然是好，对吴小姐便有些不恭了。

腊月初八，一乘花轿将吴小姐由姚府抬入张府，送亲的是姚家兄弟。

廷玉还与父母住在一起，一切由姚夫人主张。张英如今高居相位，凡事更加不愿铺张。对于儿子续娶之事，同僚一概不知，只通知了在京的亲朋来家热闹热闹。廷玉心里还藏着一个珊儿，当然更加不愿闹腾。

就这样，在简朴的仪式中，十八岁的吴家少女嫁进了当朝一品宰相张家，成了二十九岁的新科进士张廷玉的续妻。

珊儿死了之后，张廷玉完全改了心性，对男女之情看得淡了。

他是爱惜她的，毕竟她小了自己十多岁，又是个初婚的新嫁娘。但也仅只是爱惜而已，再没有了与珊儿那种凝眸对视的脉脉含情和相逢一笑的心心相印。

这样也好，他的心中再没有牵挂。从此可以一心扑在功名事业上了。

他每天一早起床，和父亲一起进宫。父亲自去南书房面见皇上，他便去翰林院点卯，然后由掌院学士安排，轮流到六部见习，帮助处理文书公务。庶吉士无职无权，却是忙忙碌碌，只要愿意，整日都有做不完的事。

廷玉是张相爷之子，六部主事并不敢怠慢他，也不敢胡乱差遣。但廷玉自己却是个办事狂，整日手脚不闲，抄抄写写，跑跑送送，凡交办之事，无论大小都办得妥妥帖帖。时间不长，六部事务便样样知熟，各部主事首脑们也都喜欢上了他，都想让他三年之后分来自己手下。

廷玉性格老成，办事利落，不好交朋结友，也没有什么玩乐嗜好。以前最大的乐事是和珊儿吟诗唱和，如今最大的乐事却是在朝中当差。

他忽然觉得，情是个误人的东西。他和珊儿是相爱的，但这爱伴着多少伤心和痛苦。一苦珊儿身体不好，时时叫人担惊受怕；二苦珊儿不能生育，为子嗣之事两人总觉在人前抬不起头来。

如今，仿佛一切都顺了。吴氏性格温和，不惹是非，与自己相敬如宾。

家中事务由母亲教她打理，也不用自己费半点心思。更值得高兴的是，吴氏腹中已有喜，此事已经吴友季按脉证实。这对于已近而立之年的廷玉来说，真是祈盼多年的心愿了。

高兴之余，他又由不得感慨：要是珊妹能留下一男半女多好啊，也算是给自己丢下了一点想头。

想至此，忽然心中一紧，忙收摄心神，强自将念头打住。

然而，三个月后，吴氏却小产了。姚夫人暗自叹息：玉儿子嗣竟如此艰难。廷玉则在心中深深责备自己：都是自己心意不诚之故，当吴夫人怀孕之时，竟想着这孩子若是珊妹生的多好。定是老天怪我对吴氏不公，才将这孩子收走了。可我如何才能将珊妹埋在心底，永远不去想她呢？

廷玉知道，吴夫人再好，也不能取代珊儿在他心中的地位。惟有忙于事务和苦心研读时，他的思绪才能集中。他甚至在忙碌和苦读中感到了一种快意。

康熙听说他的记忆力极好，便吩咐熊赐履，让廷玉专研清书。清书即是满文语法。清朝开国之后，非常注重满文的推广和学习，公文、史料必以满汉两种文字书写，并且用满文翻译了大量的汉族文献典籍。然而对于汉人来说，学习清书无异于如今的学习外语，其难度之大可想而知。所以才有康熙二十四年一下子革斥八百名汉军笔帖式之事。

张英和廷瓒父子在南书房入值，整天就是替皇上拟写诰命典章，满文水平自然很高。廷玉有这样的父兄，满文基础本就牢靠。如今奉皇帝之命，专习清书，看来康熙对其期望颇高，自不待言。廷玉一来自己勤奋，悟性本高，再加上有父兄的悉心辅导，清书书写和翻译水平进展极快，在同学的庶吉士中，每次考试都是第一。

新选的庶吉士都是翰林院中着意培养的人才，日后都将到各部充任要职，在这帮人中脱颖而出，实属不易。何况廷玉殿试时才是三甲第一百五十二名。能将许多佼佼者抛在身后，廷玉所付出的努力自非常人可比。在取得功名之后，还这样苦苦钻研之人实在不多。而廷玉惟有一心扑在研学和苦读之中，才能忘却珊儿，体会出生命的意义和生存的价值。

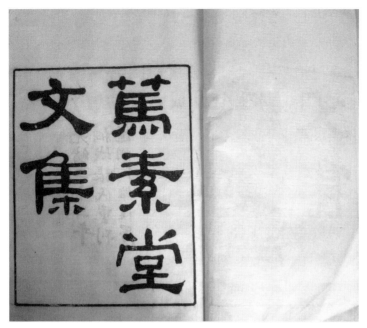

张英著作《笃素堂文集》，现存桐城市图书馆。（白梦摄）

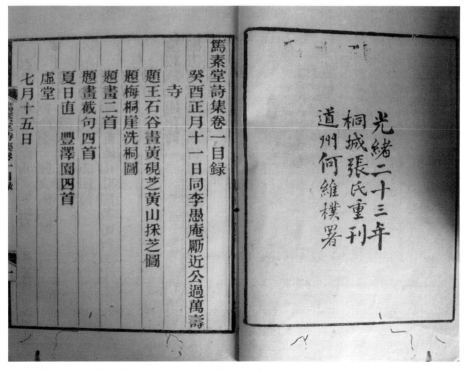

张英著作《笃素堂诗集》，现存桐城市图书馆。（白梦摄）

第十四回　金榜题名衡臣通籍　洞房花烛廷玉再婚

第十五回
起诉讼相争三寸土　奉礼让却成六尺巷

　　康熙四十年,张英年已六十五岁,在朝中年高德劭。在他力荐下,老友韩菼接任了礼部尚书之职。二十余年来,他才第一次从繁忙的公务中脱开了身子,感到了一丝轻松。康熙见他年事渐高,早已萌生了退志,便任他放手将公务交人处理。

　　廷瓒仿佛踩着他的脚印,一直孜孜乞乞,脚踏实地地做着各种琐细事务,成了南书房中顶梁柱子。这南书房是为皇上处理公务的机枢之地,也是升官显达的跳板,不知几多人经过南书房镀金之后,被派往六部任卿贰或是外派了府台、道台。只有廷瓒,十几年如一日,日日在南书房行走,不是他无能去独当一面,而是皇帝一日也离不开他。这不,新年刚过,廷瓒又随康熙去巡视永定河了。

　　廷玉的事也总算让为父落下了一番大心事。

　　吴氏进门之后,虽没能顶替珊儿在廷玉心中的位置,但毕竟把他从黄泉碧落、幽明异路的相思中拉了出来。他最担心廷玉会像纳兰性德一样为相思所误,没想到廷玉比谁想象的都要坚强。

　　经过了那场大病后,廷玉仿佛一下子成熟了,从青春少艾过渡到了持重中年。眼中注视的再不是风花雪月,心中萦绕的再不是无谓的多情。一旦从万缕情丝中解脱,他便全力投身到事务中去。在翰林院中,他的教习是熊赐履,熊相已不知几次在皇上面前唠叨,说廷玉仿佛有几个脑子,记性极好,处理事务的能力极高,手脚又勤快,性格又沉稳,不愧是相门之后,实可望成为栋梁之材。

身边的两个儿子都让自己放心了。廷瓘还小,是二十四年刘氏跟着来京后生的,虽是庶出,但因是最小的儿子,不独自己喜爱,姚夫人和两个哥哥也都娇惯于他。只是张家的娇惯与别家不同,那便是教他功课。张家是以读书为业的,人人满肚子诗书文章,所会的玩乐也不过是琴棋书画,在这样的环境中,廷瓘的成长自然不用人担心。

眼下让张英放心不下的倒是留在家乡桐城的廷璐、廷㻛和廷瑊。自打三十六年夫人带着廷玉夫妇来京后,一晃已经四年多了,他们三人都已成家立业,但还都住在五亩园中。从书信上看,功课也都还上心,只是参加了几次乡试,都未中举。科考的事,机遇性很大,当然急不得,不过自己不在身边,不能给他们有益的指导,也是憾事。

好在玉儿已经在朝中通籍,如今在众多见习的庶吉士中成绩又遥遥领先。自己在翰林院掌院多年,担任过多期庶吉士的教习,当然知道散馆时,那些成绩好的庶吉士都是要留京任职的。看圣上的意思,嘱廷玉专习清书,怕还要重用。可如此一来,父子三人都在宫中进进出出,实在有些扎眼,得找个机会,好好跟圣上谈谈,尽快放自己归山才好。

且说张英在千里之外的京城忽然想起家乡,并不是无缘无由,实在是心有灵犀。原来五亩园中还真的出了件大事,注定要惊动他老人家。

五亩园中现在掌家的仍是克倬,粗杂事务由万顺儿一家担承,各房头自立门户,公中事务不多。

克倬夫妇都已年过七旬,儿女们也都成家立业了。老夫妇俩一直想辞了园中事务回家做太公太婆,只是几番写信,张英都不肯放他回去。说是园中没有一个德高望重的长辈服不了众,又说自己很快就要致仕,到时再放老哥哥回家享清福罢。好在令仪寡居在园中,身闲心闲,能写会算,园中事务实际上是她在掌管。

这五亩园现下在乡人口中已改了名字,人人都称它为"宰相府"了。虽说张英已官至文华殿大学士,也就是寻常百姓口中的宰相之职,但五亩园仍是二十二年初置时的规模，只不过因廷玉兄弟们长大成家，在园中多建了几所房屋而已。

五亩园初置时，西南两方都是城墙，靠东是阳和里巷，靠北是一户吴姓大宅。当时一是考虑银两花费，二是因为张英喜欢田园风味，那园子外墙除了东边正门沿巷建了一堵砖墙外，其他三面都是竹篱笆。考虑到行人走路方便，那篱笆墙都筑得离开城墙三尺，北面也离开吴家院墙三尺。

这样，从西成门出入的人，都可以抄直经过张府和吴府的中间夹道，来到阳和里巷。

张府位居具城西南角，当时买下这块地时，是以城墙墙脚、吴氏宅院和阳和里巷为四界的。如此一说，众人都会明白，其实那三面篱笆墙外各三尺道路，都是张府之地。

人们沿着张府的篱笆墙走惯了，谁也没想过走的其实是张家私地。

张府内绿树成荫，花香四季。兼之有口半亩塘，塘边柳荫低垂，红楼掩映，人们从旁走过，隔着篱笆墙将园内风景一览无余。

这五亩园倒成了城中的一处风景胜地，有诗为证：

五亩园纳凉

追凉得得到城隅，十顷方塘半尺鱼。
门内藕花门外柳，晚风多处是谁居？

五亩园即事

蠹叶离枝蔓草删，经旬闭户藓苔斑。
秋添豆荚瓜棚上，人在兰风桂雨间。
澄碧爱看环翠水，远青时时隔城山。
修廊曲槛清无比，鹤发追随杖履间。

五亩园住着宰相家人，他们的生活起居也引起了过往人们好奇的注视。好在五亩园外的篱笆墙拉近了贫民与官宦间的距离，让人们得以窥见相府中的日常生活情景：他们在半亩塘边纳凉，在园中隙地种瓜种豆，除了官宦世家的头衔而外，也如常人一样，吃喝拉散，喜怒哀乐……

而秋风起时，那满园桂花便香了西南城隅……

由于张英临离桐时立下家训："门无杂宾，择友而交"。所以张府里日常大门虚掩，廷璐兄弟深居简出，并不与闲杂人等交际。邻居只有吴氏一家，还是隔墙隔院，两家人除了见面点头之外，从无交往。当然也谈不上不睦。

那张家因是高官显宦门第，为人处事怕惹是非，处处低调，事事谦让，谁也不会想到如此这般竟也没来由钻出一桩祸事来。

原来这隔壁吴家乃是富户，在乡下有地有产，在城中有房有业，子弟众多，分布城中经营茶楼酒肆、绸缎布庄。这处宅地乃是老宅，由吴老太爷掌家，也是各房头都有份的祖业。因为长房长孙要娶媳妇，吴家准备再建一进房屋。但院内实在太挤，便拆了南院墙，要将新宅建于此处。

吴家要建新宅，也未让张家知会，便拆了与张家相邻的那道院墙，将墙脚挖到了张家篱笆处。

这篱外三尺本是张家之地，吴家这一砌墙造屋，不仅堵了来往行人通道，其实还越界占用了张家地基。

克倬当即带着万顺上前理论，吴家却说这巷道历来就是吴宅地基，不信有埋在地下的界石为证。

克倬看着刚刚开挖出的地基下，确实摆着一块泥迹斑驳的石砖，上刻吴界二字。便说："此石起自何处，无人看见，谁能证明不是你吴家从原墙基下取出，又转埋于此的呢？"

吴老太爷道："张家老爷，话可不能这样说，谁又能证明这石头原本不是埋在此处的呢？难道你能透地三尺，看见它原本埋在别处吗？"

克倬道："我有地契为证，地契上明明写着北以吴氏院墙为界。"

"那你就要找原来卖地给你的上家了。我听上辈说过这地下埋有界石，早先建院墙时就留下了三尺滴水。所以这界石当在墙外三尺处。这次重新建宅，竟真的挖出了界石，你说这不是物证吗？要怪只能怪上家蒙哄了你。"

上家是谁？这原是块空地，是从官家手中买得的。当时立有契据，这契据还能不算数吗？

克倬回家，与令仪商议：这事只有请官家来断了。

于是，一纸诉状递上了县衙。

钱县令接到诉状，见原告是张家相府，自然不敢怠慢，立即择日升堂，传来了张、吴二家家主。

两人各执一词：张家有地契为凭，吴家坚持有界石为证。

钱县令不是糊涂人，立即指出其中破绽："那吴家，你既说当初就不知这地下界石之说是真是假，这次怎么就敢在张家土地上开挖，而找到了界石呢？"

吴家这次出庭的不是老太爷，而是长房吴大爷。这吴大爷在城中开了一家酒楼，楼中不独经营酒席，还兼带着赌博和堂会，也是世面上有名头的人物。这时便回复道："回禀大人，家父正是因为有了对地下界石的怀疑，所以才趁建房之机，挖开证实一下。谁知界石真的埋在那里，有这真凭实据，我吴家才敢大胆拆墙建房啊。谁知冷锅里冒出热豆腐，张家将我们告下了。告下了也不怕，万事抬不过一个理字。虽说他家是朝中宰相，我家是平头百姓，但我想钱大人是一方父母，自会秉公而断，为小民作主的。"

他这一说，明明是激钱大人，此事如果断吴家败诉，他就可说钱大人是官官相护，欺负百姓。可张家有地契为凭，又怎能说是告得无理呢？

为弄明真相，钱大人传来了为吴家建房的工匠，工匠们也说不清界石之事，他们只是按照主人家吩咐拆墙建宅。至于界石之事，第一个发现的是吴家的家人吴喜。

说这吴喜奉吴老大爷之命负责建房之事，除买砖买料之外，还常常动手帮着做这做那。正是吴喜动手挖出了界石，才让大家放心沿着张家的篱笆墙开挖地基的。

吴喜传来，他证实了是奉吴老太爷之命，在传说埋界石的地方，于半夜挖开地面探查，果然界石躺在地下。当时在场的只有他和吴老太爷、吴大爷三人，二吴都是事主，所以他是惟一的证人。

吴喜的证词真假莫辨，钱大人只好宣布退堂，俟后再审。吴家建宅之事也暂停，待结案后再定。

官司打了半截，输赢尚未最后定论，那吴家已散布得满城风言风语。说是张相爷家仗势欺人，不准邻居动土建屋。县令钱老爷官官相护，不能秉公断案，这老百姓的日子可怎么过？

钱县令明知遇上了棘手之事。吴家人证物证俱全，这官司实在难断。只好夤夜来到相府，与克倬商议：全城如今已是沸沸扬扬，那界石可疑之处虽多，但没有反证，难以定他败诉。只有请相府高抬贵手，接受调解。

克倬问："钱大人要如何调解？"

钱县令道："此事你们两家都有理，错在官家。请贵府重改地契，那墙外三尺归吴家所有，县衙按地价赔偿贵府损失。"

克倬道："难道我家就缺那几两银子？吴家分明是玩泼皮，耍无赖。大人如此纵容，就不怕以后治下仿之效之，民风大坏吗？"

"那依老先生之见，钱某又该如何来断此案呢？"

"断案是官家的事，我这五亩园主虽是当朝宰相，但在治下却是百姓。我不要什么格外照顾，只要还我张家公道就成。"

"老先生此言倒提醒了钱某，这地契主人正是张老相爷。咱们是不是该写封信，问问他老人家该如何处置？"

"这个自然，老夫已将此事经过写出，明日就发往京城。老夫受敦复之托，为他管理家产，不能不明不白将他的家产弄丢了吧？"

"那就好！那就好！"钱大人连连点头。他想若有张相爷手谕，事半功倍，这官司就好办了。他一个微末小官，总不能不听当朝相国的罢。你吴家若是再强横，就去京城告御状去罢。

京城里，张英今天的心情却是出奇的好。廷瓒刚陪皇上巡视回来。此次圣上巡视永定河工，直隶巡抚李光地治河有功，竟在献县修成了二百里防范水患的长堤，圣心大悦，回朝后命扈从官员放假三日。今日恰逢春风，朝中例假，难得父子三人都得空闲，可别荒废了这一日。

想想廷玉来京之后，一直忙于科考；又因珊儿病体支离，心情伤悲，竟未好好游玩过一次。春分之际，在家乡已是草长莺飞的仲春季节了，京城北地，季节稍迟，此时才刚刚回暖。正是脱了棉衣换夹袍，人人争往郊外跑的踏青时节。

早饭后，廷瓒过来请安，张英便提议要带儿子们去郊外走走。

父亲性爱山水，这是廷瓒、廷玉都知道的。难得今年父亲卸下礼部主官之职，有此闲心，做儿子的还有什么话说？

廷瑾年方十五，正是爱玩的年龄，当然更是高兴得一蹦老高。于是四人四骑,出西直门,过高梁桥,往西山而来。

四人沿高梁河纵马而行,中午来到法华寺。寺中住持经常接待皇室宗亲,如何不识这当朝宰相?就是廷瓒也是极为熟稔的。当下请到后堂,献上茶来。张英又将廷玉、廷瑾介绍过,住持听说廷玉也已是翰林院庶吉士,当下合掌称善:"阿弥陀佛!善哉善哉!相国大人真是积善之家,子孙昌盛啊!不知是几代修来的福泽呢。"

张英也合掌还礼道:"大师说的是,老夫虽是儒学子弟,然家母却是吃斋念佛之人。老夫的家乡松山有座水月庵,一直是由家母供养的。如今庵中供奉的一幅观音大士像,还是家母亲手绣成的呢。老妻也是自幼礼佛,慈悲得很呐。"

"阿弥陀佛!儒释道同源,史载孔子曾问道于老聃,传说我释氏之祖也曾问道于老聃。只不过你儒家行的是入世之道,救的是人伦大欲,管的是口腹衣体。我释氏行的是出世之道,启的是人的真性,渡的是人的灵魂。最最轻松的反是道家,遁入深山,独自修行,往来虚空,物我两忘。"

"常言道:独乐乐不如众乐乐。佛家讲的也是'众生渡尽方证菩提,地狱未空誓不成佛'。佛家又说:人身难得。这难得的人身,如果不行一番'修身齐家治国平天下'的大业,不是枉生为人了吗?"

"善哉善哉,相国是大儒,总以天下为任。老衲佩服得很呐!我佛门讲求'修定、慧',此修即是彼修,人成即是佛成。当今万岁爷虽以儒教治国,然最是崇佛敬僧。就说敝寺,万岁爷就不知来随喜过多少次,布施过多少银两。"

"当今万岁行仁政,永不加赋,各省轮流蠲免钱粮,这才是最大的施主啊。"

"阿弥陀佛!善哉善哉!相国之言极是,万岁行仁政,也与众位经国大臣分不开呀。我教讲报四重恩,其中就有君恩和国土恩啊。"

廷瓒兄弟边吃茶边听父亲与住持闲谈。不一时,知客僧来请用餐,来到饭堂,一桌精致素菜已摆得整齐,住持亲自作陪。众人用餐毕,照例布施些银两,这才告辞出来。

出得法华寺,在西山一带放马闲走。午后的太阳暖融融地照着大地,满山的枫树伸着光秃秃的枝干,在阳光下银白发亮。还有那些高大的杨树,像化石一样孤独地矗立在旷野里。北国的春天实在来得太迟了,放眼四周,满目苍茫,只有太阳的温度说明寒冬正在不情不愿地离去,而春天则是躲躲闪闪而来。

廷瓒笑了:"说是来踏青,这青在哪儿呢?"

廷玉道:"草色遥看近却无嘛。"

张英道:"还是去万寿寺吧。那里的松树最好。既来踏青,总要看点绿色吧。"

万寿寺就在不远处的瓮山之中。瓮山形如酒瓮,山下有湖,万寿寺临湖而建,山光水色,风景极佳。

放马行来,远远就见瓮山绿隐隐的与别山不同。廷瑾奇道:"阿爸,为什么这山上树木比别处绿得早呢?"

"不是绿得早,是常绿不凋。那瓮山之上,松树最多,松树新叶换旧叶,一年四季,生生不息。你在北方长大,对草木知之甚少。我们家乡桐城,松树才多呢。"

廷玉道:"瑾弟,你还没回过桐城呢。那家乡的龙眠山才叫美哩!这时候,映山红也开了,漫山遍野的红花碧树,才叫好看呢。阿爸在赐金园外种了一大片松林,那松树的绿比这北京的可翠多了。"

廷玉的话,引起了张英的乡思:"玉儿,你来京之前,那万松堤的松树长多高了?"

"那树已成林,棵棵都有碗口粗细,高过屋脊了。如今定是更粗更壮了。"

"是啊,一晃又是十六年了。为父老了,该回家了。你们兄弟俩在京在朝,互相有个照应,为父也放心得下了。"

父亲年已六十五岁,致仕是早晚的事,廷瓒、廷玉已多次听他提起,也不以为意。廷瑾却高兴了:"那我就跟阿爸一起回家乡喽。"

万寿寺大门洞开,进得门来,却不见一个寺僧。众人先到大雄宝殿拜过佛,便欲往后殿来寻住持。谁知后殿也无一人,倒是后山新建了一阁,飞檐翘角,黄瓦朱栏,在苍松翠柏间显得格外夺目。

寺在半山腰,阁却建在山顶,殿后新砌了一条石阶,想是通往后阁之路。远远望去，山顶人声喧哗，显是寺僧都在那里忙碌。四人拾级而上，上得山顶，果然住持也在那里，正忙着指挥众人在阁前安放香炉，旁边还有一口大钟。

见来者是张英父子，住持忙合掌见礼，口中道："阿弥陀佛！不知相国前来，有失迎迓，罪过罪过。"

张英也合掌还礼："住持言重了。寺中繁忙，倒是在下来得不是时候，多有打扰了。贵寺这是在做什么？"

住持道："阿弥陀佛！皇太后今年六旬寿诞，圣上特命施舍敝寺华严钟一口，在苏州浇铸。这不刚刚运回，正在悬架吊装呐。"

说罢，住持便领张英等人来看那大钟："相国请看，这口钟重九千九百九十九斤，高九尺九寸，径四尺八寸，全为黄铜所铸，上铸寿字九百九十个。"

四人围着大钟看了一圈，见那上面寿字行草隶篆，千姿百态，大小各异，字里行间穿插着万字纹，铸得非常精致。

又来到阁中观看，阁前香炉已经放妥。从此地向下俯视，皇城尽收眼底。难怪古人说：登泰山而小天下。如今只在这小小的瓮山之上，看那巍巍赫赫的紫禁城，便如沙盘玩具一样。不禁感慨万千。

这是张英的心思，当然不便说出。住持见山上已无可看之处，便对张英道："山顶风大，老衲陪相国到殿中吃茶去。"

张英忙道："不必客气。师父尽管忙您的，老夫带着孩儿们随便走走，这还要到天禧宫去看古松。就此别过了。"

住持如何肯依，直陪着张英父子下山，送出山门，方才别过。

天禧宫离万寿寺不远，是一处小小的道观。道观较之寺院，总是非常简朴。这天禧宫除了一座正殿之外，只有一排寮房，倒是有座极大的后院。院中没有其他花木，只有二十多棵古松。那松树总有几百岁年纪了，树皮皴裂，如鳞似甲，枝干虬曲，如龙蛇游走，棵棵样貌古怪，各具姿态。尤其奇怪的是那松树的枝干上斑驳皴裂的树皮，不是通常的黄褐色，而呈现出一种带着浅灰的银白色，在阳光下闪着凝雪般的寒光。

"哈，白松！"廷瓒是少年心性，看那树枝低矮，如九曲龙蛇，就欲去攀爬。

张英道:"瑾儿,松自古被喻为高人逸士,尤其是这天禧宫中的白松,棵棵都有几百岁年纪了,比如世间人瑞,应礼贤尊敬,可不能随意亵渎呵。"

廷玉忙上去牵住弟弟的手,道:"瑾弟,阿爸最爱松树了,你以后回到桐城看看万松堤就知道了。"

廷瓒道:"这松树棵棵奇特,真是枝枝可以入画,叶叶值得一书。我都技痒了,可惜此处没有画具。"

"不妨,且多看几眼,记在心中,晚上回去再画。今日我父子同游西郊,也是一大乐事,不可不记。为父倒得了一诗,你就以此为背景,画一幅父子同乐图吧。"张英说罢,负手在松间踱步,口中吟道:"缘溪来古寺,古堰旧河梁。冰泮波澄绿,风轻柳糘黄。苔痕春已半,松影日初长。篮筥携诸子,僧寮野蕨香。"

廷瑾忙道:"待我去找老道借纸笔来,将阿爸的诗记下来,免得回头又忘了。"

廷玉道:"不用不用,这几句诗已刻在我脑子里了。回头家去,大哥你来画,我来将父亲的诗题在画上作跋,这父子同乐图不是更完美吗?"

"那我呢?我干什么?"廷瑾急道。

"你嘛,这画就交你收藏,可好?"廷瓒道。

"再好不过了!"廷瑾自知在父兄面前学问尚浅,那题诗作画之事,还轮不到他,但却落了个收藏的好差事,如何不乐。

游了一天,虽说没有江南的山青水秀,柳绿花红,但活动活动筋骨,尤其难得的是父子同游,四人还是非常尽兴。

回城路上,张英说:"为父致仕之意已决,年内可能就要回乡了,以后我们父子四人恐难再凑在一起同游共乐了。"

廷瓒道:"只怕圣上一时还不肯放您回去。"

"不行啊。你我父子二人同朝时,就已惹得多少人嫉妒了。如今父子三人都在朝中行走,终究要落人褒贬。为父这一生,还没被人参过,可不想给言官落下口实。"

康熙时代,言官可以风闻奏事,也就是说只要听到传闻或议论,无须考虑事情的真实性,御史就可以凭此参劾官员,参劾之后再来查证,所谓言者无罪。所以那时官员被参是很寻常的事。但许多被参官员虽然后来查无实证，未被追究，但毕竟名誉受损。就如因治河有功而被康熙授予"能吏"称号的顺天巡抚李光地，同时就被人以"贪位、忘亲"等"十不可留"之罪参劾。

回到家中，天已向晚。姚夫人待吃过晚饭，才对张英说："家中来信了，有件麻烦事，还请老爷思量。"

张英接过信，是廷璐的手迹，却是以克倬的口气写的。信中备言了与吴氏宅基之争经过，又说了县衙无法处理情由，最后请张太人酌量此事。

看完信，张英蹙眉道："真是糊涂！哪能动辄去打官司呢？常言道：一家温饱千家怨忿。何况我现身居高位，两个儿子又是朝廷命官，这样的家门正是惹人嫉妒得很呢！我常说要'无忤于人，无羡于人，无争于人'，怎么就忘了呢？这官司一打，再有理人家也要说是'仗势欺人'。"

张英涵养深厚，在家中也从来都是心平气和的。像这样皱眉蹙额的，姚夫人知道他是心中有气了，忙劝道："也难怪他们，本来理摆在那里，有地契为凭嘛。不过老爷虑的是，咱是官宦人家，与小民百姓打官司，难免被污为'仗势欺人'。老爷您的意思是接受调解喽？"

"什么调解不调解。我们在城里有五亩园，在乡下还有赐金园，哪里就在乎那几分地。人总要知足常乐。你看这京城王公大臣，哪个不是广置宅院，谁还像咱家至今住着内务府的房子？可那些房产，今日被参，明日被抄，死了之后子孙后代又争抢不休，有什么趣味？与京城住处相比，五亩园已是宽户大宅了，让个三尺五尺的又有何妨。宋朝有个尚书杨玢，他家的事就和此事相仿，也是争地，也是写来家书。杨玢真是大量，就信后批了一诗：'余地无多莫较量，一条分作两家墙。普天之下皆王土，再过些儿也不妨。'"

"老爷说的是，还有那韩魏公的《侵产诗》也可堪借鉴：'他人侵我且从伊，仔细思量未有时。试上含元殿基看，秋风秋草正离离。'不如就将此诗批于信后，意思也就明了了。"

"好主意。那钱县令其实是将烫手山芋甩给了我，让我写信，好让他以此为凭来结案。我就批诗于后，以免再生歧义，倒是最好不过。可我一个当朝大学士，总不能照拾前人牙慧吧。怎么也得推陈出新一回。"

当下凝思片刻，提笔在信尾空白处写道：

> 一纸书来只为墙，让他三尺又何妨。
> 长城万里今犹在，不见当年秦始皇。

写罢，抬头问夫人："如此，可使得？"

"使得。不过我想，还得另写一信给克倬，以免日后再有麻烦，不如将那篱笆墙都拆了，砌成砖墙为是。"

"夫人虑得极是。让他三尺，拆篱筑墙。"

钱县令没想到，一场令他头疼，也许危及他官宦生涯的讼事竟如此化解。

那一日，张府克倬老爷来访，拿出批有诗句的信笺，言明撤诉。他一看张英那一笔蝇头小楷，顿时面红耳赤：真是宰相肚里能撑船啊。自己还玩小心眼，以为张家定不肯为此栽了面子，必要胜诉的，所以将那烫手山芋丢给相爷自己处理。

张家说到做到，立刻拆了篱笆，在原处建起了青砖院墙。西南两边便离城墙留出了一条三尺小巷，可容行人通过。倒是靠北一边，墙外就是吴家挖好的墙角，两墙紧挨，再也没有通道了。

吴家也没想到这场官司最后如此结局。

其实当初他家并没想到强占的是张家宅基。那天当吴喜从旧院墙的地基下挖出那块界石时，吴老爷心中一动：墙外还有一条行人过道，显是无主地基，何不占过来，也免了行人老是在张吴二宅间穿梭。便悄悄命吴喜于夜间沿张家篱笆掘开一处，将界石埋下，好人不知鬼不觉地占了那墙外隙地。

没想到的是，那条小巷并不是无主隙地，而是张府特为方便行人留出来的。相争之下，吴家怕丢面子，只好将错就错，令吴喜一口咬定界石原就埋在此处。心想此案难断，双方都有凭据，最后吃亏的肯定是官家：不是张家接受衙门赔偿，就是自己接受赔偿。反正占不到地皮，也可得些银子，总归不会吃亏。

待到衙门里的师爷前来告知，张家已经撤诉，贵府可以动工建宅之时，吴家还自不敢相信。不几日，张家又拆了篱笆砌了院墙，显是不要墙外地皮了。吴家这才奇怪起来：莫不是县衙暗里给的赔偿数目太过诱人，才使张家息了讼？

当下也不忙建宅，且将内里究竟打听清楚了再说。

这一打听，才知人家就是宰相肚里能撑船，自行撤让三尺！

反过来想想，相爷那首诗说的明白：万里长城今犹在，不见当年秦始皇。这天底下，有什么是长生不息的呢？人说富不过三代，皇家基业尚且如此，何况平头百姓。吴老太爷想，自己是从小随祖上从陈家洲逃水荒过来的，一开始就在这城里做小买卖。后来兵荒马乱的，张献忠攻打桐城时，许多大户弃家而逃，他父亲才捡便宜买下了这处宅基。如今不过五六十年光景，自家已是人丁兴旺，成了城中富户。倒改不了想占便宜的小家子习性，不免惭愧起来。

如今人家是高风亮节，自己却成了贪婪之辈。这为人在世，最要紧的是名声。我吴家既已是大户，当然也要顾及脸面了。过不多久，那'一纸书来只为墙，让他三尺又何妨'的事情就会传得满城风雨。我家虽占了这三尺之地，可堵了行人通道，怕不要惹得城中百姓唾骂？要想挽回吴家颜面，除非也让它三尺。

当下吴老太爷主意已定，招来几房儿孙，将张家息诉的种种细节一一解说，最后言明自己意见。

吴家子孙个个低头，想那世上没有不透风的墙，自家占地皮的事，毕竟吴喜是当事人，知道得一清二楚。设若哪一天这小子口不关风，将作伪证一事泄露出去，吴家岂不颜面无存。占得几尺地皮，却要遭人唾弃，落下骂名，实在得不偿失。

最后商议结果，个个同意吴老太爷意见：不仅退出已占的三尺，还要让出自家三尺地皮。

吴家不动声色，悄悄让出三尺地皮，然后也砌起了一堵青砖院墙。

人们忽然发现，那相争了几个月的地界上，竟然多出了一条永久的夹巷，巷宽六尺，可行车马。

一时，桐城的大街小巷，酒楼茶肆，都在议论此事。甚至有那现编现唱的民间艺人，将那六尺巷的故事编成了唱词，在街头村尾弹唱。

张相爷的诗也成了人们挂在口头、津津乐道的话题。逢到有人争诉，总有朋友以此诗相劝。

那吴家也因此让人刮目相看。

钱县令亲历此事，觉得张大人不愧是多年的礼部官员，此礼让义举充分说明了他的宰相胸襟。想来想去，张相爷家既然以治下百姓相许，自己作为地方官员，就该对此礼让之举有所表彰，方才能够发扬光大，以达到教化百姓之目的。

这一天，阳和里巷中忽然鞭炮齐鸣，鼓乐喧天。张吴二府都不知巷中发生了何事，开门来看。原来钱县令亲自带人抬着匾额对联，正在六尺巷口张挂。

这六尺巷两边便是张吴二家的院墙，一般的青砖到顶，白灰勾缝，顶上盖着粉瓦檐头。钱县令带来泥瓦匠，命在墙头之上砌出墙垛，将那块披红大匾嵌进墙垛，又将一幅木刻对联砌进两边墙上。

县太爷带人一路锣鼓喧天地从官衙行来，早已惊动了城中百姓。成百上千的人跟在后面看热闹，阳和里的居民更是家家倾巢而出，来看究竟。

钱县令在众人的翘首盼望中，一把扯下盖在匾联上的红绸，众人只觉金光一晃，仔细看来，原来那是一块红木大匾，匾上金字楷书两个端方大字："礼让"。两边对联写的是"争之不足，让则有余"。

这一匾一联确实将那六尺巷的故事譬解得再精确不过。众人发一声喊，齐声叫好，鼓乐声、鞭炮声、噼哩啪啦的鼓掌声，将阳和里闹得像开锅的热粥一样，沸腾起来了。

沸腾声里，张、吴二家的掌家人被围在人群中间，只得团团作揖为谢。

不说桐城县令大张旗鼓，彰扬此事。且说一天早朝之后，皇帝来到懋勤殿，日讲过后，众大学士陪着康熙闲话。国家承平既久，康熙的性格也变得喜饰太平。无事让几个老臣子陪着说说笑话，讲讲闲篇，让朝堂变得像个大家庭一样，和和睦睦、热热闹闹的。

今日康熙又发话了:"诸位都是当朝大学士,也就是寻常所说的宰相。俗话说宰相肚里能撑船,各位都给朕说说到底有哪些关于宰相肚量的故事。"

康熙出了这个题目,众人一时搜肠刮肚,都来想那历朝史实典故。然康熙也是无书不读之人,那些历史上人人皆知的故事当然不必再说,须得找些新鲜有趣的说来,逗圣上一乐才是。

当下熊赐履想了半晌,对着康熙一拱手:"圣上,微臣倒是刚刚听了一则趣闻,足可证明斯人肚量,只是此中二人只官至尚书,非是宰相。"

康熙道:"且说来听听无妨。何况那宰相肚里能撑船,也只是个比喻,并非实指某人某事,非是宰相不可。"

熊赐履于是道:"微臣前日看闲书,书中有个故事,虽是可笑,倒真也是大有雅量。说的是宋朝陈了翁、潘良贵之父,同年同乡,自幼同窗,同科取仕,又同登尚书之职。一日二人相聚畅饮,酒酣耳热之际,潘尚书叹道:'陈兄,我二人官职、年齿种种相似,只有一事,兄胜我多矣。'陈尚书忙问:'潘兄所言何事?'潘尚书道:'兄已有三子,我却无一儿。此生平之恨也。'陈尚书道:'这有何难,我去岁纳一小妾,今年已经生子。这就送给潘兄如何?'潘道:'兄还不知我家那河东狮子,岂能容我纳妾,若能容,也不至今无子了。'陈道:'这也不难,妾还是我的,言明借你就是,待生得子后,当即见还,想来尊夫人也不敢难为了她。'如是,第二日,陈家果然一轿将小妾送入潘府,潘夫人因小妾是暂借,并不是她府中之物,遂也不敢得罪。一年之后,果然生下一子。潘尚书虽然心爱此妾,然还是待儿满月之后,便将小妾奉还陈家。此后,因丢不开亲生骨肉,这小妾便来往于两家之间。此事在今人来讲,太也不近情理,然陈尚书之胸襟实在豁达。后人有诗赞此事曰:'赠妾生儿古人有,儿生还妾古人无。宋贤豁达竟如此,寄语人间小丈夫!'这小妾与陈尚书所生之子即是陈了翁,与潘尚书所生之子即是潘良贵。一母生两大名儒,也是异数。"

"哈哈哈,素九从来正经八百,今日竟称道起此事。必是因为此二人皆成名儒之故。如若是草民百姓,此事断不能入你熊大人青眼。"康熙打趣着,又道:"不过倒也可算是大量的了。"

马齐道:"臣也讲一个故事,不过不是宰相也不是官员,说的乃是一佛门高僧大德。说是日本国有一禅师,名叫白隐,年轻时在家乡一座小寺中修行,整日参禅悟道,不出寺门。可是有一天,祸从天降。村中一未出阁的女子怀孕生子,此子一生,全村哗然,定要此女指出奸夫是谁。此女顾及情人,不肯吐实,于是村人决计要将其沉塘处死。女子无法,只得说道:'此子之父,实乃白隐僧人。'女子父母愤怒之极,当即前去与白隐质对。白隐合掌听完缘由,不辩一字。于是此事遂成铁案,那父母便将此子掷于白隐,领着女儿回去。村人于是唾弃白隐,再不来寺中供养。白隐只得领着孩子,东乞西讨。转瞬孩子已经五岁,忽一日那女子哭上门来,跪在白隐面前,祈求赎罪。原来那女子与人私订终身后,情人出外谋生,一去杳无音信。如今情人发财归来,二人如愿成婚,念及当年所生孩儿,想领回抚养。白隐依然合掌听完缘由,道声'善哉',将那孩子交女子领回。村人至此才明白当年冤枉了白隐,问他如何不辩白。白隐道:'我若不认,那母子必死。我佛慈悲,焉能见死不救?'诸位,那白隐的胸怀,可不如大海一般么,无怪乎后来成了日本国的大禅师。"

"嗯,佛家讲求'无缘大慈,同体大悲',那胸怀确非方外人可比。同是男女之事,马大人的故事,又似比熊大人的胜了一节。素九,你服也不服?"

熊赐履忙道:"服,服,臣心悦诚服。陈、潘借妾之事,虽是雅量,究属尴尬。哪能比佛门大德,忍辱负屈,为的是救人性命。此中高下,不言自明。"

张英是事事礼让惯了的,大凡这种时候,他总是最后一个发言的。此时,康熙不禁催促:"敦复,你也给朕说说故事啊。"

张英道:"臣说的故事怕是大家都知道的。臣近日看宋朝遗闻,倒有两则故事,显出宋贤雅量,颇让人钦敬。一则是韩魏公为京兆时,一日得到家乡侄儿来信,述说家中田产为邻人侵占,欲诉诸官府,魏公就书尾题诗一首:'他人侵我且从伊,仔细思量未有时。试上含元殿基看,秋风秋草正离离。'其家人接书,遂息讼。韩魏公曾官至司徒、侍中,可算是宰相一流人物。还有一则,与此有异曲同工之妙,说的是宋尚书杨玠,家中住宅旁隙地为人所占,家人驰书相告,杨尚书也就信后批诗一首道:'余地无多莫较量,一条分作两家墙。普天之下皆王土,再过些儿也不妨。'敦复以为,此二人雅量宽容,也能担得'肚里能撑船了'。"

"敦复之言极是。朕也听说了一件事,就在当朝当世,也是家中宅地被侵，家人驰书相告。那人批诗于后，不仅息了一场讼事，还成就了一桩美谈。众大人可曾知道？"

康熙一番话出，众人面面相觑，张英倒是刚刚经历了一桩相似之事，但他并不知道因为息讼之事，家乡已经多出了一条六尺巷。再说此也是刚刚发生之事，断不能传到京城，所以也绝想不到皇上说的是他。

康熙见众人懵懂，遂道："那诗写道：'一纸书来只为墙，让他三尺又何妨。长城万里今犹在，不见当年秦始皇。'"

此言一出，众人还在呆听，张英早已跪倒在地："臣该死。臣家中些些小事，圣上如何得知？"

"敦复快快起来。"康熙下座，伸手扶起张英，旋又转向众人道："朕之耳目不算闭塞吧。"说罢，拿起一封书函，交熊赐履等人传看，最后才传到张英手上。张英看时，却是关于两家争讼，张英题诗息讼，两家各让三尺，共成一条六尺之巷，乡里传为美谈，等等情事，说得一清二楚。信尾的署名却被康熙用朱笔重重抹过，让人看不出究竟。

这显是一封密折专奏。张英看罢，不禁汗湿内衣。试想，如若不是他及时回书息讼，这封密折又将如何来写……

熊赐履等人至此才知康熙所说之人乃是张英，也才知道这位皇帝爷绕了一个大圈子，原来是为了引出这么一件"宰相肚里能撑船"的事情来。心下也都确实佩服张英量大，不由得纷纷赞道："张大人真是雅量宽宏，高风亮节，堪为我辈榜样啊。"

"当不得，当不得。"张英怎么也没想到一件小事，被康熙如此当众大做文章，急得直摆手："这件事，本来就各执一词，委实也是一桩棘手官司，微臣不过是想大事化小，小事化了。今日才知那吴家竟是十二分仗义，要不哪有什么六尺巷一节。要说雅量，实不独微臣一人有量，那吴家也是大量之人。要说美谈，则是微臣家乡素来注重礼仪教化，士民皆然，固才能化丑为美、补拙成巧哇。"

"敦复休要自谦了。朕今日出的题目是'宰相肚里能撑船'，你们说了许多，除敦复所说韩魏公当得切题之外，就是朕所说的当朝宰相之事最为切题了。所以，今日话题，胜出的当是朕与敦复大人了。好了，今日就到此，众大人都散了罢。朕真的想啥时候到桐城走走，看看那六尺巷哩。"

说罢,康熙起身,众人起立恭送。

送走皇上,众人也出殿回家,一路上,还不断询问此事细节,个个翘指称赞张大人处事高明,心胸豁达。

进得家门,姚夫人笑吟吟迎出,道:"恭喜老爷。讼事化解,转祸成福,成就了一段美谈。"

张英奇了:"是谁做的耳报神?夫人怎么忒快得知?"

"什么耳报神?你自己看罢。"

原来廷璐又来信了,备细说了接父亲批诗后,如何息讼,如何拆篱砌墙,吴家又如何退出所占之地,也让出三尺,倒将原来的三尺夹弄扩成了六尺之巷。一时街谈巷议,人人称赞,县令挂匾题联,予以表彰。

张大人看罢信,吁了一口长气:廷璐此信是挂匾当天寄出的,却还比那密折慢了一步。作为康熙身边的近身大臣,他是知道密折专奏之事的。他自己请假回乡时,也曾给皇上写过密折,但他写的是沿途地方民情吏治,没想到自己家人的所作所为,都有人密报给皇上。试想,如果真有什么仗势欺人之举,皇帝焉能不知。幸亏自己一直谨小慎微,家人也都知礼守法,这才能三十余年来深得皇上宠幸,一路升迁,直至宰辅。

罢,罢,也够了。如今廷瓒、廷玉都在宫中当朝,我张家可别太过风头,惹人嫉恨。还是快快寻个机会,让皇上恩准自己致仕还乡吧。

六尺巷（白梦摄）

六尺巷诗碑（吴菲摄）

六尺巷照壁（白梦摄）

吴府内房屋遗存，位于桐城市六尺巷片区。（白梦摄）

第十六回
畅春园皇帝赐御宴　阳和里宰相归故乡

秋后，康熙移居畅春园。

十月，张英告老还乡的折子终于批下来了，朱批语气非常温婉："卿才品优长，效力已久，及任机务，恪慎益励，文辞充练，倚眷方殷，览奏以衰病乞休，情词恳切，著以原官致仕。"

张英接到圣旨，当即前往畅春园谢恩。

这已是他今年上的第三次乞休折子了，皇帝终于恩准，他心里一阵轻松，一阵高兴。可不知为什么，到了畅春园，一见康熙的面，心中竟泛起一阵酸楚，跪下时眼睛里已忍不住滴下泪来。

康熙走下御座，将他扶起，与他一起走到暖阁里，坐下谈心。

张英自康熙六年中进士，九年入宫，至今刚好三十三年。其中除了有三年时间张英请假回家葬父以外，那三十年中大部分时间他几乎是与皇上日夕相处的。先做起居注官，后入值南书房，充经筵讲官，九转还丹，一路由侍郎而尚书而宰相，君臣二人天天在朝堂上相会。想到从此将天各一方，难以再见，不仅张英恋恋不舍，康熙也忍不住动情，道："敦复，这天气渐冷，你年纪也大了，别急着回去。过了年，明年春天再回南吧。"

张英道："谢圣上恩典，臣手头公务可立即交接，惟有领衔编纂的《渊鉴类函》尚未最后定稿，正好可以利用此时间抓紧编完。"想到回南之事终于成为现实,不觉哽咽道:"以后再不能天天面觐圣颜了,臣家乡桐城濒临长江,圣上南巡,一定准臣去见驾。"

康熙道:"如此甚好,朕也会想念你的。朕还答应过要去你的龙眠山看你,还有那六尺巷。朕不会食言的。"

张英忙下座跪地,道:"圣上安全为要,臣虽万想圣上驾幸桐城,然不敢以一己之私有劳圣躬。只要能允臣前去清江浦见驾,就不胜荣幸之至了。"

"好,朕答应你,只要朕南巡,次次允你接驾清江浦。"

张英这才高兴地站起来,又拱手道:"圣上,臣自十六年入值南书房,蒙恩赐第于禁城之内,不日即当缴还内务府,臣回南前可暂移居到廷瓒处。"

"不必了。敦复,廷瓒现也在内宫行走,你那二儿子廷玉朕也打小就喜欢,如今在翰林院庶吉士中处处领先,散馆后朕要加重用的。那宅子就赐予他兄弟二人住吧。朕见他二人就如见卿一样。"

说罢,康熙起身,来到书案前,拿起一支大号狼毫,饱蘸浓墨,在一张泥金纸上写下"笃素堂"三个大字,对张英道:"这是朕赐你的。卿为人诚笃,居家简素,当得此字。可将其制匾悬于宅中,传诸子弟。"

"谢圣上恩典。"

接下来的两个月,张英卸下官职后,天天加快抓紧编审《渊鉴类函》。该书一共四百五十卷,光总目就有四卷。可谓是一项卷帙浩繁的大工程,内容包罗万象,诗词歌赋、人物典故、天文地理、典章制度,乃至飞禽走兽、花鸟虫鱼,都广为搜罗。分门别类,编辑成书,以便于检索利用。张英作为翰林院掌院,奉康熙之命总裁该书编纂事宜已有多年。卸任前该书已基本编成,为了谨慎起见,他又用这离京前最后时间,通览了一遍书稿,觉得万无一失了,才呈给皇上御览。

康熙接到张英的奏折后非常高兴,立刻下旨:"诰授张英为光禄大夫、经筵讲官、文华殿大学士兼礼部尚书加二级,妻姚氏封一品夫人,三代赠如其官。"

这一下,不仅意味着张英和姚夫人回乡后仍保留着原有身份和官服顶戴,凤冠霞帔,并且上溯至父、祖二辈。此为阴封,也就是说张英的祖父和父亲都被封赠为光禄大夫、经筵讲官、文华殿大学士兼礼部尚书加二级的官衔；而他的祖母及母亲都被封赠为一品夫人。

这样的恩宠实在难得。当初康熙恩准他以原官致仕就已属恩荣，因为当时官员，除了革职免职之外，对于主动提出致仕的官员，若不格外加恩，一般都是致仕同时即免去职务的。就如同为大学士，比张英早一年致仕的佛伦、早一个月致仕的王熙以及晚一年致仕的伊桑阿都是不带衔的。再晚一年的熊赐履，由于老马恋栈，不肯主动致仕，干脆被以老病为由免去了职务。

当时张英能以原官致仕已属不易，两个月后又荫封三代，真是殊荣殊恩了。

当然张英并不是希图致仕后还可享受原官俸禄，重要的是荣誉，是对他一生勤勉公务、廉洁自律的嘉奖。也足见当时康熙对张英的赏识和超于君臣礼仪之外的私交。

这年春节，张英的府第自然比往年热闹。张大人在京城为官多年，一旦致仕还乡，亲朋好友、门生故旧自然要来送行。因了皇上有旨，此宅着廷瓒、廷玉兄弟继续居住，姚夫人便着人将旧居粉刷一新，正堂高悬康熙亲笔御书的"笃素堂"匾额。廷瓒也已退了原租住房，搬来笃素堂居住。就着新春，张府迎来送往，忙了将近一月，才将一切应酬妥当。

定下二月起程回南，张英正拟进宫去向皇上辞行。倒先一步接到皇上圣旨：为饯大学士张英致仕回南，皇上特赐宴畅春园，并着廷瓒、廷玉侍宴。

正月二十六日，张英由廷瓒、廷玉相陪，坐着骡轿前往畅春园。先往澹宁居拜见康熙，然后与康熙一起往西新园而来。

这君臣二人相处三十多年，此番真的要分开了，心中都好生不忍。一路行来，一路说话，康熙道："敦复，回南行期定下了么？"

"老臣正要回禀圣上，已定于二月初六动身。"

"朕后日就要出巡五台山了，廷瓒还是要随行的，就让廷玉送你罢。沿途所需车船马夫及一切费用，径由驿站供给。"

"圣上恩典，真是天高地厚，老臣无以为报了。廷瓒、廷玉，今后你兄弟二人可要代为父尽忠，恪勤恪慎，鞠躬尽瘁呀。"

"是，父亲。"廷瓒廷玉忙同声道。

西新园是新起的一座园子，进得园来，便是一道回廊，回廊两边是花圃竹树。其时正是梅花盛开季节，这园里梅树颇多，红梅鲜艳，绿梅素雅，远远望去，红绿相间，一下子让人忘了北方的寒冷，顿觉满园春色。

康熙指着这园景道："这座园子仿的是金陵梅花山。敦复，是不是已觉回南了？"

"老臣现在心里刻刻都念着皇上，竟对这江南景致恍若无睹了。"

一行说着话，将那回廊走尽，便到了一处大厅，厅内人声喧哗，显是赴宴之人早已在此等候了。

在前引路的太监唱一声："皇上驾到！"

里面众人全都抢出厅外，在檐下跪接："微臣（儿臣、奴才）参见皇上！吾皇万岁万岁万万岁！"

康熙道声："免礼。"率先走进大厅。

众人都知今日之宴是为张大人饯行，又复过身来，一一与张英见礼。张英看那来陪宴之人，不过二十来位，除了翰林院、詹事府的同僚友好，还有诸皇子们。

厅上座位早已排定，上首两张案子当横而排，不消说是皇上和张英坐的；下面两排对面而排，一排是大臣们座位，一排是皇子们座位。张英怎么也不敢与皇上并排而坐，推让半晌，到底让他将座位打横排在御座之下，成了个曲尺形。

待康熙和张英坐定，下面众人也排序入座：东首依次坐的是大学士伊桑阿、熊赐履、马齐、张玉书，礼部尚书韩菼、顺天巡抚李光地等；西首依次坐的是皇太子胤礽、皇长子直郡王胤禔、皇三子诚亲王胤祉、皇四子雍亲王胤禛、皇五子恒亲王胤祺。这五位皇子都曾在上书房里拜张英为师，受过他的教导，故此张英南归之时，康熙设宴，便让他们来陪宴。

廷瓒和廷玉并无座席，他俩是来侍宴的，廷瓒便站在康熙身后，廷玉站在张英身后。

太监们先献上茶水点心，黄酒白酒，然后依次给布菜。这宫中筵席也不过是老样子，除了几盘主菜外，便是每人一只小火锅，边烫边吃，不怕菜凉，最适合这种冗长的筵席。

康熙道："朕今天设宴为张大人饯行，诸位都是张大人的同僚好友，其意不在吃喝，乃是陪朕和张大人说说话。然而还得先饮过三个门杯再说。"

众人随着皇上连饮了三杯，张英又谢过三杯，接下来便自由吃喝了。

诸大学士中熊赐履与张英交情最深，便在座中与张英对饮了一杯，说："敦复一生服务朝廷，今日致仕，然有二子代父尽职，夫复何憾哩。"

廷瓒是在朝中行走多年的老臣子了，他今年虽然才四十三岁，但他十九岁就中了进士，如今已在朝中供职二十多年了，人人对他都很熟悉。廷玉却是刚刚选中的庶吉士，虽在六部中行走练习，与几位在座的大臣们都已熟悉，但与众皇子们却是初次见面，此时都不免要多打量几眼。

皇太子与廷玉同岁，只见他身穿明黄袍子，比其他皇子的服饰更为耀眼，生得眉清目秀的，听了熊赐履的话，便将眼睛转到廷玉脸上。正巧廷玉的目光也正向他看来，一见之下，两人都是微微一笑。接下来胤禔、胤祉、胤禛、胤祺都一一与廷玉点头示意。廷玉心中暗暗给这几位皇子评价：胤礽斯文，秀外慧中；胤禔粗豪，略显霸气；胤祉儒雅，颇有城府；胤禛精明，心思过人；胤祺最为洒脱，最像个无所用心的贵介公子。

这厢廷玉心里暗暗评价诸皇子，那厢皇子们也在暗地里赞叹：这张廷玉端凝持重，不苟言笑却又彬彬有礼，生得眉清目秀却全无纨绔轻佻之态，一举手一投足都显得恰到好处。不愧是张英之子，那气质风度竟是胜过乃父乃兄了。

熊赐履带头向张英敬了酒，众人也都纷纷效仿。张玉书三年前丁母忧回家，刚刚被皇上从丹徒诏回，正是来接张英之职的。此刻他也举杯向张英敬酒。韩菼就坐在他的下首，便伸过头来道："张大人，你那杯中是酒吗？"

原来他见张玉书席间几乎没有动筷子，只吃了几块点心，酒也一直是以茶相代的。他是个好热闹的，便想来戳穿他的把戏。谁知张玉书认真道："不是酒，是茶。敦复兄也请便。"

"好。难得素存兄也嗜茶，咱俩就以茶代酒吧。"张英也不善饮，见张玉书以茶代酒，那是再好不过。

韩菼却不依了："不行，不行。今日皇上赐宴，是给敦复饯行，要的就是酒的浓烈，方显得情深义重。怎么能以茶代酒呢？太没诚意了。皇上，是吧！"

康熙笑道："慕庐你别强人所难，素存是从不饮酒的。"

"是吗？哎呀，可惜呀可惜！酒乃人间妙品，竟有人不爱。素存大人，你既不饮，不如这两壶酒就赏了兄弟罢。"说罢，作势要来拿张玉书案上的酒壶。众人知他性喜玩笑，又见他作张作势的，都不禁哈哈大笑起来。

李光地道："韩慕庐哇韩慕庐，亏你取得这好字。人家结庐山中，是为了修身养性。你看你，又嗜烟又嗜酒，还慕个什么庐哇。好好在你的软玉温香丛里呆着罢。"

"'人生得意须尽欢，莫使金樽空对月'嘛！李太白畅饮一生，最后不还是跨鲸而去，得道成仙了吗？"韩菼一边说着，一边又自斟自饮了一杯，复又猛吸了一口烟袋，将烟徐徐吐出，那滋味竟是美得不得了。

张玉书一生节食缩饮，烟酒从未沾过，看韩菼那余味无穷的样子，便道："有道是鱼和熊掌不可兼得。慕庐兄，对你来说，这烟和酒可算得上是鱼和熊掌了。若要择一而舍之，不知是舍烟哩还是舍酒？"

韩菼思索良久，认真道："舍酒，取烟。"

在座诸人，熊赐履和李光地都还善饮，可吸烟者只有韩菼一人。其时烟草传入我国未久，流毒尚未及广。众人既不吸烟，也就不知烟瘾之为何物。今听韩菼竟舍酒而取烟，均觉不可思议。

张英爱茶，便道："茶能提神，酒能解忧，烟能有什么好处？"

"茶酒之妙，烟能兼而有之啊。你们知道烟的来历吗？"韩菼得意道。见众人摇头，他愈发得意："这烟啊，相传产自高丽国，乃王妃化身。古时高丽国有个国王，最宠一位叫作丹巴姑的王妃。惜乎天不假年，王妃死后，国王思念不已，日夜痛哭，竟至神思昏昏，奄奄成病。一日梦见王妃来到身边，说：'感谢大王对臣妾念念之情。臣妾无以为报，特将身化为野草。请大王明日来臣妾冢上，将野草采回焙干，切成细丝，用火燃之，大王吸其烟味，则可忘忧解愁。'第二日，国王来到王妃冢上，果见生满一种植物，从未见过，便命人采回，依梦中所言焙干、燃火、吸烟。只觉那烟味香浓无匹，直入肺腑脑髓，霎时心明脑清，将那思念之苦化作悠悠安慰。自此，每当思念王妃时，国王就吸烟以代。渐渐地，国王就爱上了吸烟，就像当初爱王妃一样。随着国王的嗜好，吸烟便流行起来。为了纪念王妃，国王就把这种野草叫做丹巴姑。"

康熙道："有点意思，朕还是第一次听说这个故事。"

众人也都是第一次听说这个故事，颇觉新奇。李光地见康熙高兴，便又调侃道:"那就难怪慕庐兄要舍酒而就烟了。想那酒是男人造的,烟却是女人变的。慕庐兄之爱吸烟实则是爱女色呀。"

韩菼亦笑道:"如此说来,晋卿兄爱酒,乃是有分桃之好喽。"

其时,广州福建一带有男风之好,此事颇不光彩,李光地恰是福建人,听了此话,便反击道:"韩兄差矣。当初夷狄造酒,乃是受禹王王妃所托,想让禹王沉湎酒色,不至于以国家大事而忘了儿女私情。所以说这酒也是女人化身,非男人精气也。"

康熙哈哈大笑,道:"说来说去,还是半斤八两,两位爱卿竟都是好色之人啊。敦复,朕知你嗜茶如命,这茶有什么故事吗?"

"臣有位医家朋友,他劝臣饮茶,说有提神醒脑之功效。为什么有此功效呢?倒也与茶的传说有关。传说释迦牟尼未成佛之前,在菩提树下打坐悟道,可是睡意袭来,那眼皮老是往下掉。佛祖心想:这眼皮就是魔障,一怒之下,扯下眼皮扔到地上。没了眼皮,眼睛闭不上,当然也就无法打瞌睡了。这样过了七日七夜,终于开悟,证得了佛法。佛祖起身,看见那地上的眼皮,便说道:'尔昔为魔障,今当改过自新。'那眼皮听到此话,便长成了一棵树,树上的叶子就像一片片眼皮。人们用这树叶冲饮,便觉神清气爽,养脑提神。盖是因为佛发愿心,那眼皮改恶迁善之故。"

众人听得此话,个个细看那杯中之茶,果然那片片茶叶,大小正像眼皮。

康熙道:"难怪佛门大德,都喜茶道哩。"

韩菼却道:"阿弥陀佛!罪过罪过!原来诸位饮茶,饮的都是佛的眼皮呀。今后可不敢饮了。"

"韩大人差矣。我佛慈悲为怀,舍身喂虎,割肉饲鹰,乃是渡众生成佛之道。我今后可是要多多饮茶了。"说话的是雍亲王胤禛。这位四皇子虔心向佛,众人都有耳闻,据说已在寺中寄名出家。听他此番话语,料是不假。

本来在座诸位大臣,多为皇子们的师傅,在这种场合,皇子们一般都敬陪末座,不大插嘴。此刻见四弟开口说话,太子胤礽便适时在座中站起身子,招呼弟弟们都站起来,向着张英举杯道:"我兄弟五人自幼蒙张师傅教导读书,这师徒恩谊地久天长。我们兄弟敬师傅一杯酒,祝师傅回南一路顺风,晚年安享天伦之乐。"

张英也忙从座中站起，看着太子及诸皇子们都丰神俊逸的样子，想到从前廷玉兄弟不在身边时，自己与皇子们在一起，就像与自己儿子们在一起一样，颇慰情怀。从此却要远离宫中，再不能时时相见了，道声："谢太子殿下，谢诸位阿哥。"那声音已有些哽咽。

众人见张英动情，便想拿话岔开。韩菼素来机智，便又拿张玉书作由头："素存兄，你这酒是不喝的，为何菜也不见你动筷呀？"

张玉书道："偏你跟我过不去。告诉了你罢，我素来过午不食。一日只食一餐，一餐只吃几口蔬菜、半碗米饭足矣，有时只需饮一杯水便一日不饥。像这样的荤腥大菜，我是吃不得的。适才吃了几块糕点，喝了几口茶，肚中早已饱了。再吃不下了。"

韩菼道："你又不是出家人，干吗这般苦自己？"

张玉书道："不是苦自己，是食量本来有限。多食反而不舒服。"

熊赐履道："这倒也奇怪，你每日食量不到我十成之一，怎么支撑得住身体呢？"

康熙道："这也不奇怪，世上奇人怪事尽有。就如高士奇吧，他就有一样好处，夏天再热也不怕，他从不出汗。"

韩菼道："是啊。他还有一样奇处，想什么时候如厕就什么时候如厕。他说他在公干时，从不如厕，都是回家后再便溲的。"

张英叹道："可惜他已经作古啦。"

在座几位大臣都是高士奇的同龄人，想起昔日同僚一个一个逝去，张英又已告老还乡，不免都有些狐兔之悲。

康熙见状，道："这酒也喝得差不多了。今日给敦复饯行，各位不能不有所表示。墨案已经备好，题诗作画，各尽所能罢。"

皇上发了话，众人便都离席，跟在康熙后面出了大厅，来到偏阁，果见一张大案上笔墨纸砚齐备。众人都是吟诗作画的好手，看见纸墨，都觉技痒。然皇帝在此，谁敢僭越。

康熙也知此意，当即走近前来，援笔在手，命廷瓒铺开一张宣纸，沉吟片刻，落笔纸上，画了几张荷叶，一朵莲花。众人初见他蘸了墨汁，都道他要题诗，没想到竟是画画。既是画莲花，如何又不着红绿颜色，全用墨色哩？众人心中存疑，却不敢问。

康熙画了墨荷之后，端详一番，又在画面上方画了一串圆圈，然后左一笔右一笔，转眼那一串圆圈变成了一队白鹭，正展翅向天空飞去。

康熙画完，搁下笔，对围在四周的众人道："谁能猜出朕这幅画的意思，就给这画添上题跋吧。"

韩菼道："圣上这画的是'西塞山前白鹭飞，桃花流水鳜鱼肥'吗？可这不是桃花，是莲花呀。有莲花当然有水，但没见鱼呀……"

李光地道："也没见山呀。你猜的太偏了。不对不对，应是杜诗'一行白鹭上青天'的意境。可也不对，没有黄鹂，没有翠柳，也没有西岭雪和东吴船……"

张玉书端详良久，道："臣以为，皇上这幅画既是送给敦复大人的，当有嘉赏之意，是说他为官卅载，一路清廉。所以，臣以为这幅画可题为《一路清廉图》。不知对否？"

康熙微笑点头："素存大人竟把朕的意思猜得一点不错，那就请素存大人题跋吧。"

张玉书拿起笔来，在画幅上端题了几个瘦金体大字。真是字如其人，张玉书面目清癯，身体干瘦，却精神矍铄，那几个字也是瘦骨嶙峋却精气神十足。

众人这才回过味来，这墨荷当为青色莲花，喻意"清廉"，一行白鹭可理解为"一路"。这可不是皇上对张英的嘉赏和评价嘛。

张英听了，也是感动万分。他素来谨小慎微，并不像别的大臣，一有机会就向皇帝讨墨宝，讨题词题诗，好作为炫耀的资本。他身边也有几幅皇上的题词，那都是兴之所至，皇上主动题给他的。今日与宴，他也猜到皇上将有所赏赐，但一般这种场合，皇上都是写一首绝句，或五绝，或七绝。皇上喜欢吟诗，而且捷才，立可而就。但于绘事，皇上并不常弄墨，今日竟然大费周章，想出这么好的一个喻意，真让他受宠若惊。感动之余，他又有了一个大胆的想法。

只见他拱手道："圣上如此嘉慰，老臣愧不敢当。老臣斗胆要在这画上附骥几笔，不知圣上可否恩准。"

"当然。这幅画就是咱君臣同乐的嘛，大家都来附上几笔才有趣。"

见康熙准了，张英便走上前来，依着那队白鹭的笔势也画了一串圆圈，然后左一笔右一笔，顷刻间又是一行白鹭向天而去。那白鹭的手法、姿势都和康熙所画的一般无二，只不过个头稍小一些，也比那队飞得低了一点。

张英画毕，对廷瓒廷玉兄弟道："知道为父的意思吗？"

廷玉微一点头，对父亲道："孩儿以为，父亲的意思是以圣上之意转而勉励我兄弟二人，要步父亲后尘，路路清廉。"

"好！敦复兄真是教子有方，寓教于时时刻刻、事事处处哇。"熊赐履不禁叫好，众人也都啧啧称赞。

康熙更是频频点头，对廷瓒道："卣臣，你就将那题图改为《路路清廉图》罢。再将此画成因写个序跋，以记盛事。"

廷瓒道声"遵旨"，便上前依着张玉书的笔法，将那"一"字改为"路"字，然后同样用瘦金体在画面左侧写下了几行竖体跋序，将圣上赐宴、君臣作画、改画种种尽数记下。廷瓒书画皆精，常常为皇上临摹古本，那一笔瘦金就摹着张玉书的笔法，竟如出一人之手。众人都不竟暗暗赞叹：这张家父子真不愧是高才、多才。

画毕，众人也都各各应景，写下了许多送别的诗文。

这场宴席就在一派缱绻离情里落下了帷幕。圣驾就住在畅春园，众人辞出时，又各得了笔墨古玩等赏赐，这是皇上赐宴的陈例了。张英得到的当然最多，除了那幅珍贵的《路路清廉图》之外，皇上还赐了白银千两以及人参、貂裘、锦缎等。东西太多，派了一个太监专门送到张府。

第二天，廷瓒别过父母妻儿，便进宫去了，圣驾也从畅春园回到紫禁城。当晚廷瓒就住在宫中，以预备圣驾出巡事宜。

二十八日，圣驾起行，张英站在留京的王公大臣队列中，前来送驾。想到从此君臣天各一方，他的心情自是比别人更多了一份落寞和眷恋。

送走廷瓒，这里众人便准备起行回南。此次张英几乎是举家南归，人太多，东西也太多，陆行不便。好在运河已经解冻，便决定走水路回南。

礼部韩菼是张英挚友，这几日来多在张家行走，一应事宜承他关照。官船也由他派礼部下属备妥。

二月初六这天，在朝天门码头，韩菼带同礼部官员设帐送行，留京的王公大臣们也大都前来。众人洒洒而别,官船缓缓起行。张英带着廷玉拱手站在船头,直到看不见码头了,才转身回到舱中。

此番随张英南归的除了姚夫人、刘氏、廷瓘外,廷瓒的夫人吴氏也带着三个孩子同回。一来张英夫妇舍不得孙儿,二来廷瓒也想让孩子们回桐延师读书。廷玉是奉旨送父回乡,不久还要回京,吴夫人便没有随来。何况廷玉此番也正好将珊儿的灵柩带回桐城厝放,吴夫人自然也不愿意同行。刘富贵这辈老家人自然也都随着老爷和夫人回南了,他们的下一辈则留在京城继续服侍少主子们。

吴友季也随船回去。他已年逾七十,虽然身体健壮,究竟年纪大了。他一生漂泊,在外行医四十余年,但儿孙都在桐城老家。当张大人辞归之时,他也不觉动了落叶归根的念头。于是收拾行装,随船而返。

一路顺风顺水,沿途自有官府接送,不必细说。

三月中旬,船抵安庆,安徽巡抚接着,自然又有一番应酬。然后改走驿路,从练潭驿开始,十里一铺,五里一亭,沿途乡绅设酒相迎。一路锣鼓鞭炮,直到县城。离城十里,县令早已派人在此望风,看到张大人车轿,那衙役快马加鞭,飞报县令。县令钱大人早已候在西成门外,接到讯报,一时锣鼓掀天,鞭炮齐鸣。

到得西成门,廷玉下马,从轿中扶出父亲。二人与钱县令见过,便由县令引着,从那六尺巷中一路走回。

张英走在巷中,想着这巷子的来历,不觉感慨万千。人生在世,争长争短,争名争利,然而世事流转,又有什么是亘古不变的。就说自己吧,几个月前还在朝中为相,如今已是家居老朽。虽然仍享一品加二级俸禄,其实已与布衣无异。然布衣草民,日日守田守产,含饴弄孙,未尝不是人间乐事。

这样念头百转,已将那巷子走尽。张府阖家老小都在五亩园外守候,接着张英等人,自然乐得哭的哭,笑的笑。张英只拉着克倬的手,老弟兄俩相互打量,都忍不住老泪纵横。

接下来是回松山祭祖,拜见各房尊长。张英同辈之人已经不多,只有二哥湖上先生仍然健在,已是七十八岁高龄,见着五弟,实是高兴。他一生遭逢乱世,绝意仕途,待到张英在朝中日益显贵,他却时时为他担心:自古伴君如伴虎，五弟是在虎口边上啊。眼看着索额图、明珠、徐乾学等一干重臣个个不得善终，他更是为张英提心吊胆。今日五弟终于全身而退，这在官宦生涯中，真是莫大的幸事了。

张英回乡前，因进呈《渊鉴类函》而被皇上诰封三代，这份殊荣当然要来祖茔之前焚香祀告。二哥便和他一起，带着廷玉兄弟们上山祭祖。

张英的祖茔就在松山。张英显贵之后，有堪舆地师来此研究风水，结果发现张氏祖茔背山面湖，背后山脉远远望去若凤凰展翅，而张氏祖茔就在两只翅膀之间，仿佛那凤凰刚刚落下，背起那些坟茔，正欲振翅飞去。可面前的松湖景色太美，那凤凰竟是不肯再飞起来。

地师们于是说那祖茔葬在落凤窝，所以后世子孙才如此显贵。而那松湖岸边，有一座小山双峰突起，形如笔架，是为"笔架山"。笔架山下有个池塘，丰水季节与松湖连为一体，枯水季节则为一独立小池，是为"砚池"。这笔架山和砚池预示着张氏后人是以文章功名显贵。这些当然都附会得不错，张英父子都是进士出身，张家子弟中举人、秀才更是比比皆是。

但还有一种说法当时并未兑现，如今看来已兑现了一半。不知那另一半是否属于虚妄，这是张英不敢妄想却又忍不住要去想的。

那就是笔架山边还有一大一小两个立于松湖之中的水岛，那岛不大，却与笔架山一般高，耸立在水中，像两根石柱一般，颇为醒目。当地人不知从何时起，就叫它印墩，大约觉得那岛像两颗印章一样罢。地师正是因为听到了这"印墩"两字，便预示张家后人将官至宰辅，而且这印墩一大一小，预示张家要出两个宰相。

当时张英刚刚入值南书房，虽是天子近臣，代天子草诏发令，但品级并不高。他因是翰林学士出身，当时着的是四品衔，像那高士奇，在南书房中行走了多年，最终也才是个六品顶戴。

所以张英当年回乡葬父时，听到这些传言，只当作是无稽之谈。谁知后来自己竟是侍郎、尚书一路升迁，最后竟真的做到了执掌机枢的宰辅大臣。

那么他是应了那地师之言了，可另一个印墩预示着谁呢？或许是廷瓒。廷瓒少年得志，也如自己一般进入了南书房，一直被康熙宠爱。然而他为人太过谦逊，事事小心翼翼，比自己有过之而无不及。这是他的弱点，也是他的长处，也难说他不会顺着自己的脚印一路走过来。毕竟如今他才四十出头，已官至三品少詹事了。下一步他该到六部中去任职了，那样才能九转还丹，官至相位。

但廷玉也有可能。与廷瓒相比，虽然廷玉成名较晚，二十九岁才中了进士。可种种迹象似乎预示此儿非同常人。首先是在他出生前，姚夫人连殇二子，都是落地不久便即死去，所以在廷瓒与廷玉之间，相差了十几岁，而这十几年中，凡女孩均能长成，男孩则全都夭折。姚夫人就是从那时开始吃斋念佛的。接下来是廷玉出生时的异事：麒麟现于松山，姚夫人从此身带异香，自己从此仕途顺遂……廷玉早慧，可仕途并不顺利，逢到考试总有阻碍之事：乡试时曾逢珊儿生病；会试时曾因自己是主考而避讳；后来又是珊儿死去，自己生病，差点无法参加殿试。除此而外，他的生活也不顺遂，与珊儿感情浓厚，而她却中途撒手而去，且没有留下一子半女。续娶吴氏倒是很快怀孕了，却又胎死腹中……

这种种情况，倒像是老天有意在磨炼他，有道是"天将降大任于斯人也，必先苦其心志，劳其筋骨，饿其体肤，空乏其身，行拂乱其所为，所以动心忍性，曾益其所不能"。除此之外，他无法解释廷玉生命中的种种遭际。他是熟读《周易》的，对于世间万事万物的流转衍变，应该说是比常人看得更透。他总觉着玉儿一定会很有出息，只是机缘未到。

这话他记得李光地也曾经说过，那还是二十五年廷玉南闱胜出之后，试卷解送礼部，他们几个翰林詹事奉命再检阅一次试卷。结果李光地就将廷玉的文章评为通场第一。他感叹若是自己任主考，必定要将廷玉取为第一。而那次廷玉中的是第二十五名。李光地当时就对自己说过：此子定大有出息，当不在敦复兄之下。

若果如此，那另一印墩当应在廷玉身上了。自从珊儿死后，又经了那场大病，廷玉也应该苦尽甘来了。如今他的座师熊赐履对他是非常赏识的，熊公在朝中也是一言九鼎的人物了，有他提携，玉儿的前程是尽可放心的。

想至此，张英将心思收回。

祭罢祖茔，众人站在山上看那湖光帆影。正是三月菜花鱼汛，湖上张起一道道"迷魂阵"，那些以打鱼为生的渔民们，驾船摇橹，穿梭在"迷魂阵"中。想起二哥早年原本是胸怀大志的，只因遭逢世乱，才冷了心肠，隐居在这松山湖畔，做了个严子陵式的人物。然而，他毕竟胸有丘壑，就在前不久，他还作了一幅桐城舆图，将以前图中讹误作了修改。那么究竟是什么让二哥将一生留连在这松山湖畔的呢？便道："二哥，您胸有千山万水，为何竟能终生隐于一隅呢？"

"禅说'一粒粟中藏有大千世界'，你在京城繁华之地呆了大半生，结果不还是叶落归根了吗？我这松山，日有千人唱喏，夜有万盏明灯。比那京城大内如何？"

"二伯，什么叫作'日有千人唱喏，夜有万盏明灯'？"廷玉在旁听着父亲和二伯说话，这时不禁插嘴问道。

湖上先生指着万顷水面道："你们看这湖面之上，船只来往穿梭，人们打橹摇桨，那姿势是不是像在对你打躬作揖，唱喏致礼；而到得晚间，船泊水面，渔火点点，遍布湖上。这不就是'日有千人唱喏，夜有万盏明灯'么？"

廷玉点头。

廷瓒咋舌道："二伯这日子过得像皇上一样。"

"皇上日月哪有二伯好过？皇上天天有办不完的事，想不尽的心思。你父亲服侍了一辈子皇上，你问问他，到底是皇上日月好过，还是二伯我日子好过。"湖上先生调侃道。

"即心即佛，二哥才真是参透了人生呐。"张英道。

"不过你们可不要学二伯这般颓废哟。好男儿志在功名，当仁不让。要学你们父亲，光宗耀祖，干一番轰轰烈烈的事业。"湖上先生面对廷玉兄弟，正是意气风发的年龄，终究不能让自己这般安于林泉的隐遁思想影响了他们的仕途进取。

廷玉道："二伯放心。侄儿们懂得，二伯是遭逢乱世，为洁身自好，才隐而不显的。所谓'邦有道，则仕；邦无道，则可卷而怀之'。如今是圣明之世，正是我辈见贤思齐、忠君报国之时。"

"贤侄如此洞明世理，二伯倒多虑了。"

"不，二伯胸有丘壑，宁静淡泊，凡事能退一步想，实为晚辈应时时参习之榜样。"一席话，说得湖上先生频频点头，张英更是心中赞赏。

祭罢祖茔，廷玉择日将珊儿棺椁运往龙眠山里，在赐金园后山上觅了块高地，厝放妥当，又洒酒祭奠一番，暗暗祝祷：珊妹，此番将你的遗体运回家乡，愿你的灵魂随我回京，永远伴我左右。

当夜，廷玉宿在佳梦轩中，思前想后，不能成眠。他幼时曾患有严重的失眠症，又好做乱梦，常常从梦中惊醒。父亲教他，以诵诗静心，心静自能成眠。他依法而行，睡前拣一首意境闲适优雅的诗篇，在心中反复默读，渐渐地浑身松弛，沉沉睡去，夜梦也变得清明优美了。

此后他睡梦安憩，也就忘了此事。谁知今日因想起了珊儿，再不能入睡。窗外的阵阵松涛，淙淙泉流，昔日听来如天籁，此刻却躁得他心烦意乱。

无奈之下，想起幼年读诗之法，便躺在黑暗中，打开记忆，想拣出一首诗来默诵。谁知电光石火之间，闯入脑中的却是"夕殿萤飞思悄然，孤灯挑尽未成眠"。他猛地一醒：这不是白居易《长恨歌》里的诗句吗？这首诗太过情浓意烈，万万不能使人静心，只会在自己相思的伤口上撒盐，让人更加心迷智乱。当下收摄心神，想换一首轻松优雅的诗篇。可《长恨歌》里的诗句却如潮水一般涌上心头，令他欲罢不能："鸳鸯瓦冷霜华重，翡翠衾寒谁与共？悠悠生死别经年，魂魄不曾来入梦……排云驭气奔如电，升天入地求之遍；上穷碧落下黄泉，两处茫茫皆不见……七月七日长生殿，夜半无人私语时：在天愿作比翼鸟，在地愿为连理枝。天长地久有时尽，此恨绵绵无绝期。"

这些诗句反复在脑海里旋转，令他不能自已，对珊儿的相思再次如潮水般袭来，泪水蒙住了他的双眼。他一边反反复复默诵着《长恨歌》，一边在心中不断祈祷：珊妹，珊妹，来我梦中罢……

可是，他越想入梦，越无法入梦，他想在梦中与珊儿相会，谁知珊儿的灵魂并未走远……

只听得一声轻轻地叹息，随之便看见珊儿走到了自己床前，侧身坐下，又叹了口气，幽幽地说："二哥哥，你我幽明异路，已经三年有余。三年来我的魂魄一直在天地间漂泊。因为你的思念，让我无法进入轮回。我答应过你，要赶快托生为人，再来与你结为夫妻。可你总是这样伤心，我怎忍心离你而去。三年来，我的魂魄一直在你身边。你说'上穷碧落下黄泉，两处茫茫皆不见'，其实不对，我时时都能看见你，只是你见不到我。我看着你因相思而憔悴，我好着急，后来又看着你振作起来，我又好高兴。我看着你入场考试，看着你中了进士，又看着你娶了妻子，我想我可以放心地走了。现在，我又回到了家乡，我想就在此地进入轮回。因为我来生还想做你的妻子，在家乡托生会让我们更容易重逢。可是二哥哥，你日间说，还要我的灵魂随你回京，让我好为难啊。二哥哥，做个孤魂野鬼的滋味真不好受，眼睁睁看着你们吃饭、睡觉、说话，自己却无影无形地只能做个看客。二哥哥，你真的要我的灵魂跟你一辈子吗？"

廷玉躺在床上，眼看着珊儿在黑暗中现身，仍穿着旧日爱穿的浅色衣裙，苍白的脸上现出淡淡的桃红，一如生前一样。他想这就是鬼魂了，这鬼魂如此清丽，有什么可怕。只要她能够像此刻一样时时现身，以慰自己的相思之苦，那生死之间，不也没有什么隔阂吗？待听到珊儿后来的诉说，他才猛然醒悟，自己是多么的自私。只想着让珊儿陪伴着自己，却不想一想，阴阳两世，人鬼殊途，那鬼魂缥缈无形，无血无肉，无知无觉，无傍无依。按轮回之说，只有上天不收、地府不要、六道不纳的人才会落个孤魂野鬼的下场。自己一念相思，竟牵缠得珊妹在茫茫天地之间做了一千多个日子的缥缈鬼魂，真是该死。他想告诉珊妹，他不再缠着她了，让她快去托生。可他躺在那里，不能说话，也不能动弹。

然而，不用他说话，当他心中的念头动到此处时，珊儿好像完全明白了。只见她忧戚的脸上挂起了笑容，语气也变得快乐了："二哥哥，你答应让我走了？"旋即又幽幽地道："那你可得照顾好自己哟，别让珊儿放心不下。还有，你要记着，我托生后，还叫珊儿，还要嫁你！"

说罢，珊儿像一阵白雾似的，渐渐没入黑暗……他这才浑身一软，恢复了知觉，心跳得怦怦怦像擂鼓一样。

下弦月淡淡的影子照进屋子，他这才发觉屋里并不是那么黑暗。那么适才那一幕到底是真是幻还是梦呢？

他说不清楚。但他依稀觉得，珊儿此番是真的走了，自己再也见不到她了，甚至梦里都不会见到了。

诸事完毕。三月底，廷玉辞别父母姐弟，从陆路返回京城。

京城里的府第，本来一大家人，稍嫌拥挤，如今一下子空落起来。有那么几天，廷玉感到孤单得难受，他本就是个沉默的人，吴夫人比他更加沉默。

好在不久，廷瓒便扈从圣驾从五台山返回了京城。廷玉有哥哥陪着，心里觉得好受多了。

廷瓒比廷玉年长十好几岁，从小就为他辅导功课，如今父亲回南，廷玉诸事便请教廷瓒。廷玉觉得有哥哥在朝，也如父亲一样，是棵可以依靠的大树。

然而不幸的是，十月里，一场毫无征兆的疾病却夺走了廷瓒的性命。先是京师流行腹泻，廷玉也染上了，待得廷玉病愈，却传给了廷瓒。廷瓒拉了一夜肚子，第二天竟发起高烧。廷玉报进宫中，传来太医，已是无药可救。傍晚时分，廷瓒就在笃素堂里咽了气。

廷玉抚尸大哭，几至心神迷乱。康熙接到丧报，也很悲痛。立即命礼部来人帮忙治丧。幸得韩菼等老一辈父亲挚友们关照，廷瓒的灵堂就设在笃素堂里，一应问吊治丧事宜都由礼部派人维持。

廷玉第一次感到如此的孤立无依。本来是热闹得近乎繁乱的一个大家，转瞬清静得可怕。昔日父子三人在宫中同进同出，惹得多少人眼热，父亲因此惕惕栗栗，总怕招得嫉妒，如今只剩了他一人形单影只。伤痛之下，他的性情更加沉默了。只一头钻在清书研究里，没日没夜，废寝忘食。

再说家乡桐城，张英和姚夫人接到丧报，更是五内俱焚。那白发人哭黑发人的凄惨心情自是无法言表，更何况廷瓒是如此优秀，是他张家的骄傲。张英与他既是父子，又是同僚，眼见着他踩着自己的脚步一路走过来，性情也如自己一样，二十余年敬慎如一，圣眷恩宠，原是前途无量的。谁知天不假年，竟使栋梁摧折，宁不教父母痛断肝肠，妻儿哭累双眼？

幸得不久接到密旨，康熙顾念老臣，旨意对廷瓒之死倍加伤悼，然人死不能复生，只能顺应天命。圣意明年正月南巡，着张英在江南一会，以慰君臣相思之情。

这封信不啻是一剂治疗心痛的汤药。张英回桐不到一年，圣意就如此牵念，显是恩宠如初。廷瓒是不能替自己尽忠了，今后只盼廷玉有出息，庶几报得圣恩。

明年正月十六圣驾起行,这是康熙第四次南巡了。二月十六日,张英在清江浦接着圣驾,君臣相见,甚觉慰藉,亦颇伤情。说起廷瓒英年早逝,遗体还在北京,康熙便殷殷相留,着张英随驾南巡,然后一同回京。

张英得此荣宠,真是意外之喜。他以往多次扈从圣驾,南巡北狩,那时他在礼部,忙着为皇上安排仪程,交接地方。此番他是无官一身轻,只每日来见驾请安,然后陪着皇上游山玩水,说三话四,闲情安逸,不觉减了几分伤子之痛。

三月十五日圣驾回京。三月十八乃康熙五十岁寿诞,按臣子们意见,是要举国大庆的,然康熙不允。只在宫中略事庆祝,不过是接受了一下左近亲随大臣们的祝辞贺礼,地方官员一律不准借此进京。

张英随驾进京,廷玉接着,自有一番伤情。父子相别不到一年,其间竟发生了如此剧变。好在悲中有喜,吴夫人于三月初二生下一女。在张英膝下已有子孙多人,廷瓒、廷璐、廷瑑、廷瑑俱已生子,原不在乎廷玉生男生女。廷玉因姚夫人不孕,吴夫人前年又闪了一胎,今年他已三十二岁,好不容易盼得后代,虽是女孩也是万分高兴。这添女之喜多少冲淡了一点廷瓒猝死之悲。

三月十八日,父子二人进宫给万岁祝寿。康熙看着廷玉,对张英道:"老大人不必为廷瓒之死太过伤情,廷玉之才恐还在乃兄之上。这也是老大人教导有方啊。"原来在本届庶吉士中,廷玉成绩最为突出,每次考试均为第一。

四月庶吉士就要散馆,张英一边等着家乡来人,好将廷瓒灵柩运回;一边候着廷玉散馆消息。

庶吉士乃国家人才,散馆考试自来由皇上亲自主持。张廷玉取了个一等第一名,被授予翰林院检讨之职,可说是意料之中,众望所归。

廷玉跟着众检讨一齐谢恩过了。张英既在京城,当然也得进宫谢恩才合礼数,皇上见着张英,大为高兴:"老大人来了正好,朕就等着这一天呐。自廷瓒殁后,朕这南书房中总没有趁手之人。朕想让廷玉入值南书房,老大人意下如何?"

张英忙道:"那是圣上天高地厚之恩,臣一家三人得以入南书房侍候圣上,实乃万世修来的福分。"

第二日圣旨颁下,廷玉以清书第一入值南书房。赏四品俸禄,充日讲起居注官。

这南书房自康熙十六年始设起,张英就是第一个入值的。后来张英请假回家,其子廷瓒又进了南书房。廷瓒死后,廷玉又接着被选入。这真是异数。仿佛康熙已离不开张氏一家的笔墨侍候。其实如今的南书房,早已不像当年始创时,只有两人入值。如今在南书房中行走的人很多,但康熙用惯了廷瓒,张氏父子又都是勤勉过人的,晨入暮出,深得皇帝宠幸。所以廷瓒死后,康熙一直没找到一个能代替的人,这次廷玉考了个清书第一,康熙自然而然想到让其入值南书房。有其父兄的例样在前,料来廷玉不会让自己失望。

廷玉的事情算是有了个定着。家中也派人带着廷瓒的长子来京。五月初,张英带同长孙,将廷瓒灵柩运回桐城安葬。

廷玉自此亦步父兄后尘,入值南书房,充日讲起居注官。在朝中晨入暮出,刻刻不离圣上左右。

吴府内地基残存,位于桐城市六尺巷片区。(白梦摄)

吴府内水井,位于桐城市六尺巷片区。(白梦摄)

六尺巷东牌坊（吴菲摄）

六尺巷西牌坊（吴菲摄）

第十七回
沙溪镇衡臣会灵皋　江宁道圃翁救鹏年

康熙一生南巡北狩，阅河工，征漠北，动辄出宫数月，又好微服私访，这在清朝之前的中国历代帝王当中是绝少见到的。这可能与他的血统有关，你想一个游牧民族的后裔，他的血液里流淌的应该是自由、辽阔和高远；而长年处在深宫之中，做井底之蛙、笼中之兽，岂能心甘。

近来，康熙南巡的频率越来越高。二十三年第一次南巡，二十八年第二次，三十八年第三次，四十二年第四次，今年是四十四年，刚刚隔了一年，康熙又开始了他的第五次南巡。

江南各省乃供给京师漕粮之地，康熙频频南巡，并不单是为了饱览吴山越水，实乃阅视河工，并恩施沿途百姓。他好微服私访，也是为了亲自体验民情吏治，以使自己不致受各级官员蒙蔽，做个闭目塞听的昏君。

圣驾于正月十六日启行，照例从京畿开始阅视河工。李光地治河有功，深得康熙欢心，御舟从顺天往山东进发时，康熙便召他同行。待到康熙回到京城之后，立即将李光地升为吏部尚书，仍兼顺天巡抚之职。此乃后话，暂且带过。

且说李光地随驾往山东，就住在张廷玉所乘的船上。这是一艘快船，行走在龙舟之前，负责先头诸事。

张廷玉去年才到南书房，纵是他精明能干，毕竟是第一次扈从圣驾外出，与沿途地方打交道，经验还不足。有了李光地这样一个前辈老臣提携指导，当然是再好不过。

在山东，康熙谒孔庙，游大明湖，登泰山，兴致十足。

在大明湖，他似乎不经意地问廷玉："崇祯十一年，这里一场恶战，当时的山东布政使张秉文在内无粮草、外无援兵的情况下，独守济南十昼夜，与清兵对抗，最后战死巷中。这张秉文也是你们桐城人氏，与爱卿可是同族？"

廷玉吓得跪倒在地："回禀圣上，张公讳秉文者，乃臣之伯祖父。"

康熙道："起来，这又有什么可跪的。前明臣子，忠于前明，此乃天经地义。为朝廷捐躯，更是志节可嘉。朕总在想，明朝终结已六十多年了，盖棺定论，早该将《明史》编出来。可打从先帝起，就开设了国史馆，至今几十年了，这国史馆还在准备史料，一直未能成书。其中原因太多，有一条恐怕也不好定论。那就是这些朝廷重臣们，像张秉文这样尽忠尽节者当然是可以史笔直书的，像吴三桂这样的奸贼自然也是遗臭万年。可洪承畴、钱谦益这些人，既是前朝良臣，又是我朝功勋，如何定论，倒颇费周折。"

廷玉道："是。按太史公笔法，当秉公直书，瑕瑜不掩。"

"朕思来想去，可否修个贰臣传，也好承上启下，给洪承畴、钱谦益这批臣子一个合适的身份。这样两朝之中，都有他们的位置。"

"圣上之见实在高明。"李光地见康熙对张廷玉说起张秉文的事，不知用意何在，一直不敢插嘴，此时方才适时赞了一句。

康熙道："我朝从李贼手里夺得江山，对前明并无半点不敬之意。朕思前明忠节之士，像史可法、张秉文等，不仅要在明史中给足地位，我朝也要建祠封号，使其名其事流芳千古。廷玉，你记着此事，回头告诉熊赐履，将前明忠节之士罗列出来，拟好封号，给朕过目。像这张秉文，朕看就可以谥号忠节。这样的忠公节义之士，哪朝哪代都嫌太少。"

廷玉躬身道："臣遵旨。谢圣上隆恩。"

康熙又道："你这伯祖父的事迹你可清楚？你可知朕为何要在这大明湖畔提起他？"

"微臣明白。当年臣的伯祖父战死之后，臣的伯祖母带着一门女眷全都投大明湖而死。"

"为臣当忠,为妇当节。这样的节妇也该旌表哇。可是你不知道,当年你父亲回乡置下五亩园,让你的伯父来园中管家,还有人为此上过密折,说你父亲庇护张秉文之子,是对国朝不忠。是朕给压下了。此事连你父亲都不知道哩。"

廷玉听了此言,不觉惊出一身冷汗。想起六尺巷之事,才真正体会到父亲当时的惊恐。原来父亲的一言一行都有人向皇上报告,那么现在的自己呢?但这些他不能丝毫表现出来,他只能诚惶诚恐地说:"圣上对臣父之恩实乃天高地厚。臣父每来信,必敦促臣尽忠职守,以报圣恩。"

"你父亲在朕身边三十多年,有如手足,亲近得很呐。还有你大哥廷瓒,可惜英年早逝。朕曾劝你父不可伤心太过,又着你让他来江宁一会,信写过了吗?"

"回圣上。微臣早已将旨意告知父亲,父亲感激不已。此时恐已在清江浦候驾了。"

"那就好。他虽然致仕,可还是朝中大臣,对地方政务必十分留心,朕正要向他了解实情哩。像这样,朕虽然出巡,沿途看到的也都是粉饰过的景象,哪里真的就看到民间疾苦了?"

一席话,说得众人无言以答。

出了山东,御舟一路竞发,过江苏,直抵苏杭。

沿途河道治理得井井有条,两岸护坡鳞次栉比,河水清澈,淤塞多年的污泥积淀已基本清理完毕。康熙幼年时即将"三藩、漕运、河务"当作三大心病,如今这最后一块心病也去除了。他在位四十几年,将一个泱泱大国由分裂走向统一,由积贫积弱走向富裕强大,由战火纷飞、民不聊生走向海晏河清、安居乐业。

圣驾到达杭州后,康熙弃舟登岸,住进了抚衙。然而一连几天,来杭朝拜的州县官们都没能见到圣上一面。人们只有耐心地住在驿站里,等着圣上召见。谁也没想到,康熙已微服到了民间,正在浙江各地游走。

一日,康熙来到一个名叫沙溪的小镇。此镇濒临海边,集市繁华,土民富裕。镇上有一所书院,名叫临海书院,据说当年朱熹曾在此讲学,因而远近闻名。这所书院云集了附近许多乡镇甚至州县的士子,也经常请名流来院讲学。因而镇上文风蔚蔚，身穿长衫的士子来往进出于茶楼酒肆间，或以文会友，或吟诗作对，煞是热闹。

李光地是福建安溪人，其家离此地不远，他幼年时曾随父亲来过临海书院，对沙溪镇印象颇深。康熙正要到士子云集之地去探研民情，听了他的介绍，当即带着他和张廷玉骑马而来，一干侍卫作家人打扮，不远不近地跟随。

沙溪镇上果然热闹，三人刚刚踏进小镇，就见许多蓝衫士子纷纷往一座酒楼拥去。那酒楼叫作墨香酒楼，门前一副对联写的是"倚楼听海语，砚墨闻酒香"，显是书院里的酸文人所拟。门头上挑着四只酒幌子，明着标示此乃本地最豪华气派的酒楼了。

三人也便下马，将缰绳甩给随后而来的侍卫，大步走进酒楼。

伙计一见此三人身着锦缎、手执折扇、气度非凡的样子，料着是有钱的主，赶紧趋上来招呼。

康熙见众人都往楼上拥去，便问："今日贵店如此热闹，想是来了什么大人物？"

"好叫客官得知，今日临海书院请来了金陵钟山书院的两位先生，据说都是当今才子。这不，在楼上摆了接风酒，书院里的几位执事先生正在此宴客哩。"

"哦，那楼上座位岂不已满，我们倒想倚楼听海语，可惜无座位了。"

"不碍的。楼上酒宴只有一桌，那些书生都是来看热闹的，并不占席位。您几位请，上面有上好的雅座，我给您看座去。"

三人随那伙计上楼，果见楼上大厅里只有一桌酒席，被许多站着看热闹的书生们围着，倒看不见坐中人是谁。大厅一角被屏风围住，显是雅座了。三人被伙计领入雅座，果然不远外即是海岸，那依山面海的临海书院也在视线之中。

三人坐定，伙计沏上茶来。李光地是吃海鲜的好手，当下就由他点菜，乃是一道清炖鱼翅，一道爆炒西施舌，一道火焰醉虾，一道酸菜梅鱼，又嘱伙计有上好的时蔬多炒几盘。酒要了陈年花雕。

菜虽只点了四道，却都是最上色的头牌菜，正合着三人身份。

康熙见伙计退下，对张廷玉道："你去打听一下，到底外面那两位大才子是谁？为何那么多书生要围观他们吃喝？"

张廷玉只点点头，走出外间。

他是个稳重人，不肯挤进人堆去看，只拉住一人道："借问一句，今日贵院请来的客人是谁？你们为何都在此围观？"

那人道："是大才子戴名世和方苞。我们先生说了，要在酒席上与他们对联斗诗，以助酒兴。戴、方二位都是捷才，如此雅事，我们焉能不来观战。"

张廷玉一听说是戴、方二人，生恐被识破身份，多有不便，赶紧转回里间，告诉康熙。康熙一边听着外面酒席上的寒暄客套，一边笑道："这戴名世的名号听过，方苞是谁？就当得才子之名了？"

张廷玉道："这戴、方二人都是臣的同乡。戴名世见过，方苞只听说过，一直未曾谋面。这两人与臣父倒是交谊深厚。"

李光地道："这二人名头确实很响。二人的文章我也都看过，堪称大才。"

康熙道："既是大才，为何遗落民间，不去应试？"

张廷玉道："戴名世早年家贫，在外教馆谋生，中年屡试不第，挫了志气，后来干脆不再应试，一直在各地教馆。文章是写得极好的，可就是仕途不顺。"

李光地接着道："方苞是三十八年己卯科江南乡试解元，不知为何第二年没去参加会试。他南闱的卷子我和慕庐都看过，确是天才。敦复于这二人也多有赏识。"

康熙道："桐城实乃藏龙卧虎之地！出了你张氏父子三个翰林不算，还有故尚书姚文然，也是翰林出身。今又出了戴、方两大才子，难道真是有什么好风水吗？"

三人一边悄悄说话，一边听着外间动静。显然那酒已过三巡，宾主说话都渐渐高声起来。其间除了带有浙江口音的本地人之外，戴名世的官话带着桐城口音，方苞的官话带着江宁口音，张廷玉一下子就分辨了出来，又将此节告诉给康熙和李光地。这样三人虽在屏风之内，也完全可以听音辨人了。

一时酒菜上来，三人行了半天路，肚子也都饿了，便吃喝起来。康熙在宫中难得吃到这样现做现炒的时鲜菜，顿觉味道鲜美。张廷玉自幼家中饮食平常，海鲜并不常吃，当然也觉味道极佳。只是他脾胃弱，不敢多吃。李光地见他俩吃得高兴，显然对自己点菜的水平感到满意。

外间菜肴显然也很可口，宾主酒酣耳热，气氛融洽。先是书院的先生们向戴、方二人讨教时文，二人对考场八股各有一番褒贬，都认为现下的时文已落入重道轻文的窠臼，却又说理空洞，言之无物，互相抄袭，难有佳作。二人都主张时文要向古文学习，以韩、欧之文为榜样，要言之有物，言之有序。二人是当时的时文高手，他们的高论当然是无可辩驳的。

正式的讨教之后，便是吟诗作对了，这也是文人雅士饮酒赴宴应有的题中之义。只听一位老先生道："老朽有幸与二位先生同席，不胜荣幸。桐城文名远播海内，令人心向往之。老朽搜索枯肠，想写一联赞语，可想来想去，只想出了上联，下联怎么也想不出。说出来贻笑方家，还请二位先生多多指教。"

戴名世道："指教不敢。在座各位都是学富五车，老先生既有上联，当然该说出来，还愁没人接你的对吗？"

"老朽这上联乃是：桐邑大邦不少七斗二五升才子！"

方苞道："过奖，过奖。老先生能出这样的上联，乃是才高八斗呃。"

戴名世也道："老先生确实高才，将八斗拆作七斗二五升（十升为一斗），倒提醒了在下，在下就替您接上下联罢：沙溪小镇也有四斤十六两先生！可还使得？"

"妙对，妙对！将'五经'谐作'五斤'，又拆作四斤十六两（旧制十六两为一斤），恰好对七斗二五升。二位地道是才高八斗，我们这书院确实多的是五经先生啊。"众人齐声夸奖。

里间这三人初听那老者说出上联之后，也都不由自主去想下联，仓促之间哪能立时想出，不想戴名世如此捷才，谈笑间就将下联对出。而且将桐城与沙溪两地都嵌入联中，颇有对这次盛会的纪念意义。不仅康熙和张廷玉听了点头称好，就连李光地这样世所公认的学问大家也由衷赞叹。

只听外间又有一人道："戴先生果然捷才。学生早有一联，拟出多时，苦于无人对出下联，竟成了个绝对。今日请教二位，可否能对？二位请看，那边山上不是有座镇潮塔吗？我这对联乃是触景生情，由此塔而来。"这里三人都朝窗外看，果然在离书院不远的山上，耸立着一座宝塔。既名镇潮塔，想是此地渔民们为祈祷出海平安而建。只听那人接着说出上联："宝塔六七层，直竖长鞭驱白日。"

戴名世应声道："城墙千万垛，倒生利齿咬青天。"

"佩服，佩服。"众人见戴名世简直是不假思索，就对出他们精心准备的两道上联，一时喝彩声大起。那些围观的学子们更是佩服得五体投地。

这里康熙悄悄吩咐李光地："这戴名世喜出风头，两联都让他抢了去。不知那方苞才学如何，你去难他一下。"

李光地略一思索，便从雅间走出，道声"借光"，挤进人群，对众位一拱手："今日有幸在此碰上各位先生出联相对，老夫也不觉技痒，试出一联，专门请教这位方先生，如何？"

方苞见此人专向自己挑战，也便站起，拱手道："先生请出上联，方苞自当竭力而对，只怕对得不好，难入老先生法眼。"他虽比戴名世年轻，但却比戴精明，辨貌观色，已知此人非同寻常，既不是书院中的先生，又绝非小镇中人，显是远道来客。观他气质风度，只怕是官场中人，而且官位不小。

李光地也一扫之下，就将戴、方二人看在了眼里。那戴名世已五十出头，面黄身瘦，却是一副落拓不羁的样子，此时面带酒意，醉眼迷离，像煞竹林七贤中的阮籍绣像。方苞却是正当盛年，面阔身魁，双目炯炯有神，两眼直看着自己，目光中似乎已洞悉了一切。

李光地是惜才之人，一见之下，顿生爱才之心，只听他字斟句酌地道："适才听得以宝塔为题的对联，老夫心有所动，也便以宝塔为题，拟了一句上联：宝塔六七层，门朝东西南北。"

他言明这联得由方苞来对，戴名世当然不好再抢。方苞却不像他那么性急，想了俄顷，也字斟句酌地说出下联："历书十二页，节载春夏秋冬。"

李光地道声"好"，又道："老夫这联中间漏了几个字，应是：宝塔六七层，层层设门，门朝东西南北。"

方苞道："那学生就对：历书十二页，页页有节，节载春夏秋冬。"

李光地喜道："高才，高才。老夫还有两位朋友在里间，都对二位先生的名头很熟，可否移步过来同饮一杯？"

戴、方二人便拱手对众人道："那么诸位请慢饮。我们先去会会这位先生的朋友，如何？"

书院诸人听得此说，便纷纷站起道："我们这席也该散了。二位反正还要在沙溪盘桓一段时日，喝酒的日子有哩。"

于是众人起立，围观的士子们也分开了一条路，让三人过去。谁知一位卖梨人挑着一担梨子也不知什么时候来到了楼上，此时一个转身，恰恰那担子横过来，挡住了三人的去路。李光地正在诧异：何以卖梨卖到了酒楼之上？正要叫他让开，却见戴、方二人相视一笑，且不再走了，反而挽着手回过头来，往原席走去。

众人再次喝起彩来，那挑梨人也歇下担子，笑着向戴、方二人拱手，口道"得罪"。李光地方回过味来，原来这又是一副对联，而且是哑联，那挑梨人以梨拦路，出的上联是："一担重梨（仲尼）拦子路。"他二人相视一笑，转身往回走，乃是对的下联："两个夫子笑颜回。"

沙溪镇的秀才们搜肠刮肚想出的绝妙好对，一个也没有难住二人，算是打心眼里服气了。这才与二人拱手相别。

二人直待众人散尽，方才跟着李光地来到雅间。张廷玉早已站起，道声"戴先生，对得好对联！"

戴名世一看，喜道："原来是衡臣！你怎么到这沙溪小镇来了？圣驾南巡，你是起居注官，难道不要随驾吗？"

张廷玉且不回答他的问题，先问一句："这位就是方先生了？"

一句话提醒了戴名世，忙给二人介绍："对对，这位就是方苞方灵皋先生。这位就是敦复大人的二公子廷玉。"

方、张二人神交已久，却是第一次相见。但因康熙在侧，廷玉不能急着与他二人相叙。得先将康熙介绍给二人再说，便指着康熙道："这位是……"康熙已站起身来，向二人一拱手，自我介绍："在下姓叶，行三，叫我叶老三即可。"

戴、方二人也忙拱手，口称"叶三爷"。

廷玉又将李光地介绍给二人："这位就是大学士李光地大人。"

李光地的名头对于戴、方二人来说，可谓如雷贯耳，两人忙又重新见礼，口称"李大人"。方苞更道："要知是李大人，学生哪敢接您的对联。适才真是班门弄斧了。"

李光地道："二位高才，适才我们三人在里间都已领教。这位叶三爷最是爱才不过，所以请二位过来坐坐。"

于是众人复又入席。唤伙计换过碗筷，又加了酒菜。待坐定，廷玉方回答名世适才问话："小弟是随圣驾南巡的，御舟现泊在杭州。因家父要来清江浦接驾，皇上命小弟先来见过父亲。正好李大人也奉旨回乡，便一路走来了。"

戴、方二人都喜道："敦复老大人到了清江浦么？什么时候走，我们得去见见他老人家。"

"家父要陪圣驾在江宁住几天，再有个七八天圣驾就可到江宁了。到时你们这里的课不知讲完没有？"

"这里也就盘桓个四五天罢。本来我们还想到附近走走，那雁荡风光绝美，灵皋看了我的《大龙湫记》和《游雁荡记》，非要去雁荡不可。我也想再去游一次。但老相国来了，我们哪儿也不去了，这里事一完就回江宁去。"

三人寒暄罢，戴、方二人便回过头来与康熙和李光地说话，对李光地无非是说些久仰之类的客套话。倒是这位叶三爷，不报名字，有两种可能，一是名号不响，报出来也无人知道；再不就是宫中什么皇亲国戚，不便随便说出名号。看李、张二人对这位三爷态度恭敬，他二人自也不敢怠慢，便没话找话。名世道："叶三爷何处人氏，到这沙溪小镇作何贵干？"

"在下直隶人，世代经商，这不要给宫中采办些海货，不期在这沙溪小镇遇上了李大人和张大人，就来饮酒喽。听得二位在外间饮酒对联，好不热闹，在下也是好结交朋友的，便请过来坐坐。还想再听听几位对对子哩。"

"哦，如此说来，三爷是皇商喽。那跟内务府一定很熟罢。"

"戴先生如此问，莫非内务府中有哪位大人是故旧？若有什么吩咐，在下愿意效劳。"

"倒不是，在下在京城也颇有几位朋友，都是翰林学士。与内务府嘛，从无瓜葛。不过有件小事，想打听一下虚实。衡臣，你和李大人刚从杭州来，不知那些秀女皇上见过没有？"

"什么秀女？"不等张廷玉答话，康熙急问。

戴名世道："在下也不知究竟。只是听说去年年底杭州附近许多人家都纷纷将女孩儿送入教坊，学习吹拉弹唱、女红针黹，说是宫中要在苏杭一带挑选秀女。在下有个老朋友也将女儿送入了教坊，终究又怕有什么不妥。后来我去杭州，他便托我打听此事，我也没太留意。今日见了你们，忽然想起了此事。"

"胡说！"康熙怒道："哪有此事！宫中秀女历来是在满洲贵族中挑选，怎么会到内地民间来选呢？"

"是啊。我也纳闷，按律满汉不通婚。怎么会到民间选秀女？不过此事千真万确，教坊就设在杭州城里。只怕不是选秀女，而是挑宫女吧。不过大家都是冲着秀女去的，若是宫女，我那老朋友就不会让女儿去喽。"

"廷玉，此事蹊跷，记得回去查查。"

见叶三爷如此吩咐张廷玉，方苞觉得总是不对。按说这李张二位与一个皇商途中相遇，吃吃喝喝没什么大惊小怪的，但一个商人他再有钱，也不会在李张这样炙手可热的大臣们面前如此颐指气使。那么此人是谁？不肯说出真名实姓，只以三爷呼之，说不定是哪位王爷。张廷玉是皇上身边的贴身近臣，皇上名叫玄烨，行三，叶三爷，烨三爷，莫非此人就是皇上。看他对选秀女的事如此在意，肯定是皇族中人，八成就是皇上本人。不是说皇上喜欢微服私访吗？难道今天真是福星高照，面前这人就是当今天子？

想至此，方苞且不敢再乱说乱道，只与张、李二人周旋。那戴名世一来生性不拘小节，二来酒也喝高了，醺醺地想不起许多。仍在不断与那三爷说话："三爷一个商人，能与廷玉和李大人交朋友，肯定不是俗人了。"

康熙道："在下自幼也是读书进学的，只是科举不利，考了几场，都未中举，无奈之下，还是继承祖业罢。蒙李张二位大人看得起，与在下倒是至交哩。"一席话，说得李光地和张廷玉左右不是，只装没听见。

戴名世一听，又是个科举失利之人，不觉大有同病相怜之叹："考不起就考不起罢。非得做那劳什子官吗？我昔年听了廷玉父亲之劝，也想去搏个功名。谁知考官无眼，至今只食得个从七品俸禄。"

"先生和在下可不一样，先生是大才，终还有发迹的一天。试官无眼，那是骂李大人了，他可经常主持南闱北闱什么的。"

听康熙调笑自己，李光地只得插话："哪一科都难免有遗珠之憾。但以戴先生才学，只要持之以恒，终究会破茧而出的。"

康熙又道："我听说今年顺天府试，皇上已点了李大人为主考。戴先生何不去参加今年北闱,若再不中,那便是李大人有眼无珠了。"

李光地道:"三爷说的是呀。戴先生回头就进京罢,今科顺天乡试,我一定敦促众人认真阅卷,还要在落卷里仔细找寻。总要上对天子负责,下对士子负责,终不能使戴先生这样的大才遗落民间。"

"遗落民间也没什么不好哇。在下平生有志于明史,这些年来一直在民间搜寻史料哩。"

张廷玉听康熙的意思,显是希望戴名世能为朝廷所用,便也劝道:"家父早年劝先生考科举,不也是希望先生能在朝中做个史官吗?以朝廷名义搜集史料,究竟比在民间方便许多。"

方苞也道:"是呀。你今科若是中举,明年我们就可同科参加会试了。岂不妙哉。"

"老喽,雄心不再喽。三十不言官,四十不言仕。以老夫这样的年纪,还谈什么科举,岂不叫天下人笑话。去年我已托人在家乡南山置下了一处田产,取名砚庄。很快就将归去了。"

"听说您刊刻了一本《南山集》,我还纳闷这南山是何来由哩。原来戴先生竟要学东坡居士,自号南山先生了。"张廷玉道。

"惭愧惭愧。漂泊半生,文稿随写随丢,那本小集还是门下学生辑的,其实不堪一读,倒是灵皋的序作得好。灵皋说我胸中之文并非集中之文,倒是说到了点子上。我很该回到南山,隐而作文了。"

康熙道:"先生的《南山集》可否借在下一读?"

"该送的,只是旅途中并未带得。回头去江宁,见着敦复老先生,托他转赠各位。"

李光地道:"如此甚好。不过老夫还是要劝你再去试一科。有道是三十老明经,五十少进士。先生今年怕还不到五十吧?"

"老夫生于顺治十年三月十八,今年可不五十有三了。"

康熙拍手道:"妙哇!在下也是三月十八生的,比先生恰恰小了一岁。在下可从不言老,先生何以就老夫老夫的,太过颓废了罢。"

"富家出少年,果然不错。你们看看,老夫和三爷像是只差一岁的人吗?不过真是有缘呢,偶然相遇,初次相识,天南地北,竟碰上了个同月同日生的。老夫要与三爷浮一大白。"

康熙量浅，不敢多饮，何况他是九五之尊，焉能随便与人斗酒，便道："酒就免了罢，先生好捷才，还是对对子罢。"

"最好！请出上联。"戴名世适才对得正在兴头上时，被李光地硬挡住，让方苞接对，真的还有些意犹未尽。

"昔年在下曾见一宗案卷，被告乃是一个木匠。当时灵机一动，想到那木匠身戴刑枷的样子，不觉想出一句上联：木匠打枷枷木匠。后来遍求下联而不得，竟成了一绝对。先生高才，可否对出。"

这副对联李光地也被康熙难过，至今未能对出。方苞听这位三爷自言比戴名世小一岁，那么是生于顺治十一年了，这恰又与当今天子的年岁相符，又听他说起案卷，你想一个商人何以能看到案卷呢？更加怀疑此人就是当朝皇帝康熙。

戴名世却顾不了这些，一心在想这对子。可绞尽脑汁也没对上来。正要服输，看见康熙得意的样子，不禁又心有不甘："这对子老夫一时确实对不上来，容我慢慢去想。不过老夫也有一求下联而不得的绝对，想请教三爷。"

"请讲。"

"那对子乃是我幼年时在家乡桐梓山上打桐籽时，家父触景生情出的一联，四十多年了，老夫一直萦萦于怀，却一直未能对出。那上联是：童子打桐籽，桐籽落，童子乐。"

这上联也是桐城的一个绝对了，张廷玉、方苞都没对出，这时不独康熙想不出下联，连李光地也无能为力了。康熙只好笑道："好好好，打了个平手。你们桐城的桐树很多吗？桐城之名可是来源于此。"

张廷玉道："大约是吧。漫山遍野都是油桐树，四月里油桐开花，美得很哩。"

"三爷，我也有一个上联想求对，可否赐教。"方苞终于忍不住，要探一探康熙的虚实，便说出一联："圣天子白龙鱼服。"

这联一出，李光地和张廷玉都吓了一跳。皇帝微服私行，他们跟在身后，安全可是第一要务。方苞目光如电，总在打量皇上，这一联出得太过明显，显然他已猜到了"三爷"的真实身份。

张廷玉道："三爷，您的伙计们怕在下面等急了罢。"

李光地也道："对对，咱们下午都还要赶路。不如今天就散了罢。戴先生，方先生，咱们后会有期。"

众人纷纷站起身来，拱手作别。戴名世却还不依："三爷还没对出下联呢。"

康熙一指李光地，道："小老儿金蝉脱壳。"说罢，忍不住哈哈大笑。

张廷玉在前，李光地在后，保着康熙下楼。戴名世脚步有点踉跄，方苞便携着他的手，跟在后边。此时已是未正时分，整个酒楼客人已经散尽，楼下只有十多个伙计打扮的人，个个眼观六路，目射精光，见楼上三人下来了，便一齐拥上。

众人出门，早有伙计将马匹牵来。三人上马，与戴、方二人拱手相别。方苞终是有点依依，对着康熙道："圣天子白龙鱼服优哉游哉。"

康熙一提缰绳，那马甩开步子就跑，张、李二人赶紧打马跟上。跑出几步，康熙扭头道："小老儿金蝉脱壳溜之乎也。二位先生，后会有期。哈哈哈哈。"

龙潭行宫，康熙在内殿会见致仕老臣张英。君臣二人虽说才一年多没见面，但相互之间都非常思念。康熙近来对这些曾经伴着自己走过许多风风雨雨的老臣子们特别怀柔。在这些老臣中，张英又是自来最为谨慎的一个，居官三十多年，诸如党争、贪墨、营私、舞弊等事，从来与他无缘。再加上后来的廷瓒、廷玉兄弟，张家一家三口虽是朝中大臣，但都直接侍候在皇帝身边，简直就像是康熙的家臣一样。廷瓒之死，不仅是张英心头之痛，也是康熙心头之痛。幸好廷玉及时补进南书房，让康熙见他如见张英，如见廷瓒。所以对他特别关爱。

此刻，张英在座，康熙便不令廷玉立在自己身后，而是让他去父亲身旁侍立。张英命廷玉将一个黄缎包袱打开，里面乃是一本《南山集》。原来戴名世和方苞早已与张英见过面，备细述说了与廷玉在沙溪镇会面的情节。张英立即证实了方苞的猜测，那叶三爷必是康熙无疑。他多次跟随康熙微服而行，对于这位皇帝爷的做派了如指掌。更何况廷玉护驾南巡，怎么会跟着李光地到处闲走呢？说是先来拜见自己，也并未前来，可见当时众人说的都是遮掩事实的话。

戴名世先前听方苞说那人可能是皇帝，还笑方苞是自作多情，想见皇上想疯了。待到张英证实那人十有九成便是康熙，这才吓得愣怔住了。不住地问方苞自己当时有没有什么不妥当的地方。方苞笑道："也没什么不妥当，只是老兄喝高了，醉眼朦胧，只把那人当成了叶三爷，没把他当皇上。"戴名世道："他说他是叶三爷嘛。"

戴名世虽然嘴硬，心里还是很激动，回想康熙曾劝自己去参加乡试，显是有爱才之意。当下又征求张英意见，张英当然鼓励他去。此时已是三月，乡试照例要在八月举行，于是他立即收拾行装，往北而去。方苞要参加明年的礼部会试，便与名世一起，结伴进京。临行时，戴名世没忘了委托张英给皇上献上一本《南山集》。当然也没忘了送李光地一本。

康熙信手翻开《南山集》，首先看到的便是方苞的序言。方苞的文章固然让他钦服，方苞其人更对他口味。这人既已怀疑自己是天子，居然看自己的眼神始终不躲不闪，显得光明正大。而且这人心思缜密，料事如神，确是不可多得之人才。

当下康熙由不得赞道："桐城文风炽盛，人才辈出，实乃钟灵毓秀之地。敦复，朕说过要去桐城看你的。但朕知道你居官清廉，你那五亩园和赐金园都不足以接驾，不像高士奇的西溪山庄，气势宏大，房舍众多，朕随时都可以去得。这样罢，朕赐你白金万两，你回去把那龙眠山庄好好规建一番。过两年朕再南巡时，一定要去桐城走一趟。"

"万岁要去桐城，是臣阖家的荣幸，也是桐城百姓的荣幸。怎么能让圣上赐金呢？臣自去筹建山庄，不劳圣上费心。"

"敦复不必客气。朕去桐城，万不可惊动官府，劳民伤财。朕只悄悄地去，看看桐城山水，更是去看你这位老臣。万两白金，原也不够你建庄之费，只是朕的一点心意。你的园子不是叫赐金园吗？就在那园中建几所房子，到时恐怕宜妃也要来。"

"那可太好了，宜妃娘娘能来，老妻怕要高兴坏了。"

君臣二人正在叙话，外面太监进来，报说两江总督阿山求见。

康熙命传进见。张英见状，就要辞出。康熙摆手道："你虽致仕，还是老臣。你只管坐着，一并见见阿山。"

阿山进来，磕头见过康熙，又立起与张英见礼。康熙赐座，阿山却"扑通"一声复又跪下,磕头道:"奴才该死,奴才用人不当,以致行宫建筑粗糙,供应不周,让主子们委屈了。"

"喔,你听到什么了?朕倒没觉着什么不便。别听后宫里瞎嚷嚷,她们是在皇宫大内住惯了,太监宫女们侍候惯了,这巡幸在外,哪能那么面面俱到?"

"不怨主子们抱怨,怨奴才有眼无珠,用人不当。这江宁知府陈鹏年一贯做事莽撞,没想到连迎接圣驾这样的大事也如此草率。奴才去年接到御旨,立即召集属吏商议迎驾之事,那陈鹏年一力担承,说是行宫之事由他主办。谁知如今圣驾到来,才发现诸事不周不备,惹主子们不痛快。奴才正要找那陈鹏年问个究竟,谁知他人竟不在行宫。你说这等时候,他不侍候在皇上身边,还能跑到哪去?真是岂有此理。"

本来康熙对后宫有人抱怨行宫内供应不周之事也不在意,听了阿山这话,却不由地有些生气:"朕记得这陈鹏年办事不差呀。前年朕南巡时,接报山东饥荒,朕命截漕粮二万担以赈。便派的陈鹏年作钦差,待朕回京时,一到山东境内,州县都说陈鹏年赈济得力,朕为此擢他为江宁知府。敦复,那次你也在,还记得此事吗?"

"回圣上,臣还记得圣上曾为此特在御舟上召见陈鹏年,并赐诗嘉奖。臣还记得那诗写的是'东路行辇到,人食正荐饥。呼庚儿女盼,宸游众所依。村中皆菜色,散去掩柴扉。救荒先发谷,转漕迅如飞。两旬无多日,有司报民归。地丁既已责,私派务全希。尽力专邦本,留意欲国肥。麦秋犹可望,黎命其蔗几。'其中的'救荒先发谷,转漕迅如飞'就是赞鹏年办赈得力。'地丁既以责,私派务全希'则是圣上得了鹏年的奏报后,下令蠲免山东四十一州县全年地丁钱粮,并着令地方停征私派捐税。据臣所知,鹏年得赐诗后感激涕零,在江宁任上也政声卓著,堪称能臣廉吏呀。"

"哦,如何廉法?"

"江宁士绅中流传着几句话,是赞鹏年为官之道的:'吏畏威而不怨,民怀德而不玩,士式教而不欺。'"

"阿山,此话你可听说过。"

"回圣上,奴才以为那是陈鹏年沽名钓誉。就说所谓的'民怀德'吧,乃是此地乡间素有溺毙女婴之习,陈鹏年严令禁止,那些欲毙而被救女婴便以陈为姓,这不是沽名钓誉是什么?所谓'吏畏威'更是子虚乌有,你看他现下都不服侍在圣上身边,平时公干可想而知。"

"总督大人竟不知陈大人现在何处吗?老臣倒还知道。"

"那陈鹏年到底在哪里?"康熙听了阿山的话,也觉这陈鹏年此时不伺候在行宫中很不正常,不免心中积了些怨气,那语气便严厉起来。

"回圣上。适才臣从驿馆来行宫的路上,看见陈大人正站在江堤边的水里哩。"

"大冷的天,他站在江中干吗?"

"臣也觉得奇怪,问他,他说明天圣上要去京口阅水师,总督大人命他来江边布置。那战舰离岸边甚远,他正带人在水中垒石搭跳哩。江流湍急,他怕垒石不牢,需得亲自下水检查方才放心。臣看他冻得上牙打下牙哩。怎么阿总督没有布置此事?那陈大人不是在瞎忙乎吗?"

阿山一拍脑袋:"啊呀!我怎么忘了这茬了。是了,是我叫他去江边看看的。"

"这也罢了。是朕说过明天要去视察水师的。阿山,你也去江边看看去,让人烧点姜汤预备着,别叫下水的人着凉了。"

"奴才这就去。"阿山磕头退下。

这里康熙继续向张英询问陈鹏年居官情状,才得知原来为南巡接驾之事,阿山曾召集部属会议,要求各州县增加地丁耗羡。鹏年力陈不可,并背诵当年康熙所赐"地丁既已责,私派务全希"诗句,力陈圣上爱民,多次下旨要求南巡供办诸事从简,切不可奢侈铺张。为此阿山怀恨,便责鹏年领建行宫之事,钱款拨得既不足,工程难免不尽如人意。幸得陈鹏年自身清廉,分文不贪,又亲自督工,总算将行宫如期建成。

康熙听得此节,叹道:"敦复,你说朕南巡,是否太过给地方添负担?沿途是否都要借此向百姓增收地丁耗羡?"

"臣没听说。圣上历来都要求供办从简的,下拨库银足以支付,完全不必加耗羡。个别人想乘机贪墨,也是难免。圣上可还记得安徽布政司张四教之事?"

"如何不记得?那张四教被劾库帑短缺十一万两,朕着阿山派人查实,阿山竟说是用于三十八年朕南巡供办之事。事发后张四教又着令下属各官以俸禄抵补库帑。是朕拨回了阿山的折子，令漕运总督桑额复查此事。结果证明张四教贪墨是实。那次部议结果，阿山就该被夺职，朕是看在他征噶尔丹有功的面上，才原谅了一回。这阿山是怎么回事，总是爱在朕南巡之事上做文章。难不成是他自己想借机发财？"

"那也未必。阿山的意图恐还是想做得尽量好些，好讨圣上欢心。这也是他的一番好意。"

"那他就会错意了。还是陈鹏年说得对，朕是绝不许随便增加私派的。当年严惩张四教，也就是为了警醒众人，不要借朕的名义发财。敦复哇，你该知道朕为何说去你家乡，不得惊动地方了吧？"

"圣上虑得是。臣一定小心行事，不使地方知道。"

"敦复，还有一件事朕要告诉你，你这廷玉少年老成，办事稳重，朕器重得很。朕看他的才能不在廷瓒之下，死者长已矣，你就把那思念廷瓒的心放下吧。廷玉诸事都好，只是子嗣艰难，朕在杭州物色了一女子，想赐他做妾。敦复，你意下如何？"

"圣上如此厚爱小儿，老臣感激不尽。廷玉，还不快来谢过圣上。"说罢，起身拉过廷玉，父子二人一齐跪下磕头。

原来从沙溪镇回到杭州后，康熙立即下旨严查选秀女之事。才知有人假借内务府之名，在杭州私设教坊，打出为皇族选秀女的旗号。民间那些有三分姿色的女孩儿，便梦想着有朝一日能服侍君侧，家中更盼着能借此成为皇亲国戚。一个个便将女儿送来教坊，且与教坊签下了死契，言明先送入宫中选秀女，秀女选不上，便只能做宫女了。其实这些纯属骗局，那些女孩儿最终的去处乃是青楼戏班。京城这几年堂会盛行，许多王公贵族家中都养起了戏班子。这些戏子一入侯门，也就等于是卖身为奴了。这事已在暗中做了几年。只因那些女孩儿进京之后便无法再与家中联系，家人只道是没选上秀女，当了宫女。反正进了皇宫，便身不由己。何况当初就定的是死契，家中都得了一笔卖身的银子，也便无人计较此事。要不是戴名世无意间说给了康熙知道，此事他还一直蒙在鼓里。那杭州知府当然知道有那么一个教坊，有那么一回选秀女之事，但他想既是内务府委托交办的，没与自己联系，自己也便不好主动过问。直至康熙责令严查此事，才如梦方醒。立即将那主事之人锁拿拷问，那人便竹筒倒豆子，一五一十全说了出来。那些各地送来的女孩终于醒了一场春梦，让各人家中领回。只是其中有个女孩家中父母双亡，靠哥嫂过日子，不愿回家，且长得水灵，康熙便命留下。他心中有个计较，张廷玉正妻不育，婚后多年无子。如今的继室又生了一个女儿，今年三十多岁了，还没有一个儿子。他又是生活得很拘谨的，不肯轻易纳妾，需得赏他一个，方才名正言顺。何况张英回家后，接着廷瓒又死了，现在京城笃素堂中只有廷玉夫妻二人，也太萧索了，需得添加点人气。

这就是康熙四十四年，张廷玉护驾南巡途中所纳的小妾李氏，其年一十九岁，扬州常熟人氏。

第二天，圣驾由龙潭行宫出来，身后跟着一路地方官员，张英和阿山紧随其后。康熙迈上长长的跳板，往泊在江心的战舰上走去。张英跟在后面，道："圣上注意脚下，这跳板搭在江中，怕不稳妥。"

康熙有意跺跺脚说："稳得很哩。这陈鹏年办事不差。"说话间已来到舰上，康熙正想召鹏年过来嘉勉几句，环顾左右，却不见他的踪影。便道："哎，怎么没见陈大人呐？"

陈鹏年是江宁知府，圣驾来江宁，按理他是该随时侍候在侧的。康熙今日巡幸水师，从江宁到京口，按理陈鹏年应该全程随行，此时怎会不在舰上呢？

张英道："陈大人昨日从码头上直接被抓进了大牢。"

康熙心中一凛，目视阿山："怎么回事？"

阿山奏道："回圣上，昨日南市楼士子闹事，奴才怕惊了圣驾，先将陈鹏年抓起，平息了事端。"

"士子们为何闹事？此事又与陈鹏年何涉？"

"回圣上，陈鹏年在南市楼建起了一所乡约讲堂，每逢月朔宣讲圣谕，并将圣上语录张挂墙上，谓之天语叮咛。那南市楼原为青楼妓馆，在此狎邪之地宣讲圣教，岂非对圣上大不敬。是以士子们闹事，要砸了讲堂。奴才只得将陈鹏年先行关押起来，以免事态扩大。"

"敦复，此事详情你可知道？"

"回圣上，臣略知一二。陈大人前年到江宁任上后，为了宣扬圣谕，要建一座讲堂，有人就荐了南市楼这块隙地。那南市楼旧址确是妓馆，但已废弃多年。陈大人初来乍到，不知内情，就将讲堂建在此处。当时曾有士子表示不满，后来因陈大人居官清廉，教化有方，此事已经平息。昨日之事，臣倒听说是阿大人抓人在先，士子们闹事在后。臣还听说，士子们已经相约要到龙潭行宫为陈大人喊冤，商家还要呼号罢市哩。"

阿山怒道："这还了得，圣驾在此，江宁百姓难道反了天吗？"

康熙道："还不都是你惹的事！"

"是。奴才不该在圣驾南巡时治罪陈鹏年，但他在狎邪之地宣讲圣谕，确是犯了大不敬之罪，论律当斩。"

"敦复，光地，你们意见呢？"

张英道："臣以为此事要妥为处之，弄得不好，要激起民变。"

李光地道："陈鹏年在狎邪之地宣讲圣谕，固然有错。然不知者不为罪，还宜从轻处置。"

"罢了。水至清则无鱼。朕知道陈鹏年太过耿直，不讨你阿山的欢心。朕做主了，拆了乡约讲堂，改为商贸之地。陈鹏年不知在先，罪不至死。朕带他回京，像他这样一个书呆子，原不该放他做地方官，还是回武英殿修书罢。"

方苞书法作品，现存桐城市博物馆。（白梦摄）

方苞塑像，位于桐城市望溪职校内。（白梦摄）

第十八回
双溪接驾白鸟忘机　龙眠归永青山不老

两年来，张英一直忙于龙眠山别业的规建。其实这些楼台亭阁，水榭河渠早已存于他心中多年，如今不过是照着昔年的芙蓉双溪图一一布置而已。

若非康熙要来，他还下不了决心大建别业。以他的治家观念，勤俭为本，居住之地，城里有五亩园，龙眠有佳梦轩，已经足矣。余下的钱该置田买地，更要有足够的经济来保证子孙们的学业。

他已经年逾古稀，还能活上几年？他秋冬居城里，春夏居龙眠。城居则著书立说，山居则种茶栽树。如此清心寡欲，颐养天年，当真是他壮年时既有的心愿。可是人总要被世俗事务牵扯，不能随心所欲。旧年在官场，他几番欲归隐山林而不得，好不容易等到四十一年致仕回桐，四十二年康熙南巡又随驾去了京师。那次固然是为了接廷瓒灵柩回来，也是为了去给康熙祝寿。四十二年又去江宁见驾，在皇上身边盘桓了一个多月。若不是躬逢盛世明君，以他的个性，就在山间做个茶农樵夫也没什么不好。可是大丈夫立世，须得顺应时势。他饱读史书，知道像康熙这样的圣君千百年难遇，是以三十多年来侍君之侧，而一旦分开，总是时刻思念。想康熙也和自己一样，所以才每次南巡，都早早下旨，让自己前去见驾。见驾之后，还必留在圣上身边盘桓，直到圣驾回銮。这回更是要来桐城看望自己，如此的恩荣，天下能有几人得到？

五亩园太过逼仄，是无法接驾的。康熙虽说不惊动地方，要微服前来。但圣驾到来，从长江到县城尚有一百多里地，那扈从队伍还能少得了？何况宜妃娘娘也要来，那宫女丫环也就不少。只有让圣驾驻跸在龙眠山了。好在康熙知道他一生无多积蓄，特赐白银万两，也就够他大兴土木，构建一番了。

经过两年的营建，龙眠山中景致已大非从前，差可与李公麟筑庐之时相比了。那赐金园中的房舍也早胜过龙眠山庄。

诸事齐备，只等圣驾光临。康熙是何等仔细，竟还想到让廷玉提前归来，帮助父亲相办接驾之事。

康熙四十六年正月初七，张廷玉冒着刺骨的寒风踏上了南归的路程。陪他回南的还有小妾李氏。吴夫人去年又生下一女，其时女儿尚在哺乳之期，远途奔波不便。而李氏还未拜过张家祖祠，也未见过姚夫人，当然应该来桐认祖拜见的。那李氏因是经过教坊调教，行动举止端方有礼，又粗通琴棋书画，面容姣好，莺声燕语，颇得廷玉欢心。有她一路相陪，廷玉颇不寂寞。

正月二十二日，正当康熙从畅春园起驾，开始他一生之中第六次也就是最后一次南巡的时候，张廷玉的车队也到了桐城。在五亩园中见过父母兄弟，那一番热闹自不必提起。第二天，廷玉便带着车队进山。你道他为何回家带着车队？原来那大车上装的都是接驾用的物事，从床帐被褥到杯盘碗盏，还有那海鲜干货、水果蜜饯乃至胭脂水粉，不一而足。桐城是依山小城，饶是它七省通衢，货贸便利，但它市面上的布帛肴食，哪一件能够得上招待京城皇宫里出来的贵客？是以，张廷玉接到康熙旨意，自己提前回家，然后陪同父亲一起来清江浦接驾之后，赶紧置办有关物事。康熙还特别关照，让内务府给他送来了许多宫纱瓷器、文房四宝等。这样，他便将所有物事整整装了四大车，连同他自己乘坐的那辆，一共五辆大车，组成了一个车队，浩浩荡荡地回到了桐城。

张英和姚夫人也陪着廷玉进山，因为那房中的布置诸事，必得张英和姚夫人亲自主持。

李氏早已在五亩园中拜见过姚夫人。到得赐金园，廷玉顾不上欣赏园中的诸多变化，先带李氏来到珊儿的灵前，恭恭敬敬地磕头拜见。然后，李氏自跟着姚夫人去打理诸事。张英则带着廷玉检视山中的房舍建筑。

赐金园自购建至今已二十多年，其中树木已长得参天赞地。园中小溪两岸也已苔痕斑驳，佳梦轩掩映在绿竹丛中。其时尚在九天，那冬笋已拱出毛茸茸的小脑袋。龙眠山中虽不是百花盛开的季节，然而漫山遍野的松树和茶园却是终年长绿。还有那一片片的竹海，无不显示出盎然的生机。这就是南方的山啊！廷玉心里一阵激动，他开始理解为什么父亲总想归隐家乡。

张英领着廷玉转过竹园，只见一带赭色围墙围出了又一处小院。赐金园都是粉墙青瓦的冷色建筑，忽地出现这么一处赭红，显得很不协调。张英道："这是给宜妃娘娘预备下的，圣驾来后，娘娘就住这里。你母亲住在佳梦轩，好照应娘娘。"进得院门，正屋是一处四合院，当是娘娘居所；后面还有一排寮房，想来是为服侍娘娘的太监宫女们准备的。宜妃喜欢花木，这座小院里四处种植着兰草和迎春，堂前两株辛夷已打满了褐色的花苞，此花早春即开，父亲种此，是预备娘娘来时恰逢花开的。

出得赐金园，廷玉回头看那园门上的匾额重新描过，门柱两边的对联是"君恩臣未报，父业子能承"。廷玉不觉心头一热，父亲对自己期望如此之高，真令他有不胜负荷之感。

然而张英并未说话，只是携着儿子的手，沿万松堤一路北行。十年树木，百年树人。那些松树都有二十多年的树龄了，棵棵高大挺直，虽不像万寿寺中的白松那样虬曲苍劲，也都是青枝绿叶，正当盛年的模样。

万松堤的尽头，是一处碧潭。廷玉四周一看，认出此乃是双溪汇聚之地。原来父亲在双溪之下沿河砌筑了两道水坝，蓄成了一带长长的碧池。池中又建有一道水坝，水坝中间拱起一座石桥，上边池水清澈，可见尺把长的青鱼游弋水底。下边池水较为混浊，池中立有一小亭，朱栏翠楹，煞是可爱。小亭沿一道曲折回廊与堤岸相连，廷玉扶着父亲走上回廊，只见小亭上书"饮荷"二字，两边空留着亭柱，显是小亭刚刚建成，尚未来得及题写楹联。看见"饮荷"二字，廷玉已猜到此池池底蓄有淤泥，那泥下定有藕根，等到春夏时节，便会长出满池碧叶，千朵红莲。荷风柔润，自是荷香可饮了。这处小小荷塘，虽不能与湖上先生极目无边的荷湖相比，但也足以让人观荷品茗，吟那《爱莲说》了。

"父亲，这对联还空着，该填上才对。"

"是啊，我和廷璐他们想了几联，都落入了俗套，终究不理想，一时委决不下，所以还空着呢。"

"嗯，我倒有了一联：'白藕入泥，斜插玉簪通地理；红莲出水，倒悬朱笔点天文。'父亲看可还使得。"

"好！好好！有气魄。自来莲藕都被喻为洁身自好之物。你这一联却好比君子入朝，通晓天文地理，怀经世济邦之想。你有这样的胸襟见识，为父大可放心了。"

"可是适才看赐金园门联，'父业子能承'之句，孩儿怕难酬父亲之愿。"

"玉儿，你不可看低自己。瓒儿就是这点上太过拘谨，一生栗栗惕惕。这也是为父多年心系山林，造成你们兄弟都有些畏惧进取。为父读《易》多年，阅人无数。你的才学在众兄弟之上，我张氏门楣，还要在你手上光大，你不可自误哇。"

"父亲，孩儿只怕力有不能。"

"不，你能。你看这龙眠山水，处处绝佳。玉儿，为父今年已经七十一岁了。有些话不说怕来不及了。"

"父亲，您……"

"玉儿，你别打岔，听为父把话说完。人生不能太过极盛，所谓月盈则亏，日中则昃。那年圣上幸西溪山庄，第二年高士奇就殁了。今年圣上要来龙眠，这样自古未有的荣宠，哪个人臣承受得起。为父归土之日恐为时不远了。玉儿，为父已在这龙眠胜境为自己卜下了一块归葬之地，就是那观荷亭之上的山坡。此处乃凤形地，松山祖茔原为落凤窝，我身后葬在凤形地是再合适不过了。今日说给你，以后不必再费心寻找了。为父一生谨慎，从没想过会官居一品，邀宠如此。当今天子如此圣明，必有数代盛世可期。玉儿你躬逢盛世，又有父兄二人积下的人缘，此后前程不可限量。叶落归根，你百年之后，可葬在那匹山上。那里有处金交椅，在凤凰翅膀之上，是为父替你卜的葬地。"

张廷玉顺着父亲手指的方向望去，那金交椅在两座山岭之后，高高地兀立着，约莫离此有二里路光景："那怎么成，孩儿的墓地怎能高过父亲？"

"在家为父子，在朝论官职。你我父子都是朝廷之臣，当以官职论大小。"

"那也不成。父亲您官居一品大学士，孩儿只怕终生望尘莫及。"

"不。玉儿，你前程无量，这一点为父心里比谁都明白。为父之言你记牢了，绝没有错。"

廷玉只好默然，心想父亲是望子成龙之心太切，自己只能姑妄听之。

走下饮荷亭，张英领廷玉往对面的大屋走去。这处大屋也是新建的，廷玉以前并未见过。张英道："这就是我早年跟你说起过的双溪草堂了。"

廷玉记起尚在幼年时，父亲初在龙眠山中置产，就说过要在双溪边建一座草堂，仿杜甫草堂之意。盖因张英平生最喜白香山和杜工部的诗，所以在城中建宅谓之"五亩园"，是仿白居易居住意境，在龙眠山中盖一草堂，便可学杜甫读书其间了。

果然，那座大宅以黄土筑墙，茅屋为顶，四周低矮的院墙也是黄土筑成，明晃晃的在阳光下很是抢眼。园门虽是竹木搭建，门楼倒高大堂皇。门楣上书"双溪草堂"四个大字，两边是一对长联"筑宅隐双溪风景怡人舒骥伏，卜居慕三李文章假我挹龙眠"。那字和联都是张英亲手所撰，行云流水，草而不狂。进得园门，园内甚是开阔，草堂四周都植有茶树，那茶树树龄都在十年以上，显是从别处移栽过来的。

果然张英告诉廷玉："这茶都是椒园主人送的。"

那双溪草堂乃是一座高轩大屋，中间是大厅，左右各一个偏厅，偏厅之后又是五间正屋。正中大厅的堂上又是一联："绿水青山任老夫消磨岁月，紫袍金带看吾儿燮理阴阳。"廷玉再次感觉到父亲对自己的期望。

出了双溪草堂，再上行几步，便是垂云沜了。垂云沜乃是一块天然巨石，嵌在山腰，宛如一处平台，大可半亩。人若登临其上，身在半空，背倚青山，俯瞰流水，头顶的云彩在水中飘动，恍若置身仙境。如今那平台之上已建起一座石屋。屋顶宽大，飞檐翘角，似亭非亭，檐角下一块石匾，刻着"爱吾庐"三个大字。

爱吾庐里外共两间，外间是厅堂，里间是书斋，墙上都挂着些字画。有录的苏辙《龙眠山二十韵》，也有自题的咏龙眠诗，看那落款，大多是桐城的名流文士。想来父亲是经常在此与客人品茗小酌的，因为那石屋后面，还有一间小小的火房，里面摆着一路茶炉瓦釜。另有几只水缸，分别写着"仙姑井""大龙井""灵泉""媚笔泉""洞宾泉"等，廷玉知道那是桐城几处著名泉井。父亲一生嗜茶，终于能在晚年归隐龙眠，煮茶延客，品茗话诗，也算是得享清福了。

看过了父亲两年来在龙眠山所构建的房舍，廷玉又和父母一起，商议布置了有关接驾事宜：宜妃娘娘住在赐金园里，母亲和三姐陪住在佳梦轩；皇上及其随行大臣住在双溪草堂，张英父子陪住；随行侍卫、太监宫女分住两处侍候。厨子已请了城里最著名的福瑞楼红白案大师傅，还有碧峰庵中做素菜的女尼静一师傅。

直在山里忙了十多天，方才一切布置妥当。圣驾一路阅视河工，照例要到三月初才能抵达江宁，而来桐一趟，必也匆匆不过一二日。廷玉是皇上身边的近臣，如此长时间的分离自然不妥，张英也不能满足于这一二日的相聚。于是，一俟龙眠山中诸事办妥，这父子二人便急着动身去迎驾。这里便由姚夫人和令仪主持，李氏也留在了山中。

二月中旬，张英父子二人在清江浦接着了圣驾。康熙在御舟之上与他二人会见，又命宜妃出来接见了二人。当下商定三月中旬待圣驾巡幸过苏杭等地，在江宁驻跸时，抽空往桐城一行。

接下来的一个月，张英便住在张廷玉的舟中，日日跟着李光地等人一起陪在皇帝身边。李光地此时已擢升为文渊阁大学士。当年的几位老友，熊赐履已衰病不堪，韩菼也已于三年前病死任上，只有李光地一人还在朝中。此番老友相见，自是有说不完的话。然而，张英在康熙身边呆得久了，深知他的脾性，总觉得此次相会，皇上不像以前那样谈笑自若、幽默潇洒了。常见他时时皱眉蹙额，陷入沉思之中，显得心思重重。问李光地，李光地也不太说得清。

忽然有一日，随驾群臣登上御舟，朝见过皇上后，康熙遣散众人，独留下张英，问："敦复，太子从小是你的学生，你看他德性如何？"

张英闻听此言，心里叫声不好：皇家事体，外臣哪能随便插嘴。但康熙直截了当问到头上，不回答是不行的，遂字斟句酌地说："太子的风度仪表是没得说的，很有些像圣上当年。但性格上绵软了些，似还要多加历练。"

"朕也道他性格懦弱，几次出巡留他在京理事，就是要给他历练的机会。可他却好……唉，不说了，敦复，朕在教子上，可差你远喽。你看廷瓒、廷玉，一个比一个强。家中还有几个儿子？都成家了？"

"回圣上，老臣家中尚有三子廷璐、五子廷瑑、六子廷瓘，俱已成家生子。四子廷瑊早逝，其他三子俱在攻书，皆为县学生。"

"好，诗书世家，朕去看看你的儿子们，可都像廷瓒、廷玉一样？"

"圣上恩典，老臣代小儿们谢过。"

旖旎一月之后，圣驾驻跸江宁。先在龙潭行宫，后将众人留下，自己带着宜妃移驾江宁织造曹府。自打四十二年拘禁索额图之后，后宫诸人均知皇帝常常对太子心生不满，连带着诸皇子都常常不讨好。皇帝的脾气渐渐让人不好琢磨，众嫔妃自是不敢多嘴。太后也觉得因为太子自幼丧母，自己对他是格外娇惯了些。一岁时立他为太子，又是自己的主意，后来的种种迹象表明，当初立太子是太过仓促。皇帝对太子不满，自己也有一份责任，所以也不敢过多干预。众人都知道，凡是皇帝不高兴时，只有宜妃能够给他解闷。所以此次他带宜妃悄悄移驾曹府，众人都道他又在为太子或皇子们生气了。

第二天，几乘轿子从曹府出来，直奔江边，早有两只快船等在那里，众人下轿上船。那船一路逆水而上，不日到达安庆府，一行人从船上下来，并未惊动官府，悄悄住进了鸿福客栈。幸得张英早有安排，前几日即托人带信，将鸿福客栈悉数包下，要不这四五十人一下子到来，哪家客栈能一下子接纳。

吃过晚饭，女眷们休息，男客们走出客栈，去逛街景。这安庆是座古城，又坐落在长江边上，甚是繁华热闹。不远处就是迎江寺，那振风塔上的风铎被江风吹得叮叮咚咚地响。那五十来岁的客人听得神往，便要往寺中去。两位老者竭力劝阻，却如何拗得过？幸好寺门已经关闭，那三十多岁的年轻客人便道："寺中正在晚课，我们还是别打搅了。明天还要赶路，不如回客栈早些休息了吧。"

那五十来岁的客人终于意兴阑珊，带头往回走去。

不消说，这一行就是康熙君臣。五十来岁的客人便是康熙本人，二位老者则是张英和李光地，那三十多岁的当然就是张廷玉了。其他几个侍卫并不与他们同行，只不远不近地跟着。

第二日，车轿早已准备妥当。廷玉骑在马上，与众侍卫一起护着车轿徐徐而行。这队人马声势太过浩荡，走在官道上，颇为引人注目。好在张英穿着大学士的官服，从总铺起就传下急递公文，说是张相国京城的旧友来桐相访。一路上各驿各铺均打起精神，洒扫房舍，备下茶水，并清扫道路，上下护送，生恐对这位致仕的相爷服侍不周。其实寻常时候，张英在县里来往，从不自亮身份，生恐打搅了地方。但这次是圣驾到来，安全当是第一要务，只得让沿途驿站和急递铺小心侍候了。

一路无事，到了县城，大队人马来到阳和里，廷璐兄弟早在五亩园接驾。稍事歇息，张英陪着康熙等在园中行走一圈，又去六尺巷走了一遭。

园中逼仄，不宜停留，况日已向西，张英请圣驾起行，穿过县城，直往龙眠山而去。

时过清明，龙眠山中花树绽放，沿溪桃粉李白，满山杜鹃红遍。傍晚时分，暮霭四起，山中田园错落有致，家家户户炊烟袅袅，朦胧缥缈间，恍若来到了世外仙境。

众人都将车上轿帘高高撩起，贪看山间景致。李光地道："敦复，你别是带圣上到了桃花源吧。"

康熙道："真要到了桃花源，朕可就终老在此，不回去了。"

"好哇，圣上还在这儿做皇帝，我和敦复做左臣右相。"

"榕村啊，你就是功名心炽盛。朕在这只想做个耕夫樵子，又做什么皇帝来。唉，朕巴不得有一日，也如敦复这般归隐林下，悠哉闲哉啊。"

康熙自来经理国家大事，精力充沛，信心十足，像这样颓然而叹的情形就连张英和李光地也没见过。两人不敢插嘴，但都知皇上的叹息与太子有关。

山行不远，即到双溪。廷玉早已飞马先至，当下双溪草堂前鞭炮齐鸣，鼓乐喧天。四周村民都围拢观看，只道是京城里来了相爷的旧友，这在双溪也是常事了。张英致仕回乡后，来龙眠山相访的旧友同僚自然不少，双溪村民早已习惯，但像今天这么大的阵势却也从未见过，来者恐怕身份不小。兼之还有女眷，个个绫罗绸缎，鲜衣华服，就连服侍的下人，也都男的精干，女的秀美，在山民眼里，个个赛似天人。

待到进了双溪草堂，张英将康熙和宜妃安座堂上，这才整理朝服，与夫人一起跪拜下去。那姚夫人也穿着难得一穿的一品诰命服色，拜过康熙后，又来给宜妃磕头。宜妃早已一把扶起，一声"姐姐"，叫得姚夫人老泪盈眶。

一阵乱过，时已黄昏，就在双溪草堂里摆上晚宴，自有太监宫女们侍候着，倒也不需张家人插手。

晚宴已罢，康熙接见张家众人，廷璐兄弟俱各有赏。

那边宜妃也已移去赐金园里，自与姚夫人夜话。

第二日早起，宜妃过来请安，姚夫人也跟着过来。早饭毕，张英领着众人游览龙眠山。姚夫人年事已高，又小脚丁伶的，自是不便攀登山路。宜妃虽作汉家打扮，却是大脚片子，当然是要跟着皇上游山的。宫女中旗人自来是不裹脚的，平时在宫中穿着花盆底走路惯了，一改了汉人的平底鞋，只觉走起路来十分轻快，都前呼后拥跟着娘娘后面。廷玉兄弟照顾着皇上和李大人。父亲虽然年事已高，但他日昔在山间盘桓，对山中景致比廷玉兄弟还要熟悉，登起山来也毫不费力。

众人从双溪出发，先往来路回走二里，游览碾玉峡。前几日刚刚下了一场春雨，那山中溪流水量丰沛，碾玉峡堪可一观。出了碾玉峡，再进绕云梯冲，上宝山湾。一路过媚笔泉、澄元谷、玉龙峡等地，走的仍是当年张英领着戴名世和方氏兄弟走的路线，盖因这条路线是游览龙眠诸景的最佳线路。

从山上一路绕行，最后由玉龙峡下来，便到了双溪草堂。

下午，众人在碧池边流连，那池中荷叶已铺满水面，宜妃与姚夫人携手坐在饮荷亭上闲话。张英吩咐家人早早将爱吾庐上茶具准备妥当，然后引着康熙、李光地上了垂云沜。

那垂云沜在半山腰上，四周山坡上都是茂密的茶园。其时清明刚过，谷雨将临，正是摘早茶的好时机。三三两两的红男绿女在茶棵间忙活，山湾里不时飘来炒青焙叶的茶香。张英亲到后面火房煮水，康熙和李光地也跟着踱到后面，见那水缸上写着字，不免要问各水的来历。廷玉跟在后面一一介绍：仙姑井乃是何仙姑成道之时所点化，此井水质甘洌，微隐酒香，自来为人们煮茶所推重；那大龙井乃是龙眠山深处的一处瀑布；还有一处则是媚笔泉，传说就是这睡龙之眼，当年李公麟正是因为在这龙眼中洗笔，才得了睡龙的灵气，画出的老虎一画上尾巴便即能活；灵泉则是当年黄庭坚来访李公麟时，借住在西山寺中。黄公好茶，谓寺中井水有灵气，是煮茶妙品，自后那寺便以灵泉为名，寺中井水便也为嗜茶者所好；洞宾泉不消说是缘于吕仙洞宾了。那一年桐城大旱，赤地千里，吕洞宾为渡何仙姑来到桐城，途中为解村民干渴，遂以剑划地，掘土为泉，那泉便是洞宾泉。那吕仙滞留之地便是如今的吕亭驿。

李光地笑道："桐城文人太过风雅，一般是无色无味的水，竟也杜撰出许多故事来。"

当下康熙点了"大龙井"的水。张英赞道："果然圣上高明，这龙眠山上茶就得配龙眠山中水，才得其真味。"大龙井在龙眠山极深处，离双溪尚有十几里山路，且路陡难行，非是山民樵夫绝难前去取水。

然而虽如此说，张英还是点起一只只炭炉，用五只红陶瓦壶分别灌了五种泉水，坐在火上烧煮。那炭炉中还不时喂以松球，淡淡的青烟便弥漫开来，火房里便腾起一种松脂的清香。

不移时，炉上之水一壶壶次第煮开。张英在每人座前各摆下五只蟠龙青花细瓷盖碗。张廷玉跟着捧来一只竹筒，旋开筒盖，用一只小竹勺从中挑出米粒大的茶叶，放入盖碗中。每人面前五杯茶，分别用五种泉水冲泡，一缕缕茶香缭缭在石屋里蔓延开来。李光地看着张英不紧不慢地做着这一切，笑道："只听说古人饮茶注重茶外功夫，今日才得以亲见。"

张英道："非得在这些功夫中，才能洗涤身心，慢慢进入茶道。待得饮时，才能品出茶中真味。圣上，这茶是今年刚摘的头茬新茶，正是老臣茶园中自种的。每年老妻都要托人将这头茬新茶带进宫中，献给宜妃娘娘，想必圣上已经尝过。只那玉泉山水虽好，却是北方之水，不合南方茶性。煮茶最贵水性，请圣上品尝。"

那康熙一只只揭开杯盖，只见扑面清香中，那茶叶都舒展开来，一叶一芽，静静躺在杯底。那茶汤则有的清澈碧透，有的绿中带黄，有的微带粉色，呷一口，咽下，一股清香直透囟门，接着心头一阵清明；再呷一口，五脏六腑都仿佛被茶香熏透。不由赞道："这不是茶，是空谷幽兰，绝壁苍松。"

张英道："圣上真乃品茶高手。老臣这龙眠茶中确有一股兰花幽香，原是因这山中自生有兰花，混在茶棵中，春兰吐蕊之时，正是春茶长芽之期，这茶叶日昔受其熏染，自然就带有隐隐兰香。只是若非静心细品，寻常人是品不出这兰花气息的。"

李光地也已品咂多时，道："嗯，是有一股兰香，又有若许松脂清香。哦，我知道了，那松香是松树混在茶棵里，染上的。"

张英道："榕村这就外行了。你道为什么煮茶讲究用火，就是要让水的品质提升。适才我在炭火中加入松球，则这水自然就会带有松香了。"

"那若用樟木檀木，岂不更香。"

"那又不然，茶香贵在淡，茶味贵在浓。若用樟木檀木，那香气就刺得你神亢脾奋，哪还有心思去品咂茶味呢？只有从茶的苦味中品出甜来，才是真正品出了茶的真味。"

"我可是怎么品也品不出甜来。"

"朕倒咂磨出一点甜味来了。"

李光地品了一会茶，他对面的墙上正挂了一幅姚孙斐的题诗，《孙鲁山贻山园新茶》："俱理山中薛荔裳，多君胜事在茶筐。紫茸手焙调生熟，白绢函题寄色香。活水煮泉鱼眼沸，小瓷注液乳花尝。醒余午后都神爽，蝴蝶休报绕竹床。"落款却是张廷瓒敬录。再看四壁挂的《龙眠山二十韵》《龙眠山庄图》等都是廷瓒临摹的字画。不禁叹道："廷瓒这孩子天不假年，也是才艺太高之故啊。"

一句话，引起了康熙的心思："敦复，廷瓒葬在何处？他在朕身边服侍多年，朕想去他坟上看看。"

张英吓得赶紧跪下："圣上，使不得，廷瓒何德何能，万万担当不起呀！"

康熙让廷玉搀起父亲，说："朕既是布衣微服，便不是帝王之尊，朕只当是去祭奠老友。"

张英见康熙说得动情，便道："廷瓒茔地离此尚有二十里地，在县北晗山冲里。圣上龙体贵重，还是别去了吧。"

李光地道："要不咱们回程的时候绕道去一下？"

张英道："南辕北辙，还是不成。回程是往西南，晗山冲在县北。"

康熙道："此地往安庆府也就大半天路程，绕个十里二十里的不碍事。"

当下计议已定，明天圣驾回銮，先往晗山冲廷瓒墓地，再折回西南安庆府。张英虽想留皇上在龙眠多住几天，但他扈从多年，知道圣驾在外，安全为第一要务，多耽搁恐走漏风声，引起麻烦。况且圣驾自三月十三从江宁出来,今日已是第三日,明日返回,后天才能到江宁。这一来一去一共五天,江宁行宫中要保证不露痕迹也不容易。扈从大臣们呆在江宁,自是巴不得皇上早一日回驾。他也是朝臣,能不理解同僚心理?于是也不强留,只是觉得在山中这一日,圣上的眉头终于开展了,令他心中稍感安慰。

从垂云㳘下来,见宜妃已不在亭中,康熙便欲往赐金园去见宜妃。张英陪到园门口,早有太监迎出接进。赐金园里花木众多,紫的辛夷,白的珠兰,红的桃花,灿然一片,更有那满园兰草幽香四溢,康熙的心情骤然好起来。

姚夫人正陪着宜妃说话,见康熙到来,便磕头退下,自回佳梦轩中。这里宜妃命给皇上献茶,康熙摆手道:"茶就免了,适才已饮了太多,再饮就要醉了。爱妃,你和姚夫人总在携手说话,怎么有那么多话说,都说些啥呢?"

"皇帝爷难道不知道,女人本来就话多嘛。臣妾看这龙眠山好景致,适才跟姚夫人说,不想回京城了哩。"

"朕也不想回了。就在这山里做个山里翁,爱妃就做个山里婆可好?"

"那是再好也不过了。臣妾跟着皇上什么福都享过了,就想过过百姓的日子哩。"

"爱妃就不想封个皇后什么的。"

"不想。臣妾真的不想封后,臣妾也告诫胤祺好好做他的皇子,别给他皇阿玛添乱。"

"爱妃的心思朕知道,惟有你真心希望朕快乐。胤祺也很孝顺,朕不会负你。太子不孝,朕很伤心,朕这些心思只能跟你一个人说。其他嫔妃不是心气太高,就是不明事理,只有你能懂朕。朕不会负你。"

"什么负不负的。你是皇上,若不是皇上,我必不许你娶许多女子,只让你守着我一个人,过那平安喜乐的寻常日月。"

"唉,知我心者,谓我心忧,不知我者,谓我何求。朕的红颜知己只有爱妃一人呐。"

"有一人还不够吗?别想宫中那烦心事了。皇帝爷,你看臣妾住的这房子无联无匾,想是为臣妾所建,张大人不敢随便取名,还是皇帝爷给题个匾吧,也好让臣妾此行有个纪念。"

"还说要做个普通人呐,连在这山庄小住都生怕芳踪湮灭。"

"臣妾不是为自己,你想张大人和姚夫人这对贤伉俪为咱们到来费了多少心思,这处屋子纯是为臣妾所建,你给题个字,也算是一种荣耀嘛。"

"好,朕已多日不动笔墨,这一日游山看水,还真想写几句。来,笔墨侍候着。"

当下题了"皇姑堂"三个大字,又挥就一首《春日山居有赠》:"淡抹浓妆总是新,拈须慵懒度三春。若非碌碌红尘缚,也得清心养谷神。"这一匾一诗,无疑已将康熙携宜妃来龙眠小住的隐情埋下,只因白龙鱼服,不便张扬,有这一匾一诗在,自能为张家接驾双溪留下凭证。

写罢,犹不尽意,冥想稍顷,便大笔一挥,又题了一联:"白鸟忘机看天外云舒云卷,青山不老任庭前花落花开。"

宜妃在一旁看着,道:"这一联放在皇姑堂似不恰切。"

康熙道:"不是给皇姑堂的,是朕为双溪草堂题的。就许你在龙眠留下芳踪,难道朕曾驻跸双溪就不该留下点痕迹吗?"

"应该的。以臣妾看,皇上这次桐城之行,倒像是参禅悟道了。这诗啊联的都透着那么几分看破红尘、超然物外的味道。"

"天地是我师,万物皆有佛性。你以为只有坐穿蒲团、点尽枯灯才能悟道吗?但世事再烦难,朕也不会一甩手遁入空门。"话说至此,宜妃再不敢接言,因为顺治皇帝究竟是病死还是出家,在朝中也是个谜,谁也不敢动问;然康熙这话的意思似乎又是说的父亲,宜妃如何敢深究下去。

是夜,乃是三月十五,月亮早早爬上山顶。

晚宴后,康熙君臣沿万松堤缓步消食。

月亮的影子从树隙间投到地上,斑斑驳驳。双溪之水骨突突在鹅卵石河床上淌过,似碎银,似锦缎,更似天上银河遗落而下。

山风凉凉地吹过来,让人冷得清醒,水也是冷的,月也是冷的,铁骨般的松树也是冷的。两边的高山更是巍巍然矗立着,冷冷地不言不语。在这一片冷寂中,康熙觉得自己真想化作一块卵石,一棵松树,或者是出没山间一只奔走的小兽,那他便将没有烦恼,没有焦虑,没有这社稷万民的重负压在头上。

他的一生是崇高的,他的文治武功将永载史册,但他却没有过常人的幸福,那种平安知足的幸福,那种子孙绕膝的幸福。想到子孙,他又烦躁起来,那山那树那水那月,都变得冷冰冰的不通人性,谁也不能给他真正的安慰和启示。

走在他身边的三个臣子见康熙不语,也都静悄悄地走着,各自想着自己的心思。

一个帝王,两个宰相,还有一个未来的军机大臣,在一个平常的夜晚,行走在双溪河畔。这是一段秘密,将在康熙的起居注中一笔带过。但双溪的石头知道,万松堤的松树知道,还有这沉默的高山和天上皎洁的明月知道。然而它们也只当这是四个寻常人,四个世间的匆匆过客。

十六日一早,康熙一行就悄悄开拔。早起的山民们目送那大队人马离去,谁也没想到那就是当今的皇上。这个秘密要待日后进入赐金园的人,看见御笔亲书的"皇姑堂"三个字时,才能猜出眉目。

出了龙眠山,一路沿龙眠河而下。进北拱门,出东祚门,过紫来桥,一路急驰,不过一个时辰,车驾便到了吕亭驿。

张廷玉勒马快行,先去吕亭驿安排歇息片刻。谁知驿中只有一个看门老头,一问才知半月前一场大雨,山洪暴发,把项河桥冲毁,前天修桥的款子拨下来,此刻驿丞正在河上督促修桥哩。

张廷玉驰回车队,告知前面桥毁,车轿无法过河。张英便请示康熙掉头向西。康熙说:"且到河边看看。"

到了河边,果见河上只剩几根木柱,几个木匠正在加固桥墩,桥面上的铺板一块不剩。驿丞见大队人马到来,赶紧过来打探。此时张英已经出轿,那驿丞如何不认识,连忙趋上见礼:"老相爷这是要往哪里去?"

"京城来了几位旧友,想去廷瓒坟上看看,不意这桥毁了。晗山冲是去不了了,你还是回驿站,烧点水,让我们歇歇脚吧。"

"不碍的,您老的旧友大老远从京城而来,要去廷瓒大人的墓地,怎么能在我这儿阻了道呢?您看我的,不消半个时辰,我必将这桥铺好。"

康熙此时也已走出车轿,饶有兴致地看着那驿丞,道:"哦,半个时辰就能修好,我可一块桥板也没看见啊。"

"这位老爷您别急,看我的。"

那驿丞带着驿丁走进村庄。不一刻,只见村中家家户户走出人来,人人肩头扛着门板木料，又有许多人帮着木匠们铺设门板，果真不到半个时辰，一道六尺来宽的木桥已经搭成。

康熙拍着驿丞的肩膀笑道："你这个驿丞挺有人缘，怎么一下子就征集了那么多材料？"

"回老爷话。不是小丞有人缘，是张大人有人缘。张大人是桐城的骄傲，他身居高位却礼贤下士，他为官清廉更是不消说了，一家父子三人在朝为官，却从不欺压百姓，那六尺巷的故事妇孺皆知。我一说是张相爷要带远道来的朋友去廷瓒大人的墓地，请大家帮忙临时借点木料搭桥。村民们二话没说，拆床拆门，还有的老人连棺材板都拆开了。这不，一下子就齐了嘛。"

"敦复，贵县民风淳朴，真让人感动啊。"

"回三爷的话，老臣如何当得起忒大的人情。这都是托您齐天洪福唯，否则老臣绝不敢如此错承民爱。"

"没事，你不必介怀，回头看朕的。"康熙悄悄对着张英的耳朵说完此话，又大声说："现在可以过河了吧？"

车轿在驿丞的指挥下依次过桥，张英对着围拢在桥头的众人团团作揖："众位乡亲，老夫在此谢过诸位了。回头让驿丞将各家所献木材登记明白，老夫按价赔偿。"

"张相爷不必客气，快请上轿吧。"

过河不过十里地，便到了晗山冲。廷瓒的坟是前年才葬的，张廷玉也是首次来坟前祭奠，一边在拜台上拈香摆贡，一边热泪滚滚而下，忍不住呜咽有声。康熙是皇帝，当然不能给臣子下礼，但他抚着墓碑，心中回味二十余年的君臣之恩，也忍不住心头哽塞。李光地是长辈，也不能多礼，但他还是点了三炷香，向着墓碑拱手为礼。张英恐康熙动情，便强自忍着心头之痛，催着康熙下山。康熙走出几步，又回头看了看廷瓒的墓地，忽然发现那座小山包圆圆墩墩的像个乌纱帽，便道："你们看，那座山像不像一只纱帽，廷瓒的墓地就像嵌在帽上的那块白玉。这山就叫纱帽山吧。"

张英忙道："谢圣上恩典，小小一座山头，也蒙上了圣恩。"

午牌时分，车轿再次过桥。驿丞已在桥头迎候，驿中已备下中饭，众人便歇轿驿中。

吕亭驿是个大驿，有驿丁十二人，驿马五十匹，房舍二十多间。饭后，众人分房休息。张英又嘱咐驿丞快去将今天各人所献木头统计清楚，他要按价赔偿。康熙听了，也不说话，自去休息不提。

那驿丞无奈，只好带个驿丁去村中打听。待得驿丞回来，来到张英房中，却见一人蟒袍玉带坐在当厅，那驿丞以为是在梦里，吓得腿一软，跪倒在地，却怎么也说不出话来。

张英、李光地、张廷玉也纷纷穿上补服，那些家人也都穿上了侍卫服饰，赫赫然圣驾到此，那驿丞如何敢信。

张廷玉知道他吓着了，便走上前来，温声道："圣驾在此，还不快快见过。"

那驿丞这才回过神来，磕头如捣蒜："微臣有眼无珠，不知圣驾到来，微臣该死。"

"你不该死，该赏！将那手中簿册给朕看看。"

张廷玉从驿丞手中接过簿册，呈给皇上，康熙略略一看：共有十几家献上了木材，有的是床板，有的是门板，有的是棺木板，有的是准备建房的木料。

"赏。传朕的旨意，每户不论献木多少，一律赏银十两；另赏银千两，架坚固木桥一座；驿丞赏食从七品俸禄。"

"谢圣上天恩，吾皇万岁万万岁！"那驿丞万想不到有这等好事，一边磕头，一边还怕是梦，生怕一下子高兴过头，醒来还是一枕黄粱。

这里，驿中早已轰动起来，四周百姓也已惊动，纷纷赶来，将个吕亭驿围了个水泄不通。

康熙既决定亮明身份，张廷玉早已派人去县衙知会，不到一顿饭工夫，那知县已带着县里兵丁赶到。这时，康熙才在众人簇拥下走出驿站。围观百姓齐刷刷跪下，山呼"万岁"，声如雷响。

待山呼过后，李光地宣读圣旨，就是适才对驿丞所宣之意，众人又是一片谢恩声。

康熙待众人声过，说："朕本想赏你们一座石桥，但不能彰扬你们为朕临时搭建木桥之情。所以朕赏你们一座木桥，这木桥河上以后都不要建石桥，就建木桥，好不好。"

众人齐声道："好——！"

"唉，朕还没问，这木桥河叫什么名字啊？"

话音甫落，就听人群中一人大声说："皇上金口玉言，这河从此就叫木桥河！"

"对，就叫木桥河。"众人一片声欢呼附和。

欢呼声中，行驾卤簿已经排起，康熙登上龙辇，起驾西行。吕亭驿百姓们跟着车驾送出好远。

张英这下子倒放了心，康熙已亮明身份，一路自有官府接送护卫。当天傍晚到达安庆，第二天回江宁。

龙驾回到江宁曹府，张英的一颗心才彻底放下。此后，康熙继续在江南省方巡幸，张英也一路随驾在侧。直到四月二十九日，圣驾结束南巡，从扬州返回，张英才在瓦窑厂码头与康熙拜别。圣驾回銮，两岸送行的百姓人山人海，在一遍山呼"万岁"声中，张英看着龙舟缓缓起行，不觉鼻子一酸，两行老泪潸然而下。

从正月二十二日起行，一直到五月二十二日，圣驾才返回京师。这次南巡整整四个月时间，是康熙历次南巡中时间最长的一次。这一次，康熙仿佛把江南山水已经踏遍，此后他再也没有南巡了。

其实，四十七年的康熙内心承受着是否让位给太子的煎熬。这几年他频频出巡，让太子在京理政，就是想放手看看太子的能耐。无奈太子理政后，亲小人，远贤臣，不是仁君气象。更可怕的是太子掌权后，身边形成了一班太子党，恨不能把经国大权一下子全揽过去。太子即位之心如此急切，让康熙十分不悦。朝中又有人密报太子私下里一切服饰礼仪都效仿皇上，又私下里抱怨自古哪有做三十多年太子的，僭越之心昭然若揭。

康熙一代圣君，总想事事超越前人，但太子所选非人，不仅意味着皇室中可能出现谋逆丑闻，更可怕的是大清江山能否长久。毕竟清朝坐稳龙庭才五十多年，这对于一个朝代来说是太短暂了，要保社稷无虞，必得有三代以上的圣君共同努力。如若胤礽当政后，不能将自己的事业发扬光大，那么又如何能够统驭住几万万民众？

康熙对太子的信心已经动摇，但废太子是件大事，同样关乎社稷安稳，他不能轻易决定。所以他一次又一次地外出，他要进一步地观察太子，看他到底是否包藏祸心。

五月二十二日回京，康熙仍住在畅春园。六月出口外避暑，七月又游历塞外，巡行各蒙古部落。张廷玉一直陪着康熙在塞外游历，直到十月下旬才返回京师。康熙仍住在畅春园，宫中诸事都是胤礽打理。只不过康熙既然回到京师，太子也就不敢妄自作主，诸事需得请康熙定夺。

张廷玉回到家中，却是又喜又愁。喜的是李氏又给他生了一个女儿，这孩子生于十月初一，不消说是回桐之时，在家乡添喜的。愁的是自己已经三十七岁，已有三个女儿，却还没有一个男丁。这香火后代可是大事，父母年事已高，自己无后，不单是自己的心病，也是父母的心病啊。

更愁的是李氏自生下孩子后，就一直没能起床，得了产褥热。遍医无效，挨到次年正月十六，终于撒手而去。

李氏年轻貌美，善解人意，又是康熙所赐，张廷玉一直对她颇为喜爱。谁知年轻轻的就已死去，算来他和自己在一起还不到三年，真是天妒红颜啊。

说话间，已是康熙四十七年。

自李氏殁后，张廷玉一直心中郁郁。幸得康熙又继续频频外出，他扈从在外，诸事忙碌，也就将家中之事淡忘了不少。

二月，巡视畿甸。三月返回畅春园。五月康熙又从畅春园起驾，巡幸塞外。张廷玉每日跟随圣驾在大漠里驰骋，心情开朗了许多。

是日，在达里诺尔，张廷玉陪康熙泛舟湖中，湖中水草丰美，岸边蒹葭苍苍，天鹅和大雁在浅滩里嬉戏，成群的鸥鸟追着渔船盘旋。康熙浑然忘了自己是个千古一帝，撩起袍子，挽起袖子，一网又一网撒下湖中，湖中的鲌子鱼一拨又一拨拥来，仿佛争着成为网中之物。这高原湖泊中鱼类品种不多，那鲌子鱼倒是达里诺尔的特产，每条都不过筷子长，浑身圆滚滚的尽是肉。那鱼肉肥厚鲜美，骨头细脆，用滚油炸过之后，连骨头全都酥了，吃起来不用吐刺，非常方便。

这一天，康熙扮个打鱼郎，满载而归。晚上营帐就扎在砧子山上。砧子山是一处湖心岛，岛上树木葱茏，鲜花盛开，云杉参天遮日，白桦美如壮士，那遍地鲜花更像绚丽多彩的丝毛地毯一样盖满全岛。

康熙拍着张廷玉的肩膀道："廷玉，这大漠风光也不输于你的家乡江南吧。"

"不输，不输。这有山有水，有草有木，简直就是塞外江南。"

晚上吃的是全湖宴。所谓全湖宴，就是说凡餐桌上食品全来自湖中：鱼是日间康熙所捕的鲫子鱼，禽是浅水滩里侍卫们射杀的各种水鸟，那天鹅蛋更是芦苇丛中俯拾皆是，还有岛上的白蘑、嫩蕨、马齿苋、凤尾菜，这些都是贡嘎尔草原上牧民们常食的菜蔬。酒是马奶酒，茶是马奶茶。大家吃得尽欢而散。

康熙的侍卫中多有来自蒙古的悍将。晚上在这水阔天高的孤岛之上，星稀月寒，侍卫们点起了大堆的篝火，围着篝火唱歌、喝酒、打布库。康熙好兴致，一直待在火边看着大家玩乐。直到夜风吹得人全身寒战，大家才进帐歇息。

张廷玉回到自己帐中，又点起风灯，开始记录这一天的起居注。做完起居注，他又提笔给父亲写信。这已是他多年的习惯了，每当出门在外，他必将沿途所见所闻、自身所历之事，一一写信禀报父亲。在家他则每天必做笔记，这些信和笔记，每过三五天，他便通过驿站给父亲邮去。

写完今日在达里诺尔湖的见闻经历，落款已是六月初九日，来塞外已经半月有余了。前次在赤峰口给父亲寄过一次家书，记载的是由京师出口外的见闻。将近几日来在贡嘎尔草原的信笺一整理，竟又有七封之多了，他将这些信笺按时日理顺，装入一只大信袋中，又写了一封请安的信，报道自己安好。同时叮嘱父母，年事渐高，要注意颐养。

将信封好后，他躺在地铺上，心里一下子充满了对父母的思念。毕竟父母亲都是七十多岁的人了，人生七十古来稀，去年回家他就觉得父母亲一下子仿佛都老了许多，想来大哥的死对他们是个极大的打击。大哥死后，自己就是家中的长男了，父亲明显对自己期待更高了，母亲也对自己更加慈爱了。真想像廷璐他们那样，永远呆在父母身旁，可人在朝中，身不由己，不知哪年哪月才能再见到父亲母亲……

这么远的路，没想到母亲竟一个人来到了达里诺尔。他一个翻身就要坐起，母亲却将他按下，就坐在他的身边，就像小时候一样，慈爱地看着他。他也就赖在被窝里，和母亲说话："阿妈，这么大老远，您怎么来了？"

"儿行千里母担忧哇。一年多没见你了，妈想你，可不就来了吗？"

"妈，您坐轿来的吗，走了很长时间吧？"

"路是太远了，怕有三四千里吧。妈过了两条大河，又过了一座大山，走得累死了。"

"那两条河，一条是黄河，一条是淮河吧。还有那些山，从家乡过来，要翻越燕山山脉，才能到口外。怎么，妈，您是走来的吗？为何不坐车轿呢？"

"车轿太慢，妈想你，巴不得一下子就看见你，所以我就顺脚走来了。"

"妈，您看您的脸都让大漠的风给吹皱了。"

"傻玉儿，那是妈老了，脸上自然就长皱纹了。"

"妈不老，妈永远都像年轻时一样好看。"

"不跟你说了，妈看见你很好，也就放心了。妈这就走了啊！"

"怎么，妈，您刚来就要走哇？"

"不走不行啦，回去的路还很远哩，不走就来不及了，你爸还在家等着我呢。回头惊动了皇上更不好。玉儿，以后你要自己保重喔。"

廷玉见母亲的眼里一下子涌出两串热泪，急得一把拉住母亲的手，说："妈，我不让你走！"可是一把没拿住，母亲的手竟像蛇一样从他的手中滑脱，同时母亲一转身，一阵风似的旋出帐篷。

廷玉急得大叫："妈——妈——"想追出去，却浑身像钉在铺上一样，一动也不能动弹。他急得猛一挣，醒来了，却原来是南柯一梦。然而，他已汗湿衣衫，全身冰凉。但帐篷的门帘尚在晃动，空气里犹弥漫着一股淡淡的异香，那香味正是母亲身上的。到底是梦非梦，倒让他也糊涂了。

第二天，他便病倒了，忽而烧得热炭一样，浑身汗湿；忽而又如坠入冰窖一般，浑身冰凉。原来毕竟塞外风寒，虽是夏季，但昼夜温差太大。又兼饮食都是牛羊肉，过于肥腻。张廷玉自幼脾胃弱，天天吃牛羊肉，喝奶茶，本就不习惯，加之昨天在湖上被风吹了一天，夜里又受了风寒，便发起寒热来。

康熙急召随驾御医诊治，吃了些丸药。三日后，症状减轻，便又随着圣驾继续巡幸。

谁知他这病却不是真的痊愈，白天好好的，每隔一天便要在夜间发寒发热，几个时辰之后，又不药而愈。他是个要强的人，见没什么大碍，也就随他去。心说等回了北京再慢慢调治罢。

就这样，白天驰骋劳累，晚上隔日折腾一次，他渐渐尪瘦下来，直至形销骨立。康熙见他消瘦苍白，精神短少，问他缘故，廷玉只说是南人不耐北方气候，没什么大不了的。

拖到七月中，圣驾从贡嘎尔往鄂尔多斯。在归化，一日康熙得了蒙古一部落首领进献的赤兔马三匹，便赐了一匹给张廷玉。说是这马个小、性驯，最适合廷玉这样的斯文人骑乘。廷玉骑上马，那马便飞奔起来，果然步伐稳妥，速度极快。张廷玉骑得称心，不合多骑了几圈，待马一站定，他竟眼前一黑，从马上摔将下来。

这一下惊着康熙，急召御医症脉，却是脉滑而浮，显是虚弱已极。再细问随侍营中的廷玉家人，才知一个多月来，廷玉隔夜便寒热一次。高热时满嘴胡话，声声喊的都是父母，又见神见鬼的，但一觉醒来又好了。御医这才找出根源，原来在达里诺尔所患寒热之症已转为疟疾，又因延误治疗，那疟疾竟转成了恶症，现下已是人事不省。

康熙真是急了，想廷瓒中年谢世，对张英已是绝大打击；如果廷玉再有个三长两短，那张英如何再能经受得住？况他父子三人都是自己身边近臣，对自己一直是忠心耿耿，鞠躬尽瘁。廷玉这孩子又深得自己信任，日夕在身边，那感情是君臣也似父子。他不听众人劝告，执意不送廷玉回京，怕沿途颠簸，耽搁治疗，对廷玉反而不利，坚持让廷玉留在行营中，他要看着御医们诊治。当时皇室已有西洋教士进贡的金鸡纳霜，是治疟疾的特效药，康熙派快马疾驰宫中取药。自己也不再巡幸，暂时驻跸在归化，等待张廷玉病愈。

回京取药的使者不仅取回了金鸡纳霜，还带回了一封信，言是吴夫人托速速交给廷玉。廷玉其时尚在谵妄中，家人见信未封口，便抽出信一看，信笺顶头描黑，原来竟是讣音。细看之下，才知是姚老夫人归西凶讯。家人情急之下，只得来寻李光地。光地见信大惊，以廷玉现在情况，是万不能陡闻凶讯的，否则恐有性命之忧。但兹事体大，他也不敢自作主张。便进内密奏皇上，皇上闻奏唏嘘不已。姚夫人虽是内室，但与康熙也有数面之缘，更兼她贤名远播，举朝公认，想他与张英伉俪情深，一旦撒手西去，张英是七旬之人，如何能承受这丧妻之痛。此事当然瞒廷玉不得，但廷玉现病得七荤八素，自身能否渡过难关尚是未定之数，若闻母丧，急痛攻心，非死不可。当下康熙作主：任何人不得将凶信告知廷玉，什么时候告诉需得视病愈情况，由皇上钦定。

又过了十余日，服了金鸡纳霜，经御医精心调治，廷玉方从死亡线上挣扎回来。御医天天向皇上禀报廷玉病况，康熙见已性命无忧，始令其家人将凶讯缓缓告诉廷玉。廷玉乍闻之下，如晴天霹雳，五内俱迸，哭倒在床。稍顷，又索过丧报细看，才知母亲是六月初十日去逝的，想起初九日之梦，原来母亲的魂魄真的越过千山万水到了达里诺尔，母亲临死还来见了自己一面。可自己不孝，至今才知道母亲凶讯，痛定思痛，又哭了半晌。问起来，才知因他病势沉重，是皇上下旨暂不告诉他的。想想康熙对自己的护爱不啻父母，心中由不得一阵感动。

正想去向圣上告假，好速速回家奔丧，谁知康熙已派太监李玉前来传皇上口谕："张廷玉大病初愈，乍闻讣音当节哀顺变，勿过度悲恸。汝到家后传朕旨意，问汝父起居。年逾七旬之人，可善自调养，不可过于伤感。闻汝有弟三人，可以在家侍奉。汝一年后仍来京师，在内廷编纂行走，例不算俸，不与朝会，朕便于询问汝父近况也。汝尚未生子，闻妻有孕，眷属可留住京邸，以待身娩。"

张廷玉跪地听完旨意，只觉得皇上事事处处都替自己想到了，也替父亲想到了。就连自己无子、夫人身孕之事都已体谅在怀，宁不教他感激万分，粉身以报。

张廷玉当即拖着久病之后的虚弱之身去向皇上谢恩，皇上又格外叮嘱廷玉要劝其父亲节哀，并再一次叮嘱廷玉一年后即回。当时照例父母丧葬，守制三年。但皇上说过在内廷编书，不领俸禄，不理朝事，便不算在职。皇上的意思是不能让其在家中耽搁太过，一批老臣死的死，病的病，退的退，像廷玉这样的后起之秀朝中实在不多，朝廷正要倚重。廷玉自不敢多言，一一领命。

第二日，康熙即拔营继续西游。廷玉则带着家人返回京师。

七月底，回到京师，在笃素堂里设起灵堂，京中亲朋好友俱来问吊。宫中宜妃娘娘也亲来灵堂祭奠。廷玉大病之后，又痛遭母丧，身体极度虚弱，强撑着日日守灵。直至八月底，京师祭吊已毕。张廷玉安顿好家小，其时吴夫人已怀胎七个多月，自然不能再远途奔波，家中三个女儿都在幼年，也不宜带回。想想若非圣上体恤有旨，自己这会儿还得退回内务府房屋，另行赁屋给家人居住，那是何等麻烦。康熙贵为天子，体恤臣下，竟连这些小事都虑到了。

九月上旬从京师起行，一路疾奔，到得家中，已是二十四日。从东门入城，穿城来到阳和里，远远就见五亩园大门上挂了两盏硕大的白灯笼，门楣上都缠上了白布。就连六尺巷上那块写着"礼让"二字的金匾和对联都缠上了白布。围墙上挂满了挽帐、挽诗和挽联，白花花一片。廷玉心头更加急痛，也顾不得看那些挽联挽诗，车轿刚停，门上已炸响了爆竹，廷璐兄弟披麻戴孝抢出门来，一路哭喊着将廷玉拥进灵堂。

廷玉哭进灵堂，抬头一看，厅堂并排两具木棺，供桌上并排两副灵牌，再看灵牌上文字，只觉天旋地转，心口一撞，眼前一黑，一头栽倒在地。

龙眠山茶园（白梦摄）

桐城新修后的东作门（白梦摄）

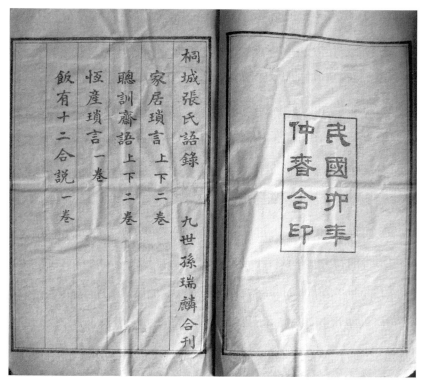

桐城张氏语录（张英作品四种合刊），现存桐城市图书馆。（白梦摄）